Petra Busch
# Mein wirst du bleiben

Kriminalroman

Knaur Taschenbuch Verlag

**Besuchen Sie uns im Internet:**
www.knaur.de

Originalausgabe Oktober 2011
Knaur Taschenbuch
© 2011 Knaur Taschenbuch.
Ein Unternehmen der Droemerschen Verlagsanstalt
Th. Knaur Nachf. GmbH & Co. KG, München
Alle Rechte vorbehalten. Das Werk darf – auch teilweise – nur mit
Genehmigung des Verlags wiedergegeben werden.
Redaktion: Ilse Wagner
Umschlaggestaltung: ZERO Werbeagentur, München
Umschlagabbildung: getty images / Andrew Jalali
Satz: Adobe InDesign im Verlag
Druck und Bindung: CPI – Clausen & Bosse, Leck
Printed in Germany
ISBN 978-3-426-50792-6

2 4 5 3 1

# Mein wirst du bleiben

*Heute wird das Licht zurückkehren.*
*Wir werden uns wieder nahe sein. Unzertrennlich. Wie damals.*
*Erinnerst du dich an damals? Wir wollten alles teilen. Bis in alle Ewigkeit. Das hast du mir versprochen. Und ich habe es dir geschworen. Mit jedem meiner Worte.*
*Du hast meinen Worten immer aufmerksam gelauscht. Getan, was ich verlangte, gehandelt, wie ich es erbat. Ich habe dir vertraut. An dich geglaubt. An uns. All die Jahre. Unsere Jahre!*
*Wie du vor mir gelegen hast! Stunden. Tage. Unfähig, dich zu bewegen. Mit deinem hohlen Blick hast du mich angesehen, hast stumm gefleht – als könne ich dich aus deiner eigenen Düsternis erretten. Blass hast du ausgesehen, wächsern deine Haut. Zuweilen hast du die leeren Augen aufgerissen, schreckerfüllt, als stände ich wie ein schwarzer Engel vor dir. Hast du den Tod schon geahnt? Manchmal habe ich gelacht. Aber meine Seele hat geweint. Ich wollte das alles nicht. Wollte dir nur Mut machen. Dir zeigen, wo dein Leben ist: bei mir! Das war doch unser Plan: Wir würden für den Rest unseres Lebens zusammenbleiben. Seite an Seite. Ich bei dir, du bei mir. Unsere Herzen, unser Blut und unser Geist eins, im Licht verschmolzen zu immerwährender Liebe. Aber du hast mein Lächeln nicht gesehen und nicht auf meine*

*Worte gehört. Die Finsternis war dir zu nahe, hat dich mit ihren schwarzen Schleiern umhüllt. Auch du hast das Böse gespürt, ich habe es in deinem Wesen wahrgenommen, als ich mich über dich gebeugt habe. Gelächelt habe. Dich berührt, während du dich ekeltest und nicht bewegen konntest.*
*Deine Angst war berechtigt.*
*Und dann hast du mich verlassen!*
*Mich!*
*Doch das hast du nicht mit Absicht getan, das weiß ich. Es war nicht dein freier Wille. Sie haben dich gezwungen. Tag für Tag haben sie die tödlichen Schleier der Finsternis enger gezogen, Millimeter für Millimeter, langsam das Leben erstickt, bis du nur noch ein seelenloses Stück Fleisch warst. Weit weg.*
*Mir entrissen!*
*Dann bist du zurückgekehrt. Wie du es versprochen hattest.*
*Doch die Schwingen des Bösen haben sich abermals über dich gebreitet, haben dich davongetragen, dich mir gestohlen. Dem lichten Leben entrückt. Du hast mich erneut verlassen. Das ist nicht recht. Du kannst nicht einfach alles vergessen! Unsere Vergangenheit. Unsere Zukunft. Das kann ich nicht hinnehmen.*
*Was ich tun muss, ist groß. Die Zeit ist da. Ich habe die Zeichen erkannt, und ich habe gefunden, was ich brauche! Ich sehe alles vor mir. Es wird gut und glanzvoll werden. Jetzt gibt es kein Zurück mehr. Wir werden die Dunkelheit besiegen. Denn ich selbst bin das Licht. Ich war immer das Licht. Niemand wird es löschen!*

# I

Montag, 26. Juli

Hätte er gewusst, dass er heute sterben würde, hätte Martin Gärtner sich über den Abend keine Gedanken gemacht. Vielleicht hätte er auch mit dem abschließen können, was er einmal Leben genannt hatte – und was er seit einigen Wochen wiederentdeckte.
Es war kurz nach sechzehn Uhr. Reflexartig kniff er die Augen gegen das grelle Licht zusammen, als er aus dem kühlen Supermarkt trat, und für einen Moment glaubte er, die trockene, aufgeheizte Luft nehme ihm den Atem. Vor ihm flimmerte der Asphalt. Die Parkplätze an der Straße waren verlassen, nur eine junge Frau im Sommerkleid packte Weißwein, Erdbeeren und Salat in den Kofferraum eines roten Wagens, neben ihr zwei Mädchen, jede ein großes Eis in der Hand. Gegenüber, auf der Wiese, lagen ein paar Menschen auf Decken, lasen oder dösten vor sich hin, ein Pärchen schmuste. Kinderlachen drang von dem kleinen Spielplatz daneben herüber. Er lächelte und legte den Kopf in den Nacken. Ein weißer Kondensstreifen zerfloss im hellen Blau. Kein Wölkchen war zu sehen. Ein gutes Omen. Er ließ die Sonne warm auf sein Gesicht scheinen.
Dann ging er an den Fahrradständern vorbei, hinter denen, angebunden an einen Stahlring, Jagger wartete, den Kopf mit der heraushängenden Zunge dem Eingang des Supermarktes zugewandt. Gärtner rann der Schweiß über die Schläfen, noch bevor er bei seinem Gefährten angekommen war. Es störte

ihn nicht, und Jagger würde die Tropfen ohnehin abschlecken. Das war so sicher wie das begeisterte Schwanzwedeln, mit dem der Hund ihn Tag für Tag begrüßte, wenn er seine wenigen Einkäufe erledigte.
Heute hatte er sich ein Stück Erdbeerkuchen gekauft, und als er es von der Verkäuferin in dem feinen, knisternden roten Papier entgegengenommen hatte, hatte ihm für einen Moment seine tiefe Schuld die Kehle zugeschnürt, nur wenige Sekunden, bis er sich sagte: Es ist in Ordnung. Du änderst nichts mehr daran.
Er löste die Hundeleine und tätschelte den grauen Hundekopf. »Komm, Jagger, wir haben noch Pläne.«
Die Hitzewelle, die die Stadt seit Wochen lähmte, hatte ihn nicht ermüden können. Martin Gärtner war erwacht. Streit in der Nachbarwohnung, das ständige nächtliche Klavierspielen, das durch die Zimmerdecke drang und ihn wach hielt, der kaputte Müllcontainer ... Es war noch nicht lange her, da hatte er das alles kaum wahrgenommen. Wie ein Entseelter war er durch die Welt gegangen, dumpf, das Herz leer und der Körper wie taub, gefangen von diesen Bildern, denen er nie hatte entkommen können: die zarten, blassen Glieder, der gelbe Regenmantel, die entsetzten Augen unter dem hellen Pony und der Schulranzen, der wie ein roter Vogel durch den Himmel geflogen war.
Nur selten dachte er noch an die zahllosen Sitzungen bei dem Psychologen. Außer einem amtlichen Gutachten zur Feststellung der Arbeitsunfähigkeit hatten sie nichts gebracht. Nur an diesen verhängnisvollen Tag dachte er noch. Es schien ihm ein ganzes Menschenleben her zu sein, als er sich an einem verregneten siebten November zum letzten Mal hinter ein Steuer gesetzt hatte. Wenn er nachrechnete, lag der Tag bald dreizehn Jahre zurück. Ein ganzes Kinderleben lang. Drei-

zehn Jahre, in denen er sich Rituale und den quirligen Hundemischling zugelegt hatte, um nicht vollends unterzugehen. Und in denen er sich mit wenig Geld und viel Einsamkeit arrangiert hatte. Bis zu dieser unglaublichen Begegnung.
Er ging die Engelbergerstraße hinunter und überquerte die Eschholzstraße. Wie fast jeden Tag dröhnte dort aus einem geöffneten Fenster dieses einförmige Gebrabbel, das die jungen Leute wohl Musik nannten. Auf die Texte hatte er nie geachtet. Erst in letzter Zeit war ihm aufgefallen, dass sie durchaus Sinn ergaben. Von Liebe war da die Rede, von Trostlosigkeit und Angst, die man überwinden konnte – und von Zukunft.
Er ging rascher, fühlte sich beinahe beschwingt, und er wunderte sich über seine Energie und darüber, dass dieses verloren geglaubte Gefühl von leiser Freude noch in irgendeiner Ecke seines Innern ausgeharrt hatte und jetzt, jeden Tag ein zerbrechliches Stückchen mehr, herausgekrochen kam.
Zukunft! Vielleicht war sein Leben nicht wertlos. Vielleicht konnte er ihm einen neuen Sinn geben. Im Herbst feierte er seinen siebenundfünfzigsten Geburtstag. Es war nicht zu spät.
»Dieses Jahr sitze ich nicht mit einem einsamen Bier in der Küche«, sagte er zu Jagger, dessen Krallen gleichmäßig vor ihm über den Gehsteig klackerten. Aus dem rissigen Teer lugten dürre gelbe Grasbüschel hervor.
Martin fühlte die Plastiktüte schwer in seiner Hand. Sekt. Es war der teuerste, den er gefunden hatte, eigentlich nicht zu bezahlen für ihn. Lange hatte er vor den Flaschen gestanden und mit sich gekämpft. Ebenso wie mit der Entscheidung: Lachs ja oder nein. Jetzt wartete eine Delikatesse darauf, verzehrt zu werden. Es war der Versuch, einen schönen Abend zu bereiten. Den Grundstein für die kommenden Ereignisse

zu legen. Nein, heute war kein Tag für Dosenbier, Leberwurst und Graubrot in Scheiben.

Kurz darauf füllte Martin Gärtner Wasser und Kaffeepulver in die Maschine, legte Sekt und Fisch in den Kühlschrank und nahm einen Tetrapak Milch heraus. Dann drückte er den Startknopf auf dem alten CD-Spieler neben der Spüle. Die *Rolling-Stones*-Scheibe hatte er gestern aus einer Schublade herausgekramt, zuerst mit zittriger Hand – aber schließlich hatte er sie einfach eingelegt. Bei den ersten Klängen hatte er wie paralysiert im Zimmer gestanden, die Faust auf den Mund gepresst, die Augen geschlossen. Doch dann war es vorbei gewesen, und er hatte gewusst, dass ein neuer Weg vor ihm lag. *I'm free to do what I want any old time,* intonierte er, während er den alten Küchentisch mit der abgeplatzten Resopalplatte deckte.

Als das Blubbern der Kaffeemaschine verstummte, gab er Milch und dampfenden Kaffee in eine Tasse, rührte zwei Stücke Würfelzucker hinein, setzte sich und schob sich eine Gabel Kuchen in den Mund. Lange ließ er die frischen Erdbeerstücke zwischen den Backen hin und her gleiten, als koste er zum ersten Mal in seinem Leben die süßen Sommerfrüchte.

Vieles ging ihm durch den Kopf, Profanes, an das er längst keinen Gedanken mehr verschwendet hatte: Der Stuhl wackelte. Er musste darauf achten, dass er selbst auf diesem sitzen würde heute Abend. Er sollte ein Tuch über die hässliche Tischplatte legen. Der Boden war voller Krümel und Flecken. Hätte er Blumen kaufen und auf den Tisch stellen sollen?

Er trank, und als die heiße Flüssigkeit seine Kehle hinunterrann, erfasste ihn tiefes Vertrauen. *Zukunft.* Heute würde sie beginnen. In wenigen Stunden würden sie ihren Plan zu Ende schmieden. Vielleicht würden die alten Bilder dann irgendwann ganz verblassen, und das Leben würde an Buntheit gewinnen.

Anpacken! Er holte den Schrubber aus dem Schrank und wischte nass durch den Flur und die Küche. Wischte anschließend die Küchenfronten und die Kühlschranktür ab und säuberte die Schubladen- und Schrankgriffe, an denen sein altes Leben förmlich klebte.

*And I'm free any old time to get what I want.*

Schweiß perlte von seiner Stirn herab.

Die unangenehmen Seiten des Putzens und Kaffeetrinkens im Sommer, dachte er und blickte auf das Thermometer. Erst kürzlich hatte er es gereinigt, und sein Weiß hob sich jetzt deutlich von den beigen Rauten der Tapete ab. Vierunddreißig Grad Innentemperatur.

Er goss kalte Milch in eine zweite Tasse Kaffee und fügte der Liste in seinem Kopf als letzten Punkt hinzu: duschen. Dann spülte er einen weiteren Bissen Kuchen hinunter.

Sein Kaffee, dieses Ritual am Nachmittag, war immer wie eine Ahnung von der Süße des Lebens geblieben. Eines entflohenen Lebens. Heute schmeckte die Süße nach Hoffnung. Nein, sie war mehr: Gewissheit.

Der Abend würde es besiegeln.

Das Brennen unter seiner Zunge schrieb er der Aufregung zu. Auch die leichte Übelkeit beunruhigte ihn zunächst nicht.

*I'm free any old time,* summte er leise vor sich hin. Dann fühlte er, wie neuer Schweiß aus seinen Poren drang, und gleich darauf musste er erbrechen. Als er sich dabei an der WC-Schüssel festhielt, stellte er erstaunt fest, dass seine Hände gerötet waren und juckten. Sorgen machte er sich noch immer nicht. Er lachte sogar. *I'm free.* Fast fühlte es sich an wie früher, als er mit vierzehn Jahren seine erste Verabredung mit einem Mädchen gehabt hatte. Hinter dem Schulhof hatte er

Gitta getroffen, heimlich, und sie hatte ihm erlaubt, die geflochtenen blonden Zöpfe zu lösen und sie auf die Wange zu küssen.
Martin Gärtner ging zurück in die Küche.
Damals, bei Gitta, hatte er auch diese Hitzewallungen gehabt. Er trank einen Schluck Milch gegen den schlechten Geschmack im Mund. Doch das Aroma schien ihm fremd, und der säuerliche Belag auf seiner Zunge wollte nicht verschwinden.
Erst als ihm der Tetrapak aus der Hand glitt, die Milch sich über den Boden ergoss, als seine Gliedmaßen sich anfühlten wie große Gummirollen und gleichzeitig glühendes Blei seine Lungen füllte, ergriff ihn Angst. Verschwommen sah er Jagger, der mit schiefem Kopf vor ihm saß und winselte. »Hörst du das Pfeifen auch?«, sagte er und fragte sich, ob das Röcheln aus ihm selbst drang oder die CD einen Fehler hatte, während Krämpfe ihn schüttelten.
*Das Telefon!*, schoss es ihm durch den Kopf. Sein Herz raste, er krallte sich am Tisch fest, stürzte zu Boden, wollte schreien, spürte die Nässe der Milch durch sein dünnes Hemd dringen und Jaggers Zunge auf seinem Gesicht, und im selben Moment lösten sich Harn und Stuhlgang, klebten warm zwischen den Pobacken und in seinem Schritt.
So muss sie sich auch gefühlt haben, vor fast dreizehn Jahren, dachte er noch und sah den roten Vogel in den Himmel hinauffliegen.

# 2

Die Finger schlossen sich um den Kugelschreiber wie dicke Würmer, als die Sprechstundenhilfe den nächsten Termin auf den Zettel schrieb.
Thea Roth betrachtete die Frau im weißen Kittel hinter dem Tresen und sog den Geruch der Räume ein. Es war die typische Mischung aus Desinfektionsmittel, Essig, Staub und abgestandenem Schweiß, mit der sie stets das Gefühl von Machtlosigkeit und Schmerz verband, ja, bei der sie manchmal den Tod zu riechen glaubte.
Die intensiven menschlichen Ausdünstungen rührten allerdings nicht von Krankheit und Sterben her, sondern eindeutig von Gabriele Hofmann, die ihr gerade den Terminzettel reichte und dabei große, dunkle Flecken unter ihren Achseln entblößte.
»Montag in vierzehn Tagen, neunter August, acht Uhr. Frau Wimmer ist gleich so weit«, sagte Hofmann, und ihr gewaltiger Vorbau schob sich unter dem weißen Kittel nach vorn.
»Wie schön, dass Sie die alte Dame immer begleiten.«
Thea Roth schüttelte sich innerlich. Gabriele Hofmann sollte sich besser pflegen bei ihrem Job, dachte sie und blickte in das aufgedunsene Gesicht, aus dem ihr zwei kleine Äuglein unter ungleichmäßig gezupften Augenbrauen entgegenblickten. Ihre Wimperntusche war leicht verlaufen und bahnte sich den Weg über eine der feisten Wangen, als hätte die Arzthelferin geweint. Thea überlegte, ob sie sie auf das Malheur hinweisen sollte, als das Telefon hinter dem Tresen klingelte.
»Sie waren beim Friseur.« Hofmann strahlte sie an, nahm den

Hörer ab und legte kurz die Hand über die Muschel. »Sie sehen umwerfend aus«, fügte sie mit einem vertraulichen Zwinkern hinzu und flötete dann ins Telefon: »Praxis Doktor Jakob Wittke, Gabriele Hofmann am Apparat?«
Erleichtert über die Unterbrechung, gab Thea Roth ihr ein Zeichen, dass sie ins Wartezimmer gehe, und setzte sich dort auf einen der Plastiklehnstühle. Außer ihr war nur eine Frau im Raum. Sie nickte ihr zu, und die andere blätterte weiter in ihrer Illustrierten.
Thea fuhr sich durch das frisch geschnittene Haar und dachte an Hilde Wimmer. Sie begleitete die 87-jährige Nachbarin alle zwei Wochen zum Hausarzt, und selbst die wenigen Meter von ihrer Wohnung bis zu der Praxis fielen der alten Dame schwer. Auf ihr Gehwägelchen gestützt, setzte sie mühsam einen Fuß vor den andern, Thea Roth an ihrer Seite. Wenn sie die Häuserzeile entlanggingen und wenn Thea merkte, wie gut ihre Zuwendung Hilde Wimmer tat, wie munter sie von ihrem Leben erzählte und ihre Gebrechen vergaß, huschte immer ein Lächeln über ihr eigenes Gesicht. Das Reden und die kurze Zeit, in der die Mühseligkeiten des Alters vergessen waren, schienen mehr wert als alle Pillen zusammen.
Nach einigen Minuten öffnete sich die Tür, und Gabriele Hofmann bat die Patientin ins Sprechzimmer. Dann schloss sie die Tür von innen und setzte sich neben Thea. Der Stuhl ächzte.
Thea seufzte in Gedanken und stellte sich vor, wie die Arzthelferin gleich wieder aufstehen und der Stuhl sich an ihrem Hintern festklemmen würde.
»Der Chef mag das ja eigentlich nicht«, sagte Hofmann und beugte sich herüber, »aber so ein Minütchen …«
»Wo ist Frau Wimmer?«
»Die Kollegin gibt ihr noch 'ne Spritze.«

»Ah.« Sie war Hofmann also höchstens fünf Minuten lang ausgeliefert.

»Die Männer werden Ihnen nachlaufen«, flötete Hofmann mit einem Blick auf Theas Frisur und flüsterte dann: »Das würde ich mir auch mal wieder wünschen.« Ihre Lippen bewegten sich hastig, während sie mit den Händen über ihre Oberschenkel rieb. »Mein Ex schwört ja immer noch, ihn hätten meine Haare und meine Pfunde nicht gestört. Aber ich weiß es besser. Mit mir kann man so was nicht machen. Wissen Sie, ich merk ja gleich, wenn einer 'ne andere hat. Er war ein« – sie senkte die Stimme, und ihre Hände kamen zur Ruhe – »Dreckskerl. Sie finden doch auch, dass es richtig war, ihn rauszuwerfen? Also, ich mein, ich war immer gut zu ihm, und dann so was! Ich hab …«

»Sicher«, murmelte Thea und hörte nicht mehr hin. Sie wusste genau, was jetzt kam. Gabriele Hofmanns Schweinebraten in Karottensud nach dem Rezept ihrer Oma. Seine Leibspeise. Ihre polierten Wohnzimmerschränke. Die zwei Flaschen alkoholfreien Biers im Kühlschrank, für seinen Fernsehabend. Ihre Hingabe, mit der sie während jedem öden Fußballspiel und dröhnenden Formel-1-Rennen neben ihm ausgeharrt hatte, bereit, ihn nach allen Regeln der Kunst zu verwöhnen. Der Verräter von Ehemann, der als Dank mit irgendwelchen jungen Schlampen durch teure Cocktailbars gezogen war, selbst aber nur Orangensaft trank; der das Geld im Lotto verzockt hatte, eines Tages samt Fernseher, DVD-Spieler und dem gemeinsamen Auto verschwunden war – und eine Woche später reumütig wieder vor der Tür gestanden hatte. Das Schwein, dem die Hofmann schließlich die Koffer vor die Tür der gemeinsamen Wohnung gestellt hatte. Und dem sie aus Stolz bis heute die Scheidung verweigerte. Die ausschweifende Fassung eines nüchternen Scheiterns. Be-

trug. Schmerz. Zorn und Rache. Ein Klassiker. Im Grunde banal.
»Ist das nicht der Gipfel? Kommt der einfach zurück, als wär nichts gewesen, und denkt, ich schließ ihn wieder in die Arme. Na, der soll sich vorsehen!«, beendete die Arzthelferin ihren Redefluss. Ihre Wangen glühten in diesem typischen fleckigen Rotviolett, das Thea schon öfter bei ihr wahrgenommen hatte.
Es ist nicht nur die Hitze, dachte Thea und sagte: »Sie arbeiten in dieser Praxis. Sie haben einen prima Chef und nette Kolleginnen. Sie können den Kerl getrost vergessen. Jede Emotion und all die Wut, die Sie in den noch investieren, schadet nur Ihnen selbst.«
»Vergessen!« Ihr Schnaufen klang zynisch. »Das Schwein hat mich für blöd verkaufen wollen, oder etwa nicht? Dazu hatte er kein Recht! So eine wie mich« – sie holte tief Luft und verschränkte die Arme vor der Brust – »findet er nicht wieder.«
Thea stand auf. Sie klebte fast auf der Sitzfläche fest, und ihre dünne Jeans und kurzärmlige Bluse lagen feucht auf ihrer Haut. In Hofmanns Nähe fühlte sie sich vollends wie in einem Treibhaus. »Kommen Sie«, sagte sie freundlich, »sonst wird Doktor Wittke ungeduldig.« Thea wollte Gabriele Hofmann nicht vor den Kopf stoßen. Sie war derb und direkt in ihrer Art, doch sicher kein schlechter Mensch. Sie kämpfte sich auf ihre Weise durchs Leben.
»Es war ja klar, dass ihn diese magersüchtigen halbnackten Dinger sofort gelangweilt haben.«
»Ja.« Was sollte sie auch erwidern? In fünfzehn Minuten würde sie zu Hause sein und es sich gemütlich machen. Kein Mäkeln mehr, keine ungewollte Konfrontation mit niederträchtigen Ehemännern.

»Ich wusste, dass Sie das auch so sehen.« Schwer atmend erhob sich auch die Arzthelferin. Die Hand auf der Türklinke, sagte sie: »Sie sehen aus wie die Monroe auf diesem berühmten Foto. Sie wissen schon, das mit dem sexy Blick und diesem fliegenden Kleid.« Ihre Augen blitzten.

»Nur dreißig Jahre älter.« Thea Roth lächelte, froh darüber, dass das Thema »mein Ex« vorerst überstanden war.

»Wenn Sie sich dann noch 'nen hübschen Minirock …« Die korpulente Frau kicherte, und ihr ganzer Körper vibrierte.

Thea fuhr mit der Hand über ihre Beine. Sie hatte sich gut gehalten für ihre fünfundfünfzig Jahre. Muskulöse Oberschenkel, straffe Haut. Ihre Beine waren makellos. »Sie meinen, das steht mir?«, fragte sie, obwohl sie genau wusste, dass Kostüme sie hervorragend kleideten. Erst letzte Woche hatte sie einen Satinfummel aus dem Schrank geholt und sich damit vor der verspiegelten Tür um die eigene Achse gedreht. Kurzer Rock, hochgeschlossener Kragen. Wie für sie maßgeschneidert. Danach hatte sie den Plastikschutz wieder darübergestülpt und die Schranktür verschlossen.

»Sie könnten super im Fernsehen auftreten.« Hofmann gluckste.

»Die Diva aus der Draisstraße«, erwiderte Thea Roth schmunzelnd und freute sich über ihre neue Frisur. Blond, dicht, schulterlang. Perfekt.

»Bestimmt haben Sie früher auch schon so toll ausgesehen.«

Thea wiegte den Kopf. »Vergessen kann auch Gnade sein«, sagte sie und dachte: Und manchmal zwingt einen das Leben dazu.

Gabriele Hofmann lachte und öffnete die Tür zum Empfangsbereich, von wo aus Doktor Jakob Wittke ihnen zunickte. »Sie sind immer so lustig«, sagte sie zu Thea Roth.

Lustig!, dachte Thea und hakte Hilde Wimmer unter, deren knotige Hände die Griffe des Rollators umklammerten. Die beiden Frauen drückten sich in den Schatten der Häuserzeile. Jetzt, nach achtzehn Uhr, hatte die schlimmste Hitze ihren Höhepunkt überschritten, doch die Sonne brannte noch immer unerbittlich. Nur drei Hauseingänge lagen zwischen der Praxis und dem Zugang zu ihren Wohnungen, doch der Weg strengte Hilde Wimmer an wie ein Halbmarathon. Zwei Schritte schlurfen, stehen bleiben und keuchend atmen. Zwei Schritte schlurfen, innehalten … In einem Haus auf der andern Straßenseite fiel träge eine Haustür ins Schloss, gleich darauf eine zweite, Menschen kamen heraus, wahrscheinlich für ein paar Besorgungen oder einfach, um sich im nahe gelegenen Eschholzpark auf eine Bank zu setzen, friedlich eine zu rauchen oder den Tag im Freien ausklingen zu lassen. Manche waren allein an diesen Abenden. Wie Hilde Wimmer. Ihr war nicht das vergönnt, was Thea selbst hatte erfahren dürfen in den letzten Monaten. *Lustig?* Nein. Lustig war sie nicht. Sie war dankbar. Gott, falls es den gab, Miriam und dem Leben.

Am Treppenaufgang zu einem dreigeschossigen Haus mit bröckliger Fassade, die einmal gelb gewesen sein musste, blieben sie stehen. Es bildete das Nordende eines langgestreckten Gebäudes, das aus mehreren identischen Häusern bestand. Sie unterschieden sich nur durch geringe Nuancen in der Farbe voneinander. Jedes Haus beherbergte sechs Wohnungen, zwei pro Stockwerk. Nur die Arztpraxis hatte die Größe zweier Wohnungen und nahm das gesamte Erdgeschoss des südlichen Endhauses ein.

»Jetzt haben wir's gleich«, sagte Thea und trug das Gehwägelchen zum Hauseingang hinauf. Danach half sie der alten Frau Stufe für Stufe nach oben, machte dabei auf dem breiten Treppenabsatz Pause mit ihr, schob sie dann sanft weiter.

»Sie sind so eine gute Seele, Kindchen«, sagte Hilde Wimmer und nickte. »Was würde ich nur ohne Sie machen.«

»Ich bin immer da, wenn Sie mich brauchen, das wissen Sie doch.« Thea lächelte, legte einen Arm um den Rücken ihrer Nachbarin und drückte mit genau der richtigen Kraft leicht nach oben, so dass sie die nächste Stufe bezwang.

»Gute Seele«, wiederholte Hilde Wimmer, und Thea betrachtete sie von der Seite. Sie hatte helle, wässrige Augen, lange, fast durchsichtige Wimpern und hohe Wangen, auf denen zahlreiche Altersflecke die pergamentene Haut überzogen. Sie war sicher einmal eine schöne Frau gewesen.

Bis sie oben waren, schien Thea eine weitere Ewigkeit vergangen zu sein. Doch sie hatte sowieso nichts zu tun. Und Geduld – das war eine Tugend, die sie verinnerlicht hatte wie kaum ein anderer Mensch.

Sie kramte den Hausschlüssel hervor. Miriam arbeitete noch. Thea versuchte, sich zu erinnern, wo sie gerade war, aber es fiel ihr nicht ein. Doch bestimmt hatte Miriam ihr einen Teller gedünstetes Gemüse im Kühlschrank bereitgestellt. Sie lächelte.

Wie unterschiedlich die beiden doch waren. Ihre Tochter, die geduldig war, fürsorglich und still, und der nie ein böses Wort über die Lippen kam. Und Gabriele Hofmann, laut, zornig und enttäuscht vom Leben. Die Hofmann passt in den trostlosen Wohnblock ein paar Straßen weiter, dachte Thea und schämte sich sofort für diesen Gedanken. Er war ungerecht. Sie kannte die genauen Hintergründe nicht, die die Hofmann dorthin geführt hatten. In ein Umfeld, das alles andere war als ein Ort der Stars und Erfolge. Zumindest glaubte Thea, dass die nahe gelegenen Hochhäuser anonym waren und die Menschen dort unendlich einsam. Genau wissen tat – und wollte – sie es nicht. Erst recht nicht von Gabriele Hofmann.

Im Haus schlug ihr der Geruch nach Braten und Waschmittel entgegen, und Babygeschrei hallte durch das Treppenhaus. Das junge Pärchen aus der ersten Etage, dachte Thea. Die Wohnung von Theas Tochter und die des Pärchens lagen sich im ersten Obergeschoss gegenüber. Die Studenten hatten im Frühjahr ein Kind bekommen, und seither stritten sie pausenlos. Kein Tag verging ohne laute Worte und Türenschlagen. Was das Baby erst recht zum Weinen anstachelte. Armes Würmchen.
Thea drückte eben auf den Knopf, um den Aufzug zu holen, als hinter einer Tür ein Hund zu kläffen begann. Im nächsten Moment flog eine andere Tür auf, und eine Frau in Blümchenkittel schoss heraus. Die Hausmeisterin. Kleine schwarze Augen funkelten Thea Roth und Hilde Wimmer an, und über einer spitzen Nase türmte sich ein filziges Etwas, das irgendwann einmal eine Hochsteckfrisur gewesen sein mochte. Ratte, dachte Thea.
»Verfluchte Töle.«
»Der Hund hat uns kommen hören, es ist bestimmt nur eine Begrüßung«, sagte Thea.
Im Aufzugsschacht rumpelte es laut.
»Abmurksen sollte man das Vieh!«, rief die Ratte und eilte zu der Tür, durch die jetzt ein kläglichees Winseln drang. »Kläfft hier seit einer geschlagenen Stunde herum.«
Der Hund begann, an der Tür zu kratzen, bellte.
»Halt die Schnauze«, brüllte die Ratte und drückte dann ihr Ohr gegen die Tür. Das Winseln wurde leiser, klang beinahe fragend.
Thea stellte sich vor, wie der Hund herausschoss, auf die Ratte zu, und sich in die blaugeäderten Waden mit den Nylonstrümpfen verbiss.
Hilde Wimmer schüttelte den Kopf. »Er hat Durst, sag ich

Ihnen.« Dann eiferte sie sich plötzlich: »Aber wenn der Hund eingesperrt ist, verteilt er wenigstens keinen Kot auf den Wegen. Widerlich ist das. Fahren Sie da mal mit diesem Ding durch!« Sie ruckelte am Rollator.
»Wissen Sie was, wir trinken jetzt noch eine Tasse Eistee zusammen.« Thea bugsierte die Alte sanft in die Aufzugskabine. »Einverstanden?« Sie drückte die Taste mit der 2.
»Und Sie lesen mir auch die Standesamtnachrichten aus der Zeitung vor?«
»Natürlich.« Thea tätschelte vorsichtig die verkrümmten Finger.
Die Metallwände schlossen sich um die beiden Frauen und schluckten das erneute Bellen des Hundes. Ein verstohlenes Lächeln schlich sich auf Thea Roths Gesicht.

# 3

Dienstag, 27. Juli

Kriminalhauptkommissar Moritz Ehrlinspiel stützte die Ellbogen auf den Schreibtisch und musterte seinen Kollegen Paul Freitag, der ihm gegenübersaß und konzentriert auf seinen Monitor blickte.
»Neuigkeiten?«, fragte er und fischte die Wasserflasche zwischen Rechnertastatur, Papierstapeln und einem Durcheinander von Stiften, einem Locher, Zetteln und CDs hervor. Wie immer war er Punkt sieben Uhr fünfzehn mit dem Fahrrad in den Carport der Polizeidirektion Freiburg eingebogen, hatte rasch geduscht und sich ein frisches T-Shirt übergezogen. *2 many ways make my day*, stand jetzt in schwarzen, abstrakten Lettern auf seiner dunkelorange bekleideten Brust.
»Versuchte Vergewaltigung bei einem Bikertreffen.« Freitag verzog den Mund. »Ein Harleyfahrer wie aus dem Bilderbuch. Ein Berg von Mann, übersät mit Tattoos und mit Bierfahne. Und dann: Eingeknickt wie ein Baby, als er die Kollegen schon von weitem gesehen hat.«
Ehrlinspiel fuhr seinen Rechner hoch und scrollte wie sein Kollege durch die Pressemitteilungen und internen Meldungen der letzten Stunden. »Nichts als sexuell gestörte Typen, prügelnde Betrunkene, Verkehrsunfälle, Einbrüche. Und der Nacktläufer war auch auf Tour.« Er blähte die Nasenflügel. »Hat den Kollegen wieder einmal die alte Leier aufs Auge gedrückt von wegen innerer Befreiung und Öffnen der Poren, damit der Kosmos ins Karma dringen kann.« Er schüttelte

den Kopf. »Kaum etwas fürs Dezernat 11 dabei. Warum müssen eigentlich immer wir zwei in diesen Sommerwochen die Stellung halten?«

»*Du,* Moritz. Nicht *wir.*« Kriminalkommissar Paul Freitag lehnte sich zurück und verschränkte die Hände hinter dem Kopf. »In knapp drei Wochen bin ich in Dänemark. Ostseeküste. Familienhotel mit Ponys und eigenem Sandstrand, Badeanlage mit Rutschen, Saftbar, schattige Promenaden, frischer Wind, Möwen über dem Meer …« Er grinste. »Keine Kinder – kein Recht auf Sommerferien. Ganz einfach.«

Ehrlinspiel setzte eine gespielt beleidigte Miene auf. »Ich fahre mit Bentley und Bugatti weg. Kater müssen schließlich auch einmal woanders jagen.«

»Jagen?« Freitag spitzte die Lippen. »Die beiden jagen doch höchstens in deinen heimischen Kochtöpfen. Apropos« – er deutete mit dem Kinn auf eine Schatulle, die neben Ehrlinspiels Rechner stand –, »hast du eigentlich die geheime Schenkerin inzwischen erlegt? *Fleischeslust?*« Er zwinkerte.

Ehrlinspiel schüttelte den Kopf und betrachtete die Perlen auf der Schatulle. Sie bildeten den Schriftzug *B&B-Gourmetbox,* und der Hauptkommissar sammelte in ihr Rezeptideen für Katzenfutter. Seit die Box eines Morgens auf seinem Tisch gestanden hatte, leer bis auf einen Zettel mit dem Wort *Fleischeslust,* suchte er die Gönnerin zu enttarnen. Doch alle Spuren hatten bislang zu nichts anderem außer dummen Sprüchen seitens seiner männlichen Kollegen geführt. »Immer noch im Fleischesfrust? Probier's mal mit Gemüselust!« oder »Ich sehe schon die Aasgeier über deinem alten Singlebody kreisen.«

Freitag blickte in die Zeitung. »Er war auf Trab bei Morgenrot, doch jetzt ist Jäger Jürgen tot«, zitierte er. »Da siehst du's!« Wie meist, hatte er die Seite mit den Todesanzeigen aufgeschlagen.

»Wie viele hast du eigentlich schon?« Sicher quoll Freitags Archiv mit den Jahren über. Zwölf bis fünfzehn Schuhkartons, schätzte Ehrlinspiel, reihten sich im Regal hinter Freitags heimischem Schreibtisch aneinander. Seine Leidenschaft gehörte dem Sammeln skurriler Todesanzeigen und Nachrufe. Tiefste Tragik und ungewollte, höchste Komik lagen darin dicht beieinander. Alle drei bis vier Monate blickte Freitag morgens drein wie ein Totengräber nach einer Massenbestattung, weil er die Nacht mit dem Sortieren und Scannen der Annoncen verbracht hatte. Die Kategorie *Makabres* umfasste den größten Teil der Sammlung, dicht gefolgt von *Beruf & Hobby* sowie *Lyrisches* und schließlich *Hass & Zwist, Enigmatisches, Tiere* und *Selbstanzeigen.*

»Achttausenddreihundertundfünfundzwanzig. Mit Jäger Jürgen.« Freitag faltete die Zeitung zusammen. »Lilian meint, ich soll ein Buch daraus machen.«

»Und *ich* meine, wir sollten mal wieder zusammen grillen.« Ehrlinspiel stand auf und ging um den großen, ovalen Schreibtisch herum, den die Kommissare sich seit vielen Jahren teilten.

Hier oben, vom dritten Stock, Zimmer I-334, blickten sie auf den Innenhof. Der Rotahorn mit seinem dichten, purpurnen Blätterkleid verkörperte für Ehrlinspiel Stärke und Optimismus. Wenn er nachdachte, stellte er sich oft ans Fenster und blickte auf diesen Baum.

Paul Freitag genoss zudem die Aussicht auf eine stattliche Galerie gerahmter Fotos. Neben exakt ausgerichteten Ablagekörben reihten sie sich Kante an Kante auf seinem Schreibtisch aneinander und zeigten seine Familie: eine mollige Blondine Anfang dreißig – Freitags Ehefrau Lilian – und zwei Mädchen im Vorschulalter.

»Wie wär's heute Abend? Ich besorge die Steaks und du –«,

setzte Ehrlinspiel an, als sein Telefon klingelte. Der Dezernatsleiter.
»Der KDD hat was für dich«, sagte sein Vorgesetzter. »Leichenfund, ungeklärte Todesursache. Stadtteil Stühlinger. Draisstraße. Lukas ist schon dort. Fahr bitte gleich raus. Allein. Kleiner Bahnhof erst einmal.«
»... und ich brutzle hier einsam vor mich hin«, fuhr Paul Freitag fort, als Ehrlinspiel seine Ledertasche umhängte, die Wagenschlüssel schwenkte und ging.

Lukas Felber streifte die Latexhandschuhe ab. Seine Finger waren verschrumpelt. »Grüß dich, Moritz.«
»Scheiße«, sagte Ehrlinspiel, der einen weißen Overall und Schutzschuhe übergezogen hatte. Er rümpfte die Nase und blickte auf den Körper, der auf hellgrauen Steinfliesen in der stickigen, kleinen Küche lag.
»Du sagst es«, sagte der Leiter der Kriminaltechnik.
»Ist das der Mieter dieser Wohnung? Martin Gärtner?«
»Ja. Stefan Franz hat schon alles erfragt. Personaldaten liegen vollständig vor. Der Mann war sechsundfünfzig. Frührentner.«
»Stefan Franz«, echote Ehrlinspiel und hob die Augen gen Himmel. »Ausgerechnet. Wo ist er?«
»Trinkt Kaffee mit der Nachbarin, die den Toten gefunden hat.«
Ehrlinspiel schüttelte den Kopf und ging in die Hocke. Der Tote lag auf der Seite, mit angezogenen Beinen und verdrehtem Oberkörper. Er trug ein grünes T-Shirt und eine verwaschene, kurze Hose, die im Schritt gelb und braun verfärbt war. Auf dem Boden lag ein Tetrapak Milch, dessen Inhalt in die Kleidung des Mannes und die Bodenfugen gesickert und dort eingetrocknet war. Etwas abseits standen eine Futter-

schüssel und ein Wassernapf, beide leer. Der Gestank von Urin, Exkrementen und säuerlicher Milch hatte sich mit dem Geruch des Todes verbunden. Ehrlinspiel hielt sich ein Taschentuch vor den Mund. »Hast du schon etwas?« Er sah zu dem geöffneten, kleinen Fenster, durch das jedoch kein Luftzug drang. Er würgte.

Lukas Felber schüttelte den Kopf. »Nur das, was du auch siehst. Und riechst. Kein Hinweis auf Fremdeinwirkung. Vielleicht eine Herzgeschichte. Auf jeden Fall kein friedlicher Tod.«

Graubraune Haarsträhnen klebten auf der Schläfe des Toten, sein eingesunkenes Kinn und die Wangen waren unrasiert und die Augen halb geöffnet. Sein Kiefer schien nach links verschoben, als habe er noch jetzt, im Tod, Schmerzen und wolle schreien.

»Eine Bewohnerin aus dem Haus hat ihn gefunden, sagst du?« Ehrlinspiel richtete sich auf und erfasste mit wenigen Blicken den Raum. Kleiner Tisch, darauf eine halbvolle Kaffeetasse und ein angegessenes Stück Erdbeerkuchen. Zwei verschiedene Stühle, einer davon krumm, als ginge er aus dem Leim. Küchenzeile aus Herd, Spüle, Kühlschrank. Kaffeemaschine mit eingetrocknetem Rest. Senfgelbe Wandfliesen, darüber vergilbte Tapete mit Rautenmuster. Sieht aus, als habe man die Küche auf einem Wühltisch zusammengesucht, dachte der Kriminalhauptkommissar.

»Die Hausmeisterin. Sie ist« – Lukas Felber grinste – »mit Franz in ihrer Wohnung, direkt gegenüber.« Entschuldigend zuckte er mit den Schultern, als Ehrlinspiel im selben Moment fragend auf eine Tür deutete, hinter der ein leises Winseln zu vernehmen war.

»Okay, ich rede mit den beiden. Hat der Hund was zu fressen?«

Der Kriminaltechniker verneinte. »Er kommt gleich dran, keine Sorge. Der Kerl muss übrigens die ganze Nacht gejault haben. Das hat die Hausmeisterin alarmiert.«
»Dann liegt Gärtner also schon länger hier«, konstatierte er, ging zur Wohnungstür und öffnete sie von innen.
Augenblicklich trat eine drahtige Frau auf ihn zu. Sie musste direkt vor der Wohnung gewartet haben. »Ich hab's ja schon immer gesagt.« Sie gestikulierte vor seinem Gesicht.
Breitbeinig stellte er sich vor sie. »Ehrlinspiel, Kriminalpolizei«, sagte er. »Haben Sie den Toten gefunden?«
Ein giftiger Blick traf ihn. »Mit dem ist doch was faul. Sehn Se sich nur mal die Wohnung an. Aufgeräumt hat der!«
Sie wollte an Ehrlinspiel vorbei in Gärtners Wohnung schlüpfen, doch ein großer Polizist fasste sie am Ärmel ihres Arbeitskittels. »Nicht, Frau Zenker«, sagte der Uniformierte und nickte Ehrlinspiel zu. »Hallo, Herr Kriminalhauptkommissar.« Zynisch betonte er jede Silbe von Ehrlinspiels Dienstgrad. Weder sein Mund noch seine Augen verrieten ein Lächeln. »So schnell sieht man sich wieder.«
Ehrlinspiel blickte auf Franz' birnenförmigen Kopf, der mit dem Hals verschmolz und von kleinen Löckchen gekrönt war. Erst vor wenigen Wochen hatte der Kollege vom Revier Süd, das im Gebäudeflügel neben Ehrlinspiels Büro lag, zu dem Polizeiposten Stühlinger gewechselt. Nicht einer hatte ihm zum Abschied die Hand gedrückt. Jetzt war er hierhergeschickt worden und hatte – garantiert erleichtert darüber, dass ein Toter nicht in seinen Zuständigkeitsbereich gehörte, jede Art Essen dagegen sehr wohl – kurzerhand ein zweites Mal gefrühstückt. Mit der Zeugin.
»Guten Morgen, Herr Polizeihauptmeister«, erwiderte Ehrlinspiel und konterte damit Franz' Affront, einen Kollegen mit dem Dienstgrad anzusprechen. »Kaffeeplausch beendet?

Wollten Sie sich schon verabschieden aus diesem gastlichen Haus?«

Oben schlug eine Tür zu, und ein junges Paar kam die Treppe herunter. Die Frau trug ein Baby in einem Tragetuch vor der Brust. Für einen Moment glaubte Ehrlinspiel, der schwarzhaarige Mann mit der dunklen Haut wollte etwas sagen, doch seine Partnerin – mit kurzen, blonden Stoppelhaaren, Lippenpiercings und hautengen Hosen – zischte ihm etwas zu, und sie gingen vorbei.

»Ich habe mit Frau Zenker gesprochen. Sie ist eine wichtige Zeugin. Es ist alles protokolliert«, sagte Stefan Franz. »War das falsch?«

»Sie wissen schon, wie Sie sich immer das beste Stück vom Kuchen einverleiben können, nicht wahr? Kommen Sie doch bitte mit herein.« Ehrlinspiel lächelte. Er war sich noch immer nicht sicher, ob Franz, der stets nach Zwieback roch, die Rolle des Tumben nur spielte oder ob seine Naivität echt war. Er wandte sich an die Hausmeisterin: »Eventuell habe ich später noch einige Fragen an Sie.«

»Also«, fragte Ehrlinspiel Franz barsch, als sie in der Wohnung des Toten waren und der Polizeihauptmeister umständlich in einen Overall stieg, »was hatte die Dame zu sagen?«

»Sie hat sich über das Gekläffe geärgert«, gab Franz monoton zurück und zog den Reißverschluss zu. »Kam ihr seltsam vor. Sie ist mit dem Schlüssel rein. Der Mann lag da in Kot und Pisse. Da hat sie die 110 angerufen. Das Führungs- und Lagezentrum hat mich hergeschickt.«

»Ist das alles?« Ehrlinspiel widerstand dem Reflex, den Mann zurechtzuweisen, während sie in die Küche gingen.

Dort kniete Felber und entkleidete den Toten. Weil die Totenstarre offenbar schon vollständig eingetreten war, schnitt er die Hose auf. Wie das T-Shirt klebte er auch diese mit breiten

Streifen Klebeband ab, damit mögliche Fremdfasern nicht verlorengingen. Zwischendurch fotografierte er den Toten mehrmals aus verschiedenen Perspektiven. Auf der Seite des Leichnams, die dem Boden zugewandt war, hatten sich große, bläuliche Totenflecke gebildet.

»Wirkte Frau Zenker glaubhaft?«, fragte Ehrlinspiel den Polizeihauptmeister. »Aufmerksam? Kannte sie den Toten näher?« Franz zuckte mit den Schultern, und am liebsten hätte Ehrlinspiel ihm ein Feuerzeug unter den breiten Hintern gehalten, um ihn auf Touren zu bringen. Manchmal waren Raucher eindeutig im Vorteil.

»Der Typ knallt keine Tante mehr«, sagte Franz mit einem Grinsen, das gelbe Zähne entblößte, und setzte sich auf die Kante des Küchentischs. »Der CD-Player lief übrigens noch. Uralte Songs von den *Rolling Stones,* auf Endlos-Wiederholung geschaltet.«

»Runter vom Tisch«, zischte Lukas Felber und drückte mit zusammengekniffenen Augen auf einen der Leichenflecke, dessen Farbe und Lage sich dabei nicht veränderte. Bestimmt hätte auch Lukas dem Kollegen gern eine Nachhilfestunde in Sachen freundliches Benehmen und Pietät verpasst, dachte Ehrlinspiel. Doch dazu ist er zu diskret. Lukas Felber war keiner, der andere grob zurechtwies.

Gärtner musste länger als zehn Stunden tot sein. Zwar waren Totenstarre und Leichenflecke kein zuverlässiges Mittel zur Bestimmung des Todeszeitpunktes, erste Anhaltspunkte konnten sie dennoch liefern: In den ersten Stunden nach Todeseintritt ließen sich die Flecke wegdrücken. Bei Gärtner waren sie fixiert. Postmortale Austrocknung, Zerfall roter Blutkörperchen, Austritt von Hämoglobin ins gefäßangrenzende Gewebe. Mit manchen Dingen war man vertraut, obwohl man es nicht wollte.

»Ich hab immerhin den Arzt geholt, nachdem ich hier angekommen bin«, erklärte der Polizeihauptmeister. »Sie müssen mich nicht so herablassend behandeln.«
Ehrlinspiel hob eine Augenbraue. »Immerhin? Das gehört zu Ihrem Job. Dafür gibt es kein extra Kuchenstück.«
Franz schnaubte, und Ehrlinspiel wusste, dass er nicht nur beleidigt war, sondern voller Verachtung und Neid steckte. Franz hatte nie Karriere gemacht und missgönnte allen Gleich- und Höhergestellten ihren Erfolg. Arbeit schob er am liebsten andern hin und bestand zudem auf dem »Sie« – wahrscheinlich als einziger Polizist des Landes.
Felber drehte den Toten auf den Bauch, fotografierte ihn erneut und maß die Rektaltemperatur. »Der Hausarzt hat ihn nicht ausgezogen.« In seiner Stimme schwang Kritik.
Ehrlinspiel wusste, dass viele Morde unentdeckt blieben, weil der Hausarzt das Misstrauen der Angehörigen nicht auf sich ziehen wollte. Wozu nach Anzeichen für einen gewaltsamen Tod suchen? Man kannte sich schließlich. Und vor allem brauchte man zahlende Patienten, am besten privatversicherte. Andere Ärzte waren einfach zu faul. Über die Dunkelziffer unentdeckter Tötungen in Altenheimen wollte er erst gar nicht nachdenken. Die Erfahrungen des Kriminalhauptkommissars warfen in diesem Punkt kein gutes Licht auf die Ärzteschaft. Auf Lukas Felber dagegen konnte er sich verlassen: Er übernahm keinerlei Angaben ungeprüft – egal, wie umfassend und kompetent diese auch schienen.
»Der Arzt musste zu 'nem Notfall«, erklärte Franz und nahm eine Fernsehzeitschrift zur Hand, deren halbes Titelblatt dem Dekolleté eines plastikgleichen Models gehörte. »Er konnte nicht warten.«
»Und Sie offenbar auch nicht.« Ehrlinspiel wechselte einen Blick mit dem Kriminaltechniker.

»Doktor Wittke hat im Totenschein angemerkt, dass eine Nussöl-Allergie bestand«, fuhr Felber sachlich fort und beugte sich dicht über den Rücken, dann über das Gesäß und die Beine Martin Gärtners. »Keinerlei äußere Anzeichen für einen gewaltsamen Tod. Keine Verletzungen.« Er stand auf und reichte Ehrlinspiel das mehrseitige Schriftstück.
»Todesart ungeklärt«, las Ehrlinspiel neben dem angekreuzten Kästchen.
»Und dabei bleibt es auch für mich.« Lukas Felber nickte.
»Der Hausarzt hat gesagt, dass Gärtner letzte Woche zum Generalcheck bei ihm war.« Der Polizeihauptmeister schlug die Fernsehzeitschrift auf. »Topfit bis auf die Allergie. Aber die ist ihm wohl am Arsch vorbeigegangen.«
Felber nickte, doch sein Seitenblick auf Franz sprach Bände. »Wir schicken ihn zur Obduktion.« Er wandte sich zum Küchentisch. »Du hast das gesehen?«, fragte er Ehrlinspiel, steckte den Kuchenrest in eine luftdurchlässige Tüte, kippte den Kaffee in ein Plastikgefäß und verstaute auch die Tasse. »Er ist mitten beim Kaffeetrinken gestorben. Wenn's kein Herzinfarkt oder Ähnliches war und er sich dabei vor Angst in die Hosen gemacht hat ... Ich schicke das gleich ins Labor der Rechtsmedizin.«
Ehrlinspiel verstand. Gift vielleicht. Drogen. Eine Überdosis an Medikamenten. Freiwillig jedenfalls war der Mann nicht aus dem Leben gegangen. Für einen Suizid wählte man nicht gerade seine Kaffeestunde und aß dazu Erdbeerkuchen. »Ich rufe das Lagezentrum an«, sagte Ehrlinspiel, doch Felber hatte sein Handy bereits am Ohr. »Schickt mir Verstärkung von der Technik«, sagte er. »Außerdem einen Bestatter. Er soll in fünfundvierzig Minuten da sein. Der Tote geht in die Rechtsmedizin.« Er beendete das Gespräch. »Leitest du die Formalitäten in die Wege?«, bat er den Hauptkommissar.

Moritz Ehrlinspiel nickte. Das Prozedere, das die Strafprozessordnung bei Hinweisen auf eine nichtnatürliche oder unklare Todesursache vorschrieb, war Alltag für ihn: Meldung an die Staatsanwaltschaft. Mit den Angaben, wer, wann, wo und durch wen gefunden worden war. Aktueller Kenntnisstand der Kripo. Das Ganze in Kopie an involvierte Stellen – im aktuellen Fall also den Polizeiposten Stühlinger. Das alles konnte er per E-Mail erledigen. Danach würde die Staatsanwaltschaft beim Ermittlungsrichter die Obduktion beantragen.
Die Zusammenarbeit zwischen der Freiburger Kripo und der Justiz war vorbildlich, und wenn eine Obduktion eilig war, erfolgte die offizielle Anordnung meist wenige Minuten später per Fax. Martin Gärtner allerdings – der zählte wohl zu den weniger dringenden Fällen. Kein Hinweis auf Mord. Routine. Zwei Tage würde er mindestens im Kühlfach warten müssen. Und Ehrlinspiel konnte bis dahin ein paar Aktenberge abtragen.
Im Nebenzimmer begann der Hund zu jaulen. Der Hauptkommissar füllte den Wassernapf, ging hinüber und fand sich unmittelbar im Schlafzimmer des Toten wieder. »Du bist aber auch schon ein älteres Semester«, sagte er und kraulte das Fell, das fast dieselbe graubraune Farbe wie die Haare des Toten hatte, während das Tier gierig soff.
Felber war noch nicht durch mit der Spurensicherung. Einen vorsichtigen Blick konnte Ehrlinspiel trotzdem in den Raum werfen. Doch er entdeckte nichts Interessantes. Ein schmales Bett, ein Hocker, ein zweitüriger Kleiderschrank, in den der Hund die Schnauze steckte, als der Kriminalhauptkommissar Handschuhe anzog und ihn öffnete. Zwei Hosen, verwaschene Überhemden, einige T-Shirts. Ein schiefer Stapel Doppelripp-Unterwäsche. Socken mit dünnen Fersen und ausgelei-

erten Bündchen. Ein Winterpullover. Und der Geruch von Staub. »Was für ein Leben«, murmelte Ehrlinspiel und sah zu dem Hund. »Und was soll jetzt aus dir werden?« Zwei dunkle Augen blickten ihn aus einem schiefgelegten Kopf an. Ihm wurde die Kehle eng. »Wer will denn so einen alten Kerl?«
Auch seine beiden Kater waren nach einem Fall »übrig geblieben«, wie er gern sagte. Als sei es gestern gewesen, sah er das Bild ihrer Vorbesitzerin vor sich: Die alleinstehende Frau war erstochen und mit abgetrennten Händen und Füßen vor einer Kapelle abgelegt worden. Bis heute war der Fall ungeklärt. Die jungen Tiere ihrer Zucht hatten sofort vermittelt werden können. Die Brüder Bentley und Bugatti aber, schon damals neun Jahre alt und unzertrennlich, waren in ihrem Weidekorb buchstäblich sitzen geblieben. Ehrlinspiel musste die beiden ins Tierheim bringen. Auf halber Strecke dorthin hatte er kehrtgemacht. Und war bis heute dankbar dafür. Auch das war im Hochsommer gewesen.
Ich muss mir etwas für den Hund einfallen lassen, dachte er.

# 4

Donnerstag, 29. Juli, 14:00 Uhr

Ehrlinspiel fröstelte. Das leise Klackern, wenn die Edelstahlbahren über den Fliesenboden des Sektionssaals zurück zum Kühlraum gerollt wurden, erfasste ihn stets wie mit kalten Fingern. Manch einer, dem er von diesem geradezu körperlichen Empfinden erzählte, mochte ein wohliges Gruseln spüren. Für den Hauptkommissar war es bedrückende Realität. Ein brutales Gehen. Das abscheuliche Ende menschlichen Daseins.
»Schon wieder so blass, Moritz?«, sagte Professor Reinhard Larsson, streifte die orangefarbenen Handschuhe ab, desinfizierte Hände und Unterarme und warf OP-Hose und -Mantel in den Wäschesack zwischen Metallschränken und Lüftungsschacht. »Lass uns in mein Büro gehen.«
Erleichtert folgte Ehrlinspiel dem Rechtsmediziner aus dem weiß gekachelten Raum. Dass der klimatisiert war, hatte dem Kommissar trotz der bleiernen Hitze, aus der er vor rund eineinhalb Stunden hier hereingekommen war, keine Erleichterung verschafft. Auch in den beiden Tagen seit dem Leichenfund hatte das Wetter keinerlei Hoffnung auf einen Windhauch oder gar einen kühlen Tropfen Regen aufkommen lassen.
Die Obduktion hatte als Routinearbeit ohne die Anwesenheit eines Kripobeamten begonnen – bis Larsson die Sektion unterbrochen und Ehrlinspiel angerufen hatte: Es waren Hinweise für einen Mord entdeckt worden. Erst als der Kommis-

sar im Institut war, hatten die Mediziner ihre Arbeit fortgesetzt.

»Vorläufiges Ergebnis?«, fragte Ehrlinspiel jetzt, nahm auf dem Stuhl vor Larssons Schreibtisch Platz und sah über Stapel medizinischer Fachbücher hinweg in das auffallend symmetrische Gesicht seines Gegenübers.

Kerzengerade thronte der auf seinem ledernen Bürostuhl. Mit seinem perfekt getrimmten, aschblonden Ziegenbärtchen, der Brille mit dem dunklen Kunststoffgestell und der schwarzen Markenkleidung erinnerte Reinhard Larsson ihn immer an einen Designer aus einer dieser Nobelagenturen.

»War es wirklich Mord?«

Larsson lehnte sich zurück und verschränkte die Arme vor der Brust. »Dieses Wort nehme ich nicht in den Mund. Ich könnte mich allerdings« – er schürzte die Lippen – »zu einem zarten ›Tötungsdelikt‹ hinreißen lassen.«

»Könntest oder tust? Du hast mich immerhin herzitiert.«

Ehrlinspiel spürte leichte Kopfschmerzen. Zu gern hätte er sie dem Wetter zugeschrieben. Doch er kannte seine Reaktion auf so manchen Zeitgenossen gut genug, um zu wissen, dass sie die Folge einer mühsam bewahrten Beherrschung waren. Larsson gehörte zu denen, die ihn bis kurz vor die Explosion bringen konnten.

»Der innere Befund zeigt eine generalisierte Hyperhydration der Weichteile, vor allem der Mukosae. Inklusive Epiglottis. In Interstitium und Alveolen der Lunge ist zudem Blutflüssigkeit aus den Kapillargefäßen getreten.« Larsson schmunzelte. »Schleimhäute überwässert, Kehldeckel geschwollen plus Lungenödem – wenn du's umgangssprachlich möchtest. Die Schleimsekretion in den Bronchien war auch leicht vermehrt.«

»Was soll das heißen? Mord? Vielleicht mit Gift oder mit Hil-

fe eines Allergikums? Der Hausarzt hat doch im Totenschein eine Nussöl-Allergie vermerkt.«
Ein süffisantes Lächeln stahl sich auf Larssons Lippen. »Totenbescheinigungen – um bei der korrekten Terminologie zu bleiben – sind für Leute wie mich allenfalls ein Quell der Erheiterung. *Ich* schaue selbst nach der Todesursache.«
»Und was hast du gesehen?« Die Bilder aus dem Sektionssaal tauchten vor ihm auf. Gärtners Leichnam unter grellem Neonlicht. Die drei geöffneten Körperhöhlen: Brust, Bauch, Schädel. Die beiden Mediziner und der Präparator, die Eingeweide in Schüsseln legten, wogen, die Ergebnisse auf eine grüne Wandtafel schrieben, Urin-, Mageninhalts- und Gewebeproben einlagerten. Er sah vor sich, wie sie Name und Obduktionsnummer Gärtners auf einen kleinen, braunen Plastikbehälter schrieben, in dem wie buntes Fleischallerlei die konservierten Innereien in Formalin schwammen, wie sie den Behälter ans Ende einer langen Reihe stellten – Relikte derer, die hier in den vergangenen Tagen ihre letzten Geheimnisse preisgegeben hatten. Noch intensiver aber erinnerte Ehrlinspiel sich an die Geräusche: das metallene Klappern der Autopsieskalpelle und Pinzetten, die dumpfen Schläge des Hammers auf den Knochenmeißel; das Krachen der Rippen beim Brechen mit der Knochenschere und das Knirschen der Handsäge, als die Schädelplatte abgenommen worden war. Alles begleitet vom ständigen Rauschen des Wasserschlauchs, unter dessen Strahl die Organe abgespült wurden und Sekret und Blut in den Abfluss gluckerten. Noch immer schmeckte Ehrlinspiel den Geruch des Todes auf seinen Schleimhäuten.
»Zunächst einmal keine der ursprünglich vermuteten Todesursachen. Kein Herzinfarkt, keine Hirnblutung, keine Lungenembolie, keine –«

»Sondern?«

»Ein anaphylaktischer Schock.« Larsson ließ die Arme sinken.

»Also doch kein ... Tötungsdelikt?« Bloß nicht provozieren, dachte Ehrlinspiel. Schön auf ihn eingehen. Ich will schließlich etwas von ihm.

Larsson kam hinter seinem Schreibtisch hervor und lehnte sich an dessen Vorderkante. »Ein Rechtsmediziner beschreibt, was er findet. Er bewertet. Er bittet um Analysen. Aber er spekuliert nicht. Weder über den Auslöser des allergischen Schocks noch darüber, wie das Allergikum in den Körper gekommen ist.« Er blickte Ehrlinspiel direkt an. »Klinkenputzen ist deine Sache.«

»Warum hast du mich dann überhaupt geholt, wenn du nicht weißt, ob ...« Ehrlinspiel verstummte und holte tief Luft. *Ganz ruhig! Er ist einer der gefragtesten Rechtsmediziner Deutschlands. Fachlich betrachtet.* »Was ist mit den Analysen? Lukas Felber hatte euch Lebensmittel aus der Wohnung des Toten geschickt.«

»In der Milch war Walnussöl.« Larsson schlenderte wieder hinter seinen Schreibtisch.

»Was?« Moritz spürte ein Pochen in den Schläfen. Er kannte Reinhard Larsson seit vielen Jahren als komplizierten Menschen. Stets sarkastisch, oft vermessen, selten mit menschlichen Anwandlungen. Heute aber schien er dem Wort Arroganz eine neue Dimension verleihen zu wollen.

»Warum hast du mir nicht –«

»Und er starb plus/minus siebzehn Uhr am Montag.«

»Was genau für ein Walnussöl?«

Der Rechtsmediziner setzte sich, schlug einen Ordner auf und begann zu lesen. »Vergiss es! Die sind alle gleich. Niemand kann da einen Unterschied feststellen. Ich schicke die

Befunde an die Staatsanwaltschaft. Nur der bin ich rechenschaftspflichtig.«
Korinthenkacker, dachte Ehrlinspiel und klappte sein Handy auf. »Ich brauche eine Soko«, sagte er zum Dezernatsleiter. »Wir haben einen Mord.«

Nur wenige Stunden später saß das Team im vierten Stock der Polizeidirektion beisammen.
In dem L-förmigen Gebäude mit dem rotbraun geklinkerten Eingangsbereich und den charakteristischen abgerundeten Ecken waren einst chirurgische Instrumente und Elektronik für die Medizintechnik hergestellt worden. Nach einem millionenschweren Umbau beherbergte der denkmalgeschützte Bau in der Heinrich-von-Stephan-Straße die zentralen Organisationseinheiten der Polizeidirektion Freiburg: Seit 1999 teilten sich Einsatzstab, Führungs- und Lagezentrum, Ermittlungsdezernate der Kripo, die Kriminaltechnik samt ihren Hightech-Laborräumen, das Revier Süd, die Verkehrspolizei, Direktion, Verwaltung und Archive mehr als achttausend Quadratmeter Nutzfläche. Im Keller befanden sich zudem einige Arrest- und die Großraumzelle, die sich vor allem nach Fußballbundesligaspielen füllte. Die Sonderkommissionen besprachen sich ganz oben.
Zur Leiterin der Soko »Draisstraße« war Kriminalhauptkommissarin Meike Jagusch ernannt worden. Sie verfügte über eine hohe soziale Kompetenz und Entscheidungsstärke und war als kluge und stets sachliche Teamchefin beliebt. Nichts war der Leiterin des Dezernats 12 fremd. Egal, ob Fälle aus dem eigenen Dezernat – das sich mit Raub, Erpressung, Jugenddelinquenz und Sexualdelikten im sozialen Nahraum beschäftigte – oder aus anderen Bereichen. Ehrlinspiel war erleichtert, dass der Kripochef ihm den Part der Soko-Leitung

erspart hatte. An den Schreibtisch verdammt zu sein, zu koordinieren und zu organisieren, war ihm zuwider. Er musste hinaus. Ausschwirren. Ins Wespennest stechen und so lange nachbohren, bis auch die letzte Larve aus ihrer Verpuppung schlüpfte, ans Licht kroch und ihre Rolle im Staat der Verdächtigen verriet.

Meike Jagusch stand vor den Tischen, die in einem großen Rechteck angeordnet waren und auf die durch bodentiefe Fenster viel Licht fiel. Sie starrte auf das leere Whiteboard und rieb sich gedankenverloren über die Stirn. Die kompakte Frau Ende vierzig mit dem vollen grauen Haar war nicht für große Gefühlsausbrüche bekannt. Doch heute zeigte ihr Gesicht mit den sympathischen Furchen einen niedergeschlagenen Ausdruck.

»Verstehe ich das richtig. Wir haben – nichts?« Jaguschs Blick glitt über die Runde: den Leiter der Kripo; Lorena Stein, die ermittelnde Staatsanwältin; Ehrlinspiel, der zum Hauptsachbearbeiter bestimmt worden war und zusammen mit Paul Freitag ein Ermittlungsteam bildete; Lukas Felber von der Kriminaltechnik; Judith Maiwald, eine Wirtschaftskriminalistin aus dem Dezernat für Betrugs- und Insolvenzdelikte; den Pressesprecher und Stefan Franz. Letzterer würde hoffentlich nur heute dabei sein, um die Truppe auf den aktuellen Stand zu bringen. Diesem Kernteam gegenüber saßen rund fünfzehn Ermittler, außerdem Kollegen zur Recherche und Datenerfassung sowie zwei Schreibkräfte. Abhängig von der Entwicklung des Falls käme auch der Rechtsmediziner zu den zwei täglichen Besprechungen. War es kriminaltaktisch notwendig, so ließen die Soko-Leiter die Telekommunikation überwachen und forderten Unterstützung durch die Operative Fallanalyse aus Stuttgart an.

»Okay, die Fakten. Moritz?«, sagte Jagusch.

Ehrlinspiel begann: »Der Tote heißt Martin Gärtner, war sechsundfünfzig Jahre alt und nach erster Aussage einer Nachbarin Frührentner. Wir müssen alles erst durchgehen. Keine Familie nach bisherigem Wissensstand. Wohnte allein in einer Erdgeschosswohnung der Draisstraße 8 a. Ein älterer Hund. Tod aufgrund eines allergischen Schocks. Ausgelöst durch Walnussöl in der Milch beziehungsweise im Kaffee.«
»Welches er wohl kaum selbst dort hineingekippt hat«, warf Freitag ein.
»Stimmt«, sagte Lukas Felber. »Der Tetrapak war unversehrt. Keine Einstiche von Spritzen oder Ähnlichem. Jemand hat das Öl also durch die reguläre Öffnung in die Packung gegeben.«
»Bitte, einer nach dem andern.« Jagusch hob die Hand und schrieb die Eckdaten auf das Whiteboard. Daneben hingen Fotos von dem Toten in der Küche.
Ehrlinspiel nickte. »Fragt sich nur, wann und wo die Milch präpariert wurde. Ich vermute, dass es erst in Gärtners Wohnung passiert ist, nicht schon im Laden. Wobei: Es gibt keinerlei Einbruchsspuren. Der Täter ist entweder mit einem Schlüssel eingedrungen, während Gärtner unterwegs war, oder das Opfer hat seinem Mörder die Tür geöffnet.«
Auf Jaguschs Stirn erschien eine steile Furche. »Wer hatte einen Schlüssel zu seiner Wohnung?«
»Das werden wir heute Abend noch versuchen herauszufinden. Auf jeden Fall die Hausmeisterin. Britta Zenker.«
»Wer hat mit ihr gesprochen?«
»Der Herr Kollege vom Polizeiposten Stühlinger.« Ehrlinspiel betonte die beiden letzten Wörter und lächelte.
Stefan Franz reagierte nicht. Er schaukelte in einem der schwarzen Freischwinger vor sich hin und sah zu Judith Maiwald, der jungen Wirtschaftskriminalistin. Sie steckte in einem

roten, enganliegenden Top, trug einen dazu passenden Lippenstift, und ihr Haar war zu einem festen Knoten geschlungen.

»Sie sind dran«, sagte Maiwald zu Franz, und Ehrlinspiels Lächeln wurde zu einem breiten Grinsen. Dass die Männer Judith anstarrten, war nicht ungewöhnlich: eleganter Schwung der Wimpern, heller Flaum über den Augenbrauen, schimmernde Haut, winzige Narbe neben dem linken Auge. Déjà-vu, dachte der Kriminalhauptkommissar und erinnerte sich an seine erste Begegnung mit der kühlen Blondine. Die lag drei Jahre zurück. Er war nicht der Einzige, den sie seither hatte abblitzen lassen.

Unter Schnaufen berichtete Stefan Franz. Mehr, als er am Dienstag am Leichenfundort erzählt hatte, wusste er auch jetzt nicht zu sagen: Die Hausmeisterin hatte aufgrund des Gebells den Notruf gewählt, der beim Führungs- und Lagezentrum, kurz FLZ, eingegangen war. Dieses hatte den örtlichen Polizeiposten verständigt. Franz – ein notorischer Frühaufsteher, der gern vor den offiziellen Bürozeiten am Schreibtisch saß und hoffte, dann von Arbeit verschont zu bleiben – war fünf vor sieben am Morgen mit Britta Zenker in die Wohnung des Toten gegangen und von Gestank und Rolling-Stones-Liedern begrüßt worden. Der alarmierte Hausarzt, Jakob Wittke, hatte seine Praxis fast nebenan und war sofort da gewesen. Wegen eines Notfalls war er nach fünfzehn Minuten gegangen. Vorschriftsmäßig hatte nun Franz das FLZ angerufen, weil der Hausarzt keinen natürlichen Tod hatte attestieren können. Dieses hatte die drei Kollegen vom KDD kontaktiert, also sind »meine ehemaligen Hauskollegen, die Herren Kriminalhauptkommissare Felber und Ehrlinspiel«, zu dem Toten gekommen. Britta Zenker sei eine freundliche Frau, erklärte der Polizeihauptmeister, etwas zu

schrumpelig vielleicht. Sie habe ihm aber sogleich Kaffee angeboten, und so war er mit ihr in die gemütliche Wohnung gegangen, sobald Lukas Felber mit dem Kombi der Kriminaltechnik vor dem Haus gehalten habe. Hätte ja sein können, dass sie etwas Wichtiges beobachtet hatte.
Ehrlinspiel verdrehte die Augen. Zu schrumpelig! Die Frau war vermutlich nur wenige Jahre älter als der 52-jährige Franz.
»Und?«, fragte Jagusch. »*Hat* sie etwas beobachtet?«
»Dass Gärtner aufgeräumt hat. Anscheinend hat er sonst eher weniger ordentlich gelebt. Und in den letzten Wochen hat er mehr mit dem Hund gesprochen als sonst.«
»Woher wusste sie das denn?«
»Keine Ahnung.«
»Aha.« Jaguschs Stirnfalte wurde tiefer. »Moritz, Freitag, ihr sprecht nachher mit ihr, bitte.«
Freitag sah hoch und nickte.
»Kinder?«
»Wie gesagt« – Ehrlinspiel blätterte in seinen Notizen –, »Gärtner lebte sehr zurückgezogen. Keine Familie. Keine Kinder.«
»Zumindest keine eingetragenen«, warf Judith Maiwald ein, und alle Köpfe drehten sich zu ihr.
Ehrlinspiel fragte sich, ob sie einschlägige Erfahrungen hinter sich hatte oder ob ihre Bemerkung eher allgemeiner Natur war. Sie war eine brillante Ermittlerin, doch nur wenig war über sie bekannt. Achtundzwanzig Jahre alt, Studienaufenthalt bei der Kantonspolizei Zürich, wo sie für ihre analytischen Fähigkeiten und das Verständnis für komplexes Bankenwesen ausgezeichnet worden war, Spezialisierung auf Wirtschaftskriminalität in mehreren hochqualifizierten Lehrgängen. Maiwald redete nur das Nötigste und dann nur Fachliches, stimmte sich selten mit anderen ab und war nie in der

Stadt anzutreffen. Böse Zungen behaupteten, sie halte zu Hause einen wehrlosen Goldfisch, dem sie abends ihre bis zu zwanzigtausend Wörter ins Aquarium blubberte, die den Frauen als Tagesgequassel noch immer nachgesagt wurden. Dabei galt es längst als erwiesen, dass Männer kaum schweigsamer waren und beide Geschlechter rund sechzehntausend Wörter von sich gaben – auch wenn sie nichts zu sagen hatten.
Judith Maiwald würde zu Larsson passen, dachte der Kriminalhauptkommissar. Zwei schöne Menschen, kluge Einzelgänger und umgeben von der Aura kühler Distanz. Hatte er die beiden schon einmal zusammen erlebt? Er konnte sich nicht erinnern.
»Sonst noch Erkenntnisse, Frau Maiwald?«, fragte Jagusch mit ironischem Unterton und öffnete zischend eine der Apfelsaftschorleflaschen, die neben einer Obstschale und einem Teller Kekse auf dem Tisch gruppiert waren. Der einstige Schokoladenüberzug der Kekse klebte dickflüssig auf dem Teller.
Judith Maiwald blieb ernst. »Lukas hat mir die Unterlagen erst vorhin übergeben. Ich werde sie so bald wie möglich auswerten.«
Jagusch nickte. »Was habt ihr sonst noch mitgenommen?«
»So ziemlich alles.« Lukas Felber trug eines seiner obligatorischen karierten Hemden, aus dessen Brusttasche drei Stifte und eine Packung Marlboro herauslugten. »Lebensmittel, Kleidung, Papiere.« Er zögerte. »Und den Hund. Jagger. Wie Mick Jagger von den *Rolling Stones*. Der Name steht im Impfpass des Tiers.« Ein Blick traf Ehrlinspiel, den er nicht deuten konnte.
Hatte der Kriminaltechniker Jagger einschläfern lassen? Der Leiter des Dezernats 42 wusste, dass Ehrlinspiel Tiere liebte und niemals seine Zustimmung dazu gegeben hätte. Doch

wahrscheinlich hatte alles seinen gewohnten Gang genommen, und der Vierbeiner hatte Aufnahme im Tiergehege Mundenhof oder im Tierschutzzentrum Ehrenkirchen-Scherzingen gefunden.

»Gärtner hatte Lachs und Sekt im Kühlschrank«, schloss Felber seinen Bericht. »So viel zum Thema zurückgezogenes Leben.«

»Sprechen Lachs und Sekt gegen ein solches?«

»Es waren teure Marken, Moritz. Ich glaube nicht, dass es zu seinem Standardeinkauf gehört hat.«

Ehrlinspiel dachte an die Möbel mit dem abgesplitterten Lack, die muffigen Kleider, die altmodischen Tapeten. »Vielleicht die Assoziation eines besseren Lebens?«

»Oder er hatte etwas zu feiern«, sagte Freitag. »Netten Besuch zum Beispiel. Für den er picobello aufgeräumt hat.«

»Findet es heraus«, sagte Jagusch und verteilte die Aufgaben.

# 5

Eine Stunde nach der Soko-Besprechung kroch Ehrlinspiel mit Paul Freitag im Dienstwagen die 30er-Zone der Draisstraße entlang, in der das Haus des Opfers lag. Auf der Fahrt hatten die Kommissare geschwiegen, nur das Summen der Klimaanlage hatte das zähe Stop-and-Go des abendlichen Berufsverkehrs begleitet.
Große Bäume säumten die Straße, in der sich gepflegte Einfamilienhäuser an schlichte, mehrgeschossige Häuserblocks reihten. Die meisten Vorgärten waren nicht mehr als kleine Rasenflecke, doch zusammen mit dem Grün der Bäume verliehen sie der Umgebung die angenehme Illusion von Frische. Ehrlinspiel nahm die Sonnenbrille ab und parkte im Schatten einer Linde.
Freitag blickte zu der Zeile mit den gelb gestrichenen Häusern. »Sechziger Jahre? Kleine Fenster, Minibalkons, bröckelige Fassade. Die Reichen leben woanders.«
»Sag das nicht.« Sie stiegen die Betontreppe zum Eingang des nördlichen Endhauses hinauf. »Das Volk nennt den Stühlinger nicht umsonst ›Montmartre Freiburgs‹. Überfluss neben Hartz-IV-Empfängern, Ärzte neben Arbeitern, Professoren neben Studenten.«
»Emsige Bienen neben faulen Hunden«, sagte Freitag und murmelte: »Stefan Franz.«
Ehrlinspiel sah ihn von der Seite an. Paul Freitags Nase war etwas zu groß und gebogen, und seine Mundwinkel waren nach oben gerichtet. Sein Partner galt als die Gelassenheit selbst und hatte sogar dann noch ein spitzbübisches Lächeln

auf den Lippen, wenn er am Rande der Erschöpfung stand oder krank war. Und er war stets gut gekleidet, mit einem gebügelten Hemd, dunkler Stoffhose und Jackett – sofern das Wetter dies zuließ.
Sie klingelten bei der Hausmeisterin.
Ehrlinspiel war froh, dass Meike Jagusch den Polizeihauptmeister aus der Nachbarschaftsbefragung herausgehalten hatte – auch wenn das für die Kommissare jetzt mehr Arbeit bedeutete.
Noch bevor Ehrlinspiel den Finger von der Klingel genommen hatte, summte der Haustüröffner, und Britta Zenker riss ihre Wohnungstür auf. »Kommen Sie schnell herein«, rief sie wild gestikulierend und blickte um sich, als sei eine Horde bewaffneter Verfolger hinter den Polizisten her und sie die Bewacherin des einzigen Bunkers weit und breit.
Freitag warf Ehrlinspiel einen Blick zu.
»Hallo, Frau Zenker«, sagte Ehrlinspiel und zog seinen Dienstausweis hervor. »Wir kennen uns schon, Moritz Ehrlinspiel von der Kriminalpolizei. Und das ist –«
»Rein mit Ihnen!« Sie zupfte Ehrlinspiel am Ärmel, und er dachte, dass sie wie ein lästiges Insekt war, das man gern abschütteln würde.
»Ist er ermordet worden?«, fragte sie, sobald sie in der Wohnung waren, und ihre kleinen Augen blitzten unter dem Filz hervor, den man wohl als Haare bezeichnen musste.
»Können wir uns setzen?«, fragte Ehrlinspiel.
»Sicher, sicher.« Sie strahlte und führte die beiden durch einen Flur, der mit einem braunen Teppich ausgelegt und vollgestellt war mit dunklen Schränken und Regalen, auf denen Pokale in allen Größen standen. »Zufällig habe ich gerade Kaffee gemacht und einen Kuchen gebacken. Wenn die Herren wollen?« Ihr schmaler Mund lächelte vertraulich.

Ehrlinspiel schluckte kurz, als sie in das Wohnzimmer kamen. »Erwarten Sie Besuch?« Nicht einmal eine Fliege hätte zwischen geblümten Kaffeegedecken, Milchkännchen und Zuckerdose, Kuchenplatten und Sahneschüssel auf dem Couchtisch noch Platz gefunden.

»Ach ... nicht direkt«, sagte Britta Zenker.

»Wir wollen nicht lange stören.« Er sah sich um. Eine Seite des Zimmers wurde von einer dunklen Eichenschrankwand beherrscht, in deren Fächern sich Tausende von kleinen Porzellanfigürchen tummelten. Pferde mit und ohne Reiter, Füchse, Hasen und Rehe. Auf der Fensterbank standen Grünpflanzen, und neben dem Fernsehgerät in der Ecke stapelten sich Illustrierte. Die *Neue Post* lag ganz oben und titelte »Traumschiffproduzent hilft in großer Not«. Es roch nach einem künstlichen, süßlichen Raumerfrischer.

»Aber Sie stören doch nicht!«, sagte Britta Zenker. »Nehmen Sie Platz, meine Herren.« Sie setzte sich auf die Kante eines grauen Sessels mit großem Blumenmuster und beugte sich nach vorn.

Kaum dass Ehrlinspiel und Freitag saßen, lagen auch schon zwei riesige Tortenstücke mit schokoladigen und cremeweißen Schichten auf ihren Tellern, und die Frau wiederholte ihre Frage: »Ist er ermordet worden?« Sie beugte sich noch weiter vor, und Ehrlinspiel glaubte, ihre spitze Nase steckte genauso gern in anderer Menschen Angelegenheiten wie jetzt beinahe im Sahnetopf.

Er nahm die Kuchengabel in die Hand, starrte auf den Teller und schluckte. »Wie kommen Sie darauf?«, fragte er und dachte: Du bist ein neugieriges Klatschweib und willst dir mit Leckereien Informationen erschleichen. Du hast nur auf uns gewartet. Und wenn wir nachher zur Tür draußen sind, wieselst du durchs ganze Haus und erzählst jedem – selbstver-

ständlich hinter vorgehaltener Hand –, was du weißt. Geschätzt wirst du deshalb nicht werden.
»Essen Sie, essen Sie«, sagte Zenker und fuchtelte über dem Tisch herum. »Also?«
»Wie gut kannten Sie Martin Gärtner?«
»Wie man einen Nachbarn eben so kennt. Wissen Sie, er war ein ganz Stiller. Nur der Köter, der hat zu viel gekläfft. Mit dem ist er dreimal am Tag raus. Um acht Uhr, um kurz vor sechzehn Uhr und um einundzwanzig Uhr fünfundvierzig.«
»Allein?«, fragte Freitag und schlug ein Bein über das andere.
»Ich hab ihn nie in Begleitung gesehen. Wissen Sie, er war ein Einzelgänger.«
»Frührentner, sagten Sie zu unserem Kollegen?«
Sie nickte eifrig. »Der hatte schon lang keinen Job mehr. Ist hier nur faul herumgehängt.«
»Seit wann war er ohne Arbeit?«
»November 1997«, kam es ohne Zögern.
»Sie haben aber ein gutes Gedächtnis.« Freitag lächelte.
»Mein Mann, Gott hab ihn selig, ist da gestorben.« Sie bekreuzigte sich mit hastigen Bewegungen. »So etwas merkt man sich, das können Sie mir glauben. Witwe mit Mitte vierzig ...«
»Wo hat Ihr Nachbar gearbeitet?« Ehrlinspiel legte die Gabel beiseite. Er sehnte sich nach einem saftigen Steak.
»Bei irgendeiner Spedition.«
»Und weshalb hat er dort aufgehört?«
Zenker nestelte in dem Filzklumpen herum. »Also ehrlich gesagt, das weiß ich nicht. Ich habe in der Zeit nicht so auf meine Nachbarn geachtet. Ich hab mich doch um die Beerdigung und den Nachlass kümmern müssen.«
Ehrlinspiel lehnte sich zurück. Die objektiven Fakten würden sie schon selbst herausfinden. Sie mussten erst einmal Subjek-

tives sammeln. Eindrücke über den Toten, Verhaltensweisen, mögliche Kontakte. »Wann haben Sie Ihren Nachbarn zum letzten Mal gesehen? Also, ich meine«, setzte Ehrlinspiel die Befragung fort, »*bevor* Sie sich Sorgen gemacht und« – er betonte jedes weitere Wort – »ganz richtigerweise gleich mit dem Schlüssel hinüber sind und nach ihm gesehen haben.« Schmeicheln war immer gut. Es brachte die Menschen oft dazu, vertrauensselig zu plaudern. Wobei sie da bei Zenker wohl nicht viel nachhelfen mussten.

»Sorgen, genau. Ich hab mir Sorgen gemacht. Einer muss ja an seine Mitmenschen denken.«

»Natürlich«, warf Freitag ein und deutete mit den Augen zu einem Fenster zur Straßenseite hin.

Ehrlinspiel folgte seinem Blick. Hinter den Spitzenvorhängen lag ein Samtkissen auf der Fensterbank. Es war abgewetzt und zeigte die Abdrücke zweier Arme, die sicherlich nicht nur für einen Augenblick dort geruht hatten. Kein Wunder, dass sie die Tür noch im Moment des Klingelns geöffnet hatte. »Sie haben Ihren Nachbarn nach Hause kommen sehen am Montag, nicht wahr? Wann genau?«

»Um zehn nach vier.« Sie sah auf die unangetasteten Kuchenstücke. »Jetzt essen Sie doch. Er ist ganz frisch. Ihr Kollege hat sich nicht so geziert. Wo ist er eigentlich? So ein netter Herr! Er erinnert mich an meinen verstorbenen Gatten, Gott hab ihn selig.« Sie bekreuzigte sich erneut.

»Herr Franz ist ... terminlich verhindert.« Ehrlinspiel beobachtete Freitag, der wieder schmunzelte. »Leider. Aber wir sollen Sie recht herzlich grüßen.«

»Mein Mann war auch Jäger. Er hat so viele Preise gewonnen. Er war ein stolzer Mann!« Sie schob Ehrlinspiels Teller noch näher vor ihn. »Jetzt essen Sie doch!«

Er nahm die Gabel wieder auf. »*Auch* ein Jäger?«

Sofort erschien die Verschwörermiene auf ihrem spitzen Gesicht. »Er hat alles erlegt. Rotwild, Schwarzwild. Einmal sogar einen tollwütigen Hund!« Ihre Stimme wurde zu einem Flüstern. »Genauso wie der Herr Franz Verbrecher erlegt.«
»Ach, das hat er Ihnen gesagt?« Ehrlinspiel trank einen Schluck Kaffee und verzog den Mund. Kondensmilch!
»Natürlich. Wir haben uns gleich gut verstanden. Immerhin haben wir« – sie bekreuzigte sich und sah zu Boden – »zusammen vor dem toten Herrn Gärtner gestanden.«
Und das hat dich so schrecklich mitgenommen, dass du hinterher mit Franz in aller Seelenruhe ein Kaffeekränzchen veranstaltet und dich darüber ereifert hast, dass dein Nachbar aufgeräumt hat, dachte Ehrlinspiel und sagte in bestem bedauerndem Tonfall: »Das war bestimmt ganz furchtbar für Sie.«
Sie zog laut die Nase hoch und nickte.
»Haben Sie außer Gärtner noch andere Leute kommen und gehen sehen? Am Montag oder am Sonntag vielleicht?« Er schielte zu dem Samtkissen.
»Keinen Menschen!«
»Sie haben nichts gehört, beobachtet, einen fremden Geruch wahrgenommen?«
»Gehört! Ja, diese Klavierspielerei da oben! Sagen Sie, kann man da eigentlich Anzeige erstatten? Und dann haben wir ja dieses Studentenpärchen da mit diesem Balg.« Sie senkte ihre Stimme. »Der Vater ist Ausländer! Irgend so was Dunkles. Wenn der uns nicht eines Tages das ganze Haus in die Luft sprengt. Und die Mutter, die hat in der Schwangerschaft geraucht. Das müssen Sie sich mal vorstellen, erst lässt sie sich von so einem Terroristen ein Kind machen, und dann –«
»Sie haben einen Schlüssel von Gärtners Wohnung«, unterbrach Freitag sie. »Seit wann?«

»Schon immer. Als Hausmeisterin muss ich doch nach dem Rechten schauen. Sie sehen ja, was passieren kann. Herr Gärtner wohnte seit mehr als zwanzig Jahren hier.«

»Hat außer Ihnen noch jemand einen Schlüssel? Freunde von Gärtner, andere Nachbarn, Verwandte?«

Britta Zenker legte die Hände auf die Tischkante. Leise sagte sie: »Ich bin die Einzige! Familie hat der nicht gehabt. Als mein Mann noch gelebt hat, haben die im Treppenhaus manchmal ein bisschen geredet. Nicht viel. Gärtner hat ja nie viel gesagt. Aber dass da keine Familie war, das hat er mal erwähnt.«

Das entsprach auch ihren Kenntnissen. »Und Freunde? Leute, die ihn besucht haben?«

»Wissen Sie, es ist ja nicht so, dass ich mich groß darum kümmere, was andere den lieben langen Tag tun. Geht mich ja auch nichts an, nicht wahr.« Sie wartete, doch weder Ehrlinspiel noch Freitag bestätigten ihre Worte. »Aber Besuch? Nein, der Gärtner hat nie Besuch gehabt.«

»Auch keine Nachbarn? Am Dienstag sagten Sie, er hätte aufgeräumt. War das etwas Besonderes? Könnte es sein, dass er jemanden erwartet hat?« Bei dieser Frau schlug die Realität das Klischee einer Klatschbase im Haus um Längen.

Sie rutschte auf dem Sessel hin und her. »Man soll ja nichts Böses sagen über Tote. Aber der Gärtner, nein, der war nicht ordentlich! Er hat nur selten Staub gesaugt, und nass gewischt hat er überhaupt nie. Und in der Küche hat sich tagelang das dreckige Geschirr gestapelt. Ne, ne, so einer wär *mir* nicht ins Haus gekommen. Wenn ich hier Vermieter wäre, dann –«

»Woher wissen Sie denn, wann er wie geputzt hat?« Freitag stand auf, schob die Hände in die Hosentaschen und schlenderte zum Fenster.

Zenker sah stumm zu Ehrlinspiel. »Ja?«, hakte der nach.

Sie nahm die Hände von der Tischkante und knetete ihre Finger im Schoß.

»Hören Sie, wenn Sie bei ihm in der Wohnung waren, sollten Sie das schleunigst sagen. Es interessiert uns nicht, sofern es nicht mit dem Tod Ihres Nachbarn zusammenhängt. Also: Waren Sie drin?«

Sie nickte. »Warum sind Sie eigentlich hier? Er wurde doch umgebracht, oder? Sonst würden Sie nicht so viel fragen.«

»Wie oft waren Sie in der Wohnung? Was haben Sie dort gemacht?«

»Nicht oft. Einmal im Monat vielleicht.« Sie blickte auf die Teller. »Bitte«, sagte sie leise, »essen Sie doch.«

Nicht oft. *Einmal im Monat.* »Danke, nein. Gärtners Wohnung, ich höre?«

»Ich habe mich nur ein bisschen umgesehen. Sonst nichts. Ich schwöre es. Ich meine, ich hab doch nachsehen müssen, ob alles in Ordnung ist. Er war ja so allein.«

»Wann waren Sie das letzte Mal in seiner Wohnung?«

»Am Montag. Also nicht, als er tot war. Sondern davor. Als er mit dem Köter zum Einkaufen ist.« Ihre Stimme war ein Flüstern. »Es hat alles wie immer ausgesehen. Nur aufgeräumt.«

»Also kurz vor sechzehn Uhr, ist das richtig?«

»Es waren nur ein paar Minuten.«

»Woher wissen Sie, dass er zum Supermarkt gegangen ist?«

Zenker richtete sich ein Stückchen auf. Offenbar wurde sie wieder sicherer in ihren Aussagen. »Weil er jeden Tag dahin ist, immer um dieselbe Zeit.«

»Also kannten Sie ihn ja doch ganz gut«, stellte Ehrlinspiel fest und dachte: Wenn die Zenker während seines Supermarktbesuchs in der Wohnung war, hat entweder sie die Milch mit Nussöl versetzt oder jemand anders – und zwar davor.

»Ich hab ihn mal beim Bäcker getroffen. Da hat er es erzählt. Da ist doch nichts Schlimmes dabei!«
»Haben Sie in Gärtners Kühlschrank hineingeschaut?«
»Kühlschrank?«
»Ja. Sie wissen schon. Dieses große Gerät zum Kühlen von Lebensmitteln. Oft weiß, brummt und steht meistens in der Küche.«
»Nun, ich …«
»Was war drin?« Er schob den Kuchenteller beiseite und legte sein Notizbuch auf den Tisch.
»Essiggurken, Wurst, ein Glas Senf.« Sie zögerte. »Zwei Bierdosen. Oder drei? Ich bin nicht sicher, ich kann mir doch nicht alles merken!«
»Was noch? Überlegen Sie!«
»Eier? Nein.« Sie schüttelte den Kopf. »Milch, ja. Milch. Und ein halber Brotlaib.«
Ehrlinspiel notierte. »War die Milch angebrochen?«
Ihre Äuglein blitzten ihn an. »Wollen Sie mir etwa unterstellen, ich hätte die Milchtüte angefasst? Oder gar daraus getrunken? Also ich muss doch bitten!«
Freitag, der zum Fenster hinausgesehen und offenbar Mühe hatte, seine zuckenden Mundwinkel im Zaum zu halten, drehte sich um. »Haben Sie für alle Wohnungen hier einen Schlüssel?«
»Natürlich. Ich bin schließlich die Hausmeisterin.«
»Dann sind Sie öfter in fremden Wohnungen zugange?«
»Nein!« Sie schüttelte heftig den Kopf, doch das Filzding bewegte sich keinen Millimeter. »Ich … ich hab mich nur bei Gärtner getraut. Bei denen im ersten OG, da weiß man nie, wann die kommen und gehen. Und dieser Ausländer … Nein, nein. Und die alte Wimmer sitzt fast den ganzen Tag da oben im Dachgeschoss herum. Würde mich nicht wundern, wenn

die mal einen Hitzschlag bekommt bei der schlechten Isolierung hier.«

»Was ist mit der zweiten Dachgeschosswohnung?«

Sie hob die Schultern. »Steht leer. Da sind Dachziegel gelagert und Fliesen. Nach diesem Sturm, dem Lothar, ist viel neu gemacht worden. Im ganzen Block, da war alles kaputt. Aber isoliert haben sie das Dach nicht.« Sie schüttelte den Kopf. »Wenn mein Mann, Gott hab ihn selig, das noch erlebt hätte, der hätte dem Eigentümer aber Beine gemacht. Der hätte dem gesagt, dass –«

»In welchem Supermarkt hat Gärtner eingekauft?« Freitag stand jetzt mit verschränkten Armen vor Britta Zenker.

»Drüben in der Engelbergerstraße. Im *Frischeparadies*. Wollen Sie nicht doch von dem Kuchen probieren?« Sie sah abwechselnd von Freitag zu Ehrlinspiel.

Ehrlinspiel erhob sich. »Danke, Frau Zenker. Für heute war's das. Wir finden allein hinaus.«

In der Tür drehte er sich noch einmal um: »Für wen war denn der Kaffeetisch gedeckt?«

Zenkers Mundwinkel schossen nach oben. »Na, für Sie natürlich, meine Herren.«

»Unglaublich.« Ehrlinspiel schüttelte den Kopf, als sie im Treppenhaus standen. »Diese Mischung aus Filzlaus und Spitzmaus sollte man eigentlich anzeigen. Unser Training«, fuhr er mit einem Blick auf seine Armbanduhr fort, »ist wohl auch gestrichen heute?«

»Filzmaus.« Freitag grinste. »Kannst du morgen Abend?«

Noch bevor Ehrlinspiel antworten konnte, kam eine Frau durch die Haustür herein. Ehrlinspiel schätzte sie auf Mitte dreißig.

Sie grüßte und zögerte in ihren Schritten. »Kann ich helfen?«

Ehrlinspiel zeigte ihr seinen Dienstausweis, stellte Freitag

und sich vor und fragte, ob sie hier wohne und Martin Gärtner gekannt habe.
Sie nahm eine große Tasche von der Schulter und stellte sie zu Boden. Ein grüner Lumpen fiel heraus. Mitten in der Bewegung, ihn aufzuheben, hielt sie inne, ihr Blick flatterte für einen Moment zu Ehrlinspiel, und er dachte, dass sie ein zartes Gesicht und schöne Augen hatte, von einem leuchtenden Kristallblau, in dem Indigo leicht überwog. Und dass sie erschöpft wirkte.
»Ich kenne Sie«, sagte die Frau und richtete sich auf. »Sie waren schon einmal hier!«
»Ja. Am Dienstag. Als Ihr Nachbar tot aufgefunden wurde.«
»Was wollen Sie wissen? Aber machen Sie's kurz, ich bin müde von der Arbeit.«
»Alles, was *Sie* von ihm wussten.«
»Ich fürchte, da muss ich Sie enttäuschen. Mit dem Mann habe ich außer einem ›Hallo‹ im Treppenhaus nicht ein Wort gewechselt.«
»Er war also nicht anders als in den letzten Wochen? Gesprächiger? Stiller?«
»Tut mir leid, das weiß ich wirklich nicht.«
»Wo arbeiten Sie, wenn ich fragen darf?« Lumpen waren nicht gerade die Alltagsausstattung in einem Bürojob.
»Ich putze.«
»Raumpflegerin.« Freitag lächelte sie an. Ihre Hände waren kräftig, aber makellos.
Sie erwiderte das Lächeln flüchtig. »Wenn Sie es beschönigen wollen, ja. Aber es ist kein so schlechter Job, wie viele denken.«
»Bei Martin Gärtner haben Sie nicht geputzt, oder?« Was für eine blöde Frage, dachte Ehrlinspiel, aber wer weiß ...
»Nein.« Eine Pause entstand. »Sagen Sie ... was ist eigentlich

aus dem Hund geworden? Das arme Geschöpf!« Sie blickte umher, als könne das Tier jeden Moment hinter der versiegelten Wohnungstür des Toten auftauchen.
Sie macht sich dieselben Gedanken wie ich, dachte Ehrlinspiel. »Ist in guten Händen. Ist Ihnen sonst etwas aufgefallen im Haus? Fremde vielleicht?«
Sie schüttelte den Kopf. »Tut mir leid.« Sie schlug die Augen nieder. »Er hat es sicher gut bei Gott.«
»Verraten Sie mir noch Ihren Namen?«, fragte der Hauptkommissar und notierte ihre Antwort: »Miriam Roth.«
Moritz Ehrlinspiel und Paul Freitag versuchten ihr Glück noch bei den anderen Hausbewohnern. Doch alle, die sie antrafen, zuckten nur die Schultern: Martin Gärtner? Nein, über den kann ich Ihnen nichts sagen. Auch die Kassiererinnen des Supermarktes wussten nichts Neues beizutragen. Sie bestätigten lediglich, dass der Tote jeden Tag da gewesen war. Aufgefallen war niemandem etwas in der letzten Zeit.
Niemand trauerte um den Toten. Keiner hatte sich für ihn interessiert. Außer der Mörder.

# 6

»*E*rmordet?« Thea Roth ließ das Geschirrtuch sinken und starrte ihre Tochter an. Die Pendelleuchte warf weißes, warmes Licht auf deren schmales Gesicht. »Wie kommst du darauf?«
Miriam Roth spülte Schaum von einem Teller und reichte ihn ihrer Mutter. »Sei doch nicht so naiv, Mama. Die Polizei war am Dienstagmorgen bei diesem Gärtner unten, das hast du doch selbst erzählt. Und heute, am frühen Abend, waren sie hier im Haus.«
Reglos hielt Thea den Teller in der Hand. »Sie waren noch einmal hier? Aber warum denn?« Wasser tropfte auf ihre Sandalen.
»Lass doch dieses schreckliche Thema.« Miriam tauchte ihre Hände ins Spülbecken, und die Tassen schlugen dumpf im Wasser aneinander. Im Hintergrund lief klassische Musik. »Warum hast du überhaupt schon wieder von diesem Gärtner angefangen? Seit seinem Tod wirkst du so … irgendwie bedrückt und gleichzeitig nervös.« Sie sah Thea an. »Es gibt doch so viele schöne Dinge.«
»Wollte die Polizei etwas von dir?« Mechanisch rieb Thea über den Teller und spürte, wie ihr die Kehle eng wurde.
»Ach, Mama«, sagte Miriam in einem Ton, als rede sie mit einem kleinen Kind, dem man genervt, aber liebevoll erklärt, dass es jetzt kein Eis mehr bekommt. »Es ist gut. *Uns* geht es gut.«
Thea blickte durch die geöffnete Balkontür auf die üppigen Blumenkästen und den Stuhl mit dem bestickten Kissen, der

zwischen Brüstung und Hauswand gerade einmal Platz fand. Sommerlich warme Nachtluft strömte in die Küche, und manchmal, wenn die Lichter der Nachbarhäuser gelöscht und die letzten Motorengeräusche verstummt waren, saß sie hier, blickte in die Nacht und suchte in ihrer Erinnerung nach einer Vergangenheit, aus der sie hätte Kraft schöpfen können. Wenn sie wieder nichts fand, wusste sie, dass ihr Platz genau *hier* war. Bei Miriam. In diesem Haus. Ihre Tochter hatte recht. Es ging ihnen gut. Es ging *ihr* gut. Trotz allem.
Thea räumte die Teller in den Schrank.
Martin Gärtner ... Vorhin, als sie es in der Wohnung nicht mehr ausgehalten hatte und stundenlang ziellos durch die Straßen gewandert war, sich ein paar Minuten am Kinderspielplatz auf eine Bank gesetzt hatte, dann unruhig weitergezogen war, hatte sie über ihn nachgedacht. Wie gut oder schlecht mochte es dem stillen Mann in Wahrheit gegangen sein? Von was hatte er geträumt, wonach gesucht? Thea hatte eine Vorstellung davon. Doch die wagte sie nicht zu denken. Sie spürte den Druck hinter ihren Augen. Was hatte Miriam überhaupt mit ihm zu schaffen gehabt? Thea schluckte. »Was wollte die Polizei von dir?«
»Nichts. Sie haben bloß im Haus herumgefragt, ob jemandem etwas aufgefallen ist. Mach dir keine Sorgen. Wir kannten den Mann doch gar nicht.«
»Er war ein Nachbar, Miriam!«
»Wo viele Menschen wohnen, sterben täglich Leute. Du solltest dir das nicht so zu Herzen nehmen.« Miriam zog den Stöpsel aus dem Abfluss und wrang den Spüllappen aus. »Wir haben genug Probleme, die uns beschäftigen. Da brauchen wir nicht auch noch einen fremden Toten.«
Thea setzte sich an den weiß lasierten Tisch. War sie denn die Einzige, die von Martin Gärtners Tod betroffen war? Für

einen Moment gingen ihre Gedanken zu den Gabriele Hofmanns dieser Welt, die kaum registrierten, was um sie herum passierte. Die Arzthelferin war völlig auf sich und den Mann fixiert, der sie betrogen hatte. Der brutal zu ihr gewesen war und den sie dennoch nicht loslassen konnte. Eine kurze Sekunde lang versteiften sich Theas Schultern.
Mit Sehnsucht nach Liebe hatte Gabrieles Verhalten kaum etwas zu tun. Mit der Unfähigkeit, allein zu sein, vielleicht. Mit Rache. Und mit Macht.
»Was hast du heute alles gemacht? Warst du bei Hilde Wimmer?«, fragte Miriam. »Du bist so still, du erzählst gar nichts.«
»Mhm.« Die Vorstellung von Gärtners letzten Stunden verfolgte sie. Sie sah ihn in seiner Wohnung sitzen. Vielleicht Musik hören. Dem Hund von seinen Wünschen erzählen und von früher. Sie sah seine Hand über die Ohren des zotteligen Tieres streichen. Bis plötzlich ... Sie blickte Miriam an, und ihr Brustkorb wurde enger. »Wie ... wie ist er umgekommen? Haben sie etwas gesagt?«
Miriam strich sich die Haare zurück, die sich aus ihrem langen, geflochtenen Zopf gelöst hatten. »Nein, Mama. Sie wollten nur wissen, ob er in letzter Zeit anders war.«
»War er es? Weißt du etwas? Hast du vielleicht ... mit ihm gesprochen?« Ein Kloß bildete sich in Theas Kehle.
Miriam setzte sich und legte ihre Hand auf die der Mutter. »Hast du mir nicht schon als kleines Mädchen immer gesagt, ich solle mehr auf die Menschen zugehen? Freunde suchen? Mit den andern spielen?«
»Und erzählst *du* mir nicht immer, dass ich über meine Bemühungen fast verzweifelt bin? Dass du eben so bist, wie du bist? Still und lieber für dich, versunken in deine Musik? Buxtehude, Händel, Bach? Dieses ganze geistliche Zeug?«
»Eben. Auch wenn die nicht nur geistlich sind.« Miriam lä-

chelte. »Aber mit dir verbringe ich meine Zeit genauso gern wie mit Kantaten und Oratorien. Du hast immer gut für mich gesorgt. Jetzt sorge ich für dich.«

»Für Martin Gärtner hat niemand gesorgt.« Thea wusste, dass sich das wie ein Vorwurf anhören musste und der bei Miriam an die falsche Adresse gerichtet war. Ihre Tochter war nicht der Typ, der sich um Nachbarn und Einsame kümmerte, so wie sie selbst es tat.

Das Leben sollte doch lebenswert sein. Für jeden.

Als am Montagabend Gärtners Hund so laut gekläfft hatte, hatte Thea noch gezögert. Sollte sie …? Später, nachdem sie Hilde Wimmer ein paar Kissen in den Rücken geschoben und die Fernsehnachrichten eingeschaltet hatte, hatte sie geklingelt. Es war still geblieben. Dann hatte sie es nicht mehr gewagt. Und jetzt war es zu spät. *Gute Seele.* Von wegen. Die Wimmer sah eben auch nur eine Seite.

»Mama, bitte.« Miriam schob den Stuhl zurück und schloss die Balkontür. »Quäl dich nicht so mit seinem Schicksal. Du musst auf dich achtgeben!«

Thea senkte ihren Blick auf den kleinen Tischläufer. Er hatte einen gehäkelten Rand, zierliche Maschen schlangen sich ineinander, bildeten ein Blattmuster aus schmalen Stegen, berührten sich, spannten sich weiter, immer im Kreis, ohne Anfang und Ende. »Das Leben kann so schnell vorbei sein!«, sagte sie mit erstickter Stimme.

Miriam Roth strich der Mutter über die Wange. »Die neue Frisur steht dir. Blond gibt dir so etwas Engelhaftes.«

Thea wusste, dass Miriam auf die Narbe an ihrem Hals sah. Auf die Schnitte über den Brüsten, die ihr Top jetzt freigab und die zu einer Marylin Monroe nicht mehr taugten. Zu einem Engel da oben schon eher. Ihr Blick fiel auf das Regal mit den Kochbüchern, den beiden Figuren darauf. Ja, das Leben konnte zuschlagen. Unvermittelt und mit seiner ganzen Brutalität.

»Lass uns schlafen gehen, es ist spät«, sagte Miriam. »Ich habe dein Bett frisch überzogen. Du hast wieder geschwitzt letzte Nacht.«

»Du bist ein Schatz, mein Kind! Aber du musst auch *dich* schonen. Du hast dich schon so viele Jahre für mich aufgeopfert.«

»Opfer sind Gnade. Gott lohnt mich reichlich dafür.«

Thea musterte das kräftige Grau in Miriams dunkelblonden Haaren. Zweiunddreißig Jahre war sie erst alt. Die letzten Jahre mussten sie an den Rand der Erschöpfung gebracht haben. Wahrscheinlich hatte der Glaube ihr die Kraft zum Durchhalten geschenkt. Thea schämte sich plötzlich zutiefst.

»Ich könnte wieder arbeiten. Dann müsstest du nicht alles allein –«

»Auf keinen Fall, Mama!« Miriam trat zu ihr, legte ihr die Hände auf die Schultern und sah sie intensiv an. »Ein Schritt nach dem andern. Es ist noch viel zu früh. Und so lange bin *ich* dran.«

»Ich möchte aber –«

»Mama« – Miriam lachte plötzlich –, »du führst dich genauso trotzig auf wie ich mich früher, wenn du meinen Kassettenrekorder ausgeschaltet hast und mich an die frische Luft scheuchen wolltest.«

»Wenn du das sagst«, erwiderte Thea, und als sie zu Miriam aufblickte, erkannte sie in deren Augen eine Stärke, die sie unwillkürlich in das Lachen ihrer Tochter einfallen ließ. Zögerlich zwar und leise, aber es tat gut.

»Jetzt kriegen wir dich erst einmal wieder richtig auf die Beine.«

»Ich bin auf den Beinen«, sagte Thea lächelnd und ging in ihr Zimmer.

Es duftete nach den weißen Rosen, die Miriam in einen alten Krug gepflanzt und neben das Bett gestellt hatte. »Warum nehmen wir keine Schnittblumen?«, hatte Thea gefragt. »Sträuße bringen doch viel mehr Abwechslung.« – »Auch Blumen leben«, hatte Miriam geantwortet, »man darf sie nicht töten!« Thea lächelte. Manchmal wurde sie aus Miriam nicht klug. Sie schätzte das Leben jedes Wesens, sogar das der Pflanzen. Dagegen schien Martin Gärtners Tod sie kaum zu berühren.

Sie, Thea, war nicht die Einzige, die im Leben Verletzungen davongetragen hatte. Doch sie hatte einen Weg zurück ins Leben gefunden. Bei Miriam war sie sich da nicht so sicher.

# 7

**Freitag, 30. Juli, 20:30 Uhr**

»Mist«, sagte Moritz Ehrlinspiel und knallte seinen Schläger auf die Tischtennisplatte. Zum zweiten Mal an diesem Abend war sein Aufschlag über Paul Freitags Spielfeld hinausgeschossen, und damit hatte der ihn 10:6 und 12:10 geschlagen.
»Noch ein Gewinnsatz?«, fragte Freitag schmunzelnd und drehte den kleinen weißen Ball zwischen Daumen und Zeigefinger.
»Der Mörder hat vier Tage Vorsprung, Freitag. Vier ganze Tage!«
Die Shorts und das Sporthemd klebten dem Kriminalhauptkommissar feucht auf der Haut. Er hatte gehofft, sich nach dem Befragen möglicher Zeugen, dem Wühlen in Gärtners Vergangenheit und der Abendbesprechung der Soko abreagieren und seinen Gedanken einen neuen Dreh geben zu können. Doch weder die Hitze des Tages noch sein innerliches Kochen hatten nachgelassen.
»Ich weiß.« Freitag ließ den Ball auf der Platte hüpfen.
»Es ist, als ob Gärtner gar nicht existiert hätte. Als wäre er durch sein Leben gelaufen, hätte dieselben Straßen benutzt wie seine Nachbarn, im selben Laden eingekauft, die gleichen Sachen gegessen. Und trotzdem scheint er unsichtbar geblieben zu sein. Verstehst du, was ich meine?«
Freitag nickte. »Einer, bei dem nichts über eine flüchtige Begrüßung hinausgegangen ist. So ein Typ, dem man im Vorbei-

gehen zuwinkt und den man im nächsten Moment vergessen hat.«

»Wenn der Hund sich nicht die Seele aus dem Leib gejault hätte, hätten wir in einigen Tagen Fäulnis und Madenbefall vorgefunden.«

»Die Zenker mit ihrer Neugier. Das war in dem Fall Glück. Sensationslust ist offenbar das Einzige, was dem Gärtner zugekommen ist. Niemand vermisst ihn. Keiner kann eine hilfreiche Aussage machen. Keinerlei nützliche Spuren.«

Ehrlinspiel klopfte mit der Kante seines Schlägers leicht auf den Tisch. »Aber irgendjemand muss ihn gehasst haben.«

»Und wer, weiß nicht einmal die Filzmaus. Das hätte sie uns doch garantiert auf dem Silbertablett samt Sahnehäubchen serviert: ›Ich will ja nichts Schlechtes über andere sagen‹«, ahmte Freitag ihre krächzende Stimme nach, »›aber neulich, da habe ich ganz zufällig gesehen ... Jetzt essen Sie doch, meine Herren ...‹«

Ehrlinspiel hätte gern gelacht, doch ihm war nicht danach zumute. »Die kann eben auch nicht die schmutzige Wäsche aller Bewohner gleichzeitig waschen.«

Freitag grinste und schnüffelte. »Was wir mit unseren Klamotten aber bald tun sollten.«

Sie gingen in die Umkleidekabinen.

»Wie schaffst du es nur, immer so gelassen zu bleiben?«, fragte Ehrlinspiel und nahm ein Handtuch aus seinem Spind. »Wir haben nichts, Freitag! Niente! Nada! Wir wissen noch nicht einmal, in welche Richtung wir ermitteln sollen. Irgendwo ist da ein Riesensumpf, den wir übersehen.« Er klang heftiger, als er beabsichtigt hatte.

»Moritz.« Paul drehte sich zu ihm. »Wir wissen erst seit gestern überhaupt, dass es ein Mord war. Und wir arbeiten seither pausenlos.«

»Trotzdem: Der Kern der Fahndungslage ist ein schwammiges Nichts.«
Als die Soko Draisstraße sich zwei Stunden zuvor versammelt hatte, war die Stimmung auf dem Nullpunkt gewesen. Ehrlinspiel ließ die Sitzung kurz Revue passieren.
»Was haben wir seit der Frühbesprechung?«, hatte Meike Jagusch, die Soko-Leiterin, gefragt.
»Scheißwetter, Scheißstimmung und ein Haufen Überlegungen, bei denen nichts rauskommt«, hatte Lukas Felber geantwortet und mit einem Stift auf einen Stapel Papier geklopft.
Jagusch blickte zu dem Kriminaltechniker. »Dann fangen wir mit den objektiven Befunden an.«
Felber hob die Schultern. »Wie Reinhard Larsson schon sagte: Die Walnussöle sind alle gleich. Unmöglich, da einen Hersteller und eine Marke zu analysieren.« Er zog ein Blatt aus einem Ordner. »Im *Frischeparadies* gibt es vier Sorten. *Brölio, Mazola,* eines aus Shanxi in China namens –«
Jagusch winkte ab. »Das hilft uns nicht weiter. War Nussöl in der Wohnung?«
Felber verneinte. »Alles, was wir haben, sind ein paar Fingerabdrücke. Die meisten von dem Toten, klar. Dann welche von der Hausmeisterin Britta Zenker und unserem Kollegen Stefan Franz« – er sah auf –, »der seinen Job erledigt hat und an unseren Besprechungen nicht mehr teilnimmt. Damit sind das drei Sätze berechtigter Abdrücke. Außerdem gibt es noch unbekannte von einer weiteren Person.«
Ehrlinspiel beugte sich nach vorn und dachte, wie seltsam der Polizeijargon für Außenstehende klingen musste. Und er dachte an sein kurzes Gespräch mit Meike Jagusch vor der Besprechung, in dem er über Franz' Verhalten am Tatort berichtet und sie gebeten hatte, ihn aus der Soko zu entlassen. Sie hatte genickt.

»Unbekannte Abdrücke ein und derselben Person haben sich auf der Stuhllehne befunden, auf dem Papierrollenhalter und der WC-Spülung im Bad. Und an den Türklinken.« Er machte eine Pause. »Am Kühlschrank sind nur Gärtners und Zenkers Spuren, an der Milchpackung nur Gärtners.«
Jagusch seufzte. »Die Tat war geplant. Es wäre ja fast komisch gewesen, wenn der Nussöl-Überbringer sein Vorgehen so genau durchdacht und dann frisch-fröhlich seine Abdrücke verteilt hätte. Was sagt das BKA?«
In Wiesbaden befand sich die zentrale Datenbank mit bald vier Millionen gespeicherten Finger-, Handflächenabdrücken und sogenannten offenen Spuren. Das automatisierte Fingerabdruck-Identifizierungssystem AFIS glich die anatomischen Merkmale bekannter und unbekannter Abdrücke permanent miteinander ab.
»Nichts. Die Abdrücke gehören keinem registrierten Straftäter, auch keine Übereinstimmungen mit anonymen Spuren von anderen Tatorten.«
»So viel auch zum Thema, dass ihn nie jemand besucht hätte«, warf Paul Freitag ein und lehnte sich zurück.
»Essen Sie doch, meine Herren«, murmelte Ehrlinspiel.
»Bitte! Konzentriert euch!« Jagusch wirkte eher erschöpft denn böse.
Lukas Felber sah auf seine Notizen. »Lachs und Sekt sind aus dem Supermarkt in der Engelbergerstraße, dem *Frischeparadies.* Die teuersten Marken. Wir haben in einer Küchenschublade Kassenbelege von über drei Jahren gefunden, dazu Notizen über Einnahmen und Ausgaben. Zwei interessante Dinge dazu: Auf dem Beleg vom Montag steht keine Milch, aber auf dem vom Samstag. Die war also mindestens seit dem Wochenende in seiner Wohnung. Zweitens: Der Mann hat hinten und vorn gespart. Und er hat« – er machte eine bedeu-

tungsvolle Pause – »nie etwas anderes gekauft als geschnittenes Graubrot, Kaffee, Würfelzucker und Tütenmilch, Butter, Salami, Leberwurstkonserven, Senf und ab und zu ein paar Dosen Bier. Und natürlich Dinge wie Spülmittel, Seife, Toilettenpapier und so. Er scheint sich nie etwas gekocht, sondern immer nur kalt gegessen zu haben. Sein Todestag sollte offenbar ein besonders schöner Tag werden.«
Ehrlinspiel schauderte. In der einen Wohnung klebrige Kuchenberge, in der andern dreimal täglich Wurstbrot. Das wäre nichts für ihn. Nicht weil er von einseitiger Ernährung zunehmen würde. Er war groß, durchtrainiert, setzte auch bei vielen Süßigkeiten nicht das kleinste Speckröllchen an und fühlte sich durchaus geschmeichelt, wenn die Blicke weiblicher Wesen ihm folgten. Ob Gärtners besonderer Tag mit einer Frau in Zusammenhang stand? Wer mochte den unscheinbaren Frührentner gerngehabt haben? Und wer verachtet? Sie mussten mehr über sein Wesen in Erfahrung bringen.
»Das Hundefutter, nebenbei bemerkt: An dem hat Gärtner nicht gespart«, sagte Lukas Felber. »Er muss sehr an dem Tier gehangen haben.« Lukas suchte Ehrlinspiels Blick. »Jagger geht's übrigens gut. Aber kommen wir zum Schluss meines Berichts: Wir konnten Schuhprofile sichern. Einmal von den Sandalen des Toten. Und einen verschmierten Abdruck, der nicht näher zu identifizieren ist.« Er schob die Blätter in den Ordner zurück. »Das Opfer hat den Boden kurz vor seinem Tod frisch gewischt.«
»Danke, Lukas«, sagte Meike Jagusch. »Moritz?«
Ehrlinspiel faltete die Hände auf dem Tisch. »Freitag und ich sind mit den Kollegen von der Recherche die gesamte Biographie des Toten durchgegangen und haben uns mit dem Einwohnermeldeamt, der Rentenversicherung und dem Kreis-

wehrersatzamt kurzgeschlossen. Demnach ist Gärtner in Freiburg geboren und hat hier die Grund- und Realschule besucht. Bei der Bundeswehr hat er den Lkw-Führerschein gemacht. Während dieser Zeit sind seine Eltern gestorben. Nach der Wehrzeit hat er bei verschiedenen Firmen als Fahrer gearbeitet. *Kopper Garagentore, Baustoffhandel Vogler* und bei einem Kurierdienst. Zuletzt war er bei einer kleinen Umzugsfirma angestellt, *Die Umsiedler.* 1988 ist er in die jetzige, also seine letzte Wohnung gezogen. Keine Geschwister, nie verheiratet. Keine Zugehörigkeit zu irgendwelchen Vereinen oder politischen Gruppen.« Ehrlinspiel nahm sich eine Wasserflasche vom Tisch und trank. Die Schokoladenkekse der letzten Tage waren verschwunden. Er griff nach einem Apfel. »Bis 1997 lassen sich noch feste Jobs nachverfolgen. Aber da kann sicher Judith noch etwas dazu sagen.« Ehrlinspiel nickte zu der Wirtschaftskriminalistin, berichtete abschließend vom Besuch bei der Hausmeisterin und der ergebnislosen Befragung der anderen Hausbewohner und übergab dann das Wort an Judith Maiwald.

Mit langen, schmalen Fingern strich sie über einige Blätter Papier. Ein silberner Ring am linken Mittelfinger. »Der Zeitpunkt Ende 1997 ist in der Tat interessant. Ich bin die finanziellen Verhältnisse durchgegangen. Alles, was du sichergestellt hast.« Sie sah kurz zu Felber. »Bankunterlagen, Versicherungspolicen, Einkünfte. Sein Konto bei der Sparkasse ist bereits beschlagnahmt.«

Strafprozessordnung Paragrafen 94 und 98, dachte Ehrlinspiel. Er kannte sie wie ein Pfarrer die Bibel.

»Der Tote hat bis Ende 1997 feste Gehälter bezogen. Sein letzter Arbeitgeber war, wie Moritz schon sagte, *Die Umsiedler.* Ab Januar 1998 kamen Gehaltszahlungen von seiner Krankenkasse, aber nicht in voller Höhe. Das ging ein knappes

Jahr so. Seit Dezember 1998 hat er eine Berufsunfähigkeitsrente erhalten und zuletzt über 782 Euro monatlich verfügt. Das ist mehr als mager, obwohl er noch Glück hatte. Wäre er nach 1961 geboren, hätte die neue EU-Rentenregelung gegriffen, und er hätte nur die noch niedrigere Erwerbsunfähigkeitsrente bekommen. Der Rest ist kurz gesagt: kein Vermögen, kein Immobilienbesitz, keine Zahlungsverpflichtungen, außer natürlich die Miete. 421 Euro inklusive Nebenkosten. Zudem ging sein Beitragsanteil zur gesetzlichen Krankenkasse von der Rente ab. Das sind 108 Euro. Ihm blieben also etwa 250 Euro zum Leben. Auch keine Erbschaften, keine Schulden, nichts.«
»Hört sich nach einer langen Krankheit an, die in Arbeitsunfähigkeit geendet hat.« Meike Jagusch lehnte sich zurück. »Was hatte er?«
»Die letzten Unterlagen der Krankenkasse fehlen noch«, sagte Judith ruhig. »Die Damen und Herren sind etwas unkooperativ. Die Beschlagnahme läuft.«
»Gut.« Jagusch sah Freitag an. »Habt ihr mit jemandem von der Umzugsfirma gesprochen?«
»Bei der Firma waren wir. Neuer Geschäftsführer und komplett neues Team. Keiner aus der damaligen Zeit arbeitet noch dort. Das dauert, bis wir jemanden finden. Aber wenn ihr mich fragt: Ich tippe auf ein psychisches Problem. Sein Hausarzt hat ihm doch gerade erst körperliche Fitness bescheinigt, auch Larsson hat bei der Obduktion keine Hinweise auf ein körperliches Gebrechen gefunden. Und in der Wohnung waren keinerlei Medikamente. Außer eine Packung abgelaufenes Aspirin, ein paar Kohletabletten und ein ungeöffneter Hustensaft.«
»Okay. Bleibt dran!«, hatte Jagusch angeordnet. »Redet auch mit dem Hausarzt. Der muss doch etwas wissen!«

»Im Gegensatz zu uns«, hatte Freitag die nüchterne Faktenlage zusammengefasst.

Das metallene Auf- und Zuschlagen der schmalen Spinde ließ Ehrlinspiels Gedanken von der Soko-Besprechung zurück in die Umkleidekabine kehren. Ein paar Männer waren hereingekommen und grüßten.

»Wir haben keinerlei Motiv, Freitag.« Ehrlinspiel sprach leise und nahm sein Duschgel. *Meer & Moos,* sein Lieblingsduft, von dem er auch Aftershave und Deo benutzte und das ihn an die irische Heimat seiner Mutter erinnerte. »Weder Geld noch Familienzwist. Keine eifersüchtige Gattin. Vermutlich auch keine Geliebte. Kein Nebenbuhler. Kein Arbeitskollege, mit dem er sich angelegt hätte haben können.«

»Und davon ausgehen, dass der Mörder den Falschen erwischt hat, können wir kaum.«

Mit einem Seitenblick auf die Neuankömmlinge liefen sie zu den Duschen, und Ehrlinspiel fragte sich, weshalb manche Männer Brust und Arme penibel enthaarten, sich den Schädel kahl rasierten, die Beine jedoch aussahen wie Affenhaargamaschen. »Der Täter hat Gärtner gut gekannt. Er wusste von der Nussallergie!«

»Und wahrscheinlich von dem Ereignis, das Gärtner mit dem Sekt begießen wollte.«

»Gärtner hat den Boden gewischt und aufgeräumt. Okay, bei mir würde es nach dem Aufräumen anders aussehen.« Ehrlinspiel grinste. »Aber ich wette, er hat Besuch erwartet.«

»Und das hinter dem Rücken der Filzmaus Zenker«, erwiderte Freitag und drehte das Wasser auf.

Ehrlinspiel stellte sich in die Nebenkabine. Das Prickeln des Wassers auf der Haut tat gut. Doch die Unruhe steckte ihm in den Knochen, und auch als er sich kurz darauf mit dem Frotteehandtuch abtrocknete, gelang es ihm nicht, abzuschalten.

Gern hätte er einen gemütlichen Abend mit seinen tierischen Mitbewohnern genossen. Doch es würde nicht lange dauern, bis nicht nur Jagusch, sondern auch die Oberstaatsanwältin ihnen im Nacken saß und Ergebnisse forderte. »Wir haben irgendetwas übersehen, Freitag«, sagte er. »Lass uns noch einmal zu dem Haus fahren.«
»Moritz ... Lilian hat Spätdienst im Hospiz, und die Kinder können nur bis acht bei den Nachbarn bleiben und –«
»Kein Problem.« Er schlang das Handtuch um seinen Nacken und sah seinen Partner an. »Du gehst nach Hause! Das ist eine Dienstanweisung.«
Freitag nickte. »Danke.«
»Vermutlich können wir heute Nacht sowieso nichts mehr ausrichten.«
Der Hauptkommissar würde sich zu Hause noch einmal hinsetzen und überlegen. Allein. Er verstand Freitags Sorge und auch, dass er sich um seine Mädchen kümmern musste. Er mochte die kleine Jule und ihre Schwester Annekatrin, und wenn er mit den Freitags zusammensaß, überkam ihn dieselbe Sehnsucht, die er auch beim Spielen mit seinen Nichten und Neffen spürte: in einer eigenen Familie geborgen zu sein. Einer Familie, wie er sie als Kind hatte erleben dürfen. Natürlich war eine eigene Sippe keine Garantie für Sicherheit. Und als Polizist gab es kaum Abgründe zwischen Blutsverwandten, in die er noch nicht geblickt hatte. Wie sagte Reinhard Larsson immer: »Der Feind lauert in deinem Bett. Bestenfalls noch unter deinem Dach.«
Der Rechtsmediziner hatte recht. Mörder waren selten Fremde und stammten fast immer aus dem »sozialen Nahraum«, wie die Polizei sagte. Für einen Moment erinnerte er sich an einen seiner letzten Fälle im November. Ein Dorf im Schwarzwald. Nach außen Idylle, doch unter der Oberfläche hatten

alte Verbrechen, Misstrauen und Schuld gelauert und mehr als ein Opfer in der Gemeinschaft gefordert.

»Ob Gärtners Mörder vielleicht aus der Nachbarschaft kommt?«, fragte er mehr sich selbst als Freitag, als er den Ledergürtel seiner Jeans schloss.

»Möglich.«

»Manchmal erscheinen mir Stadtteile wie eine abgeschlossene Gemeinschaft. Wie das Schwarzwalddorf im letzten Winter. Da ist auch keiner von außen gekommen.«

»Abgesehen von einer brünetten Redakteurin aus Hamburg, die meinem Freund den Wuschelkopf verdreht hat.« Freitag schmunzelte.

Mit einem Ruck zog Ehrlinspiel sein T-Shirt über den Kopf und warf sich die Sporttasche über die Schulter. Er fühlte sich ertappt und war erleichtert, als sein Handy klingelte. Er riss es aus der Sporttasche.

»Ich hab was für dich«, begrüßte ihn der Leiter des Verkehrsunfalldienstes.

Ehrlinspiel sah die buschigen Augenbrauen des Mannes vor sich, den alle »EG« für »Elefantengehirn« nannten, gesprochen wie die englische Abkürzung: »I-dschi«. Er vergaß nie auch nur einen Namen eines Unfallopfers, und wenn er auf blutigem Asphalt stand, zwischen zerfetztem Blech, abgetrennten Gliedmaßen, zerschnittenen Gesichtern und dem Geruch verkohlten Gummis und Fleischs, waren ihm Respekt und Empathie gegenüber den Verunglückten anzumerken. Ehrlinspiel hoffte, dass er, Moritz, nicht noch zu einem Einsatz musste, bei dem auch die Kripo gefordert war, weil zum Beispiel ein Verdacht auf Suizid bestand. »Ja?«

»Martin Gärtner. Ich kannte ihn.«

»Was?« Ehrlinspiel winkte Freitag heran, damit er mithören konnte.

»Ich habe ein Seminar an der Polizeiakademie in Wertheim gegeben und bin erst heute Nachmittag zurückgekommen, deswegen habe ich den Namen erst vorhin gehört. In der Cafeteria habe ich Meike getroffen, und sie hat mir von dem Fall erzählt.«

»Und?« Er hob die rechte Schulter, damit die Tasche nicht herunterrutschte.

»Martin Gärtner hat im November 1997 ein Kind überfahren. Charlotte Schweiger.« EG machte eine kurze Pause. »Sie war erst sieben Jahre alt.«

# 8

Der Korken löste sich mit einem lauten Plopp aus der Weinflasche.
Das hatte sie sich verdient! Einen süßen, weißen Tropfen. Laut Etikett irgendetwas aus dem Markgräflerland.
Neun Stunden hatte Gabriele in der Praxis geschuftet. War auf halbhohen Absätzen zwischen Empfang, Warte- und Sprechzimmer hin und her gelaufen, hatte Nadeln in Arme und faltige Hinterteile gestochen, stinkende Verbände gewechselt, Rezepte ausgedruckt und immer brav gelächelt. Und jetzt war sie elf Stockwerke zu Fuß hinaufgegangen. In die Abgeschlossenheit ihrer vier Wände. Ihren Bunker. Den Weinkarton hatte sie unten in den Aufzug gestellt und allein nach oben geschickt.
Sie schleuderte die Schuhe von ihren Füßen und stöhnte laut. Der Schweiß lief ihr in Strömen über den verhassten Körper, und ihre Sprunggelenke glichen zwei glühenden Bällen. Sie wusste, dass sie roch wie eine Fußballmannschaft nach dem WM-Finale. Und dass ihre riesige Bluse sich zwischen die Speckfalten schob, die sie sogar auf dem Rücken mit sich herumschleppte. Sie wusste auch, dass ihre Kopfhaut durch die dünnen Haare schimmerte. Und dass sie sich, um abzunehmen und ihre Ausdünstungen zu reduzieren, schlackenärmer und gemüsereicher ernähren müsste und auf Alkohol verzichten sollte. Doch wozu?
Gabriele nahm ein Glas aus dem Schrank, goss ein und leerte es im Stehen.
Es gab schon lange niemanden mehr, für den sie hübsch hätte

aussehen wollen. Wochenende. Und sie war wieder allein hier oben. Mehr noch: Sie war einsam, fett und vierundvierzig Jahre alt. Marktchancen gleich null. Da spielte es keine Rolle, dass sie ihre Kleidung bald nur noch in der Zeltabteilung kaufen konnte und die Gläser Wein nicht mehr zählte. Alkohol half zumindest. Und geschadet hatte er ihr bislang auch nicht. Sie vertrug eine ganze Menge. Ihr Chef, Wittke, der sie manchmal so seltsam musterte, hatte neulich sogar selbst gesagt, dass ihr das tägliche Glas sicher guttue, für die Nerven und den Kreislauf. Da war gegen zwei oder drei Gläser doch wohl auch nichts einzuwenden!
Einzig Patienten und Kolleginnen gegenüber verspürte sie so etwas wie Scham. Sie wollte gern stark sein und Souveränität beweisen. So wie Thea Roth, zum Beispiel. Es gelang ihr nicht. Doch sie riss sich zusammen und erschien jeden Tag zur Arbeit. Sie schminkte sich sogar. Immerhin sicherte der Job ihr Überleben, er bedeutete auch eine Tür zu der Welt da draußen. Wenn sie in der Praxis war, konnte sie für ein paar Stunden vergessen.
Gabriele füllte ihr Glas erneut und schlurfte damit aus der Küchennische in das kombinierte Wohn- und Schlafzimmer. Sie hatte dieses Apartment gemietet, weil sie sich hier sicher fühlte. Es lag im obersten Stock des Hauses, war schlauchförmig geschnitten und hatte zwei Ausgänge. Der eine war die Wohnungstür, an der sie neben der Kette ein Zusatzschloss und verstärkte Scharniere hatte installieren lassen. Der andere war ein Notausgang. Ursprünglich für alle Bewohner als Fluchtweg gedacht, befand er sich nach einem Umbau, der aus drei großen Wohnungen sechs kleine Apartments gemacht hatte, direkt neben ihrem Bett. Die schwere Tür ließ sich nur von innen öffnen und führte auf die umlaufende Brüstung, von der aus man einen phantastischen Blick über

halb Freiburg genoss – und über eine schmale Außenleiter nach unten gelangte.

Sie trat an das Fenster.

Am Tag der Schlüsselübergabe hatte sie über eine Stunde hier gestanden. Zwischen der Leere. Münsterturm, Schlossberg, die vielen Parks ... Das alles hatte sie nicht interessiert. Und es interessierte sie bis heute nicht. Sie richtete ihren Blick immer nur auf die Straße. Beobachtete, was sich in der Tiefe unter ihr abspielte. Tag für Tag. Abend für Abend.

In letzter Zeit neigte sie vermehrt zu Panikattacken, sobald sie das Haus betrat. Nicht weil sie die Enge des Fahrstuhls nicht ertrug, in dem sie sich wie in einer Sardinenbüchse fühlte. Nicht weil sie glaubte, das Ding könne steckenbleiben und sie könne über Stunden qualvoll ersticken. Die Klaustrophobie begleitete sie seit frühester Kindheit – und das unfreiwillige Treppensteigen bescherte ihr wenigstens die Illusion von Fitness. Die würde ihr im Zweifelsfall jedoch kaum etwas nützen. Nein, ihre Angst war anderer Art. Sie war unberechenbar. Und sie trug einen Namen: Harald.

Gabriele suchte die Straße mit den Augen ab. Ließ den Blick über die Autos gleiten. Analysierte die Bewegungen der Menschen, verfolgte ihre Schritte, vor allem, wenn sie den kurzen Weg durch die Wiese bis zum Hauseingang nahmen. Natürlich konnte sie von hier oben niemanden erkennen. Kaum ein Gesicht vom andern unterscheiden. Aber seinen stocksteifen Gang und seine schwarzen, gegelten Haare, die würde sie sogar inmitten eines überfüllten Strands ausmachen. Und auch sein alter roter Peugeot würde ihr auffallen.

Sie zog die dichten Vorhänge zu, ließ sich schwer zwischen die abgewetzten Lehnen des Sessels sinken und schaltete den Fernseher ein. Eine Kochshow. Sie zappte weiter. Nachrichten mit einer vollbusigen Blondine. Weiter. Irgendeine Repor-

tage in der Wüste. *Bauer sucht Frau.* Für ein paar Minuten träumte sie sich an die Seite eines gutgebauten Landwirts. Doch sie konnte sich nicht konzentrieren, und mit Tieren wusste sie ohnehin nichts anzufangen. Manchmal dachte sie, dass vor ihr alles und jeder davonlief. Egal, ob auf zwei oder vier Beinen.
Gabriele schaltete den Ton aus, holte die Weinflasche vom Küchentresen und schob vorsichtig den Vorhang ein Stück zur Seite. Es war natürlich Quatsch, was sie hier tat. Kein Schwein würde von der Straße aus sehen können, ob hier oben jemand am Fenster stand. Geschweige denn, *wer* da stand. Sie war dumm. Ein plumpes, bescheuertes Trampeltier. Oft verabscheute sie sich selbst dafür. Für ihre Feigheit. Ihre derbe Art. Ihren Zwang, pausenlos quatschen und gute Laune vorspielen zu müssen. Als sie ihm damals tagelang die Tür nicht mehr geöffnet hatte, hatte er dagegengetreten, mit den Fäusten getrommelt, bis ein Mitbewohner mit der Polizei gedroht hatte. Noch in der Nacht hatte sie ihre Koffer gepackt und sich eine neue Wohnung gesucht.
Wenn sie trank, war es besser. Der Wein machte sie müde und gelassen. Vertrieb ihre Angst. Vor Harald, ihrem Ehemann. Und davor, das alles allein durchstehen zu müssen.
Harald hatte nie einen Tropfen Alkohol angerührt. Was er tat, tat er mit klarem Kopf und Berechnung. Darin zumindest war er besser gewesen als sie.
Am Montag, als Thea Roth mit Hilde Wimmer in der Praxis gewesen war, hatte sie überlegt, die Frau auf ein Glas am Abend einzuladen. Aber dann hatte der Mut Gabriele verlassen.
Frau Roth schien ihr manchmal aus einer anderen Welt. Sie war gelassen, hilfsbereit und diskret, und im richtigen Moment verstand sie es, andere zum Lachen zu bringen. Früher,

da war die Wimmer immer am Schimpfen gewesen. Niemand, der ihr die Spritze sanft genug setzte, keine, die ihren Blutdruck richtig messen konnte. Doch seit Frau Roth sie begleitete, hielt die Alte ihr Maul und ließ alles über sich ergehen. Und neulich, da hatte sie die Roth mit der jungen Mutter gesehen, die bei ihr im Haus wohnte. Sie hatte ihr den Kinderwagen geschoben. Die Junge hatte Einkaufstüten und Windeln getragen. In grellbunten Leggings hatte sie gesteckt, und ihr Ausschnitt hatte bis zum Bauchnabel gereicht. Ganz zu schweigen von diesen widerlichen Blechpickeln im Gesicht, diesen Piercings. Richtig nuttig. Fehlte nur noch, dass »Bums mich!« auf dem T-Shirt stand. Doch Frau Roth machte da keinen Unterschied. Sie war für alle da und packte zu, wenn jemand sie brauchte. Obendrein war sie schön, obwohl sie gut zehn Jahre älter sein mochte als Gabriele selbst. Sie fand immer die passenden Worte. Und sie duftete so gut!
Gabriele ließ den Vorhang zufallen und drehte sich zu dem flimmernden Fernseher, wo sich gerade ein halbnackter Kerl und eine Frau mit viel zu viel Lippenstift im Heu wälzten. Thea Roth würde so etwas sicher nie anschauen, dachte sie, schaltete das Gerät aus und öffnete eine zweite Flasche Weißwein. Der Korken fiel zu Boden. Sie kickte ihn unter einen Schrank.
Sie konnte Frau Roth unmöglich einfach so behelligen. Zwar kam sie jeden zweiten Montag mit der Wimmer in die Praxis und redete auch ein paar Sätze mit Gabriele, und das machten nicht alle, die zu Doktor Wittke kamen. Doch was bedeutete das schon? Einen Anspruch auf Freundschaft konnte sie daraus nicht ableiten. Und bestimmt hatte Roth genügend Menschen um sich, die sie glücklich machten. Auf eine frustrierte Arzthelferin hatte sie garantiert nicht gewartet.
Gabriele Hofmann schwenkte das Weinglas in der Hand.

»Dann trinke ich eben mit mir selbst«, sagte sie laut. »Prost, fette, feige Gabi.« Sie fiel in den Sessel.
Über Thea Roth wusste sie nicht viel. Eigentlich gar nichts. Nicht einmal, ob sie einen Partner hatte oder gar frisch verliebt war. Alles, was Roth ihr erzählt hatte, war, dass sie mit ihrer Tochter eine Wohnung teilte und die beiden sich wohl recht gut verstanden.
»Prost, Thea.« Ohne dass sie es verhindern konnte, kullerte eine Träne über ihre Wange, und gleich darauf brach ihr der Schweiß aus. Ihr Mund wurde trocken. Da waren sie wieder! Die Anzeichen für die nächste Panikattacke. Schnappatmung setzte ein, immer schneller. Nein, sagte sie sich, nicht hyperventilieren!
Gabriele riss den Vorhang zurück und öffnete das Fenster, keuchte, doch auch draußen schien die Luft zu stehen. Sie atmete langsam ein und aus, ein und aus. Dann starrte sie in die Tiefe.
Nichts.
Zitternd kippte sie ein weiteres Glas Wein ihre Kehle hinunter. Es half gegen den trockenen Mund. Aber nicht gegen sein salziges Aftershave, das sie förmlich riechen konnte. Sie sah seine schmalen Augen. Spürte seine Faust in ihrem Gesicht. Schmeckte das Blut in ihrem Mund.
Harald hatte nicht nur ein Mal versucht, Geld aus ihr herauszuprügeln. Er war ein verdammter Spieler. Und das war er auch heute noch, da war sie sich sicher. Jahrelang hatte sie geglaubt, ihn mit Geduld und Liebe zu einem besseren Menschen machen und von seiner Brutalität erlösen zu können. Sie hatte Verständnis gezeigt. Seine Schulden bezahlt. Er war am Abend in die Selbsthilfegruppe und danach ins Kasino gegangen. Inzwischen war sie klüger. Er hatte andere Frauen gehabt. Und er würde sich auch noch ihr letztes Geld holen.

Wäre sie bloß nicht so feige. Könnte sie doch endlich zur Polizei gehen und um Schutz bitten. Doch wenn er das herausfand ...

Sie schluckte und ließ den Blick über die Straße wandern. Menschen gingen umher, kleine Punkte, kaum größer als ein Fliegenschiss. Niemand hob den Kopf und sah herauf. Ja, Fliegenschiss, das passt zu mir, dachte sie, und ihr Puls beschleunigte sich.

*Beruhige dich! Er wird dich nicht finden. Er versucht es wahrscheinlich auch längst nicht mehr. Und woher soll er denn wissen, wo du jetzt wohnst und arbeitest?*

Sie schloss das Fenster. Die Dunkelheit setzte bereits ein. Gern hätte sie sich Thea Roth anvertraut. Endlich eine Freundin gehabt, der sie sich öffnen konnte.

Beim nächsten Mal, wenn Frau Roth in zehn Tagen mit der alten Wimmer kommen würde ... Dann würde sie sie einladen. Was sollte schon passieren? Sagte sie ja, dann würde auch ein zweites Treffen folgen. Und ein drittes. Sie würden im Café sitzen, plaudern, gemeinsam shoppen gehen, einander Geheimnisse erzählen. Gabriele kicherte bei dem Gedanken. Sagte Thea nein, blieb eben alles wie bisher. Sie hatte nichts zu verlieren.

Entschlossen ging sie in die Küche, schob den Weinkarton in den Schrank und schloss mit festem Druck dessen Tür. Dann kontrollierte sie die Sicherheitsschlösser. Fast beschwingt kehrte sie ein letztes Mal zum Fenster zurück, löschte das Licht und lugte die elf Stockwerke hinab. Autos, die bereits die Scheinwerfer eingeschaltet hatten und wie immer zu schnell fuhren. Ein Motorrad. Ein knutschendes Pärchen. Die Bewegung hinter den Müllcontainern erfasste sie in dem Moment, als sie den Vorhang zuzog. Sie glaubte, ihr Herz setze aus. Sie schlug die Hand vor den Mund und schob zitternd

den Vorhang wieder beiseite, Zentimeter für Zentimeter, richtete den Blick auf die Müllsammelstelle. Kein Mensch war zu sehen.
*Es war eine Täuschung,* sagte sie sich. Nichts Schlimmes. Es war der Wein. Nur zu viel Wein.

# 9

Kurz vor Mitternacht

Er hatte nicht damit gerechnet, so schnell ans Ziel zu kommen.
Leise schloss er die Wohnungstür von innen, ging im Dunkeln durch die Diele ins Wohnzimmer und warf den Schlüsselbund auf den großen Esstisch, der sich im Licht der Straßenlaternen schwach abzeichnete. Nur ein leises Quietschen war von seinen Schritten auf dem Parkett zu hören. Draußen, auf der Straße, schluckten die Gummisohlen jedes Geräusch vollkommen.
Er liebte die Nacht. Sie war seine Zeit und die Dunkelheit seine Seele. Er selbst war nur ein Schatten.
Mit einem Griff öffnete er den komplizierten Schließmechanismus des Wandschranks, plazierte das schwere Dreibeinstativ vor dem seitlichen Fensterflügel und montierte das Cassegrain-Teleskop darauf. »Eine gute Entscheidung«, hatte der Verkäufer zu ihm gesagt. »Sphärischer Hauptspiegel, Sekundärspiegel plus asphärische Korrekturplatte, Servomotor, Computersteuerung. 2034 Millimeter Brennweite des optischen Tubus. 840-faches Lichtfassungsvermögen einer menschlichen Pupille! Sie werden so präzise sehen wie eine Raubkatze in der Nacht!« Er hatte genickt. Präzision gehörte zu seinem Job. »Sie können sogar galaktische Nebel damit erforschen«, hatte der Verkäufer erklärt, »Kugelsternhaufen, die Strukturen der Jupiterstreifen, die Hauptteilung der Saturnringe und …« »Packen Sie es ein«, hatte er erwidert und

seine Kreditkarte herausgezogen. Der Himmel interessierte ihn einen Dreck. »Eine gute Entscheidung«, hatte der andere Mann lächelnd wiederholt und rasch hinzugefügt: »Und fotografieren können Sie selbstverständlich auch damit.«
Er zog sich einen Stuhl heran, richtete das Teleskop auf das Haus gegenüber und blickte durch den Sucher. Der Verkäufer hatte nicht zu viel versprochen. Kontrast und Schärfe waren hervorragend, und wenn er die Bilder hinterher auf seinen Laptop lud, konnte er jede Wimper, jedes Muttermal und jede Hautrötung wie mit dem Skalpell herausgelöst erkennen.
Hier, von diesem Platz aus, sah er all das, wonach er gesucht hatte. Und mehr.
Langsam drehte er das Gerät in der horizontalen Ebene, ließ Fenster für Fenster der Häuserzeile vorübergleiten. Dachgeschoss, erste Etage, Erdgeschoss. Bis auf drei Wohnungen lagen alle im Dunkeln. Die Arztpraxis sowieso.
Er fokussierte auf das erste der erhellten Fenster. Eine Frau in einem der Mittelhäuser, telefonierend, dabei stand sie vor dem verspiegelten Schlafzimmerschrank und strich sich unentwegt über die linke Brust. Das zweite Fenster, hinter dem Licht brannte, lag darunter. Zwei Männer und eine Frau, die um einen Tisch saßen, Pizza aus einer Pappschachtel aßen und Bier tranken. Mit nahezu lautlosen Klicks machte er einige Fotos und drehte das Teleskop dann nach links auf das nördliche Endhaus. Sein Lid begann zu zucken.
Als er vorhin seine Runde gedreht hatte, war er nicht darauf gefasst gewesen, ein bekanntes Gesicht zu treffen. Ganz unvermittelt war sie vor ihm gestanden, an der Kreuzung mit der großen Ampelanlage, kurz vor den Hochhäusern, und hatte versucht, ihn in ein Gespräch zu verwickeln. Zuerst hatte er überlegt, wer sie war. Dann gelächelt. Charmant. Hatte genickt und ab und zu »ja«, »wie schön« und »ach, das freut

mich aber« gesagt, während seine Hände sich in das Futter der Hosentaschen gekrallt hatten, das Donnern der Straßenbahnen ihre Worte geschluckt und ihr Gesicht im Licht der Ampel abwechselnd grünlich und rötlich geschimmert hatte. Als sie sich endlich mit einem »Vielleicht sieht man sich bald« verabschiedet hatte, war er den Rückweg fast gerannt, bis in seine Straße, und erst, als er die erleuchteten Fenster in dem gelben Haus gesehen hatte, war sein Herzschlag ruhiger geworden.
Er hatte sich sofort wieder unter Kontrolle gehabt.
Jetzt brachte er seinen Oberkörper ein Stück nach vorn. Drückte das Auge fest an das Okular. Wartete. Hoffte, in dem Zimmer jemanden zu entdecken. Sie ließ nicht lange auf sich warten. Trat ans Fenster, hob den Arm. Für eine Sekunde dachte er, sie wolle ihm winken, und zuckte erschrocken zurück. Doch sie zog nur den Vorhang zu. Er hätte schwören können, dass sie herübergesehen hatte. Er versuchte, hinter dem Vorhang eine Silhouette zu erkennen, eine Bewegung. Doch der runde Ausschnitt, sein Gesichtsfeld, blieb nichts als ein vergrößertes Fasergebilde; ein Wirrwarr weißer Würmer, riesig groß in seinem Auge, brannte sich in seine Netzhaut.
Dann ging das Licht aus.
Er löste seine Hände vom Teleskop und trat einen Schritt zurück. »Schlaf süß, solange du es noch kannst«, flüsterte er in den leeren Raum, und sein Augenlid zuckte so stark, dass es an der Augenbraue zerrte. Er nahm eine Packung filterlose Zigaretten aus dem Regal, schüttelte sie und zog mit den Lippen eine heraus. Als das silberne Feuerzeug klickte, die Flamme nur eine Handbreit vor seinem Gesicht aufleuchtete, kurz und hell, und als mit dem Aufflammen der Glut der Rauch tief in seine Lungen drang, hörte sein Lid auf zu zucken.
Irgendwo schlug eine Kirchturmuhr zwölf Mal. Wenige Mi-

nuten später erloschen die Straßenlampen. Er stellte sich dicht vor das Fenster, inhalierte den Rauch und hielt ihn lange in den Lungen.
Die Wäscheleine vor dem Nachbarhaus konnte er nicht mehr erkennen, auch der schäbige Sandkasten, der hinter der löchrigen Thujahecke lag und den außer ein paar Hunden und Katzen keiner mehr benutzte, weil außer dem Baby keine Kinder in dem Haus lebten, war in Finsternis gehüllt. Und in Stille.
Tagsüber war viel los hier. Patienten, die in die Arztpraxis kamen, wegen dämlicher Insektenstiche, Warzen oder einer Diarrhö, die sie dann in allen Details ausmalten. Die Beschreibung menschlicher Wehwehchen erfüllte ihn manchmal mit Abscheu. Häufig mit Gereiztheit. Meistens aber mit Desinteresse. Es waren oft Fremde, die unten vor der Praxis parkten. Er glaubte, die Frau von der Kreuzung von dort zu kennen. Die meisten Patienten lebten in der unmittelbaren Umgebung – oder hinter diesen Fenstern gegenüber. Dort, wo er ein unerwartetes Geschenk vorgefunden hatte.
Er kannte alle Namen, die an den Klingelschildern standen, jeden Schriftzug, mit dem die Leute die handgeschriebenen Schildchen versehen hatten. Auch den, der nun bald verschwinden würde. Es war eine steile Schrift, ein wenig kindlich beinahe und schon verblasst, die einem neuen Namen Platz machen würde, so ganz anders als das kleine, enge *Zenker* und das kräftige *Thea und Miriam Roth* mit dem rund geschwungenen Initial. Ein Werk der Tochter. Da war er sicher.
Natürlich war es ein Risiko, sie hier als Putzhilfe zu beschäftigen. Doch Sauberkeit war eine essenzielle Lebensbedingung für ihn. Er hasste Schmutz. Und er genoss die Erregung, wenn sie da war. Dieses leichte Pulsieren erst im Hals, dann hinter

den Rippen, bis es langsam in den Magen zog und sich später in seinen Leisten festsetzte, während sein Gehirn völlig rational arbeitete und sich die Frage stellte: Würde es gelingen oder nicht.

Vorsichtig stippte er die Asche in den liegenden Porzellanfrauenkörper, den er auf dem Sims plaziert hatte und zwischen dessen Brüsten und Scham eine Handvoll Zigarettenkippen den Geruch kalter Asche verströmte. »Ein Sammlerstück«, hatte sein Kollege ihm erklärt, als sie vor einigen Wochen hier gestanden hatten, beide einen Cognacschwenker in der Hand, scherzend und in Gespräche über ihre Studienzeit versunken. »Pass gut darauf auf. Es ist und bleibt *mein* Aschenbecher, alter Schwerenöter.«

O ja. Er würde aufpassen. Und er wusste ganz genau, wem was gehörte!

Er drückte die Zigarette aus und streckte sich. Dann packte er das Teleskop in den Wandschrank zurück, neben den Laptop, der all die Schätze der letzten Tage barg. Diese Fotos, die er sich immer und immer wieder angesehen hatte. Leben. Krankheit. Tod. Unverhoffte Ansichten. Überraschungen.

Er grinste vor sich hin.

Wissen. Macht.

Nein, er war nicht nur schnell ans Ziel gekommen. Er hatte auch Bedingungen vorgefunden, von denen er nie zu träumen gewagt hätte. In aller Ruhe würde er weitermachen. Sich das holen, was ihm zustand.

## 10

Samstag, 31. Juli, Vormittag

Nach der Besprechung mit dem Gemeindediakon setzte sich Tobias Müller an die Orgel auf der Empore. *Stark sein für den Nächsten – den Nächsten stark machen.* Der Pfarrer mochte das Motto seiner evangelischen Gemeinde, und er freute sich über jeden, der wie er selbst versuchte, danach zu leben.

Er stellte Bachs *Acht kleine Präludien und Fugen* auf das Notenpult und genoss für ein paar Minuten die Stille, die die Kirche erfüllte. Für achtzehn Uhr war ein Treffen mit den Mitarbeitern des Jugendzentrums und der Begegnungsstätte für Senioren geplant. Noch zwei Wochen waren es bis zu dem großen Sommerfest, das dieses Jahr im Eschholzpark nahe der Kirche stattfinden und Menschen aller Generationen und sozialen Schichten verbinden sollte. Beim Grillen, Singen … Für die Kinder hatte er sich etwas ganz Besonderes einfallen lassen: *Ein Wochenende unter Gottes Himmel.* Schlafen in einem riesigen Zelt, biblische Schnitzeljagd, Basteln eines Lebensbaums und am Sonntag bei Sonnenaufgang ein Eltern-Kind-Gottesdienst. Sein älterer Sohn würde zum ersten Mal dabei sein und ein Gedicht vortragen. Er war stolz. Doch es gab noch eine Menge zu organisieren.

Das Rauschen von Autos drang an sein Ohr, als sich unter ihm die Kirchentür öffnete und schnelle, hektische Schritte zu hören waren. Er stand auf und blickte hinunter.

Auf den Stufen zum Altar stand, in einem weißen Kleid und

den Rücken ihm zugewandt, Miriam Roth. Über ihr hing das große Kreuz mit der Christusfigur, auf die durch die roten und gelben Fensterscheiben ein leuchtendes Mosaik gebrochener Sonnenstrahlen fiel.

Miriam schien noch fragiler und transparenter als sonst. Es war ein Eindruck, der sich zunehmend verstärkte, und er beschränkte sich keineswegs auf ihre äußere Erscheinung. Auch ihre Seele schrie nach Stärkung.

Still wartete er ab, bis sie sich erhob. Als sie sich umdrehte, winkte er ihr zu. »Kommen Sie ruhig herauf.«

Tobias Müller bewunderte Miriam Roths tiefe Religiosität und ihre Treue zur Kirche. Nach allem, was ihr widerfahren war, konnte es nicht leicht sein, dem Glauben verbunden zu bleiben.

Gleich darauf erschien Frau Roth neben ihm. Der Seelsorger strahlte sie an. »Miriam, wie schön«, begrüßte er sein Gemeindemitglied und breitete die Arme aus. Jedes Mal hoffte er, sie würde seine Geste als ehrliches Willkommen betrachten. Und jedes Mal blieb sie mit gesenktem Blick vor ihm stehen und faltete die Hände. Doch heute vergrub sie die Finger in den Falten ihres luftigen Sommerkleides. Wie ein verängstigtes Kind, dachte Tobias Müller und fragte: »Wie geht es Ihnen heute?«

»Ich werde Sie nicht lange belästigen. Ich möchte nur beichten.« Sie senkte den Kopf.

Müller hätte gern ihr Kinn angehoben, damit sie ihn ansah. Doch er wagte es nicht. »Beichten?«, fragte er stattdessen nur. Er konnte sich nicht vorstellen, welche Sünde ausgerechnet Miriam Roth, diese fromme Frau, ihm hätte anvertrauen sollen. »Unsere Konfession kennt keine klassische Einzelbeichte, Miriam, das wissen Sie doch. Aber morgen im Gottesdienst haben wir unser gemeinsames Sündenbekenntnis mit

Zuspruch der göttlichen Vergebung.« Vorsichtig nahm er ihre Hand, als sie nicht reagierte. »Was bedrückt Sie so sehr?«
Miriam trat einen Schritt zurück und entzog ihm die Hand. »Ich bin Gott nicht würdig. Ich hatte böse Gedanken.«
»Meine liebe Miriam« – Tobias Müller machte eine abwehrende Handbewegung –, »davor ist niemand sicher. Wir sind Menschen. Wir können nicht verhindern, dass finstere Ideen wie ein Vogelschwarm über unseren Köpfen kreisen. Aber wir können verhindern, dass sie dort Nester bauen.« Schon Luther hatte dies so trefflich auf den Punkt gebracht.
»Sie sind ein guter Mensch, Herr Pfarrer«, sagte Miriam. »Aber ich ...« Sie verstummte.
»Es ist wegen Ihrer Mutter, nicht wahr?«
Miriam Roth zupfte am Ärmel ihres Kleids. Sie war blass, und er fürchtete, sie würde jeden Moment zusammensinken. Er führte sie zu der breiten Orgelbank, und sie setzten sich nebeneinander. Unendlich langsam, wie in tiefer Ehrfurcht vor dem Instrument, strich sie über die Tasten, sagte aber nichts.
»Wie geht es Thea?«, fragte Tobias Müller.
»Mama hat ...« Sie nahm die Hand vom Manual, schluckte. Er wartete ab, wollte sie nicht drängen.
»Ich mache mir solche Sorgen.«
Müller betrachtete Miriam. Ihr Gesicht war fein geschnitten, und die hohe Stirn verlieh ihren weichen Zügen etwas Aristokratisches. Doch ihre vollen Lippen, die sonst so oft lächelten, waren jetzt aufeinandergepresst.
»Haben Sie das von unserem Nachbarn gehört?« Miriam Roth wandte sich ihm zu.
Ihre Blicke trafen sich, und er faltete die Hände in seinem Schoß.
»Nein. Was ist geschehen?«
»Ein Mann aus unserem Haus ist ermordet worden.«

Müller schluckte. Bestimmt ging Miriam das sehr nahe. »Das ist ja furchtbar. Ich werde für den Mann beten.«

»Was ist, wenn Mama auch etwas passiert?« Ihre großen, blauen Augen flackerten unruhig, als sie den Kopf schüttelte. »Ich meine nicht, dass jemand sie umbringt.« Sie schob die Hände unter die Puffärmel ihres Kleids, als friere sie. »Sie ist doch so ein guter Mensch.«

»Ja, das ist sie.« Der Seelsorger dachte an die letzte Christmette. Es war eine eisige Heilige Nacht gewesen, Regen war durch die Straßen gepeitscht, und wie schon viele Jahre zuvor hatten die Menschen vergeblich auf Schnee zu Weihnachten gehofft. Seine eigenen Kinder kannten diesen Tag nur nass, grau und kalt. Trotzdem war ein Häufchen Gläubiger in dicken Jacken und mit Regenschirmen in die Kirche gekommen. Die Heizung war alt und schwach, doch er hatte die elektrischen Heizkörper aus der Abstellkammer geschleppt, um die Temperatur erträglich zu machen. Hatte Kerzen am Christbaum angezündet und die Krippenfiguren seiner Großmutter neben dem Altar aufgestellt. So richtig heimelig war es ihm dennoch nicht erschienen. Als er eben mit der Liturgie begonnen und aus dem Buch des Propheten Micha gelesen hatte, hatten sich beide Flügel der Tür geöffnet, und Miriam war mit einer Frau mittleren Alters hereingekommen. *Und du, Bethlehem Efrata, die du klein bist unter den Städten in Juda, aus dir soll mir der kommen, der in Israel Herr sei.* Tobias Müller hatte von der Bibel aufgeblickt. Er sah die beiden noch vor sich: untergehakt, Miriam in einem triefenden, viel zu dünnen Mantel, die Ältere fast im Partnerlook, mit hochgeschlagenem Mantelkragen und irrlicherndem Blick. Doch die innige Vertrautheit, die die beiden Frauen ausgestrahlt hatten, hatte die Kirche mit einer Wärme erfüllt, die er noch jetzt, sieben Monate später, fast körperlich spüren konnte. *In-*

*des lässt er sie plagen bis auf die Zeit, dass die, welche gebären soll, geboren hat. Er aber wird auftreten und weiden in der Kraft des Herrn seines Gottes. Und sie werden sicher wohnen; denn er wird zur selben Zeit herrlich werden, so weit die Welt ist.* Seither kamen Miriam und ihre Mutter jeden Sonntag zum Gottesdienst, und Thea Roth kehrte langsam ins aktive Leben zurück. Half den Nachbarn bei den Einkäufen, las ihnen vor und wollte beim Sommerfest Waffeln backen. *Stark sein für den Nächsten – den Nächsten stark machen.* Thea Roth hatte das verinnerlicht. Und sie wuchs daran. Tag für Tag.

»Sie nimmt sich diesen fremden Tod so zu Herzen. Verstehen Sie? Mama ist ... sie hat ... es kommt alles wieder hoch. Die Konfrontation mit dem eigenen Tod. Der Schock, ihre Geschichte, die –«

»Miriam.« Er legte seine Hand auf ihre Schulter und spürte jeden ihrer Knochen. Sie glaubt, sie müsse die Last der ganzen Welt allein tragen, dachte er und sagte: »Ihre Mutter muss selbst entscheiden, was sie sich schon zutraut und was nicht. Einem andern Menschen gewaltsam das Leben zu nehmen ist ein grauenvolles Verbrechen. Ihre Mutter *darf* darunter leiden, sie *darf* sich das zu Herzen nehmen. Es ist menschlich. Die Strafe über den Täter wird Gott verhängen! Ihre Mutter, die geht ihren Weg, und sie geht ihn gut.«

»Ich bin so froh, dass sie es geschafft hat.« Miriam wiegte den Kopf. »Der Tag, an dem wir zum ersten Mal wieder am Tisch gesessen haben, als sie wieder zu Hause war, das war ... nein, es *ist* ein einzigartiges Geschenk. Ein Geschenk von Gott. Er hat sie diesen schrecklichen Sturz überleben lassen. Aber jetzt ... Sie muss sich schonen! Ich möchte nicht, dass sie an diesen Nachbarn denkt, das macht sie verrückt. Auch wenn sie es zu verbergen versucht. Es zieht sie in ein Loch.«

Sanft strich er ihr über den Rücken wie einem kleinen Kind

und ließ dann die Hand sinken. »Sie müssen ihr vertrauen. Thea wird ihr eigenes, neues Lebenstempo finden. Und ein paar Gedanken, auch wenn die uns nicht gefallen, müssen wir ihr schon gönnen.«

»Es überfordert mich.« Eine große Träne lief Miriam über die Wange. »Und jetzt ... Sogar die Polizei hat mich befragt. Ob ich etwas über ihn wüsste und so. Warum nur? Ich musste mich so zusammennehmen. Ich habe doch keinem etwas getan, nie gegen Gott und seinen Willen gehandelt, diesen toten Nachbarn, den kannte ich nicht einmal. Ich habe versucht, vor den Polizisten zu lächeln, aber falls die jetzt auch noch Mama befragen wollen, dann, dann ... Sie würde das nicht verkraften.«

Ihr Gesicht glänzte nass, und Tobias Müller befühlte seine Hosentaschen. »Ich habe keine Taschentücher bei mir«, entschuldigte er sich. »Ich hole Ihnen welche.« Er wollte aufstehen, doch Miriam Roth hielt ihn fest.

»Nein, bitte, bleiben Sie.« Sie fuhr sich mit beiden Händen über die Wangen und lächelte wieder, und ihr Bild erinnerte ihn an seinen Hochzeitstag, als Michaela, seine Braut, duftende Blumen im geflochtenen Haar, vor Rührung geweint und er geglaubt hatte, die brennende Liebe zu dieser Frau würde ihn bis an den Rest seines Lebens wärmen. Heute schätzte er niemanden mehr als seine Ehefrau. Sie war ihm Freundin, Vertraute und zugleich Geliebte. Zumindest glaubte er das. Und sein Glaube war stark.

»Manchmal kann ich einfach nicht mehr.« Sie nahm die Noten. »Bach! Eine wunderbare Musik. Sie gibt mir Kraft. Wenn die Leute wüssten, dass ich beim Putzen Bachkantaten höre, im Kopf natürlich nur ...« Sie sang leise: »›Es ist nichts Gesundes an meinem Leibe vor deinem Dräuen und ist kein Friede in meinen Gebeinen vor meiner Sünde.‹«

Müller lachte. »Dann müssen Sie der sündigen Düsternis aber auch den Schlusschoral hinzufügen: ›Ich will alle meine Tage rühmen deine starke Hand, dass du meine Plag und Klage hast so herzlich abgewandt‹«, sang er, und Miriams Gesicht hellte sich auf.
»Bach ist der fünfte Evangelist.«
»Das sagt man.« Müller nickte und wurde ernst. »Kehrt denn die Erinnerung Ihrer Mutter noch immer nicht zurück?«
»Nein. Sie weiß weder von dem Unfall noch von ihrem Leben davor und auch nichts aus der Zeit der Bewusstlosigkeit. Es ist ... zum Verzweifeln.« Sie stellte die Noten wieder auf das Pult.
»Was sagen denn die Ärzte?« Wie oft er ihr die Frage gestellt hatte, wusste er nicht mehr. Aber sie sollte Miriam bewusst machen, dass die Prognosen gut waren. Und dass er, dem sie vertraute, durchaus auf die Kompetenz der Mediziner zählte. Vielleicht konnte er so seine eigene Zuversicht mit ihr teilen.
Miriam Roth senkte den Blick. »Ärzte«, murmelte sie. »Götter in Weiß. Sie wissen nichts. Mama will nicht mehr zum Arzt. Sie weigert sich. Sie wird hysterisch, wenn ich sie bitte.«
»Amnesien sind selten endgültig.« Auch das: viele Male gesagt – selten bei Miriam angekommen. Tobias Müller hatte zahllose Stunden im Internet recherchiert, um den beiden Frauen Hoffnung geben zu können, ohne lügen zu müssen. Er kannte die genauen Unfallverletzungen Thea Roths nicht, doch er vermutete, dass die Ursachen ihres Gedächtnisverlustes rein physisch und nicht psychisch bedingt waren. Sonst hätte sie ein Trauma vom Ausmaß eines Kriegs oder Konzentrationslagers erfahren und verdrängen müssen. Und das hatte sie sicher nicht. Nein, er glaubte, dass die tiefe Bewusstlosigkeit verantwortlich war oder der Sturz auf den Bordstein,

von dem Miriam berichtet hatte. Beides Ereignisse, bei denen eine Amnesie für viele Jahre, in Ausnahmefällen für immer, zurückbleiben konnte. »Thea wird ihr Leben wiederfinden. Ich glaube daran. Sie sind so geduldig mit ihr. Vertrauen Sie Gott und auch Ihrer Mutter. Wir können bei allem, was wir tun, und ganz egal, was passiert, nie tiefer fallen als bis in Gottes Hand.«

»Ich weiß nicht.« Sie schüttelte bedächtig den Kopf. »Gestern, da habe ich Mama« – ihre Stimme wurde zu einem Flüstern – »verflucht in Gedanken. Nur kurz. Nur eine Sekunde. Aber ich schäme mich so.« Ihr Oberkörper bebte, und der Pfarrer wusste nicht recht, ob er sie in den Arm nehmen oder einfach sitzen bleiben und zuhören sollte. Er fürchtete, sie könnte eine Umarmung missverstehen und würde sich dann nicht mehr hierher trauen.

»Ich habe Mama ein Fotoalbum gezeigt und ihr von dem Haus erzählt, in dem wir früher gewohnt haben.«

Tobias Müller nickte.

»Es war schön, das Haus. Und den Garten, den habe ich so geliebt. Von dem Konzertflügel aus konnte ich auf die Rosen und die bunten Rabatten sehen, und auf dem Teich hat das Entenpaar seine Kreise gedreht. Manchmal habe ich geglaubt, sie liebten die Musik genauso wie ich.« Sie machte eine Pause und schürzte die Lippen. »Tiere sind sensibel, Tiere wissen mehr, als wir uns vorstellen können.«

Wieder nickte der Pfarrer. »Sie sind Geschöpfe Gottes.«

»Mama hat mich die Liebe zur Musik gelehrt. Sie hatte diese Kassetten mit den wunderschönen Klängen. Auch Musik von Bach. Arien, Motetten und die großen Passionen. Aber das wusste ich damals nicht. Mich hat es als Kind einfach nur berauscht. Immer wenn Mama weggegangen ist, habe ich die Kassetten aus dem Schrank geholt und in den Rekorder ge-

schoben. Dann habe ich den Finger locker auf die Starttaste gelegt, tief Luft geholt und die Augen zugepresst. Erst dann habe ich die Taste richtig gedrückt. Ich war jedes Mal wahnsinnig aufgeregt. Irgendwann habe ich versucht, die Melodien auf dem Flügel nachzuspielen. Ich war gar nicht so schlecht. Aber Mama hat natürlich viel besser gespielt.« Miriam lachte bei der Erinnerung, und Müller war froh, sie heiter zu sehen. »Eines Tages hat sie mich überrascht, mitten in der zweiten Sopran-Arie des *Magnificat*. Ich hatte lange daran geübt.«
»Sie hat geschimpft?«
»Nein, nein. Sie hat sich gefreut. Es steht doch in Es-Dur. Das ist schwierig gewesen für mich. Mit drei *b*, ich hatte noch nie so viele schwarze Tasten benützen müssen. Und dann hat sie mir das Klavierspielen beigebracht. Sie hat mit so viel Hingabe gespielt, ganz unaufgeregt, nicht so überspannt wie Glenn Gould oder so hitzig wie Martha Argerich. Die sollte sowieso keinen Bach spielen. Bach ist so rein, so klar, wie eine Stimme, die mit uns redet.« Miriam Roth griff in die Tasten und spielte die ersten Takte des *Magnificat*. Abrupt hörte sie wieder auf. »Es war eine gute Zeit.«
»Ihre Mutter spielt Klavier? Das wusste ich ja gar nicht.« Tobias Müller war erstaunt. Vielleicht könnte er Thea Roth anbieten, hier in der Kirche Orgel zu spielen. Ohne Pedale, die sie wahrscheinlich nicht beherrschte. Aber mit den beiden Manualen würde sie sicher klarkommen. O ja, bestimmt würde ihr das Freude machen. Dass er selbst Orgelspielen hatte lernen dürfen, erfüllte ihn oft mit großer Dankbarkeit. Das Orgelspiel brachte ihn näher zu Gott. Es hatte etwas Entrückendes, Himmlisches. Es half, die Welt zu ertragen.
Miriam drehte sich etwas auf der Bank und sah ihm direkt in die Augen. Ihr Blick traf ihn bis ins Mark. Nichts war von ihrer Heiterkeit der letzten Momente noch da. Trauer, Müdig-

keit, Resignation ... Miriam schien in ihrer Sorge alles in sich zu vereinen.

»Mama hat sich verändert. Sie ist nicht mehr so wie früher. Ihr Flügel ist so wunderschön gearbeitet und ein Meisterwerk der Klangfülle. Sie geht an ihm vorbei, als wäre er nie ein Teil von ihr gewesen. Als wäre er ein Fremdkörper. Mein Spiel lässt nichts in ihr erklingen. Keine Empfindung, kein Glück.«

»Lassen Sie ihr Zeit. Vielleicht gibt es ja jetzt andere Dinge, die die Saiten des Lebens in ihr anregen. Situationen, die uns in die Nähe des Todes bringen, verändern uns. Akzeptieren Sie es. Es ist einfacher, als zu verzweifeln.«

Miriam wurde erneut von einem Schütteln erfasst. »Ich schaffe das nicht. Gestern, die Fotos ... Da war ein Bild von ihr, wie sie am Flügel sitzt, und ich habe zu ihr gesagt: ›Möchtest du nicht versuchen, Kraft in der Musik zu finden? Du könntest hier in der Wohnung bleiben und spielen, statt die schweren Taschen der Nachbarn zu tragen und nächtelang auf dem Balkon zu sitzen und vor dich hin zu starren.‹ Da ist sie aufgestanden, hat mich angefunkelt und gesagt, ich solle sie nicht ständig behandeln, als sei sie geistesgestört.« Miriams Wangen waren feucht. »Da habe ich gedacht: Du böse Frau, ich rackere mich ab, krieche auf Knien durch Treppenhäuser und schrubbe die Klos anderer Leute, und du, du ...« Ein Weinkrampf brachte sie zum Schweigen, und schließlich sagte sie tränenerstickt: »Ich bin eine Sünderin. Ich muss beichten.«

Tobias Müller nahm Miriams Hand. »Kommen Sie.« Er führte sie an die Brüstung der Empore und deutete auf die Jesusfigur über dem Altar. »Er hat jedes unserer Worte gehört. Er hat längst vergeben.«

Miriam hielt den Blick fest auf das Kreuz gerichtet. So standen sie nebeneinander, und Müller vermutete, dass sie Zwiesprache mit Christus hielt.

»Was soll ich nur tun?«, fragte sie nach einer Zeit, und ihr Blick schien hinauszugleiten in eine unbekannte Welt voller Zweifel und Ängste.
Sie ist nicht gut gerüstet, um der Welt zu begegnen, dachte er.
»Allein durch den Glauben wird der Mensch gerechtfertigt, nicht durch gute Werke. *Sola fide.* Das sagt unsere evangelische Konfession.«
»Aber ich muss ihr doch helfen.«
»Sie sind eine starke Frau«, sagte Müller, als sie sich schließlich zum Gehen wandte. »Jesus ist bei Ihnen. Er gibt Ihnen Kraft für das, was Sie glauben und tun, für Ihre Mutter und sich selbst.«
Miriam Roth sah ihn lange an. Der Himmel ganz nah bei Gott musste ein ähnliches Blau wie ihre Augen haben.
»Danke«, sagte sie nur, und der Saum ihres Kleids glitt über die Stufen, als der schmale Treppenabgang ihre zierliche Gestalt verschluckte. Gleich darauf fiel die Tür zur Kirche zu.
Tobias Müller verharrte eine gefühlte Ewigkeit neben dem Treppenabgang, blickte in dessen düstere Leere und horchte auf die Stille. Dann weinte er.

# 11

Ehrlinspiel ließ die Scheiben seines Dienstwagens nach unten gleiten. Anstatt auszusteigen, schob er eine *Diana-Krall*-CD in den Player, lehnte seinen Kopf an die Nackenstütze, schloss für einen Moment die Augen und strich sich über die Arme.
Unfälle.
Die Narbe, die sich von seinem Ellbogen in den linken Ober- und Unterarm zog, spürte er kaum mehr. Nicht körperlich. Und seit dem letzten Winter blendete auch sein Bewusstsein die Ereignisse immer zuverlässiger aus. Verarbeitete, was ihn so lange zerrissen hatte. Das befreite.
Ob die Eltern der kleinen Charlotte auch in ein unbeschwertes Leben zurückgefunden hatten? Nach den letzten Klängen von *Narrow Daylight* ging er auf die Kirche mit dem hohen, durchbrochenen Glockenturm aus Beton zu.
Charlotte Schweiger war am Freitag, den 7. November 1997 vor dem Haus einer Freundin überfahren worden. Dort hatte sie den Nachmittag verbracht, schräg gegenüber von ihrem Zuhause, in unmittelbarer Nähe der Draisstraße. Als sie gegen siebzehn Uhr die Freundin verlassen hatte, war sie dort aus der Tür auf die Straße gestürmt, ohne im strömenden Regen und in der anbrechenden Dunkelheit nach links oder rechts zu sehen. Der Zwölftonner war nur achtundzwanzig Stundenkilometer gefahren. Trotzdem hatte Gärtner nicht mehr bremsen können.
Der Leiter des Verkehrsunfalldienstes, das Elefantengehirn EG, hatte die Eltern der Kleinen auch nach dem Unglück

noch betreut. Für ihn war das ein christliches Gebot. Unbezahlt. Zeitintensiv. Aber oft erfüllend.
Noch gestern Abend hatte sich bewahrheitet, was EG vermutete: Charlottes Familie, die Eltern und ein Bruder, hatten damals geplant, nach Frankreich auszuwandern. Sie liebten das Burgund und die frankophile Lebensart, hatten Freunde bei Dijon und gehofft, dort ein neues Leben beginnen zu können. Dass sie tatsächlich dorthin gezogen waren und noch heute in einem kleinen Dorf nahe bei ihren Freunden lebten, hatte ein Anruf beim *Gemeinsamen Zentrum der deutsch-französischen Polizeizusammenarbeit* in Kehl bestätigt. Die Dijoner Kollegen waren heute früh bei den Schweigers gewesen. Mit Gärtners Tod konnten sie – zumindest, was eine eigenhändige Täterschaft anging – nichts zu tun haben: Sie waren zur Tatzeit mit ihren Freunden auf einer mehrtägigen Wanderung gewesen.
Martin Gärtner hatte sich nach dem Unfall völlig zurückgezogen. Zwar hatte ihn keinerlei Schuld getroffen, eine fahrlässige Tötung war ausgeschlossen und das Verfahren eingestellt worden, deshalb hatte die Soko bei Gärtners Überprüfung auch keinen Eintrag gefunden. Verkehrsstraftaten waren ohnehin nicht im polizeilichen System gespeichert, nur im Bundeszentralregister. Und auch dort hatte sich nach erneuter Prüfung nichts gefunden. Zweimal hatte EG Martin Gärtner damals angerufen und Hilfe angeboten, doch Gärtner hatte abgeblockt. Einige Male war er bei dem Pfarrer gewesen, der auch den Schweigers zur Seite gestanden hatte.
Als Ehrlinspiel die Hand auf den Griff der schweren, dunklen Kirchentür legte, öffnete sie sich wie von selbst, und er musste einen Schritt zurücktreten. Die Frau, die herauskam, war offenbar ebenso erschrocken, denn sie blieb kurz stehen, blickte ihn überrascht an und eilte dann mit einem leisen

»Entschuldigung« davon. Der Kommissar sah ihr nach. Das war doch die Nachbarin von Martin Gärtner! Freitag und er hatten vorgestern im Treppenhaus mit ihr gesprochen, als sie nach Hause gekommen war. Eine Frau, die man immer beim Kommen und Gehen trifft, dachte er. Zwischen Tür und Angel.

Im Innern der Kirche war es angenehm kühl. Sie war schlicht gestaltet, mit schnörkellosen Bänken, braunem Marmoraltar und schwarzem Schieferboden, auf dem seine Schritte hallten. Es roch nach abgestandenem Blumenwasser. »Herr Müller?«, rief er, mit Blick in den leeren Raum.

»Moment bitte«, vernahm er eine gedämpfte Stimme aus dem hinteren Teil des Gotteshauses.

Gleich darauf stand ein hochgewachsener Mann mit runder Brille, schwarzem Pferdeschwanz und Bauchansatz vor ihm. Er trug eine beige Hose und ein weinrotes Hemd und reichte ihm die Hand. »Tobias Müller. Schön, dass Sie den Weg in Gottes Haus gefunden haben.«

»Moritz Ehrlinspiel. Im Pfarramt sagte man mir, dass ich Sie hier finde. Ich bin von der Kripo.« Er zog seinen Dienstausweis hervor.

»Lassen Sie nur. Unsere Tür steht allen offen.«

»Ich bin dienstlich hier.« Er klappte das Lederetui mit dem Ausweis zu und steckte es zurück in die Hosentasche. »Haben Sie ein paar Minuten Zeit?«

Sie setzten sich in die vorderste Kirchenbank.

»War die Frau, die eben gegangen ist, bei Ihnen?«

»Miriam Roth? Ja. Sie ist oft hier. Ein frommes Schaf, sozusagen.« Er lächelte und wurde dann ernst. »Ist etwas mit ihr?«

»Nein, nein. Sie wirkte nur ein wenig irritiert. Ich habe kürzlich mit ihr gesprochen, sie scheint mich nicht wiedererkannt zu haben.«

»Das dürfen Sie ihr nicht übelnehmen. Miriam macht, nun ja, eine schwierige Zeit durch. Sie hat mir vorhin erzählt, dass zu alledem auch noch ein Nachbar ermordet worden ist. Das verunsichert sie. Ich kann es verstehen.« Er blickte ihn aus hellbraunen Augen an, die hinter den Brillengläsern besonders tief zu liegen schienen. »Sie sind wegen des Mordes gekommen, nicht wahr?«

»Wie lange sind Sie schon Pfarrer hier?«

»Sechzehn Jahre. Weshalb fragen Sie?«

»Das Opfer hat vor vielen Jahren diese Kirche aufgesucht.«

»Wer ist es? Frau Roth hat keinen Namen genannt.« Müller legte die Hände auf seine Schenkel, und Ehrlinspiel bemerkte, dass sie leicht zitterten.

»Martin Gärtner.«

Lange sagte Müller nichts, und außer dem leisen Geräusch vorbeifahrender Autos war nichts zu hören. Dann nickte er. »Charlotte Schweiger. Ihre Eltern nannten sie Charly, und die Mutter hat das ›a‹ immer etwas gedehnt. Eine Tragödie. Ich konnte Herrn Gärtner nicht helfen. Er war drei- oder viermal hier, wir haben geredet. Nein, er hat geredet, pausenlos. Ich wollte ihm Mut machen, doch er hat mich gar nicht wahrgenommen. Dann kam er nicht mehr.«

»Erzählen Sie mir von ihm. Wie war er? Wie ist er mit dem Unfall umgegangen?«

Endlich ein Zeuge, der den Toten nicht nur im Vorübergehen gegrüßt hatte.

Der Seelsorger blickte zu Boden. Er trug Turnschuhe aus Stoff. »Wir sind genau hier gesessen, auf dieser Bank«, sagte er. »Das erste Mal hat er immer wieder ›Charlotte‹ gesagt, ›Charlotte, Charlotte‹, und bei der letzten Silbe des Namens ist seine Stimme gekippt. Seine Augen sind wie irr hin und her gegangen, er hat die Faust auf den Mund gepresst. Ich habe versucht, ihn aus diesem inneren Gefängnis herauszuholen, doch ich hätte ebenso gut zu einer leeren Kirchenbank sprechen können. Das war zwei Tage nach dem Unfall. Am Tag darauf ist er wiedergekommen, und zuerst benahm er sich wie beim ersten Mal. Doch dann hat er mich angeblickt. Ich sehe ihn noch vor mir. Diese blutunterlaufenen Augen, sein unrasiertes Kinn und die Kleidung, die völlig zerknittert war und säuerlich gerochen hat. ›Ich habe sie getötet. Ich werde auch sterben‹, waren seine Worte. Er hat sich pausenlos entschuldigt und geweint.«

Ehrlinspiel horchte auf. »Auch sterben? Wie hat er das gemeint? Hat er davon gesprochen, dass er Rache fürchtet? Wurde er bedroht? Von Angehörigen oder Freunden der Familie Schweiger?«

»Das glaube ich nicht. Nein, sicher nicht. Er fühlte sich schuldig an Charlys Tod und glaubte, deshalb auch kein Recht mehr auf Leben zu haben. ›Entschuldige, Charlotte, ich wollte es nicht, Charlotte, verzeih, Charlotte.‹ Er weinte, und es war, als hätte er sich in eine der schweren grauen Novemberwolken von damals verwandelt, aus denen es seit Tagen schüttete. Ich habe gar nicht gewusst, dass in einen einzigen Menschen so viele Tränen passen können.« Müller verstummte.

Ehrlinspiel ließ ihn seinen Gedanken nachhängen. Vielleicht musste Müller erst nach weiteren Erinnerungen suchen. Er sah zu den bunten Fenstern, die die linke Kirchenwand bildeten. Was für ein Licht, dachte er, und wie die Farben auf dem Boden spielen. Rot, Orange, Gold. Man könnte fast an etwas Göttliches glauben.

Als habe der Pfarrer seine Gedanken gelesen, drehte er ihm den Kopf zu und fragte: »Sind Sie ein gläubiger Mensch?«

Moritz Ehrlinspiel, der auf die Frage nach seinem Glauben stets mit »Ich weiß nicht, ob es Gott gibt« antwortete, zöger-

te. Doch der Seelsorger schien ein moderner Mann mit gesundem Menschenverstand und Realitätssinn zu sein, und es bedurfte wohl keiner Flunkerei, um ihn für sich zu gewinnen.
»Ich bin Agnostiker.«
»Nicht schlecht! Agnostiker sind kritische Köpfe. Sie setzen sich mit den Fragen des Lebens oft intensiv auseinander.«
Ehrlinspiel nickte. »Das muss ich in meinem Beruf sowieso. Wir nennen uns zwar *Er*mittler. Aber«, erklärte er eine seiner Grundeinstellungen, »ich sehe mich eher als *Ver*mittler.«
»Zwischen Mensch und Mensch.«
»Und Sie vermitteln zwischen Mensch und Gott?«
»Wenn es möglich ist. Aber natürlich auch zwischen Menschen. Viele der Abgründe sind auch mir nicht fremd. Die Hölle mancher Leute, wenn Sie so wollen.«
»In welchen Abgrund hat Martin Gärtner geblickt?«
Lange sah Müller den Hauptkommissar an. Sein Gesicht verriet keinerlei Regung. Dann sagte er: »In die Augen der Mutter.«
»Charlottes Mutter«, sagte Ehrlinspiel, wie um den Pfarrer anzustupsen, als dieser nicht weitersprach.
»Gärtners letzten Besuch hier werde ich nie vergessen. Es war am ersten Advent, und die Kirche hat nach harzigen Tannenzweigen und Bienenwachs geduftet. Da vorn« – er deutete neben den Altar – »war wie jedes Jahr die Krippe aufgebaut worden. Gärtner ist zur Tür hereingekommen, aus der Kälte, mit nichts als einem dünnen Pullover, Jeans und Sandalen bekleidet. Er hat nicht einmal Socken angehabt. Als spüre er gar nichts mehr. Wahrscheinlich war das auch so. Vor der Krippe ist er stehen geblieben, hat das Jesuskind herausgenommen und es in den Händen gedreht. Und dann ... dann ist es aus ihm herausgesprudelt. Moment, ich hole rasch etwas.«
Müller lief durch die Kirche, die Empore hinauf, Ehrlinspiel

hörte, wie eine Tür auf- und ein paar Minuten später wieder abgeschlossen wurde. Gleich darauf saß der Pfarrer wieder neben ihm, ein abgewetztes Notizbuch in der Hand.
»Ich notiere, was mich bewegt, und seit neuestem auch, was ich nicht vergessen darf. Man wird älter.« Er lächelte und blätterte zu ein paar einzelnen Sätzen und Stichwörtern. Dann nickte er versonnen. »Ich kann es nicht wörtlich wiedergeben nach all den Jahren, aber die Art und Wortwahl vielleicht.« Müller schloss das Buch und legte die Hände darum. »›Ich hab sie nicht gesehen‹, hat Gärtner gemurmelt. ›Es war ein ganz normaler Tag. Ich hab gearbeitet. Ich hatte Feierabend, und ich hab mich aufs Wochenende gefreut. Die Charlotte. Ich bin über die große Kreuzung gefahren, da fahr ich jeden Tag. Ich nehm den Laster oft mit nach Hause. Das machen alle bei uns. Jeder hat seinen Laster und ist für den verantwortlich. Dann bin ich in die Egonstraße eingebogen.‹ An dieser Stelle hat ihn ein Weinkrampf geschüttelt, und er hat seine Hände um das Jesuskind gelegt wie eine Schale, die das kleine, verletzliche Wesen birgt. ›Gesungen hab ich sogar‹, hat er gesagt, als die Tränen versiegt waren. ›Die Rolling Stones. Ich mag die doch so. Das war nichts Unrechtes. Oder? Die Charlotte. Ich hab's doch nicht wollen. Es hat so geregnet. Die Reifen haben geschmatzt auf der nassen Straße, und die Scheibenwischer haben leise geschlagen, fast im Takt zu der Musik, das hab ich noch lustig gefunden, und die Bäche sind die Scheibe runtergelaufen, und ich bin doch so langsam gefahren. Gesungen hab ich sogar. Gesungen.‹ Er hat immer schneller geredet, zwischendurch die Nase hochgezogen, geweint. Ich dachte, er erstickt mir im wahrsten Sinne des Wortes an seiner Qual.«
Tobias Müller stand auf und ging ein paar Schritte zwischen den Bänken und dem Altar auf und ab. Ehrlinspiel beobach-

tete seine Schritte, die ein wenig einzuknicken schienen wie bei einem Vogel, der suchend umherstakste. Schließlich setzte Müller sich wieder, jetzt auf die andere Seite neben Ehrlinspiel.

»›Ich hab sie nicht gesehen.‹ Das hat Gärtner dauernd wiederholt, bis die Sätze wie ein reißender Fluss aus ihm herausgeflossen sind. ›Da war diese Hecke, die geht bis zur Straße hin. Und dann hab ich plötzlich dieses gelbe Ding gesehen, den Regenmantel, und unter der Kapuze haben helle Haare vorgekuckt, so hell, Charlotte, ich hab doch noch nie einen Unfall gebaut. Sie hat mich angeschaut, ich weiß es, ihre Augen waren aufgerissen, die sind auf mich zugeflogen, riesig groß, als wollten sie in meine tauchen, und da hab ich schon diesen dumpfen Schlag und das leise Knacken gehört und das Quietschen der Bremsen, und ihr Schulranzen ist nach oben geflogen, rot war er, ja, rot, er ist ganz weit geflogen durch den Regen, und mit einem harten Ruck ist alles stillgestanden, die ganze Welt, nur Mick Jagger hat einfach weitergesungen, einfach so, als sei nichts gewesen, *I'm free to sing my song knowing it's out of trend.*‹«

Der Pfarrer atmete tief durch. Über Ehrlinspiels Arme kroch eine Gänsehaut.

»Für Gärtner muss in der Sekunde des Aufpralls tatsächlich die Welt angehalten haben«, sagte Müller. »Ich habe ihm geraten, einen Psychiater oder Psychologen aufzusuchen. Das war keine Sache, die ich mir zugetraut hätte. Er hat auch nicht an Gott geglaubt, und ich wäre schon von daher nicht der richtige Mensch zum Trösten gewesen. Jedenfalls nicht auf Dauer.«

»Was ist nach dem ... dem Aufprall passiert? Sie sagten, er hätte in die Augen der Mutter geblickt?«

»Ja. ›Ich bin einfach sitzen geblieben und hab rausgesehen‹, hat er weitererzählt. ›Durch das Glas und durch die Regenschlieren. Vor dem Laster hat sie gelegen, so zart wie eine Puppe mit verrenkten Armen und Beinen. Stundenlang bin ich da gesessen, viele Tage und Jahre, und hab zugesehen, wie ein kleines dunkles Rinnsal unter ihrem Kopf hervorgesickert ist und sich langsam eine Lache um sie herum ausgebreitet hat. So lange habe ich zugesehen, bis ich sie nicht mehr im Blick hatte, weil so viele Leute dastanden, immer mehr, sie sind angerannt gekommen, und ihre Münder waren offen, aber ich hab nichts gehört, weil Mick Jagger so laut gesungen hat, und irgendwann hat jemand die Fahrertür aufgerissen und mich rausgezerrt, und ich bin die Blechstufe runtergefallen und zu dem Mädchen gekrochen durch das regenverwässerte Blut, und da hab ich den Schrei gehört, diesen Schrei, und ich hab hochgeschaut und in diese Augen, die genauso ausgesehen haben wie die von dem Kind, nur größer, und da hab ich gewusst, dass ich kein Mensch mehr bin und mein Leben mit dem Leben von der Charlotte aufgehört hat.‹ Dann hat Gärtner die kleine Jesusfigur in die Krippe zurückgelegt, ganz sanft, als bette er sie zum ewigen Frieden. Zum Schluss hat er der Maria und dem Josef über den Kopf gestrichen, hat sich umgedreht und ist gegangen. Ich habe ihm lange nachgesehen.«

»Er kam nie wieder?«

Müller verneinte. »Ein paar Jahre später ist er mir einmal mit einem Hund begegnet. Aber ich glaube nicht, dass er mich erkannt hat. Er war grau geworden und sein Gang schleppend.« Müller sah Ehrlinspiel an. »Wie ist es ihm ergangen in all den Jahren?«

»Das versuchen wir herauszufinden.« Er stand auf. »Sie wissen nicht zufällig, ob Miriam Roth oder andere Hausbewohner näheren Kontakt zu Martin Gärtner hatten?«

»Tut mir leid.« Der Pfarrer erhob sich ebenfalls. »Ich wusste nicht einmal, dass er im selben Haus wohnt wie mein Schäfchen.« Ein Lächeln huschte über sein Gesicht. »Miriam hat ihn nie erwähnt. Hätte sie den Namen genannt ...« Er gab Ehrlinspiel die Hand und begleitete ihn zur Tür.

»Eine letzte Frage«, sagte Ehrlinspiel am Ende der Bankreihen, wo sich Gesangbücher auf einem Tisch stapelten. »Charlottes Eltern kamen auch zu Ihnen, ist das richtig?«

»Ja.«

»Wie sind sie mit dem Verlust zurechtgekommen?«

»Sie waren stark. Beide. Und der Bruder von Charly auch. Wir haben uns schon vor dem Unfall gut gekannt. Der Glaube hat ihnen Halt gegeben, und sie haben mir vertraut.« Er schwieg einen Moment. »Wenigstens hier konnte ich etwas tun.«

»Haben Sie bei der Familie irgendwann einmal den Eindruck gehabt, sie könnte sich an Gärtner rächen wollen?«

Müller sah ihm in die Augen. »Nein. Nie. Sie wollten Gärtner sogar treffen. Ein paar Wochen nach der Beerdigung. Aber er hat auf ihre Anrufe nicht reagiert, und auch ein Brief, den die Mutter geschrieben hat, ist unbeantwortet geblieben. Sie hat geschrieben, dass sie ihm keine Schuld gibt. Ich habe sie damals sehr bewundert dafür. Sie sind später nach Frankreich gezogen.«

Ehrlinspiel nickte. »Gibt es noch Verwandte hier?« Vielleicht eine späte Vergeltung im Namen der Familie? Obwohl das unwahrscheinlich schien, wenn sogar die Mutter Gärtner verziehen hatte. Auch dass die Eltern jetzt, nach so vielen Jahren, jemanden beauftragt hatten, schien nach dem, was er eben erfahren hatte, abwegig.

»Die Mutter hatte eine Schwester im Osten der Stadt, aber die ist schon lange tot. Die Großeltern leben oder lebten mei-

nes Wissens nicht in Freiburg. Aber da bin ich ehrlich überfragt.«
Ehrlinspiel bedankte sich und ging hinaus. Als er von der Kirche weglief, hörte er, wie die Tür zufiel und Müller leise absperrte.

*Heute ist der Tag Gottes. Sonntag. Ich muss lachen. Denn draußen schweigt die Nacht, und das Universum hat die Flügel der Dunkelheit über die Schöpfung gebreitet – doch ich bin umhüllt von Licht und Leidenschaft. Nicht wegen der Kerze, die ich angezündet habe, um mit blutroter Tinte und dem leisen Kratzen der Füllfeder das Manifest unserer Liebe zu beschwören. Sondern weil heute ein Tag der Freude ist.*
*Ich habe dich beobachtet. Dir ein Lächeln geschenkt. Und du hast es bemerkt und angenommen. Nur meins. Die andern Gesichter sind abweisend. Aus dem Augenwinkel kam dein verschämtes Lächeln zurück. Zögerlich. Verhuscht. Eine Sekunde nur, kaum merklich, inmitten dieses Hauses voll profaner und verlogener Menschen. Vielleicht glaubtest du, ich bemerke es nicht. Oder du schämtest dich, weil sie dir einreden, du seist es nicht wert, geliebt zu werden? Du darfst ihren finsteren Worten nicht glauben! Ich habe dein Zeichen verstanden, dein heimliches Bitten, deine Einladung an mich. Ich weiß deine Blicke zu deuten, kenne dich in- und auswendig.*
*Ich weiß, du hast nicht vergessen, was zwischen uns war. Ich spüre es. Du erinnerst dich an jede gemeinsame Stunde. An die Leidenschaft. Und die Qual. Du hast mich geliebt. Und du tust es noch!*

*Du hast einmal gesagt, ich enge dich mit meiner Zuneigung ein. Damals, kurz bevor du mich zum zweiten Mal verlassen hast. Doch das stimmt nicht. Es sind die schwarzen Engel, die dir die Luft zum Atmen nehmen. Sie versuchen, dich wieder und wieder zur Geißel des Hasses zu machen. Sie bringen dich dazu, dich mit tausend anderen Dingen zu beschäftigen, nur nicht mit uns. Die Schwarzen sind es. Mit ihren giftgetränkten Schwertern und Schwingen. Das hast du jetzt verstanden, nicht wahr? Ein Opfer haben sie bereits gefordert. Und jetzt bist du mir zugewandter, auf deine Weise. Aber sei getrost: Ich bin dir näher, als du denkst.*
*Jeder weiß, dass jetzt der Tod Einzug gehalten hat. Aber die Leute sind feige und sehen weg. Ihre Augen verschließen sich vor dem Guten. Vor der Erlösung. Auch dich erfüllt das Ende mit Angst.*
*Du musst so unendlich müde sein. Bestimmt hast du kaum geschlafen in den letzten Nächten. Ich sehe dich, wie du dich in deinem Bett hin- und herwälzt, in Alpträumen leise murmelst, hochfährst, um dich starrst und dir die verklebten Haarsträhnen aus dem Gesicht streichst. Das tut mir so leid. Es schmerzt mich, macht mich unruhig, und das Bluten deines Herzens lässt auch mein Herz bluten. Denn wir sind eins. Aber ich muss zugeben: Die Vorstellung, dass du so elend aussiehst, gefällt mir. Das stößt andere ab. Hält Diebe fern. Das Böse, das die zarten Bande, die erneut zwischen uns erblühen, trennen möchte. Die schwarzen Wesen mit ihren drohenden Schwingen und erhobenen Schwertern. Die Feinde des Lichtes. Unser beider Feinde!*
*Doch sei gewiss: Sie können unsere heimlichen Gedanken nicht rauben. Das Gute gehört uns, und ich habe es*

*fest eingeschlossen. So fest, wie ich dich einschließen werde. Zusammen mit dem Licht – mit mir! Eine Bastion wird es werden. Beständig wie Fels und Erz, und ich setze jeden Tag einen Stein auf das Bollwerk unserer Liebe. Darin wirst du mit mir leben. Für immer. Die Schwarzen auf dem Altar der Liebe geopfert. Das Licht ein ewiges Strahlen.*
*Du wirst nicht entkommen.*

## 12

Sonntag, 1. August, Abend

Ehrlinspiel öffnete die Tür zur Dachterrasse, drehte den Herd auf mittlere Hitze und gab zwei Teelöffel Sahne über das Kaninchenmuskelfleisch. Es zischte, und sofort stieß Bentley raunzend mit dem Kopf gegen sein Schienbein.
»Es muss erst abkühlen, alter Racker«, sagte er zu dem Siamkater und äugte zu Bugatti, seinem Bruder. Wie immer thronte der wie eine Sphinx auf dem Fensterbrett, das Hinterteil dem Kommissar zugewandt, und blickte auf den baumbestandenen Platz vor dem Haus hinab. Bugatti brauchte stets eine extra Streicheleinheit und lockende Worte, um zum Fressen zu kommen, und wenn dieses seinen adligen Geschmacksnerven nicht zusagte, drehte er sich erhobenen Hauptes und mit aufgestelltem Schwanz ab. Im Winter rollte er sich dann beleidigt auf Ehrlinspiels Bambusbett zusammen, jetzt, im Sommer, stolzierte er auf die Terrasse hinaus und rekelte sich zwischen Blumenkübeln auf den italienischen Terrakottafliesen.
Als Moritz Ehrlinspiel vor dreieinhalb Jahren eine größere Wohnung gesucht hatte, hatte er sich sofort in das alte Haus im Stadtteil Wiehre verliebt. Es sollte saniert werden, die vier Wohnungen anschließend teuer verkauft. Schon damals hatte er das Gebäude so vor sich gesehen, wie es ihn heute jeden Tag willkommen hieß: mit weißer Fassade und Jugendstilverzierungen, blühenden Sträuchern im Vorgarten, bunten Fensterchen im Treppenhaus und knarzenden Holzstufen, die zu

seiner Loftwohnung im ehemaligen Speicher führten. Neunzig Quadratmeter, Sichtgebälk, Galerie im Giebel, Dachterrasse. Das alles hatte exakt in seinen Lebensplan gepasst – nur die Finanzierung nicht. Als lediger Kriminalhauptkommissar ohne Kinder, aus der Kirche ausgetreten, verdiente er damals rund zweieinhalbtausend Euro netto im Monat. Und das auch erst seit kurzer Zeit. Kein Gehalt für eine Luxuswohnung. Doch Finnja, seine verrückt-liebenswerte Zwillingsschwester, packte die Sache im wahrsten Sinne des Wortes an: Ehrlinspiel nahm einen Kredit auf und kaufte das Dachgeschoss noch vor der Sanierung. Während professionelle Handwerker die drei Nachbarwohnungen ausbauten, arbeitete Finnja gemeinsam mit einigen von Ehrlinspiels Kollegen jeden Abend und jedes Wochenende: Sie legten Estrich, fliesten, verlegten Rohre und elektrische Leitungen, tapezierten. Sein Vater, Schreiner, hatte ihm Bücherregale und den herrlichen Esstisch samt Stühlen gezimmert. Als er nach einem Dreivierteljahr in sein neues Domizil einzog, war Finnja schon wieder auf einer ihrer wochenlangen Radtouren unterwegs. Mutterseelenallein.

Wo sie jetzt wohl gerade steckte? Südfrankreich? Am Schwarzen Meer? Nordkap?

Aus dem Eckschrank nahm Ehrlinspiel zwei Futternäpfe, und für einen Moment waren seine Gedanken wieder bei dem Toten, dessen altem Hund Jagger und der Armut, die in jedem Winkel der kleinen Wohnung gehaust hatte. Er dachte an das Lkw-Unglück, die Schreckensbilder und Schuldgefühle, die Martin Gärtner, vielleicht bis zu seinem Tod, verfolgt hatten. An die kleine Charlotte Schweiger und ihre Eltern. An seinen toten Jugendfreund Peter und dessen Mutter Lorena Stein, die Oberstaatsanwältin. Kinder und ihre verwaisten Eltern. Diese Eltern lebten heute dort, wo sie sich wohl fühlten. Und soweit er es beurteilen konnte, hatten sie ein gutes Leben – trotz allem, was sie durchgemacht hatten.

Und er selbst? Würde er in diesem Loft alt werden, allein, höchstens mit einem Haustier? So wie Martin Gärtner? Er schluckte trocken. Rasch füllte er das Kaninchenragout in die Schüsseln, öffnete zwei Kapseln Lachsöl und rührte je eine unter die Portionen.

Bentley stürzte sich auf sein Mahl. Bugatti verblieb im Streik auf der Fensterbank. Leise murmelnd strich Ehrlinspiel ihm über das beige, samtene Fell, kraulte ihn hinter den dunkleren, schokoladenbraunen Ohren. »Bitte, der Herr, es ist angerichtet.« Das Tier rührte sich nicht. »Zu Tisch, Eminenz.«

Die Katzenbrüder waren so unterschiedlich wie der Hauptkommissar und seine Zwillingsschwester Finnja – die sich in nichts außer ihren selbstproduzierten Beziehungskatastrophen ähnelten. Doch während Finnja sich mit Gelegenheitsjobs über Wasser hielt und mit dem Rad durch die Welt gondelte, schätzte Ehrlinspiel, wie auch seine beiden weiteren Geschwister, ein geordnetes Leben und einen festen Job. Seine Radtouren beschränkten sich auf die Wochenenden und den Schwarzwald. Dann fuhr er mit dem Kamerarucksack los, strampelte durch die rauhen Wälder und Berge, stieg manchmal ab und lief einige Kilometer. Dabei sortierte er seine Gedanken. Fotografieren gab ihm Kraft und Ruhe, und – so sagte er sich selbst gern – es hielt die kreative Seite in ihm wach.

Heute, am Sonntag, war er mit dem Mountainbike über Günterstal nach Horben gefahren, wo er die ersten zehn Jahre seiner Kindheit verbracht hatte und wo seine jüngere Schwester Leah jetzt wieder lebte. Er besuchte sie und ihre Familie trotz der räumlichen Nähe nur selten, denn als Krankenschwester hatte Leah oft Wochenenddienst. Heute aber war sie zu

Hause, und ihm war nach Landschaft, Luft und fröhlichen Gesichtern zumute gewesen. Das Spiel mit seinen zwei kleinen Neffen hatte dann auch alle frustrierenden Gedanken über die stockenden Ermittlungen verbannt. Für Stunden tobte er mit Simon und Philipp im Planschbecken, fast selbst ein kleiner Junge in Radlerhosen, suchte mit ihnen Zwerge am Waldrand, kickte den Fußball über die Wiese und löffelte später, samt Leah und ihrem Mann, Eis um die Wette. Als er sich gegen neunzehn Uhr verabschiedete, wischte ihm Leah mit einem Taschentuch über die Wange. »Au Backe. Der große Bruder mit dem kleinen Erdbeereis-Kussmund.« Er umarmte sie. »Weißt du etwas von Finnja?« – »Nein«, sagte Leah, »und bei Bruderherz Florian hat sie sich auch nicht gemeldet.« Ehrlinspiel stieg auf sein Rad. »Du solltest öfter mal kommen«, sagte Leah, »es tut dir gut. Und die Jungs hängen arg an dir.« Er nickte und schulterte den Rucksack. »Und ich auch«, rief sie ihm hinterher.

Schon nach wenigen hundert Metern, als seine Reifen über den kurvigen Feldweg Richtung Stadt knirschten, geriet er wieder ins Grübeln. Über sein Leben, das ihm immer mehr Fragezeichen präsentierte: Sorgte er mit seinem Job für mehr Gerechtigkeit in der Welt? Vergraulte er mit seiner manchmal überheblichen Art zu viele Menschen? Was stimmte ihn so unzufrieden in letzter Zeit? Er war in die Pedale getreten, ins Schwitzen geraten und hatte sich den Kopf über den Fall Martin Gärtner zermartert. Konnte der Tod Charlotte Schweigers ein Motiv sein? Außer dieser Idee hatten sie nicht eine vage Spur. Würde sie sich als Sackgasse erweisen, so drohte die Soko den Fall gegen die Wand zu fahren.

Vorsichtig hob er jetzt Bugatti vom Fenstersims und setzte ihn trotz miauenden Protests neben die Futterschüssel. »Stellt euch das nur mal vor«, sagte er zu den Katern. »Wir würden

dastehen wie komplette Idioten.« Bentley fraß ungerührt weiter, Bugatti schnupperte gelangweilt am Napf und blickte dann zu Ehrlinspiel hinauf. Sein Schwanz fegte auf dem Boden hin und her, ein untrügliches Zeichen für sauertöpfischen Missmut.
»Vergiss es, Monsieur. Was anderes hau ich dir nicht mehr in die Pfanne. Morgen ist ein Tag für neue Rezepte.« Mit einem Glas Wasser setzte Ehrlinspiel sich auf die Terrasse.
An Tagen wie diesem hätte er seinen Job gern vergessen. Nicht hingeschmissen. Dazu war er mit seinen siebenunddreißig Jahren noch zu jung und ehrgeizig. Zu optimistisch und davon überzeugt, etwas bewegen zu können. Er glaubte fest daran, dass in jedem Menschen etwas Gutes steckte. Und wenn es noch so tief unter Hass und Gewalt verschüttet war. *Er*mitteln und *ver*mitteln. Im letzten Punkt unterschied sich seine Philosophie kaum von der des Pfarrers. Doch Moritz' Ziel war es auch immer, Angehörigen wenigstens die Gewissheit geben zu können, dass ein Opfer gesühnt, der Täter bestraft würde. Im aktuellen Fall aber fehlte sogar diese Perspektive. Wem hätte er Gewissheit geben sollen? Sogar, wenn sie den Täter fassten?
Seit zwölf Jahren arbeitete er bei der Freiburger Kriminalpolizei. Seine Karriere war ein Traum gewesen, und viele neideten ihm den. »Streber«, hieß es hinter mancher Tür, und dass er am liebsten heute als morgen schon am Schreibtisch des Dezernatsleiters säße. Doch Ehrlinspiels loyale Art und die Tatsache, dass er seine Arbeitskollegen nie im Stich ließ, hatten den Großteil der Polizeidirektion für ihn eingenommen.
Morgen war Gärtner genau eine Woche tot. Und was wussten sie über ihn? Sein Mund wurde trocken. Er trank und beobachtete, wie die Dämmerung sich langsam in kühlem Blau über die Dächer legte. Von irgendwoher duftete es nach ge-

bratenem Gemüse, und aus einem Nachbarfenster drangen Stimmen und Lachen.
Es gab Leute, die Martin Gärtner gekannt hatten. Natürlich. Doch keiner konnte Genaueres über das Opfer sagen, über sein Leben und vor allem die letzten Wochen vor seinem Tod. Weder etwas Schlechtes noch etwas Gutes. Niemand, der sich über Gewohnheiten oder Sonderlichkeiten des Mannes ausgelassen hätte. Kein Nachbar, der beim Nennen seines Namens gelächelt hätte. Winken im Vorbeigehen, dachte Ehrlinspiel wieder.
Bentley kam heraus, sprang auf seinen Schoß und begann, laut schnurrend auf Ehrlinspiels Beinen zu treten. Er streichelte ihn.
Gleich morgen musste er mit diesem Hausarzt sprechen. Doktor Jakob Wittke. Nach dem Charakter seines Patienten fragen. Und danach, ob Gärtner psychologische Betreuung in Anspruch genommen hatte und bei wem.
Als sein Telefon klingelte, fuhr er hoch, und Bentley sprang mit einem Satz neben die weiß blühende Riesenpflanze, die der Hauptkommissar sich im Frühjahr in einem Anfall von Nestbautrieb zugelegt hatte, deren Namen er aber weder aussprechen noch sich erst recht nicht merken konnte. Von Pflanzen hatte er keine Ahnung. Aber sie gefielen ihm.
»Hallo, Moritz.« Die Oberstaatsanwältin.
Augenblicklich legte sich eine kühle Hand in seinen Nacken. Dieses Gespenst, das ihn manchmal besuchte, ungebeten durch seine Seele spukte und ihn durch die Jahre seiner Vergangenheit jagte, auf die er nicht stolz war. »Lorena, grüß dich«, sagte er, um einen lockeren Ton bemüht.
»Bist du okay?«
»Ja, sicher. Was verschafft mir die Ehre am Sonntagabend?«
Er setzte sich auf das weiße Sofa, Mittelpunkt seiner sparta-

nisch eingerichteten Wohnung. Er mochte Lorena Stein und schätzte ihre brillante juristische Kompetenz. Doch die tragische Verbindung zwischen ihnen würde ihn immer belasten, obwohl sie ihm – genauso wie Charlottes Eltern Martin Gärtner – nie irgendeine Schuld zugewiesen hatte und nur selten über Peter sprach. Wie einen Kurzfilm sah Ehrlinspiel die Ereignisse der warmen Frühlingsnacht an sich vorbeiziehen: der Baggersee. Am Ufer Lorenas einziger Sohn Peter. Christine, mit der die Siebzehnjährigen beide im Gebüsch verschwinden wollen. Er selbst, in dem Glauben, die Welt und die Liebe gehörten ihm. Es war die Zeit gewesen, die andere als wild bezeichnet hätten. In der es darum gegangen war, das Leben als Mann zu entdecken, Grenzen und Mut auszuloten und auf Moral zu pfeifen. »Los, lass uns kämpfen«, sagt Ehrlinspiel zu Peter. Peter fällt auf die Uferwiese und greift sich an die Brust. Moritz lacht. »Los, raff dich auf, du feiger Hund! Wer zuerst am anderen Ufer ist, kriegt sie!« Kopfüber stürzen sie sich von dem hohen Betonsockel in den See. Stolz. Siegessicher. Peter voraus. Sekunden später taucht sein Kopf an der Oberfläche auf und verschwindet gleich wieder. Taucht auf. Bleibt verschwunden. Moritz selbst hat beim Sprung den felsigen Grund ignoriert. Ein irrsinniger Schmerz im Arm raubt ihm beinahe das Bewusstsein. Er ignoriert ihn. Taucht, rudert, zieht nach einer halben Ewigkeit den Freund ans Ufer. Erstaunt entdeckt er, dass Knochen aus seinem eigenen Ellbogen ragen. Peter röchelt. Wiederbelebungsversuche. Christines Schreien mischt sich mit dem blauen Lichterzucken des Notarztwagens.
»Wie weit seid ihr?«, fragte Lorena Stein jetzt.
Ein beruflicher Anruf. Gut. »Eine vage Spur.« Eine Mutter, die ihr Kind verloren hat. Einer, der schuld daran ist.
»Moritz, ich brauche Ergebnisse. Lückenlose Berichte. Ich

möchte dich morgen bei der Frühbesprechung nicht vor versammelter Mannschaft rügen. Aber –«
»Ich weiß.« Er stand auf. »Und ich bin dir dankbar dafür. Aber ich kann nicht mehr tun als ermitteln.«
»Ermittelst du denn auch ... ordentlich?«
Ihre tiefe Stimme hallte wie ein dumpfer Glockenschlag in seinem Magen. »Was soll das, Lorena? Du kennst mich, ich bin ein zuverlässiger Ermittler. Ich –«
»Nimm's mir nicht übel.« Sie klang sanftmütig wie immer. »Ich muss dich das fragen.«
»Warum?« Der Glockenschlag wurde zu einem hohen Bimmeln.
»Hinweise.«
»Hinweise? Könntest du dich bitte deutlicher ausdrücken?«
»Tut mir leid.« Eine Pause entstand. »Ich möchte nur sichergehen, dass du deinen Job gewissenhaft erledigst.«
»Ich habe dieses Gespräch mit dir nie geführt«, sagte er und legte auf. Für einige Sekunden blieb er wie betäubt stehen. Seine Schläfen pochten. Was, zum Teufel, war hier los?
Mit harten Schritten ging er in der Wohnung hin und her. Irgendjemand musste der Oberstaatsanwältin einen verdammten Mist erzählt, ihn schlechtgemacht haben. Doch wie konnte sie so etwas auch nur im Ansatz glauben? Mit beiden Händen schlug er flach auf den Esstisch.
Verdammtes Gefühlschaos. Verdammte Schuld. Verdammter Kummer!
Seine Handflächen schmerzten, und er bereute bereits, das Gespräch so unprofessionell beendet zu haben.
Peter hatte einen Herzfehler gehabt. Geerbt von seiner Mutter Lorena: das Wolff-Parkinson-White-Syndrom. Sie selbst hatte den Defekt durch eine Operation beheben lassen. Bei Peter war auch eine geplant gewesen. Bis zu seinem Tod hatte

keiner der Freunde davon gewusst. Manchmal war es Peter im Alltag schwindelig geworden, und er hatte theatralisch die Luft angehalten oder kaltes Wasser getrunken. Alle hatten gedacht, er spiele sein komödiantisches Talent aus. Als Ehrlinspiel ihn damals ans Ufer gezogen hatte, war er sich nicht einmal sicher gewesen, ob Peter auch das Röcheln nur spielte. Heute wusste er, dass das rein mechanisch gewesen war, weil sich in den Atemwegen des toten Körpers Schleim, Wasser und Luft befunden hatten.
Ruf Lorena zurück!, sagte er sich. Entschuldige dich. Frag diese große, starke und immer elegante Frau, wer dich diffamiert hat. Nein, sag ihr auf den Kopf zu, dass es Stefan Franz war. Weil Meike Jagusch ihn auf mein Bitten hin aus der Soko genommen hat. Sag es ihr – auch wenn ihre tiefe Menschlichkeit dann vielleicht in eisige Härte umschlug. Wie so oft, wenn jemand ihre Entscheidungen nicht akzeptierte.
Der Hauptkommissar nahm das Telefon in die Hand und straffte die Schultern. In dem Moment klingelte es, und vor Schreck hätte er es beinahe fallen lassen. Der Gang nach Canossa war ihm erspart geblieben. »Es tut mir leid«, sagte er. »Ich wollte nicht ... Aber das war jetzt schon ein Schlag ins Gesicht.«
»Tut mir auch leid. Verletzende Hiebe sind normalerweise nicht meine Art«, erklang es am anderen Ende.
Verdutzt riss er das Mobilteil vom Ohr und starrte auf die Nummernanzeige. Tatsächlich! Sein Herz machte einen Sprung. Vorwahl 040. Hamburg! Vor lauter Wut hatte er blind auf die Sprechtaste gedrückt – mit keinem anderen Anruf gerechnet als einem erneuten von Lorena Stein. Erst recht nicht mit diesem.
»Das glaube ich nicht«, sagte er und trat vor die offene Terrassentür.

»Hab ich Sie jemals verprügelt?«
Er lachte. »Sie sind es wirklich! Hanna Brock. Unverkennbar.« Schlagfertig, forsch und mit einer perlenden Stimme.
»Störe ich?«
»Nein, überhaupt nicht«, antwortete er und dachte: im Gegenteil. Ihr Anruf ist das Beste, was mir nach den letzten Tagen passieren kann. »Ich sitze sowieso gerade gemütlich auf dem Sofa.«
Sie lachte, und sofort sah er ihr ovales Gesicht mit den hohen Wangenknochen, den wachen, schwarzen Augen und dem dunklen Haar vor sich. »Das hat sich aber eben ganz anders angehört«, sagte sie.
»Bagatellen.«
Hanna Brocks Stimme wurde ernst. »Wie geht es Ihnen?«
»Prima.« Ein später Vogel flatterte in einer Baumkrone auf und ab, und es roch intensiv nach honigähnlichen Blüten.
»Und Ihnen?«
Ihr Abschied lag acht Monate zurück, doch die Erinnerung an die Hamburger Redakteurin war so präsent wie der kalte Novembertag, an dem er ihr flüchtig über die Wange gestrichen hatte und durch den Schnee davongefahren war. Weder zu Weihnachten noch zum neuen Jahr hatten sie einander geschrieben, so wie er es damals gehofft hatte. Irgendwann war er zu der Überzeugung gelangt, dass sie in die Arme ihres Ex-Freundes und in ihr altes Leben zurückgekehrt war. Dass sie füreinander nur eine Ablenkung bedeutet hatten, er nicht mehr gewesen war als ein Lichtblick in der Düsternis des Schwarzwälder Morddorfes. Dort hatte sie für einen Wanderführer recherchiert und er ermittelt. Er hatte sie in die lange Reihe der Beinahe-Affären eingereiht – wie so viele Frauen vor ihr.
Natürlich hatte er auch wirkliche Beziehungen gehabt. Doch

die waren nach wenigen Monaten, spätestens zwei, drei Jahren, stets gescheitert. Bevor er Hanna Brock kennengelernt hatte, hatte er geglaubt, er sei kein Mann für eine feste Partnerschaft. Im Nachhinein betrachtet, waren es stets Kleinigkeiten gewesen, weswegen es zur Eskalation gekommen war. Das Zuviel an Krümeln in seiner Küche. Seine Vorliebe für schnelle Autos, die seine Partnerin nicht teilte. Die beste Freundin seiner Freundin, die ihm zu aufgetakelt war. Oder die Dinge, die zu wenig waren: das ausgebliebene Kompliment für die neuen Ohrringe, der vergessene Geburtstagsstrauß, der versäumte Einkauf für den gemeinsamen Abend. In seinem Herzen dagegen hatte er Hunderte anderer, gewichtiger Erklärungen für sein Scheitern zur Hand gehabt: mangelnde Sensibilität. Fehlende Zeit. Den männlichen Drang nach Freiheit.

Nachdem er dann der zwei Jahre älteren Hanna Brock anvertraut hatte, dass er sich die Schuld am Tod eines Freundes gab, dachte er, dass es seine Feigheit war, sich der Vergangenheit zu stellen. Seine Angst davor, vollends aus dem Kokon der vermeintlichen Schuld zu schlüpfen und die Flügel der inneren Freiheit neu auszubreiten. Doch auch das stimmte nicht. War er doch zu eigensinnig? Zu arrogant, was verständlicherweise keine Frau auf Dauer aushielt?

»Verkraften Sie eine Überraschung?«, gab Hanna Brock zur Antwort, und er brauchte ein paar Sekunden, bis er den Anschluss an seine letzte Frage, nämlich wie es ihr gehe, wieder fand.

»Wenn es eine angenehme ist.« Er lehnte sich in den Türrahmen.

»Ich begebe mich wieder auf Wanderschaft. In den Süden.«

»Schwarzwald?« Aller Zorn auf Lorena und die kalte Hand, die sich bei ihrem Anruf in seinen Nacken gelegt hatte, wichen einem wohligen Prickeln, und er dachte, dass er zu prompt und zu laut geantwortet hatte.

»Jawohl, Herr Hauptkommissar. Freiburg daselbst. Ich hatte ja versprochen, mich zu melden, wenn mein Wanderführer fertig ist und die Buchpremiere vor der Tür steht.«

»Dann haben Sie Ihre Pläne also erfolgreich verwirklicht.«

»Ja.«

Sie klingt fröhlich, dachte er. Glücklich, geborgen. »Wann kommen Sie?«

»Am Mittwoch. Die Buchpremiere ist am Freitag um neunzehn Uhr.«

Schweigend legte er den Kopf in den Nacken und blickte in den Nachthimmel. Die Sterne hoben sich blitzend von dem dunklen Türkis ab, und der Mond schob sich als silberne Silhouette über die Dächer.

»Werden Sie da sein?«, fragte Hanna Brock nach einer Weile.

»Werden Sie zahm sein?« Das war ihr Versprechen gewesen, als er sie beim Abschied und mit Aussicht auf ein mögliches Wiedersehen für ihre Einmischung in seine damaligen Ermittlungen kritisiert hatte. Er hatte es humorvoll getan. Jetzt war ihm die Frage ernst.

»Nichts anderes habe ich im Sinn.« Sie zögerte einen Moment. »Ich reise allein an, beziehe allein mein Zimmer und lasse Sie Ihre Arbeit allein erledigen.«

Sie erinnert sich ebenfalls an jeden Satz unseres letzten Gesprächs, dachte Ehrlinspiel. Und garantiert an alles, was ich ihr in einer schwachen Stunde anvertraut habe. Was außer ihr nur Lorena Stein, Paul Freitag und seine Familie wussten.

Er ging zurück ins Zimmer und schlug seinen Kalender auf. Freitagabend. *Clannad*-Konzert. Mist. Der einzige Auftritt der irischen Gruppe im ganzen Jahr. Die Karten waren innerhalb weniger Tage ausverkauft gewesen, und nur schwer war

es ihm gelungen, zwei Exemplare im Internet zu ersteigern. Sie hatten fast dreihundert Euro gekostet, und sein Vater freute sich seit Monaten auf den gemeinsamen Abend. Sie sahen sich selten genug. »Ich werde da sein«, sagte er.
»Super!«
»Wohnen Sie wieder in der Pension Sylvia?«
Sie lachte, und ihre Gelöstheit sprang auf Ehrlinspiel über. »Wo denken Sie hin! Diese billige Bude war nur eine Notlösung. Die Flucht vor … nun, Sie wissen es ja. Nein, ich habe eine Ferienwohnung in Ehrenkirchen. Ein idyllischer kleiner Ort, finde ich. Am fünften September reise ich wieder ab.«
»Aber das sind ja –«
»Fast fünf Wochen. Genau. Und die werde ich brauchen. Ich habe nämlich nicht nur den frisch gedruckten Wanderführer und den Premieretermin in der Tasche, sondern auch einen neuen Auftrag. Wanderführer Nummer zwei. Da gibt es viel zu recherchieren.«
»Toll, gratuliere!« Ehrlinspiel war ehrlich beeindruckt. Die Frau hatte es geschafft. Er hatte sie in ihrer Zielstrebigkeit richtig eingeschätzt.
»Danke.« Er hörte, wie sie im Hintergrund Flüssigkeit in ein Glas goss. Wein? »Wir sehen uns dann am Freitag, abgemacht?«
»Abgemacht.«
Wie in Zeitlupe legte er das Telefon auf den Tisch und ließ die Hand darauf ruhen. Bentley sprang herauf und stieß ihn auffordernd mit dem Kopf an. Er beachtete ihn nicht. Sein Herz schlug schneller, in diesem vertrauten Rhythmus, den er zuletzt wahrgenommen hatte, als er, verletzt, Hanna Brock in den Armen gehalten und seine Nase in ihre lavendelduftenden Haare gesteckt hatte. Sie hatten im Zimmer gestanden und sich umklammert wie Ertrinkende, denen die Enttäu-

schung über das eigene Leben und das Entsetzen über fremde Abgründe bis zum Hals stand. Die füreinander ein rettender, doch dahintreibender Baumstamm gewesen waren.
Und jetzt ankerte sie direkt vor seiner Haustür. Länger als einen ganzen Monat! Ein Lachen machte sich auf seinem Gesicht breit.
Er dimmte die Schiffsleuchte und legte eine *Charlie-Mariano*-CD ein. Umrundete den Tisch, drehte sich an dem hohen Bücherregal vorbei und ließ seine Finger dazu über ein unsichtbares Saxofon tanzen. Das Instrument, das Hanna Brock spielte. Dann hob er Bentley hoch und legte seine Hände wie ein Profitänzer um den Kater. »Ach, ihr neidgeplagten Denunzianten, impertinenten Hausmeisterinnen, ihr rätselhaften Oberstaatsanwältinnen ... Für heute seid ihr mir alle egal«, sagte er und wiegte sich im Takt.
Bugatti saß stumm in der Ecke und verfolgte das Treiben mit großen blauen Augen.

# 13

Dienstag, 3. August, Nachmittag

Thea Roth schnappte nach Luft und fuhr hoch. Benommen blickte sie in das sonnige Zimmer, auf die dünne Zudecke am Boden und das Buch mit den Schauspielerinnen-Biographien, das mit den aufgeschlagenen Seiten nach unten neben dem Kopfkissen lag.
Sie musste eingedöst sein beim Lesen. Und obwohl sie schon gehofft hatte, den Endlosfilm in ihrem Kopf gestoppt zu haben, hatte dieser Alptraum sie erneut heimgesucht, waren diese Bilder in ihre Seele gekrochen.

*Sie versucht, die Augen zu öffnen. Weiß. Alles weiß. Um sie herum Stille. Ihr Gesicht steht in Flammen, ihr Brustkorb hebt und senkt sich, und bei jedem Atemzug glaubt sie, der Schmerz schneide sie in Myriaden Stücke. Ihre Lider fallen zu. Schritte auf Gummiboden, ein Quietschen. Eine Hand auf ihrer Stirn, kalt. Eine Stimme. Sie kennt die Stimme! Augen auf, befiehlt sie sich. Lichtstreifen. Dann sieht sie sein Gesicht. Er hat sich über sie gebeugt. Sie riecht seinen Pfefferminz-Atem. Hört seine Wörter, scharf wie eine Rasierklinge, die Buchstabe für Buchstabe in ihr Gehirn schnitzt. »W a c h«, schneidet seine Stimme, und »B e w u s s t s e i n«. Sie will die Hände auf die Ohren pressen. Doch ihr Körper verharrt reglos und schwer. Ihr Körper gehört ihr nicht. Der Mann hält etwas in der Hand. Sie will ihn fragen, was es ist, aber ihre Lippen bewegen sich nicht. Etwas blendet sie. Sein Gesicht wird zur Fratze, löst sich auf in milchigem Licht. Weiß! Alles weiß. Da fällt es ihr ein. Natürlich! Er ist ja Arzt. Ein Arzt trägt Weiß. Dasselbe Weiß wie die Wände in seinem Krankenhaus. Alles ist weiß. Er entfernt sich. Stille. Sie starrt zur Decke. Schließt die Augen, lächelt und stirbt.*

Thea schüttelte den Kopf, um die Sequenzen zu verdrängen. Die verschnörkelten Zeiger des goldenen Weckers standen auf kurz vor sechzehn Uhr. Heller Nachmittag! Aber wenigstens war Miriam schon weg und hatte – so hoffte sie – nicht bemerkt, was ihre Mutter in den letzten Minuten im Schlaf durchlebt hatte. Dass sie zurückgeworfen worden und noch lange nicht so weit genesen war, wie sie vorgab. Thea Roth hatte ihre alte Stärke, falls sie die jemals besessen hatte, noch längst nicht wiedergefunden.
»Hässliches Ding«, sagte sie zu der Uhr und nahm das Buch auf. Marie Trintignants große Augen blickten sie unter der dunklen Ponyfrisur an. Berühmte Eltern. Vier Söhne von vier Vätern. Mit einundvierzig Jahren von ihrem Freund, dem Sänger Bertrand Cantat, erschlagen. Und mit neun schon eine kleine Berühmtheit: *Ça n'arrive qu'aux autres,* hatte ihr erster Film geheißen. *Das passiert immer nur anderen.* Thea lachte bitter auf. »Ja«, sagte sie zu Maries Foto, »bis es uns selbst erwischt. Bis es im Tod endet – oder in einer Existenz voller Furcht und Ungewissheiten.«
Sie klappte das Buch zu und zog das Laken ab. Es war feucht und fleckig vom Schweiß. Miriam musste nicht merken, dass es wieder schlimmer geworden war. Dass ihre geliebte Mama auch tagsüber keine Ruhe mehr fand, den Beinahetod immer wieder durchlebte. »Kannst du dich denn an gar nichts

erinnern?«, fragte Miriam immer wieder. Und sie sagte jedes Mal: »Nein, mein Schatz«, und sah die grauenvollen Bilder vor sich.
Tödliches Weiß. Schreiende Stille. Die Fratze des Arztes. Wozu hätte sie von der Hölle erzählen sollen? Wozu das zerstören, was sie als ihr neues Leben angenommen hatte?
Dieses Zimmer, zum Beispiel, mit seiner hellen Atmosphäre, mit den Blumenbildern und Komponistenporträts in den verzierten Goldrahmen. Das Bett mit den filigranen Schnitzereien, der Schminktisch mit den gedrechselten Füßen, der barocke Spiegel und die vielen Bücher – das alles strahlte Friede und Geborgenheit für Thea aus. In jedem Detail steckte Miriams Liebe. Und die Zeit, in der es ihrer Tochter besser gegangen war. Nicht nur finanziell.
Sie spannte ein neues Leintuch über die Matratze und trug das schmutzige in den großen Waschkeller des Hauses. Hier roch es nach Schimmel und Heizöl. Auf drei Leinen hingen Badehandtücher und Babywäsche. Weshalb die Nachbarn nicht die Wäscheleine vor dem Haus benutzten, war Thea ein Rätsel. Von den fünf Maschinen waren nur drei regelmäßig in Benutzung. Miriams und ihre, die der Hausmeisterin und die der Studenten. Martin Gärtners Maschine war die schmalste, sie war mit einer klebrigen Schicht bedeckt und die Einfüllklappe gelb verfärbt. Sie schien Thea noch verlorener als sonst, wie sie da in der Ecke stand, unbenutzt seit Jahren und jetzt sicher bald auf dem Sperrmüll. Gärtner, so glaubte sie, hatte seine Kleider im Waschbecken des Bads gewaschen. Hilde Wimmers Wäsche war seit einiger Zeit in Roths Maschine gelandet. Wenn Miriam wüsste, dass sie, die kranke Mutter, auch das noch erledigte …
Thea stopfte das Laken in die Maschine.
Noch immer konnte sie nicht begreifen, wie sie in diese Sied-

lung gekommen war. Wie ihr nach dem jahrelangen schwarzen Nichts, diesem Schmerz, ausgerechnet hier im wahrsten Wortsinne so vieles ganz neu bewusst geworden war. Wie sie gehofft hatte, endlich Sicherheit zu bekommen. Ohne Tragödien zu leben.
Nein, dachte sie, Miriam darf nichts merken. Sie schaltete die Waschmaschine ein und beobachtete, wie das Wasser in die Trommel lief, weißer Schaum den Stoff umspielte. Nichts von den Flecken auf ihrer Seele. Von ihren Träumen. Ihrer Lüge. Nichts davon, wie fremd sie in ihrem eigenen Leben war.
Manchmal fühlte sie sich wie eine Statistin, die in eine Groteske geraten war, von der sie weder Anfang noch Schluss kannte. Kostüme. Satinkleider. Der dunkelrote Fummel in ihrem Schrank mit dem Plastikschutz darüber ... Verschlossen. Von einem Schicksal, das eine ungewisse Regie führte. Dabei wollte sie doch – wie jeder Mensch – viel lieber der Star im eigenen Leben sein.
Sie ging zurück in die Wohnung. Vor dem Flügel im Wohnzimmer, das gleichzeitig Miriams Schlafraum war, blieb sie stehen. Sie sollte das Instrument, das zwei Drittel des Raumes einnahm, kennen. Es lieben. Aber es blieb ihr fremd.
Nachdenklich hob sie den Deckel. *Fazioli* stand in goldenen Lettern auf dem fein gemaserten Nussbaumholz. »Das ist *dein* Flügel«, hatte Miriam ihr nach Weihnachten erklärt. Thea hatte auf das Monster gestarrt. Nichts gespürt. »Es stammt aus Salice in Oberitalien.« Die Tochter hatte über die polierte Oberfläche gestrichen. »Alles Handarbeit. Die Resonanzböden sind aus Südtiroler Fichtenholz! Schon Stradivari hat aus derselben Gegend sein Material bezogen.« Miriam hatte sie geradezu angefleht zu verstehen: »Mama, du hast damals monatelang nach so einem Flügel gesucht! Ich habe ihn all die Jahre gepflegt, stimmen lassen, ihn beim Umzug hier-

her mitgebracht. Es gibt kein klanggewaltigeres Instrument. Keines mit präziserer Mechanik. Das bist *du!* Dieser Flügel war … er ist dein Leben!«
»Ich kenne ihn nicht.« Thea hatte nicht gewusst, ob sie sich selbst oder Miriam mehr bedauern sollte. Tragik, ja, das hatte die Situation beschrieben.
Sie spielte unbeholfen und mit einem Finger *Nun aufwärts froh den Blick gewandt.* Ein anderes Lied konnte sie nicht. Aber in der Kirche, in die sie Miriam jeden Sonntag begleitete, sangen sie es oft, und Pfarrer Müller sah immer zu ihnen herüber, als habe er es nur für sie ausgesucht. Thea mochte das Lied. Es machte ihr Mut, und auch Müller schenkte ihr Vertrauen in die Zukunft. War sie eigentlich jemals gläubig gewesen?
Miriam sagte, sie sei gleichgültig geworden gegenüber der Musik, und Thea ahnte, wie weh ihr das tun musste. Doch wie sollte sie eine Kunst beherrschen, die im Drehbuch ihres neuen Lebens fehlte? Sie blätterte in einem Notenbuch. Schwarze Linien, Punkte, Bögen, ein paar winzige Zahlen. Ein Durcheinander von Zeichen auf weißem Papier. Es sagte ihr nichts.
Vor ein paar Tagen hatte Miriam ihr wieder die Fotoalben gezeigt. Bilder ihres »Davor«. Villa. Pool. Riesiger Garten mit vielen Blumen, Teich mit Entenpaar. Thea am Klavier, mit dunklem Haar. Der Ehemann mit dem freundlichen Lachen und den lustigen, verzwirbelten Augenbrauen. Miriams Vater. »Wo ist er jetzt?«, hatte Thea Roth Miriam gefragt. »Papa ist tot«, hatte sie tonlos geantwortet. »Du hast seine Augen.« »Ja.« Miriam hatte weitergeblättert. »Woran ist er gestorben? Und wann?« – »Vor einundzwanzig Jahren. An Herzlosigkeit. Wir haben ihn begraben«, hatte Miriams Antwort gelautet, und Thea hatte nicht weiter gefragt.

Von der Kraft der Musik hatte Miriam dann gesprochen. Thea hatte es nicht hören wollen. Nichts von Erfüllung. Nichts von Hass. Sie hatte geglaubt, sich die Ohren zuhalten zu müssen wie in ihrem Alptraum. Plötzlich war sie sich sicher gewesen, all das nicht zu meistern, weder die Gegenwart zu ertragen noch die Zukunft und erst recht nicht die Vergangenheit, die sich ihr da plötzlich zeigte. *Ich schaffe es nicht!*
Sie war aufgestanden. Überwältigt von der Sehnsucht, einfach auszubrechen. Aus der Beengtheit der Wohnung, dem fremden Leben, der eigenen Seele. Sie hätte schreien mögen. Nach Glück. Nach Frieden. Nach dem Ende ihrer Einsamkeit. Doch sie hatte Miriam nur angesehen und sie gebeten, sie nicht wie eine Geistesgestörte zu behandeln.
Natürlich hatte sie Miriam damit verletzt. Die gab sich so unendlich Mühe. Und Thea liebte Miriam, so gut sie es eben konnte. Dennoch ... Manchmal war diese junge Frau ein Rätsel. Ihre tiefe Religiosität. Ihre Versunkenheit in geistliche Musik, in der sie manchmal kaum noch ansprechbar war. Ihr Blick, der oft nach innen gewandt schien. Und dann diese Parallelität von Empathie und einer Gleichgültigkeit, die Thea manchmal mit Angst erfüllte. Es war fast so, als ginge ein tiefer Riss durch das junge Leben, dessen Geschichte ihr nicht zu sehen vergönnt war.
*Amnesie!* Thea blickte aus dem Fenster, wo sich ihr Spiegelbild von den leuchtend grünen Linden und dem frischen Weiß der gegenüberliegenden Villa abhob. Sie legte die Hand gegen die Scheibe, tastete nach der Illusion ihres Gesichts. War dieses Urteil Gnade oder Bürde?
Da hatte sie nun ein Kind, über das sie nichts wusste. Lebte mit einer Frau zusammen, über die sie nur spekulieren konnte. Sie ahnte, dass Miriam vom Vater Gewalt angetan worden

war, zumindest ihrer Seele. Dass ihre Hinwendung zu Gott eine frühe Zuflucht gewesen war. »Er war schlecht zu uns«, hatte Miriam einmal gesagt. »Was hat er getan?« – »Unsere Zukunft zerstört.« Doch konnte Thea das alles glauben? Trug nicht sie selbst auch Schuld an der heutigen Situation? An Miriams Leid? Und sie konnte ihr nichts zurückgeben. Keine Geschichten von früher erzählen. Die Tage im Kindergarten lebendig werden lassen. Sich noch heute über Miriams Strahlen beim Blick in die prall gefüllte Schultüte freuen. Wehmütig lächeln bei der Erinnerung an den ersten Liebeskummer des Teenagers und dessen Befürchtung, die Welt gehe für immer unter. Nichts davon konnte Thea geben. Einzig danken konnte sie Miriam und versuchen, sie zu lieben wie eine Tochter, mit der man seit über dreißig Jahren eng vertraut war. Von der man alles wusste.
Sie musste Miriam einfach glauben. Auch dass die Polizei nur aus Routine mit ihr gesprochen hatte. Es gab keinen andern Weg als Vertrauen. Auch wenn Miriam auf ihre Nachfrage in den letzten Tagen still geblieben war, sich verschloss und in Gebete stürzte.
Thea hatte sich schon Hunderte Male gefragt, was dahintersteckte. Eine Antwort hatte sie nicht gefunden. Allenfalls Ahnungen: Erinnerungen an den Vater. Flucht aus dem mühsamen Leben als Putzfrau, das sie manchmal um fünf Uhr früh in fremden Treppenhäusern begann und nachts um eins gebückt in einem Waschsalon oder einer Nudelfabrik beendete. Sorge um sie, Thea.
Seit sie zu zweit hier lebten, rackerte Miriam sich in mehr als zwanzig Objekten ab, in manchen täglich. Sie erzählte, wie sie in dem Fitnessstudio die Chromarmaturen zum Glänzen brachte, indem sie säurehaltige Reiniger nur in kaltes Wasser gab; wie Ruß, Fett und Teer mit alkalischen Seifen vom Boden

des Supermarktes verschwanden; dass der wertvolle Holzschrank eines Nachbarn so herrlich duftete, weil sie ihn mit warmem Wasser und Orangenreiniger sanft behandelte; und dass sie sich vollkommen erholte, wenn sie in den wenigen freien Stunden Klavier spielte und betete. Doch Thea wusste, dass die Putzjobs eine fast übermenschliche Belastung waren und Miriams Berichte das Schönreden einer Situation, die sie nicht mehr lange würde ertragen können. Und jetzt hatte Thea ihrer Tochter mit dem Vorwurf, sie sollte nicht so tun, als sei sie geistesgestört, noch weh getan. Miriam hatte seither kein einziges Mal mehr gelacht.
Sie löste die Hand von der Scheibe.
Ich sollte versuchen, auch Miriam ins wirkliche Leben zurückzuholen, dachte Thea Roth. Ein schöner Abend, ein offenes Gespräch, eine Entschuldigung von mir – das würde uns beiden guttun. Und meine Scham darüber mildern, dass ich in eine Rolle geschlüpft bin, deren Text ich nie gelernt habe, in die ich aber Tag für Tag perfekter hineinwachse.
Entschlossen suchte sie ein Rezept aus Miriams Lieblingskochbuch heraus, ein Gemüsecurry mit Kokos, notierte die Zutaten und klingelte kurz darauf bei Hilde Wimmer. Auch die hatte ein wenig Freude nötig, und wenn Thea Notwendiges mit Gutem verband, so konnte sie heute gleich drei Menschen glücklich machen.
Die alte Dame lächelte ihr erfreut entgegen.
»Ich gehe einkaufen. Und das möchte ich gern in netter Begleitung tun«, sagte Thea.
»Sie gute Seele.« Hilde Wimmer nickte, und vierzig Minuten später humpelte sie an Theas Seite und auf ihr Gehwägelchen gestützt zum Gewürzregal im *Frischeparadies*. Thea legte Senfkörner, Koriander und Kurkuma in den Einkaufswagen.
»Helfen Sie dem Pfarrer beim Sommerfest?«, fragte Hilde

Wimmer, als sie an einem Tisch mit Girlanden, Lampions und Gartenfackeln vorbeikamen.
»Ja.« Thea erzählte das der 87-Jährigen fast jeden Tag. Beim nächsten Treffen fragte sie erneut. Im Grunde nicht schlecht: So gab es stets ein Thema, bei dem Thea mitreden konnte. Sie schmunzelte in sich hinein. Das Sommerfest würde das erste Fest werden seit dem Tag, der sie aus dem alten Leben geschleudert hatte. Musik aus verschiedenen Ländern, Tanz, der Duft nach Kaffee, Waffeln und Bratwurst, überall Luftballons, lachende Kinder … Leben pur.
»Als Kind habe ich den Sommer und das Feiern geliebt. Es war das reinste Abenteuer.« Hilde Wimmer schlurfte weiter.
»Sie müssen unbedingt kommen, Frau Wimmer. Man ist nie zu alt für Abenteuer.«
Vor dem Regal mit den Süßigkeiten blieb die alte Frau stehen, und Thea konnte ihr ansehen, dass sie Schmerzen in den geschwollenen Beinen hatte. »Und zuschauen, wie sich die Jugendlichen betrinken und die Zenker überall ihre schnüffelnde Nase reinsteckt?« Wimmer schüttelte den Kopf und holte rasselnd Luft. »Dafür bin ich zu alt. Das muss ich mir nicht mehr antun. Früher, da war das anders. Früher, da –«
»Wenn Sie sich's noch anders überlegen: Ich bin da. Das wissen Sie.« Bloß kein Lamento über die Vergangenheit. Sie nicht zur goldenen Zeit stilisieren. Früher, als alles besser war … Thea versteifte sich jedes Mal, wenn Hilde Wimmer dieser Satz über die Lippen kam.
Ein Glänzen erschien in den alten, wässrigen Augen, und Frau Wimmer griff in das Regal. »Das da« – sie hielt eine Tüte Lakritzstangen in die Höhe – »ist meine Kindheit.« Als sei sie berauscht, warf sie *Bahlsen*-Kekse mit Schokoladenüberzug, *Ahoi!*-Brause und rote Lutscher in den Einkaufswagen. »Das macht glücklich!«

Thea prustete verhalten los, angesteckt von der plötzlichen Lebensfreude ihrer Begleiterin, und noch ehe sie sich darüber wundern konnte, stolperten sie wie kichernde Schulmädchen durch den Gang – und standen plötzlich vor Miriam.
»Hallo, Schatz«, lachte Thea und wischte sich eine Träne aus den Augen.
Miriam, gebückt, offenbar um das Grün von Karotten und welke Salatblätter zu beseitigen, blickte wortlos zwischen Thea und Frau Wimmer hin und her.
Sofort wurde Thea Roth ernst. Ihre Tochter schuftete hier für ihrer beider Lebensunterhalt, und sie gab direkt daneben eine alberne Komödie. Wie gedankenlos sie bloß war! »Entschuldige, Kind. Ich wollte dich nicht –«
»Was machst du hier?« Miriams Stimme klang anklagend.
»Ich … Wir kaufen ein Stück Kindheit. Ein Stück Glück.« Sie deutete auf die Süßigkeiten und versuchte, den Kloß wegzuschlucken. Dieses klebrige Ding in ihrer Kehle, das aus Schuldgefühlen bestand und aus Enttäuschung darüber, dass Miriam nicht wenigstens ein bisschen wohlwollend auf ihr Erscheinen reagiert und ihr nach all den Tagen nicht einmal ein schwaches Lächeln geschenkt hatte. Etwas, das ihr das Gefühl gegeben hätte, nicht pausenlos Fehler zu begehen, sondern in ihrem Tun bestätigt zu werden. Doch Miriam stand nur da in ihrem Arbeitskittel, in der Linken einen grünen Müllsack und in der Rechten einen Handfeger.
»Kindheit kann man nicht kaufen. Süßes Leben und Glück auch nicht.« Miriams Blick durchbohrte sie. »Illusionen!«
»Ach, Kind.« Thea schüttelte den Kopf, und in Gedanken legte sie die Zutaten für das Curry wieder in die Regale zurück. Sie würde Miriam heute nicht erreichen. »Es ist doch nur Schokolade. Einfache, dumme Schokolade. Bedeutungslos.«

Miriam schwieg.

Sie sieht so traurig aus, dachte Thea. Die Dämonen ihrer Kindheit?

»Sie ist bitter. Bitter wie das Leben«, murmelte Miriam und zurrte den Müllsack zu.

# 14

Freitag, 6. August, Abend

Der Applaus klang wie ein Feuerwerk des Triumphes in ihren Ohren. Sie hatte es geschafft! Hanna blickte von der kleinen Bühne in den Zuschauerraum, wo keiner der gedrechselten Stühle leer geblieben war. Das Parkett glänzte, die Panoramafenster waren weit geöffnet und gaben den Blick auf einen Park mit kleinen Statuen frei.
Aus der ersten Reihe lächelte ihr ihr Auftraggeber entgegen. Der – so musste sie gestehen – charmanteste Verlagschef, den sie je kennengelernt hatte. Und das lag nicht nur an seinem Schweizer Akzent. Rechts neben ihm saß ein Mann mit Kamera, der Fotos und ständig Notizen gemacht hatte. Zur Linken hatte er eine Dame mit einem Naturfreundeverein-Emblem auf dem T-Shirt. Vom Ende der Stuhlreihe kam soeben die sportlich gekleidete Inhaberin der Buchhandlung *Natur- und Reiseseiten* nach vorn.
Die Menschen hier waren deutlich anders angezogen als in Hannas Heimat Hamburg. Leger neben elegant. Freizeit-Outfit neben Business-Kostüm. Das gefiel ihr. Es zeugte von Toleranz. Sie selbst gehörte, was Äußerliches betraf, zwar eher zur Schickimicki-Fraktion, doch in den letzten Monaten hatte sie in diesem Punkt neue Seiten an sich entdeckt. Und das verdankte sie auch ein klein wenig dem Mann, dessen sandfarbenen Wuschelkopf sie zwischen grauen, blonden, rotlockigen und schwarzen Schöpfen sofort erkannt hatte: Moritz Ehrlinspiel.

Die Buchhändlerin dankte Hanna für die Buchpräsentation und dem Publikum für seine Begeisterung. Hanna schüttelte ihre Hand. »Es war mir ein Vergnügen!«
Der Hauptkommissar war eine Minute vor Veranstaltungsbeginn gekommen, als sie schon nicht mehr mit ihm gerechnet hatte. Zu ihrer Zufriedenheit hatte sich weder Enttäuschung in ihr breitgemacht, noch war, als er zur Tür hereingehuscht war, dieses leichte Kribbeln über ihre Unterarme gekrochen. Ja. Sie hatte es geschafft!
Sie verließ ihren Leseplatz und setzte sich hinter den langen Tisch neben dem Ausgang, auf dem die Wanderführer sich stapelten, bereit zum Verkauf und Signieren. Schon nach zehn Minuten war ein Drittel der Bücher in den Händen neuer Besitzer und mit Widmungen versehen. »Wie kommt man als Hamburgerin dazu, einen Wanderführer vom Schwarzwald zu schreiben?«, fragte eine junge Frau in Radlerhosen.
Hanna schmunzelte. »Das Leben hat mich hierhergeführt«, sagte sie und dachte: Man widerstehe der widerlichen Anmache seines Chefs, lasse sich deswegen von ihm aus einem der renommiertesten Verlage und einem Traumjob als leitende Redakteurin hinauswerfen, komme früher als sonst nach Hause, finde den Lebensgefährten mit der Computerverkäuferin im Bett vor – und packe die Koffer. Ziel: weit weg. Weg vom Leben und den Männern, die einen betrügen.
Dass Hanna, nachdem sie an einem einzigen Tag arbeitslos und Single geworden war, den »Auftrag Wanderführer« erhalten hatte, war im Nachhinein betrachtet ein echter Glückstreffer gewesen. Zuerst hatte sie den Schwarzwald und seine winterliche Nässe und Kälte verflucht. Hatte sich nur schwer an die einsamen Dörfer, dichten Wälder und kauzigen Menschen gewöhnen können. Doch es war ihr gelungen, ihre Erfahrungen in wunderbare Texte einfließen zu lassen und mit

dem Buch im wahrsten Sinne des Wortes neue Wege zu beschreiten. *Fremd ankommen – vertraut gehen. Schwarzwaldwandern für Kenner und Skeptiker,* lautete der Titel und spezifizierte in einer Unterzeile die Gegend: *Band I: Zwischen Freiburg, Elzach und Sankt Georgen.*
»Mir gefällt das mit den ›Geschichten am Wegesrand‹, die Sie eingebaut haben«, sagte die Frau in der Radlerhose. »Die Porträts von den einfachen Leuten und Höfen. Ist mal was anderes als immer nur ein Highlight am nächsten.«
Hanna dankte für das Kompliment und reichte der Frau das signierte Buch. Der Kriminalhauptkommissar stand hinter ihr in der Schlange.
Er legte einen Wanderführer vor sie auf den Tisch. »Hallo.«
»Hey!« Sein kantiges Gesicht war braun gebrannt. Das stand ihm gut, genauso wie sein typisches, schiefes Lächeln. »Soll ich etwas Bestimmtes hineinschreiben?«
»Wie wäre es mit ›Allein ankommen – zu zweit was trinken gehen‹?« Seine schlanken Hände mit den gleichmäßig geformten, ringlosen Fingern schlugen das Buch auf, und wie von Geisterhand öffnete sich die Seite mit der Rabenschlucht. Der Platz, an dem sie Mitte November die Leiche entdeckt hatte. Hanna lächelte den Hauptkommissar an. Er hatte sich offenbar schon mit der Lektüre vertraut gemacht. *Allein ankommen – zu zweit essen gehen. Freiburg-Abende für durstige Polizisten und hungrige Autorinnen,* schrieb sie, setzte einen Gruß darunter und gab ihm das Buch zurück.
Ehrlinspiel las und lachte. »Wann?«
Hanna warf einen Blick auf die Signierschlange. Mein neues Lieblingstier, dachte sie. Ihr Magen knurrte tatsächlich. »Viertel, halbe Stunde?«
»Gern, Mylady. Ich warte am Ausgang.«

Eine Stunde später saßen sie mit zwei Gläsern Roséwein, gebackenen Auberginen, Rosinenreis und Kichererbsenmus unter einem großen Kastanienbaum. In seiner Krone hingen Lichterketten und warfen ein warmes Licht auf die mosaikbesetzten Tischplatten. Der kleine Hinterhof lag zwischen alten Häusern mit efeuüberwucherten Fassaden. An den vier Nebentischen plauderten Leute, aus der geöffneten Hintertür der Cafébar drang Jazzmusik, und Hanna wippte unter dem Tisch mit dem Fuß im Takt.

Ich werde später eine Runde Saxofon spielen, dachte sie. Das wird der wunderbare Abschluss eines wunderbaren Abends, nur für mich allein. Sie sah Ehrlinspiel an. »Sie sind öfter hier, oder?«

Er nickte. »Ich liebe diese kleine Oase. Eigentlich ist ›Cafébar‹ eine ganz falsche Bezeichnung für diesen Ort. Idris, der Inhaber, zaubert zwar den besten Milchschaum der Welt, aber abgesehen von seinen italienischen Kaffeespezialitäten, kocht er auch hervorragende arabische Kleinigkeiten. Oder genauer gesagt: seine Frau.« Er deutete auf den Teller. »Nehmen Sie. Sonst esse ich alles weg.«

»Kleinigkeiten ist gut.« Sie sah auf die glasierte Platte mit den Bergen von Leckereien, die der dunkelhäutige Mann mit dem raubvogelartigen Gesicht mit einer leichten Verbeugung zwischen sie gestellt hatte. Sein Haar war blauschwarz und sein Lächeln still gewesen. »Idris ist Syrer?« Sie legte zwei Gemüsescheiben und etwas Mus auf ihren Teller.

»Ja. Und er verehrt Jazzmusik und verrückte Leute.«

»Aha, deshalb.« Schmunzelnd aß sie. »Wow, lecker.«

Er sagte nichts und sah sie an.

»Wollten Sie mir nicht alles wegessen?« Sie deutete auf die Platte. »Oder machen wir's umgekehrt?«

Ehrlinspiel griff zu. »Ihr Buch ist toll geworden. Kompliment.«

»In dieses Kichererbsenzeug könnte ich mich reinlegen.« Sie nahm nach. »Arabische Küche. Einfach irre.« Auf ihren vielen Reisen in den Nahen Osten hatte sie oft der Versuchung widerstanden, sich an den bunten Basarständen diese köstlichen Leckereien zu gönnen. Entweder pures Fett oder purer Zucker. Pest oder Cholera. Oder beides. Immer aber reines Hüftgold – denn um ihren Po und oberhalb davon materialisierte sich jede Sünde schneller, als sie schlucken konnte. Doch heute pfiff sie auf Kalorien und Kilos. Sie wollte diesen Tag einfach genießen, durchatmen, und sich nach dem Erfolg voller Elan in ihr neues Projekt stürzen. »Und das nächste Buch soll genauso toll werden. Kennen Sie sich im Kaiserstuhl und dem Markgräflerland aus?«
Sofort war es wieder da, sein schiefes Lächeln. Hanna musterte den Hauptkommissar. Grüne Augen, kantiges Gesicht, frisch rasiert. »Blöde Frage an einen Freiburger, ich weiß. Sie kennen den Kaiserstuhl wahrscheinlich so gut wie ich die Hamburger Promi-Cafés. Vertrautes Terrain seit frühester Jugend?«
Ehrlinspiel sagte nichts, und sein Lächeln verschwand.
»Sollen wir über etwas anderes reden?« Offenbar kultivierte er noch immer seine merkwürdige Art, plötzlich zu verstummen, was sie am Anfang nicht hatte einordnen können. Inzwischen war ihr sein Charakter gleichgültig und von ihrer Verwirrung nichts mehr übrig geblieben. Obwohl sie keinen Hunger mehr hatte, kratzte sie die Schüssel mit dem Kichererbsenmus aus und sah dabei abwartend zu Ehrlinspiel. Sie empfand nichts außer Neugier und gesunder Sympathie. Wiedergewonnene Freiheit, dachte sie erleichtert. Innere Distanz. Zufrieden leckte sie den Löffel ab.
»Nein, nein.«
»Okay. Im Kaiserstuhl lege ich gleich am Wochenende mit

den Recherchen los. Soll das wärmste und sonnenreichste Gebiet Deutschlands sein. Nicht gerade die beste Jahreszeit für Touren dort. Aber vielleicht zeigen Sie mir ja ein paar Ihrer Lieblingsplätze? Natürlich nur, wenn Sie Zeit und Lust haben.«

Ehrlinspiel lehnte sich zurück und blickte in den Kastanienbaum. »Wir werden sehen«, sagte er und fügte wie zu sich selbst hinzu: »Ich war schon länger nicht mehr dort.«

»Kein Problem.« Sie würde die schönen Ecken auch allein finden, und außerdem gab es genügend Menschen, die sie vor Ort interviewen konnte. Darin war sie richtig gut. Ihr Handwerk beherrschte sie aus dem Effeff. Warum Moritz Ehrlinspiel plötzlich so zögerlich war, verstand sie nicht. Immerhin war er derjenige gewesen, der mit ihr zum Essen hatte gehen wollen.

»Wie ist Ihre Ferienwohnung? Fühlen Sie sich wohl?«

Aha, Themenwechsel. »Und wie. Sie ist liebevoll eingerichtet, und die Vermieterin ist ein Engel.« Ich werde die Zeit hier genießen, dachte sie. Und arbeiten.

Idris kam heraus und zündete die Laternen in den Mauernischen an. Gemütlich flackerten die Kerzen hinter bunten Glasfensterchen. Er nickte den beiden zu, und Hanna deutete auf ihre leeren Weingläser. Mit der gleichen Verbeugung wie vorhin verschwand er.

»Erzählen Sie von sich«, sagte Ehrlinspiel, als sie kurz darauf mit dem frischen, kühlen Wein und einem leisen Klirren anstießen. »Wie ist es Ihnen ergangen in den letzten Monaten?«

»Ach, ich habe viel gearbeitet.« Sie trank, und der Rosé schien ihr feiner als das erste Glas, obwohl es dieselbe Sorte war. »Es läuft gut. Ein paar Reportagen und jetzt die Wanderführer – ich glaube, mit diesen beiden Standbeinen komme ich hin im

Leben. Mein Traum wäre noch eine regelmäßige Kolumne über skurrile Zeitgenossen.« Sie schmunzelte.
»Beruflich und finanziell steht's also bestens«, erwiderte der Hauptkommissar und stellte sein Glas ab. Dann schwieg er.
Hanna musste grinsen. Er will etwas über mein Privatleben hören, dachte sie. Warum nicht? »Ich lebe seit Dezember bei meiner Freundin Kora. Im Herbst wird sie mich wieder los sein. Ich habe eine neue Wohnung gefunden.«
»Sie müssen sich gut verstehen mit Kora. Die Leiterin der Wetterredaktion bei Radio Hamburg, richtig?«
»Bingo.« Sie hob ihr Glas. »Die Konkurrenz zu Florian, Ihrem Bruder. Leiter einer Wetterwarte.«
Sie lachten, und Hanna erinnerte sich, wie sie einmal versucht hatte, bei dem Kommissar Eindruck zu schinden, indem sie über Wolken gefachsimpelt hatte. Ehrlinspiel trumpfte aber ebenso mit Spezialwissen auf, und dann hatte sich herausgestellt, dass beide keine Ahnung von Meteorologie, dafür aber beste Beziehungen zu Wetterexperten besaßen.
Kora hatte Hanna mit offenen Armen bei sich aufgenommen, als sie im Winter nach Hamburg zurückgekehrt war und sich endgültig von dem Grafikdesigner Sven getrennt hatte, erschüttert von den Ereignissen im Schwarzwald und durcheinander von der Begegnung mit Ehrlinspiel. Zum ersten Oktober würde sie nun nach Eimsbüttel ziehen, einem lebendigen und grünen Stadtteil. Koras Wohnzimmer war keine Dauer-Schlafstatt für sie – sosehr sich die Freundinnen auch mochten.
»Rauchen Sie nicht mehr?«, fragte Ehrlinspiel in ihre Gedanken.
Sie schüttelte den Kopf. »Eigentlich habe ich nie richtig geraucht. Nur gelegentlich. Bei Stress, Sorgen, Liebeskummer.«
Sie drehte das Weinglas in den Händen und betrachtete die

Lichtreflexe in der Flüssigkeit. Dann sah sie ihn an. »Und wie ist es Ihnen ergangen?«

Er zuckte mit den Schultern. »Gut.«

Hanna wartete, aber er sagte nichts. »Doch so blendend also.«

Sein schiefes Lächeln kehrte zurück. »Nun ja, wir hatten eine sechzehnjährige Tote am ersten Weihnachtsfeiertag, erwürgt, im Straßengraben. Drei vermeintliche Suizide, von denen sich einer als Mord entpuppte. Einen Haufen kleinere Delikte. Und ein totes Kind in einer anonymen Hochhaussiedlung. Angeblich beim Spielen aus dem Fenster im siebten Stock gefallen.« Er stützte die Arme auf den Tisch. »Was soll ich sagen? Ich habe viel gearbeitet.«

Hanna lachte. »Und zurzeit? Knobeln Sie an einem Fall?«

»Knobeln trifft es ziemlich gut.«

»Sie kommen nicht weiter?«, fragte sie und ermahnte sich im selben Moment.

Ihre Neugier hatte den Kommissar mehr als ein Mal erzürnt. Zudem hatte sie versprochen, ihn seine Arbeit allein erledigen zu lassen. Aber ein paar Fragen …

Ehrlinspiels Augen wurden schmal.

Hanna glaubte schon, er würde sie an ihr Versprechen erinnern, doch er winkte Idris herbei, bestellte zwei weitere Gläser Wein. »Morgen ist Samstag. Und viel zu feiern gibt es derzeit nicht, also lassen Sie uns die Gelegenheit nutzen«, begann er und berichtete. Nur wenige Sätze, keine Details – aber offenbar ohne sein altes Misstrauen. Er redete von einem Frührentner im Stadtteil Stühlinger, dessen H-Milch jemand mit einer Substanz, auf die er allergisch reagierte, versetzt hatte. Davon, dass sie nichts in Erfahrung bringen konnten außer einem lange zurückliegenden Unfall mit einem toten Kind, zu dem es aber keine Verbindung zu geben schien. Und von Befragungen, die lediglich zu wachsendem Frust im Team führ-

ten. »Freitag und ich haben selten so wenig herausgefunden«, schloss er, als Idris mit dem Wein an den Tisch trat.
»Humor und Geduld sind zwei Kamele, mit denen du durch jede Wüste kommst, Hauptkommissar«, sagte der Mann und verbeugte sich.
Die beiden wirken vertraut, dachte Hanna, fast wie alte Freunde, und der kurze Blick, den die Männer miteinander tauschten und der eine ihr unbekannte Botschaft transportierte, entging ihr nicht.
»Spielst du ein bisschen Silje Nergaard für mich?«, sagte Ehrlinspiel zu dem Syrer.
»Sie bringt dich durch die Wüste, Hauptkommissar.« Idris verbeugte sich, und wenige Minuten später verfingen sich die feine Stimme der Sängerin und der jazzige Rhythmus von *Two sleepy people* leise zwischen den Mauern des Hinterhofs.
»Die anheimelnde Musik passt so gar nicht zu Ihrem Fall«, sagte Hanna. »Der hört sich wirklich desillusionierend an.«
»Ja.« Ehrlinspiel starrte vor sich hin.
»Weshalb nennen Sie Ihren Kollegen eigentlich ›Freitag‹? Sie sind doch per du, oder?«
»Robinson Crusoe. Paul hat seinen Dienst bei uns an einem Freitag begonnen. Und er steht uns jederzeit und treu zur Seite.«
»Wie Daniel Defoes literarischer Freitag dem Robinson.«
»Genau. Freitag ist der Einzige, der sich Paul nennt. Er mag seinen Vornamen.«
Sie schwiegen, tranken, und der Wein verschaffte Hanna ein angenehmes Schwindelgefühl. Idris räumte Geschirr von einem Nebentisch ab, und das Klappern schien ihr dumpfer als noch vor zwei Stunden. »Und wie geht es Ihnen sonst?«, fragte sie, und ihr Blick glitt von Ehrlinspiels vernarbtem Ellbogen zu seinem Gesicht.

»Es wird«, sagte er.
»Ah. Gut.« Der Kommissar war schuld am Tod eines Freundes, der Arm die Quittung dafür, wie er damals gesagt hatte. Er konnte ihn nicht mehr ganz gerade machen. Die Geschichte dazu kannte sie nicht genau, vermutete aber einen Verkehrsunfall. Als er die Kurzfassung davon erzählt hatte, hatte sie keine Fragen gestellt, ihn nicht verurteilt. Einfach zugehört und versucht zu verstehen. Das war ihre Art, ein wenig auch Taktik, an Informationen zu kommen.
Jetzt war sie versucht, Ehrlinspiel nach seiner Geschichte zu fragen. Doch sie hatte mit jeder Minute mehr Mühe, sich zu konzentrieren, und fast ärgerte sie sich über das letzte Glas Wein. Sie mochte es nicht, wenn ihr die Kontrolle entglitt.
Ehrlinspiel beugte sich vor und fixierte sie. »Ich bringe Sie nach Hause. Sie sehen ... nun ja, ein klein wenig beschwipst aus.«
»Oh, danke schön. Wie sieht man denn aus, beschwipst?«
»Man bekommt glitzernde Augen, stützt den Kopf schwer auf, zupft sich Haarsträhnen aus dem Zopf und kleckert Wein auf die Bluse.«
»Verdammter Mist.« Sie blickte an sich hinunter. Ein Fleck prangte zwischen ihren Brüsten. Sie wischte mit einer Serviette darüber, doch die Bescherung wurde nur schlimmer. »Na toll. Und vermutlich bin ich jetzt auch noch puterrot im Gesicht.«
»Nur ein bisschen.«
Sein Lächeln schien Hanna verzerrt. Sie wollte in ihre Wohnung, eine Flasche Wasser trinken, die Bluse ausziehen, in ihr riesiges pinkfarbenes T-Shirt schlüpfen und bis in den Vormittag schlafen.
»Also, darf ich Sie nach Hause bringen, Mylady?«
»Ich nehme ein Taxi, danke.« Hanna fühlte sich plötzlich un-

wohl. Ganz zu schweigen von der Situation, in die sie unweigerlich vor der Haustür kämen: die Frage nach dem dämlichen Kaffee, den man dann sowieso nicht trinken, vermutlich nicht einmal kochen würde. Natürlich würde sie die Frage nicht einmal denken, sondern schlicht »Bis bald« sagen, aussteigen und die Holztreppe zu ihrem Reich hinaufstolpern. Aber vielleicht der Kommissar? Sie hatte keine Lust darauf. *No men – just job.* Ihr Motto für mindestens ein weiteres Jahr.
»Sie haben auch drei Gläser getrunken«, fügte sie hinzu.
»Ich wäre im Taxi mitgefahren.«
»Ich bin ein großes Mädchen.« Sie versuchte zu lachen, wusste aber nicht, ob es ihr gelang.
»Und ich bin ein anständiger Junge.«
»Dann können Sie ja allein nach Hause gehen. Genauso, wie ich allein Taxi fahren kann.« Hanna wusste, dass ihr aus dem Wust ihrer kreiselnden Gedanken ein nicht besonders freundlicher Satz entschlüpft war. »Nicht böse gemeint.«
»Das war mein Angebot auch nicht.« Er klappte sein Handy auf und bestellte ein Taxi. »Zu zweit essen gehen – allein nach Hause fahren«, sagte er, als er es wieder verstaute.
Sie nickte.

# 15

Samstag, 7. August, Mittag

Der Milchschaum war cremig wie Sahne.
Ehrlinspiel lehnte neben Freitag am Tresen. Das Mahlwerk der riesigen Lavazza ratterte, und munteres Stimmengewirr vermischte sich mit dem Duft nach frischem Kaffee. Über die Bistrotische hinweg sah der Hauptkommissar in den Hinterhof hinaus, wo er gestern Abend mit Hanna gesessen hatte. Ihr Abschied war alles andere als cremig wie Sahne gewesen. Er schöpfte mit dem Kaffeelöffel den Kakao von seinem Cappuccino und ließ das bittersüße Pulver auf der Zunge zergehen.
»Ist Lilian in der Stadt?«, fragte er Paul Freitag und überlegte gleichzeitig, wo Hanna gerade steckte.
Sein Kollege nickte und rührte in einem Becher italienischer Schokolade. Sein taubenblaues Hemd zeigte Bügelfalten an den kurzen Ärmeln. »Sandalen kaufen für die Mädchen. Du glaubst gar nicht, wie schnell Kinder wachsen. Und Jule weigert sich standhaft, die Schuhe von Annekatrin aus dem letzten Sommer anzuziehen.«
»Sag mal«, warf Ehrlinspiel zögerlich ein, »wenn eines deiner Kinder überfahren würde – wärst du in der Lage zu verzeihen? Oder würdest du jemanden brauchen, dem du die Schuld geben könntest?«
Gärtners Tod lag jetzt zwölf Tage zurück, und seither hatten sie sämtliche Familienmitglieder der Schweigers wiederholt überprüft: die Großeltern der toten Charlotte, ihre Eltern

und den Bruder in Dijon. Sogar die Verhältnisse von Charlottes verstorbener Tante hatten sie kontrolliert. Keine Spur zu Martin Gärtner. Im Gegenteil: Die Angehörigen schienen bedrückt über seinen schrecklichen Tod. Das alles passte zu den Aussagen des Pfarrers Tobias Müller, der die Schweigers als gläubige Menschen mit Empathie und dem Wunsch nach Gewaltlosigkeit beschrieben hatte.

Freitag stützte, die Tasse in der Hand, die Unterarme auf die Bar. »Du wirst den Gedanken nicht los, dass jemand von den Schweigers hinter dem Mord steckt? Späte Vergeltung?«

»Hast du eine andere Idee?«

»Ich könnte verzeihen. Lilian auch. Sie hat als Sterbebegleiterin sowieso einen ganz anderen Bezug zum Tod. Entspannter. Manchmal bewundere ich ihre unendliche Toleranz.« Er stellte die Tasse ab und sah Ehrlinspiel lange an. »Lass es uns umgekehrt versuchen: Wie würdest du damit klarkommen, ein Kind zu überfahren?«

Sofort sah er Peters Grab vor sich. Außer seiner Familie, Lorena und in Andeutungen Hanna Brock kannte niemand seine Verstrickung in Peters Tod. Die Narben an seinem Arm hatte er stets mit einem lapidaren »Badeunfall als Jugendlicher« erklärt.

»Ich würde die Schuld ein Leben lang mit mir herumtragen«, antwortete er.

»Und du würdest wie Gärtner jede Psychotherapie ablehnen.«

»Wahrscheinlich.« Er blickte auf die Auslage mit den syrischen Sesam-Früchtekuchen, Aprikosenfingern und, ganz vorn und zum Greifen nahe, *Baklavas* – rautenförmige Blätterteigtaschen mit Honigüberzug und Mandel-Pistazien-Füllung. Ob die seine Stimmung heben würden? Er war müde, enttäuscht vom Wiedersehen mit Hanna, und beim Gedanken

an die stockenden Ermittlungen schmeckte der Cappuccino schal.
Seit Anfang der Woche waren sie in einer Sackgasse nach der andern gelandet. Zuerst bei Gärtners Hausarzt Jakob Wittke.
Eine dicke, rotgesichtige Arzthelferin hatte die beiden fast überschwenglich zu ihrem Chef geführt. »Zwei Herren von der Polizei, Herr Doktor«, sagte sie in einem seltsamen Singsang zu ihm, und Wittke sah die Frau ein paar Sekunden aus kleinen Augen an. »Danke, Frau Hofmann, bitte lassen Sie uns allein.« Dann bot er ihnen Platz an.
Alles an dem Arzt schien eckig, Kopf, Kinn, die Schuhspitzen und sogar die Stimme. Seine Art aber war angenehm. Er pochte weder auf seine Schweigepflicht, noch machte er moralische Bedenken geltend, als Ehrlinspiel um Informationen zu Martin Gärtner bat. »Er war schwermütig. Depressiv zuweilen. Und eigensinnig«, sagte Wittke. »Und er hat es immer abgelehnt, Medikamente zu nehmen.« Wittke legte die Hände auf der Tischplatte locker übereinander. Sogar seine Fingerkuppen waren eckig. »Ich nehme an« – er blickte zwischen den Kommissaren hin und her –, »dass die Sektion einen Tod durch Fremdeinwirkung ergeben hat. Leider werden uns behandelnden und den Tod feststellenden Ärzten Obduktionsbefunde nicht automatisch mitgeteilt. Aber da Sie von der Polizei sind …?«
»Kennen Sie Gärtners Geschichte?«, fragte Ehrlinspiel, dem inzwischen auch Gärtners Krankenkasse bestätigt hatte, dass er eine Psychotherapie begonnen, sie aber nach Vorliegen eines Gutachtens zur Arbeitsunfähigkeit abgebrochen hatte.
Wittke lachte kurz auf. »Ich vermute, Sie wissen mehr als ich. Er hat nie von sich erzählt und kam höchstens ein- bis zwei-

mal im Jahr. Thema war die Allergie und seine aktuelle Verfassung. Letztere war, was die physischen Aspekte angeht, hervorragend.«
Der Kriminalhauptkommissar tauschte einen Blick mit Freitag. Der übernahm es, dem Arzt die genaueren Umstände zu berichten: von dem Unfall im November 1997 und Charlottes Tod. Und davon, dass Gärtner ermordet worden war. »Mit Nussöl – und das ist vertraulich!«, schloss Freitag.
Wittke lehnte sich zurück, sein Stuhl quietschte leise. Dann nickte er. »Dass er ein schreckliches Schicksal mit sich herumgetragen hat, war nicht zu übersehen.« Als wolle er sich für sein Unwissen rechtfertigen, hob er die Hände. »Die Praxis habe ich erst nach Charlottes Tod übernommen. Ich hatte keine Ahnung davon, dass direkt um die Ecke ein Kind gestorben war. Und dass Gärtner ...«
»War er in der letzten Zeit anders? Fröhlicher? Lebhafter?«
Wittke presste die Lippen aufeinander. »Er war bei seinem letzten Besuch wie immer.«
»Haben Sie eine Idee, wer ihm Böses wollte?«
Eher ungläubig als zynisch antwortete der Arzt: »Gärtner Böses wollen? Mit dem konnte man höchstens Mitleid haben.«
Das wäre immerhin mehr gewesen, war es Ehrlinspiel durch den Kopf gegangen, als ihm im Vorbeigehen zuzuwinken und ihn drei Schritte weiter vergessen zu haben.
Die zweite Sackgasse endete im Wintergarten von Gärtners ehemaligem Chef. Der pensionierte Geschäftsführer der *Umsiedler* saß mit zitternden Händen in einem Korbstuhl. Gärtner sei ein in sich gekehrter, fleißiger und zuverlässiger Mitarbeiter gewesen. Freunde in der Firma? »Nein, er war immer ein Einzelgänger.« Während er berichtete, wackelte er permanent mit dem Kopf. Dass Gärtner damals aus dem Umzugs-

team ausgeschieden war, bedauerte der glatzköpfige Mann. »Der Unfall hat dem Martin das Genick gebrochen. So wie mir der Tremor.« Erst da begriff Ehrlinspiel, dass der Mann nicht aus Fassungslosigkeit den Kopf schüttelte, sondern weil er krank war. Er vermutete Parkinson.

Auch zwei frühere Arbeitskollegen, beides Muskelpakete von Möbelschleppern, erzählten nichts anderes. Ebenso wenig wie Gärtners Vermieter, der sich kaum für die Wohnungen, geschweige denn die Menschen darin interessierte. Die monatliche Mietzahlung auf seinem Konto war alles, was ihn kümmerte. Und da hatte es mit Gärtner nie Schwierigkeiten gegeben. Gesehen hatten sich die beiden nie, sogar der Mietvertrag war 1988 per Telefon vereinbart und per Post versandt worden. Jetzt war der Mann empört gewesen, weil er mindestens einen Monat Mietausfall und eine »Drecksbude am Hals« hatte, die kein Verwandter des Toten räumen würde.

»Zwölf Tage seit der Tat, Freitag!« In Idris' Bar drängten sich mittlerweile immer mehr Frauen und Männer mit Einkaufstaschen. Ehrlinspiel schob die leere Tasse von sich weg. »Lorena und die Zeitungen stampfen uns in den steinharten, vertrockneten Grund und Boden dieses Jahrhundertsommers. Und bei jedem Pressegespräch machen wir uns noch lächerlicher.«

Er dachte an den beleibten Zeitungsredakteur, den alle Mr. Hair nannten, weil er nie ohne Hosenträger im Amiflaggen-Muster und Gel in den schulterlangen Haaren anzutreffen war. Und offenbar hatte er eine hämische Freude daran, sein Sommerloch mit dem angeblichen Versagen der Polizei zu füllen. Wie auch andere Journalisten bat Mr. Hair ab und zu um Hintergrundinformationen zum Fall, die sie – soweit vertretbar – auch gaben.

Ehrlinspiel schlug mit der flachen Hand auf den Tresen, und

ein paar Köpfe drehten sich zu ihm um. »Ach, verdammt«, zischte er. »Wir können noch nicht einmal von *uns* aus etwas an die Öffentlichkeit geben oder eine Pressekonferenz einberufen. Wir haben nichts zu sagen. Das ist doch alles ...«
»Hör mal«, sagte Freitag leise, doch mit Nachdruck, »wir sind alle erschöpft und frustriert. Aber wir geben unser Bestes. Es ist nicht das erste Mal, dass der Erfolg auf sich warten lässt.«
»Ach ja?« Wut zog sich in Ehrlinspiels Bauch zusammen. Heiß und brennend, wie eine kleine, rollende Kugel. »Wie kann dir das nur so egal sein? Wir stehen da wie Versager und du –«
»Es ist mir nicht egal. Ich versuche nur, vernünftig zu bleiben. Oder ›gelassen‹, wie du ja immer von mir behauptest.«
»Gelassenheit steht aber manchmal im Widerspruch zu einem gesunden Ehrgeiz.«
»Du meinst, ich soll so ein Streber werden wie du?« Freitag grinste und bestellte sich noch einen Kakao.
Ehrlinspiel presste die Lippen aufeinander. Dass sein Freund sich in die Reihe der Neidhammel einreihte und dabei auch noch feixte, verletzte ihn. »Das soll jetzt ein Witz sein, oder?«
»Das kannst du interpretieren, wie du willst.«
»Hey, was ist los?« Sie scherzten doch öfter über ihre Schwächen und Marotten.
»Ich bin nicht nur Kollege, Moritz. Oder meinst du, ich treffe dich aus beruflichen Gründen zum Wochenend-Kaffee?«
Idris servierte Paul Freitag den frischen Kakao. »Für den Freund des Freundes.« Er verbeugte sich leicht und bewegte sich, geschmeidig wie ein Wüstenfuchs, sofort zu den nächsten Gästen.
»Ich würde die Wochenenden auch ohne dich überleben.«
Ehrlinspiel war gekränkt. *Streber.* »Dann könntest du viel-

leicht ein paar mehr Überstunden machen und würdest endlich deine Beförderung kriegen.«

Noch während er das sagte, bereute er es schon. Zu spät. Die Worte waren wie ein Pfeil von der Bogensehne geschossen und nicht zurückzuholen.

Langsam richtete Freitag sich auf, und seine schwarzen Augen schienen Ehrlinspiel zu durchbohren. »Was ist mit *dir* los, Moritz?«

Ehrlinspiel wusste keine Antwort, und obwohl sein Kollege kleiner, jünger und zwei Dienstgrade unter ihm angesiedelt war, fühlte der Kriminalhauptkommissar sich wie ein Junge, der etwas angestellt hatte. Der vertraute Druck breitete sich zwischen seinen Augen und hinter den Schläfen aus – ein sicheres Zeichen für Übermüdung und dafür, dass er seine Gedanken ordnen musste. Und sich entschuldigen. Die ausstehende Beförderung vom Kriminalkommissar zum Kriminaloberkommissar war Freitags Achillessehne: der Punkt, an dem man ihn seit der letzten Beurteilung zutiefst verletzen konnte. »Nichts ist los.«

Freitag trat dicht an Ehrlinspiel heran. »Glaubst du, ich liege auf der faulen Haut, sobald ich das Büro verlasse? Nein, Moritz, das tue ich nicht! Glaubst du, mir macht es Spaß, vom Dezernatsleiter und Kripochef verdammt seltene vier Punkte von fünf möglichen zu bekommen und trotzdem erneut auf der Warteliste zu stehen? Nur weil mein einziger Konkurrent, der Hirschfeld, mit dem Herrn Kriminaldirektor die Vorliebe für Gourmet-Restaurants teilt, auch privat den Maître de Cuisine für ihn spielt und nach einer durchschlemmten Nacht plötzlich einen winzigen Mückenschiss besser abschneidet in der Beurteilung? Nein, das macht mir keinen Spaß!«

Ehrlinspiel starrte Freitag an, dessen Kiefermuskeln hervor-

traten. »Das ist doch längst intern geklärt, Paul. Das war ein Gerücht mit dem Hirschfeld!« Dennoch würde Freitag warten müssen: Nur alle zwei Jahre fand die automatische Beurteilung der Beamten statt, jeweils zum ersten Juli. »Beim nächsten Mal stehst du auf Platz eins und –«
»Und glaubst du«, fuhr Freitag mit gepresster Stimme fort, »ich könnte ein A-10-Gehalt nicht mehr als gut gebrauchen? Ich habe eine Frau und zwei Kinder.« Er brachte sein Gesicht direkt vor Ehrlinspiels, und Moritz spürte Freitags Atem auf seinen Wangen. »Und dazu solltest *du* es erst einmal bringen!«
Der Hauptkommissar versteifte sich augenblicklich. »Wenn du denkst, dass ich neidisch bin –«
»Halt einfach die Klappe, Moritz.«
»Freitag, ich –«
»Und ruf deinen Vater an.« Seine Augen funkelten. »*Clannad*-Konzert.«
In dem Moment traten Lilian, Jule und Annekatrin in die Cafébar. Die Mädchen trugen je einen Schuhkarton vor sich und plapperten fröhlich miteinander.
»Na, ihr zwei Hübschen.« Lilian küsste Ehrlinspiel auf die Wangen und ihren Mann auf den Mund. »Männergespräche beendet?« Sie zögerte, als die beiden schwiegen, und sah sie nacheinander an. Mit ihren drallen Hüften, dem rundlichen Gesicht und dem blonden, langen Haar erinnerte sie Ehrlinspiel immer an eine barocke Engelsfigur. Eine mit sprühendem Charme und riesigem Herzen.
Freitag nahm ihr einen Einkaufskorb ab. »Ich denke schon«, sagte er, ohne Ehrlinspiel noch einmal anzusehen, und legte ein paar Geldscheine auf den Tresen. »Alles zusammen. Und bring Moritz bitte zwei Baklavas, Idris«, rief er, nahm seine Mädchen bei der Hand und war zur Tür draußen.

Ehrlinspiel sank auf einen Barhocker und sah auf seine Dockers hinunter. Ich Idiot, dachte er. Ausgerechnet an Freitag lasse ich meine miese Stimmung aus. Und Papa ... Blöde Buchpremiere! Beschämt wählte er die Nummer seiner Eltern. Seine Mutter ging ans Telefon. Er erklärte ihr, weshalb er nicht zu dem Konzert gekommen war.
»Daddy ist im Garten. Er hat gestern über eine Stunde gewartet, und als er dich nicht erreicht hat, hat er deinen Freund angerufen. Er hat sich furchtbar gesorgt. Ich auch.«
»Sag ihm Grüße. Und dass es mir leidtut.«
»Das solltest du ihm selbst sagen, Moritz.« Ihr »u« klang immer ein wenig wie ein »ü«, und er hörte sie in Gedanken »Lausbüb« sagen. Wie früher.
»Ja, Mum. Ich melde mich.«
Wie hatte er bloß das Konzert vergessen können und seinem Vater abzusagen! Und weshalb war er so schlecht gelaunt? Lag es am mangelnden Ermittlungserfolg? An den tropischen Temperaturen, die selbst einem Kamel den letzten Tropfen Wasser aus Hirn und Höcker brennen mussten? Oder war es die Nacht, die er mit dem Retuschieren von Fotos auf seiner kleinen Galerie verbracht hatte? Er hätte sich dafür in den Hintern treten mögen. Hanna Brock hatte ihn abblitzen lassen. Na und? Es gab genügend andere Frauen. Judith Maiwald, zum Beispiel. Die wollte er schon lang wieder einmal auf einen Drink einladen. Oder es versuchen. Stattdessen hatte er sich Hannas Bluse und die widerspenstige Haarsträhne vorgestellt, die ihr bereits während der Lesung ins Gesicht gefallen war. Von dem phantasiert, was unter der Bluse war. Hatte darüber nachgedacht, wie sie nun viele Wochen in der Umgebung umherstreifte, und darüber, dass ihr Recherchegebiet genau dort lag, wo Peter gestorben war.
»Kommissar.« Idris' Stimme holte ihn zu dem Klappern von

Geschirr und dem süßlichen Duft von Honig zurück. Vor ihm standen zwei Baklavas und ein frischer Cappuccino.
»Warum ärgerst du dich darüber, dass Rosen Dornen haben, Kommissar? Freue dich doch lieber daran, dass der Dornenstrauch Rosenblüten trägt.«

# 16

Er gab ihr zwei Zehn-Euro-Scheine. Für den Bruchteil einer Sekunde klebten sie an seiner feuchten Handfläche fest, doch sie schien nichts zu bemerken, murmelte wie immer ein kurzes »Danke« und schob das Geld hastig in die Tasche ihres hellblauen Putzkittels.
Verfluchte Heilige! Verfluchte Hure!, dachte er. Du spürst es doch auch! Unsere heimliche Verbundenheit. Das Begehren. Doch du bist angespannt heute. Hast du Angst? Er steckte die Geldbörse ein und lächelte sie an. »Bitte, gern. Sie sind wirklich eine Perle.«
»Ja.« Sie stopfte Lappen, Gummihandschuhe und verschiedene Plastikflaschen in eine Tasche und huschte mit ihren kleinen, federnden Schritten hinaus in die Diele.
»Danke, dass Sie auch am Samstagabend Zeit für mich haben. Schönen Abend.« Kaum hatte er die Wohnungstür hinter ihr geschlossen, lehnte er sich von innen dagegen, jede Faser seiner Muskeln angespannt und sein Atem schnell und schwer.
Am Anfang, als er Miriam zum ersten Mal hier gesehen hatte, vor diesem gelben Haus, war er beinahe stehen geblieben, abrupt, doch er hatte sich gezwungen, gelassen weiterzugehen. Nur sein Lid hatte zu zucken begonnen. Sie war an diesem stürmischen Frühjahrsabend an ihm vorübergeeilt, leichtfüßig, den Kopf gesenkt, hatte vor sich hin gesummt. Dann war sie hinter einer Tür verschwunden. *So nah!* Zunächst hatte er nicht gewusst, was es war, das ihn wie paralysiert zurückgelassen hatte. Doch in den letzten Wochen hatte er verstanden,

was passiert war. Den Zusammenhang hatte er noch nicht begriffen.
Als er nach dieser Begegnung in die Wohnung gehastet war, hatte er sich vorgestellt, wie sie nackt vor ihm stand. Alabasterhaut im fahlen Licht der Straßenlaternen. Kleine, feste Brüste. Seine Hand, die sich ihr nähert. Sein Blick war zu dem silbernen Koffer unter dem Esstisch gewandert. Einen Wimpernschlag lang hatte er sich vor sich selbst geekelt. Dann hatte er sich wieder im Griff gehabt.
Rasch löste er sich jetzt von der Wohnungstür, lief durch die Diele ins Wohnzimmer und starrte aus dem Fenster. Miriam ging eben an der Wäscheleine vorbei zum Haus. In dem Moment sah er die Gestalt. Sie stand hinter der Thujahecke, watschelte dann ein paar Schritte die Straße entlang. Hochgradig adipös. Pures Fett! Nun zögerte sie, blieb stehen. In die Praxis wollte sie am Wochenende sicher nicht. Seine Hände krallten sich durch die Hose hindurch in seine Oberschenkel. Miriam verschwand im Haus. Die Fette ging weiter. Er verzog den Mund.
»Geh in dein Hochhaus«, flüsterte er. »Geh in deinen Bunker. Und warte dort.«
Er zündete sich eine Zigarette an. In kleinen Kringeln kroch der Rauch unter die Zimmerdecke. »Der Tod zieht seine Kreise«, flüsterte er.
Noch eine Stunde. Sonnenuntergang um 20:58 Uhr. Tief sog er den Rauch in seine Lungen. Sechzig Minuten bis zur Stunde des Jägers. Die Schuhe mit den Gummisohlen standen neben der Wohnungstür. Draisstraße. Egonstraße. Fehrenbachallee. Über die große Kreuzung. Um die Hochhäuser. Zurück. Er verlor nie den Überblick. Anschließend würde er sich seinem Geschenk widmen. Dem Haus gegenüber. Der Dunkelheit.

Er schob sich an den Rand des Fensters und spähte in die Wohnungen.

Unten links flimmerte der Fernseher. Die dürre Zenker saß vor der Glotze und kratzte sich mit einem länglichen Gegenstand in der verlausten Frisur. Wahrscheinlich eine Gabel. Das Weib widerte ihn an. Fernsehen widerte ihn an. Seichte Serien. Schmutz. Er verabscheute Leute, die Befriedigung aus oberflächlichem Betrug schöpften.

Im ersten Stock erschien Miriam im Wohnzimmer. Als sie sich an das Klavier setzte, drückte er den Zigarettenstummel zwischen den Brüsten des Porzellanfrauen-Aschenbechers aus.

In der zweiten Wohnung im ersten Obergeschoss rührte sich nichts. Keine nuttige Frau mit dunkelhäutigem Muskelprotz. Kein Baby, dessen Gesicht vor Schreien rot anlief und in dessen verzerrten Falten die Tränen glänzten, während die Eltern zuerst stritten und er sie dann auf dem Teppichboden von hinten nahm und sich die Seele aus dem Leib rammelte, noch bevor sie das Oberteil ausgezogen hatte. Tiere, dachte er. Stillos.

Miriam stand ruckartig vom Klavier auf. Schlug die Hände vors Gesicht, kniete sich dann auf ein Kissen und betete, der Zopf fiel ihr über die Schulter auf die Brust.

Beten! Das tat sie immer, wenn Mama nicht da war. »Mama«, flüsterte er heiser. Die Schlampe nutzte Miriam aus, und die merkte es nicht. Jetzt saß sie oben bei der Alten, eine Zeitung in der Hand. So sozial. So menschlich. Er lachte auf. Kurz. Rauh. Punkt acht Uhr würde Mama hinuntergehen und sich verhätscheln lassen.

Er schloss den Wandschrank auf. *Klack. Klackklack. Klack.* Der Rhythmus des Schließmechanismus steigerte seine Vorfreude. Mit den Fingerkuppen strich er über das kühle Metall des Teleskops. Seit die Bullen hier herumschnüffelten, musste er doppelt vorsichtig sein. Kein Risiko. »Warte, bis es dunkel wird!«

Mit dem Laptop setzte er sich an den Tisch und öffnete den Bilder-Ordner.

Fotos von zwölf Tagen. Die neuesten klickte er zuerst an: Miriams Mund, geöffnet im Gesang. Ihre kräftigen Finger auf schwarzen und weißen Tasten. Kein Schmuck. Kurze, runde Fingernägel. *Klick.* Miriam und die Schlampe am Spülbecken. Die Schlampe nachts auf dem Balkon, im Hintergrund Küchenlicht. *Klick.* Die Schlampe im Nachthemd, einen Becher in der Hand, dessen Inhalt sie in einen Blumentopf gießt. *Klick.* Schlampe im Bett. Augen geschlossen. *Luder!* Er zoomte das Bild heran. Ein halber Millimeter dunkler Haaransatz unter Blond. Langer, rötlicher Wulst über dem Hals. Sein Lid zuckte schneller.

Er wählte die Bilder von Dienstag, dem 27. Juli. Leichenwagen vor dem Haus, Zinksarg. *Klick.* Männer in weißen Overalls. *Klick.* Ein Zivilbulle, Jeans im Used Look, dunkelorangefarbenes T-Shirt mit V-Ausschnitt, Aufschrift *2 many ways make my day.* »Falsch«, sagte er leise. »Es gibt nur einen Weg.«

Er fingerte eine neue Zigarette aus der Packung. Ließ das Feuerzeug klicken. Inhalierte tief. Spürte, wie der Rauch sich seine Luftröhre hinunterwand und das schnellere Schlagen seines Pulses.

Den Höhepunkt zögerte er gern hinaus: seine Lieblingsbilder. Montag, 26. Juli.

Erdgeschoss. Der Alte auf dem Küchenboden, die Schnauze des Köters zwischen seinen Beinen. *Klick.* Der Alte mit Schrubber in der Hand. Kaffeetasse. Kuchen. *Klick.* Die Zenker in der Küche des Alten, dicht vor einem der geöffneten

Wandschränke. *Klick.* Die Wohnung in den Stunden vor Gärtners Tod. Fünfzehn Aufnahmen.
Er lehnte sich zurück. Schnippte die Asche in den weißen Körper. Der Speicher seines Rechners bot noch viel Platz.
Er blickte auf seine Armbanduhr. Maurice Lacroix. Gekauft hatte er sie während einer Tagung in Genf, aus einer Laune heraus, weil sie für Eleganz, Präzision und vollendetes Handwerk stand. »Perfekter Mann, perfektes Timing«, hatte sein Kollege und Studienfreund nach seinem Vortrag jovial lächelnd gesagt, das Cognacglas gehoben und auf das silbermatte Rund gedeutet, in dessen Mitte Datums-, Mondphasen- und Sekundenanzeige in Halbkreisbögen angeordnet waren. »Ich bin bald in Freiburg«, hatte er erwidert, »treffen wir uns auf einen Drink?« – »Wie lange bleibst du?« Er hatte mit den Schultern gezuckt: »Projektabhängig.« – »Ich bin im Frühjahr und Sommer an der John Hopkins. Forschungssemester«, hatte sein Kollege gesagt und gefragt: »Willst du meine Wohnung so lange haben?« Maximal zwei Sekunden hatte er überlegt: »Perfektes Timing!« – »Bringst du deine Frau mit?« Er hatte den Kopf geschüttelt, und sein Kollege hatte ihm grinsend auf die Schulter geklopft. »Alter Draufgänger.«
20:59 Uhr. Er klappte den Laptop zu und warf einen letzten Blick hinüber. Dachgeschoss: Die Alte saß jetzt allein vor dem Fernseher. Erstes OG: leere Räume, im Zimmer der Schlampe zugezogene Vorhänge. Erdgeschoss: Zenker schlafend vor dem Fernseher.
Er griff nach dem Schlüsselbund. In dem Moment erschien Miriam mit zwei Bechern in der Küche. Plötzlich fiel ihr einer zu Boden, sie kniete auf die Steinfliesen, hob die Scherben auf. »Du bist nervös heute, ich wusste es«, flüsterte er. »Ich weiß genau, was du denkst.« Fünf weitere Minuten beobachtete er sie.

Da beschloss er, seinen Tagesplan zu ändern. Er holte das Stativ aus dem Schrank. Montierte den Teleskopkopf. Richtete das Objektiv aus. Aktivierte die Kamera.
Perfektes Timing.
»Betet ihr nur.«

# 17

»Du armes, armes Kind«, krächzte sie leise und hörte auf zu kauen, als Königin Elizabeth I. auf dem Boden der Kammer kniete, in ihre langen, roten Locken griff und weinte, verzweifelt wegen der unmöglichen Liebe zu Robert Dudley, dem Earl of Leicester und ihrem Oberstallmeister. All diese Intrigen! All der Verzicht auf persönliches Glück!
Erst, als die junge Königin in der nächsten Szene lächelte, mahlte Hilde Wimmers Gebiss weiter auf dem Doppelkeks. Sie ließ ihre Hand über dem Sofatisch kreisen, auf dem Schokolade, Kekse und Lutscher, die sie Anfang der Woche mit Thea Roth gekauft hatte, neben der Samstagszeitung lagen. Hilde liebte Historienfilme. Auch wenn sie nicht immer verstand, um was es ging und wer wen weshalb hasste. Aber es waren gewaltige Bilder und schöne Kostüme. Und die Liebe kam nie zu kurz.
Sie öffnete einen roten Lutscher und legte das klebrige Papier auf die Zeitung. Frau Roth hatte ihr die Familienanzeigen vorgelesen. Geburten, Hochzeiten, Verlobungsanzeigen. Am Wochenende war die Zeitung voll davon, und im Sommer gab es besonders viele Heiratswillige. Dann träumte sie sich in das pubertierende Mädchen, das sie einmal gewesen war, und stellte sich vor, dass sie mit einer Freundin auf Männerfang ginge. Manchmal fingen Frau Roth und sie an zu lachen, amüsierten sich über die Formulierungen, und dann war Hilde glücklich.
Die Stunden der Einsamkeit waren einfacher zu ertragen mit Thea Roth. Das Alter war leichter geworden.

Vielleicht würde sie ja doch zu dem Sommerfest am nächsten Wochenende gehen. Nur ein Stündchen. Sie könnte eine von Frau Roths Waffeln essen. Bestimmt würden die auch nach Kindheit schmecken. Sie leckte sich über die Lippen, auf denen Kirscharoma klebte.
Auf dem Bildschirm standen einander zugewandt Elizabeth in einem blaugrünen Samtkleid und Robert in einem weißen Hemd mit Stickereien, ihre Gesichter berührten sich beinahe. Hilde hatte nie geheiratet, obwohl sie immer von einem weißen Rüschenkleid, einer blumengeschmückten Kirche und einem feschen, muskulösen Mann an ihrer Seite geträumt hatte. Und von Intrigen verstand sie auch nicht viel. Thea dagegen ... Bei der war sie sich nicht so sicher. Obwohl Hilde alt war, hatte sie Augen im Kopf. Und sie hörte nicht so schlecht, wie viele glaubten.
Neulich, als sie hier gesessen und Frau Roth in der Küche Eistee zubereitet hatte, hatte ihr Telefon geklingelt. Dieses moderne Ding, das heutzutage alle mit sich herumtrugen. Hilde hatte genau gehört, dass sie zu dem Anrufer »Martin« und »du« gesagt hatte.
Das war nur ein paar Tage vor dem Tod des Nachbarn gewesen. Frau Roth hatte mit Tassen geklappert und leise gelacht, war dann mit schwingenden Hüften und dem Tee ins Wohnzimmer gekommen und hatte das Radio angeschaltet. »Weil heute so ein schöner Tag ist«, hatte sie gesagt und sie auf die Wange geküsst.
»Sie gute Seele, Kindchen«, hatte Hilde erwidert und gedacht, dass Frau Roth vielleicht verliebt war. Aber das ging sie nichts an, Schnüffelei überließ sie der Zenker. Hilde war damit zufrieden, ein paar Stunden mit Thea Roth verbringen zu können. Dass sie jetzt nicht um Martin Gärtner trauerte, schien ihr allerdings merkwürdig. Nun, vielleicht hatte sie sich auch

nur getäuscht. Oder sie hatte mit einem ganz anderen Martin telefoniert.

Sie konzentrierte sich auf den Film. Männer in langen, schwarzen Gewändern und mit dicken goldenen Ketten um den Hals schritten durch einen von Fackeln beleuchteten Torbogen.

Ein schrilles Klingeln zerriss den schweren Rhythmus ihrer Stiefel auf den Pflastersteinen. Der Lutscher fiel Hilde Wimmer auf den Teppichboden. Verstört blickte sie von der Wanduhr zum Telefon. Selten genug rief jemand an, erst recht nicht am Samstagabend um kurz vor halb zehn. Sicher verwählt.

Die Männer blieben stehen, Gesichter und Vollbärte flackerten im Feuerschein.

Das Telefon klingelte unerbittlich. Mühsam rutschte sie nach rechts, bis sie an das kleine Tischchen heranreichte. Das Kabel war verdreht, und als sie endlich »Hilde Wimmer hier« in den Hörer sprach, fiel ihr ein, dass sie den Ton des Fernsehers hätte leise stellen sollen.

»Wie schön, dass wir Sie noch erreichen. Hier ist die Praxis von Doktor Wittke.«

»So spät?« Um diese Zeit war doch niemand mehr in der Praxis.

»Wir sind immer für unsere Patienten da, Frau Wimmer.« Die Stimme klang gepresst, aber verbindlich, und sie überlegte, welches Gesicht zu ihr gehörte. »Was wollen Sie denn?«

»Können Sie noch rasch vorbeikommen?«

»Jetzt?«

»Es ist wichtig. Ja.«

»Aber warum denn?« Sie presste den Hörer fest ans Ohr.

»Frau Wimmer, es tut mir leid, Ihnen das sagen zu müssen. Aber die Ergebnisse Ihrer letzten Untersuchung sind, na ja, besorgniserregend. Aber lassen Sie uns das persönlich besprechen.«

Hilde wurde schwindelig. »Hat das nicht Zeit bis Montag? Ich habe doch sowieso einen Termin beim Herrn Doktor.«

»Leider nein. Ich hätte nicht angerufen, wenn es nicht eilig wäre.«

Hildes Hand zitterte, und sie musste alle Kraft zusammennehmen, sich auf ihre Finger konzentrieren, damit ihr der Hörer nicht aus der Hand glitt. »Was ... was ist es denn?«

Der Fernseher flimmerte, ein Inferno roter und gelber Flammen.

»Meine Liebe, das sollten wir nicht am Telefon besprechen.«

»Werde ich sterben?« Ihr Magen zog sich zusammen und wollte alles, was darin war, in einem sauren Strom nach oben schieben. Sie schluckte dagegen an.

»Wir müssen alle sterben. Grübeln Sie nicht.« Die Stimme schien ihr betont fröhlich.

Ein Brocken Gegessenes bahnte sich seinen Weg durch die Speiseröhre bis in ihren Mund hinauf. Sie würgte und dachte, dass es schade um die Schokoladenkekse war und wie grotesk allein dieser Gedanke war. »Aber ich habe doch am Montag einen Termin –«

»Jede Stunde kann jetzt wichtig sein, liebe Frau Wimmer. Bitte, tun Sie es für sich.«

»Aber mir tut nichts weh.« Sie fühlte sich nicht schlechter als sonst. Ihre Hüfte zwickte, und die Arthritis machte ihr zu schaffen. Ihre Augen ließen nach. Aber das war nichts Neues.

»Ist Ihnen übel gewesen in den letzten Tagen?«

»Nein.«

»Beschwerden im Knie? Eine leichte Schwellung?«

»Nein.« Obwohl, wenn sie genau überlegte ... »Na ja, vielleicht ein bisschen.«

»Sehen Sie. Und Sie haben sich fiebrig gefühlt. Das haben Sie bei Ihrem letzten Besuch berichtet.«
Hilde war, als verrutsche ihr Leben von einer Sekunde auf die andere.
Sie versuchte, sich an ihren letzten Besuch beim Doktor zu erinnern, doch ihre Gedanken tanzten haltlos durch das Wohnzimmer, prallten gegen den Fernseher, versengten sich im Inferno der Mattscheibe, fielen neben dem Lutscher zu Boden, klebten dort neben den Rädern ihres Gehwägelchens fest. Die dicke Arzthelferin war in der Praxis gewesen. Thea Roth auch. Und der Doktor. Aber über was hatten sie gesprochen? »Ja«, hauchte sie in den Hörer.
»Na also. Jetzt kommen Sie rasch herüber, und wir unterhalten uns in Ruhe. Dann gebe ich Ihnen ein paar Medikamente, und Sie haben eine schmerzfreie Zeit.«
»Aber ich habe doch gar keine Schmerzen«, flüsterte sie.
»Rufen Sie Ihre Begleiterin an. Sie wird Sie herbringen.«
»Ja, gut.« Eine Träne tropfte auf ihre Hand, als sie den Hörer sinken ließ. Sie starrte darauf. Ein zweiter Tropfen setzte sich auf die dünne Haut. Zerknittert wie Butterbrot bin ich, dachte sie. Und bald wird man mich wegwerfen.
Sie registrierte Geräusche, Geschrei, doch sie hörte nicht, was die Leute im Film riefen. Konnte ein Leben so schnell zu Ende gehen, ohne Vorzeichen?
Wenn es nichts Schlimmes wäre, hätten sie nicht angerufen. Und sie hatte ja tatsächlich ein bisschen Übelkeit verspürt. Sie starrte auf die Schokolade, die Kekse und das Silberpapier und glaubte, die Magensäure ätze sich durch ihren Körper hindurch bis in die Finger, die noch immer den Hörer umklammerten. Langsam legte sie ihn zurück auf die Gabel.
Dann schlug sie das vergilbte Adressbuch auf. *Dr. Wittke* stand darin, eine Notrufnummer, *Clara, Hannelore* und *Edith,* mit

denen sie früher immer Canasta gespielt hatte. Sie war als Einzige übrig geblieben. Ganz unten auf der Liste stand *Thea Roth* und die Nummer ihres kleinen, silbernen Telefons.
Erneut nahm sie den Hörer ab. Die Wählscheibe kam ihr riesig vor, und jede Ziffer, für die sie ihren krummen Zeigefinger in eines der runden Löcher stecken und die Scheibe drehen musste, kostete sie Kraft.
Das Freizeichen erklang. Sie zählte mit. *Tut. Tut.* Eins. Zwei. Die Töne schienen sich eine Ewigkeit in die Länge zu ziehen. *Tut.* Drei. *Tut.* Vier. Mit jedem unbeantworteten Klingeln spürte sie, wie die Übelkeit sich weiter ausbreitete. Fünf. Sechs. Sieben. Thea Roth hatte ihr gesagt, sie könne immer anrufen, auch nachts. Acht. Gehen Sie doch ans Telefon, flehte sie stumm, *bitte.*
Neuer Brechreiz kroch vom Magen ihre Speiseröhre hinauf und breitete sich im Mund aus. *Tut. Tut.* Neun. Zehn. Sie hatte sich geschworen, die gute Seele nie anzurufen. Sie wollte nicht stören. Anderen nicht zur Last fallen. *Bitte, nehmen Sie ab!*
Bei sechzehn ließ sie den Hörer sinken. Frau Roth war bestimmt unterwegs, eine so schöne, alleinstehende Frau.
Sie hievte sich am Rollator hoch. Ihre Hüfte brannte vor Schmerz. Sie konzentrierte sich auf ihr rechtes Bein, setzte den Fuß auf, ging einen Schritt nach vorn. Jetzt linkes Bein, linker Fuß. Ein weiterer, kleiner Schritt.
Am Sofatisch blieb sie hängen, und Tränen schossen ihr in die Augen. Sie versuchte, sich vorzustellen, wie Thea Roth sie unterhakte und ihr half. Bei jedem Schritt. Als sie endlich an der Wohnungstür angekommen war, blickte sie auf ihre Filzpantoffeln hinunter. Aus der Naht hingen Fäden heraus, und sie schämte sich plötzlich zutiefst. So kann ich unmöglich zum Doktor gehen! Doch es gelang ihr nicht, sich zu den

Schuhen zu bücken. Dann muss es auch so gehen. *Es muss.*
Ich werde daran nicht sterben. Nicht daran.
Als sie eine Ewigkeit später mit dem Aufzug ins Erdgeschoss gefahren, ins Freie gehumpelt und die Haustür hinter ihr ins Schloss gefallen war, spürte sie ihr Herz schlagen. Es war die Anstrengung. Und Stolz. Sie hatte das erste Stück bewältigt. So krank konnte sie also nicht sein. Ausgeschlossen. Und die Luft war so frisch hier draußen. Viel duftiger als in der Wohnung. Blüten. Sommer. Süßes Leben! Alles würde gut!
Sie schob das Gehwägelchen bis zu der Treppe vor. Dann wusste sie nicht mehr weiter. Sie hatte nicht an die Stufen gedacht.
Hilde wandte sich um und blickte in den ersten Stock hinauf. In der Küche brannte Licht, Thea Roths Zimmer war dunkel. Sie war unterwegs, jetzt war sie sich sicher. Sollte sie bei der Tochter klingeln? Sie kannten sich kaum, und die junge Frau war immer so unnahbar. Ihre Mutter sprach wenig über sie, aber sie schien sie sehr zu lieben.
Sie zog den Rollator ein Stückchen zurück. Miriam Roth musste ihr helfen! Da spürte sie die Hand in ihrem Rücken. Keine helfende Hand. Eine harte Hand. Sie stürzte die Stufen hinunter. Prallte mit dem Kopf auf den Beton, und ihre Arme und Beine schienen ein Knäuel um sie zu bilden, das aus purem Schmerz bestand. Auf dem Zwischenabsatz blieb sie liegen. Sie hörte verzerrte Laute, ein Stöhnen und Japsen, und begriff, dass sie aus ihrem eigenen Mund kamen. Sie sah nach oben zum Haus, streckte der Gestalt den Arm entgegen. »Bitte«, flüsterte sie, doch die Wörter erstickten in dem Blut in ihrem Mund und rannen stumm ihre Kehle hinunter. Die Gestalt kam die Stufen herunter, und Hilde Wimmer versuchte, sie mit den Augen zu bitten. *Hilf, hilf!* Doch ihr Blick glitt

weg, und sie verstand nicht, was geschah. Dann spürte sie einen letzten Schmerz auf der Wange, hörte das Krachen neben ihrem Ohr wie eine Explosion, spürte das Feuer zwischen ihren Rippen, bekam keine Luft mehr, fiel und fiel, in eine endlose, schwarze Tiefe.

## 18

**22:50 Uhr**

Das weiße Zelt und die Overalls leuchteten gespenstisch. Dahinter waren Fassade und Hauseingang in grelles, unwirkliches Licht getaucht. Die Kriminaltechniker hatten Flutlichtscheinwerfer aufgestellt und Grundstück und Straße mit rot-weißem Absperrband vor dem Zutritt Neugieriger gesichert. Uniformierte Polizisten hatten zusätzlich Stellung bezogen.
Ehrlinspiel und Freitag gingen über die Straße auf das Haus zu, vor dem der Kombi der KT geparkt war. Dort streiften sie sich Schutzanzüge und Füßlinge über und begrüßten die Kollegen. Das verhaltene Gemurmel der Menschen, die in kleinen Gruppen herumstanden und gafften, begleitete sie. Auf der Herfahrt hatten sie kaum ein Wort miteinander gewechselt. Nur die Fakten ausgetauscht: Doktor Jakob Wittke hatte »eine Tote auf dem Gehweg« gemeldet. »Hilde Wimmer. Draisstraße 8 a.«
Am Fuß der Treppe betraten sie das Zelt. Von diesem geschützt und halb auf dem Gehweg lag die alte Frau. Fast auf dem Rücken, mit verdrehten Beinen und einem violett geblümten Rock, der nach oben gerutscht und zerrissen war. Die knochigen Knie waren blutig. Ein Arm war weit ausgestreckt, die Handfläche zeigte nach oben. Ihr langes, schneeweißes Haar hatte sich aus dem Knoten gelöst, war ebenfalls blutig und klebte über einem geschwollenen Auge. Neben ihr lag ein Pantoffel. Ein Metermaß zum Dokumentieren der

Größenverhältnisse war längs des Leichnams gelegt worden, ein zweites quer. Grüne und orangefarbene Sprühfarbe markierte die Lage der Toten und kreiste Spuren in der Nähe ein, daneben standen Schildchen mit den Nummern.

»Das ist kein Zufall, oder?«, sagte Ehrlinspiel zu Lukas Felber, der offenbar mit den Übersichtsfotos des Tatorts fertig war und eben den Ringblitz am Makroobjektiv der Kamera befestigte. Dieser erlaubte das gleichmäßige Ausleuchten von Verletzungen bei Nahaufnahmen. Zwischen den Plastikwänden war es stickig, und unter dem Overall lief Ehrlinspiel der Schweiß in den Nacken.

»Ich fürchte, nein.« Der Kriminaltechniker klang sachlich wie immer, doch Ehrlinspiel wusste, dass er keineswegs emotional unbeteiligt war.

Er schloss kurz die Augen. Ein Haus. Zwei Wochen. Zwei Tote. Zwei Morde?

»Hilde Wimmer. Siebenundachtzig Jahre alt.« Freitag schüttelte den Kopf, und Ehrlinspiel schien es, als seien seine Haare und Augen noch schwärzer als am Vormittag.

»Larsson ist auf dem Weg.« Lukas ging in die Hocke und brachte das Objektiv dicht an das linke Ohr der Toten.

Ehrlinspiel hätte am liebsten geschrien. Enttäuschungen, Sackgassen, Druck von der Oberstaatsanwältin, heute Mittag der Streit mit Freitag und jetzt die gebrechliche, tote Frau zu seinen Füßen.

Zu gut erinnerte er sich an das verhaltene Lächeln der alten Dame, an deren Dachgeschosswohnung sie nach Gärtners Tod geklingelt und eine Ewigkeit gewartet hatten. Daran, wie sie ihnen schließlich – schlurfend und auf einen Stock gestützt – im Flur vorausgegangen war und wie alle andern nichts zum Tod von Martin Gärtner zu sagen gewusst hatte. Während ihres Besuchs hatten sie diesen typischen, strengen

Geruch eingeatmet, der ihn immer an einen Schrank voller ungewaschener Kleider erinnerte. Vor Jahren hatte ihm die Altenpflegerin seiner Großmutter erklärt, dass sich bei Senioren der Körpergeruch änderte, da unter anderem oft die Nierenfunktion beeinträchtigt war und der Körper vieles über die Haut statt über den Harn entgiftete. »Die Bakterien siedeln auf der Haut«, hatte die Pflegerin schmunzelnd gesagt, »und feiern dort eine Party mit dem Schweiß. Das riecht.«

Lukas Felber legte Kamera und Blitzgerät in einen schwarzen Gerätekoffer. Neben ihm kratzten die Spurensicherer mit einem Spachtel Schmutz von der Straße und verpackten ihn in Zellophanbeuteln. Das Schaben drang dem Kriminalhauptkommissar durch alle Knochen. Lukas schob die Zeltwand in Richtung Haus beiseite und deutete die Stufen hinauf.

Auf dem Treppenabsatz lag das Gehwägelchen, die Räder ragten gen Himmel, eines drehte sich leicht wie eine stumme Anklage gegen Gott, das Böse oder die Welt. Erst jetzt merkte Ehrlinspiel, dass ein leichter Wind aufgekommen war, das erste Mal seit Wochen. Dunkle, unförmige Flecke prangten auf der Treppe, und von dem Absatz herab zogen sich in derselben roten Farbe Schleifspuren bis vor seine Füße.

»Seht ihr das Blut?« Lukas ließ die knisternde Plane wieder fallen und zeigte auf den Leichnam. »Wäre sie ohne Fremdeinwirkung gestürzt, sähen die Spuren anders aus. Sie ist die oberen Stufen herabgefallen und auf dem Absatz liegen geblieben. Danach wurde der Körper von jemand anders über die unteren Stufen geschoben oder gezerrt.«

»Schleifspuren.« Ehrlinspiel sah zu Freitag. Der schwieg.

»Ja. Und sie würde nicht in der jetzigen Position, parallel zu den Stufen liegen. Vor allem nicht hier unten, sondern bei dem Rollator«, erklärte Felber. »Der Treppenabsatz ist gut eins fünfzig breit, so viel Schwung hätte sie nie haben können, über diese Fläche zu schlittern und dann weiter die Treppe hinabzurutschen.«

»Kann sie auf dem Absatz noch gelebt und versucht haben, aus eigener Kraft auf die Straße zu kriechen?«

»Ausgeschlossen.« Lukas kniete sich neben die Tote. »Sie wäre dann mehr gerutscht als gefallen und noch auf den Stufen liegen geblieben.« Er beschrieb über Wimmers seitlichen Rippen einen handgroßen Kreis. »Schmutz. Gelblicher, staubiger Schmutz. Könnte ein Fußabdruck sein. Wohlgemerkt *könnte*. Sieht für mich aus wie Blütenstaub von den Linden, die hier überall stehen.« Dann deutete er auf das linke Ohr. Die Muschel war blutig und abgeschürft, der Ohrring ausgerissen. »So etwas kommt bei einem selbstverschuldeten Treppensturz eigentlich nicht vor.«

»Sohlenprofil?«

Felber hob die Schultern. »Zu ungenau. Sohlenmuster oder Schuhgröße können wir, zumindest hier, nicht genau definieren. Ich klebe die Kleidung ab. Vielleicht gibt es Fasern.«

»Wart ihr schon in ihrer Wohnung?«

»Nein.« Lukas öffnete eine große silberne Dose mit der Aufschrift *Faser- und Werkzeugspuren*. »Sie hatte keine Schlüssel bei sich. Auch sonst nichts.«

»Die Hausmeisterin hat einen. Ich hole ihn, dann müssen wir nicht aufbrechen.«

»Okay.« Lukas nahm eine Pinzette aus der Dose.

»Pantoffeln. Kein Schlüssel. Keine Jacke«, sagte Ehrlinspiel mehr zu sich. »Ein überstürzter Aufbruch?«

Freitag und Lukas nickten.

Moritz Ehrlinspiel trat aus dem Zelt, Freitag folgte ihm, und sofort kam Unruhe in die Menge der Schaulustigen. »Ist sie tot?«, rief ein Mann, und ein Feuerzeug flammte auf. »Seien

Sie doch nicht so pietätlos«, zischte eine Frau, und der Mann grummelte ein »Mein Gott, wie empfindlich«, schwieg dann jedoch.

Ehrlinspiel ließ seinen Blick über die umliegenden Häuser gleiten. Auf beiden Straßenseiten drängten sich Gesichter hinter Gardinen, andere blickten unverhohlen aus geöffneten Fenstern herab. Die Wohnung des Opfers war erleuchtet, ein Flimmern war auszumachen, als sähe jemand fern. Im Stockwerk darunter war nur ein Zimmer erhellt, aber niemand am Fenster zu sehen. Bei Britta Zenker war es dunkel, doch Ehrlinspiel glaubte, eine Bewegung hinter dem Vorhang wahrgenommen zu haben.

Röhrend brauste eine dunkle Corvette Stingray heran und bremste scharf. Heraus sprang der Rechtsmediziner. »Ein kleines Treffen in der Nacht, wohl ist die graus'ge Tat vollbracht.« Schon war Larsson samt Instrumententasche im Zelt verschwunden.

»Grüß dich, Reinhard«, drang Lukas' Stimme aus dem Zelt. Er klang freundlich, doch Ehrlinspiel war sicher, dass Felbers charakteristische Wangenfurchen reglos blieben.

»Tötungsdelikt, sagt ihr? Das hat sich ja kaum noch gelohnt«, sagte Larsson, und im selben Moment erklang das Schnalzen von Latex-Handschuhen, die jemand am Schaft zieht. »Na, dann wollen wir mal.«

Verdrehter Typ, hochtouriger Automotor, schoss es Ehrlinspiel durch den Kopf. Larsson brauchte die schicke 69er-Lady wohl. Sportwagenmotoren erregten laut englischer Psychologen die sexuelle Lust der Frauen. Allen voran Maserati und Lamborghini. Das hatte er neulich in einem Magazin gelesen, das jemand in der Umkleidekabine der Tischtennishalle hatte liegenlassen. Bei Larssons Corvette ging bestimmt auch was. Vermutlich hegte und pflegte Larsson sie wie er selbst Bentley und Bugatti. Und er musste zugeben: Den Wagen konnte er sich auch vor seiner eigenen Haustür vorstellen.

»Entschuldigen Sie!« Jemand winkte den Ermittlern von der Absperrung aus zu. Es war Doktor Wittke. Ehrlinspiel hatte den Hausarzt in dem Trubel gar nicht bemerkt. Sie gingen hinüber, und Wittke fragte: »Brauchen Sie mich noch? Ich habe Ihren Kollegen alles berichtet.« Er wies zu einem silberblauen Polizeikombi, in dem ein paar Leute saßen.

»Können Sie uns eine Kurzversion geben?« Freitag drehte sich zu dem Arzt um, ohne ihn zu begrüßen.

Wittke nahm seine Ledertasche von der einen in die andere Hand. »Natürlich. Ich war in der Praxis. Ich wollte« – er räusperte sich – »nachsehen, ob meine Angestellten alles in Ordnung halten.«

»Am Samstagabend?« Freitag zog die Augenbrauen weit nach oben und kramte ein Notizbuch unter dem Overall hervor.

»Gab es einen konkreten Anlass?«

»Ja. Aber der hat nichts mit dem Fall zu tun.«

»Das sollten Sie uns überlassen. Also?«

»Eine meiner Helferinnen hat ein Alkoholproblem. Ich habe vermutet, dass sie einen kleinen Vorrat in der Praxis versteckt.«

»Und?«

»Sie tut es.«

»Name?« Freitags Stimme war scharf wie ein Skalpell.

»Gabriele Hofmann. Aber sie hat nichts damit zu tun. Sie –«

»Ihre Praxis liegt gut sechzig Meter entfernt. Weshalb sind Sie hier vorbeigekommen?«

Doktor Wittke lächelte zynisch, als habe er genug von dem Misstrauen. »Ich saß im Auto, stellen Sie sich das vor. Ich bin ganz nach Vorschrift gefahren. Dreißig Kilometer pro Stunde. Ich wollte nach Hause, und dazu muss ich hier vorbei. Und da lag sie, im Lichtkegel meines Scheinwerfers.«

»War die Tote Ihre Patientin?« Freitag notierte etwas.
»Ja.«
Auch eine Verbindung zwischen den Toten, dachte Ehrlinspiel. Freitag musste denselben Gedanken gehabt haben, denn er fragte weiter: »Zwei gewaltsam getötete Patienten in so kurzer Zeit. Fällt Ihnen dazu etwas ein?«
Wittke hob das eckige Kinn. »Wollen Sie mich verdächtigen?«
»Aber nein, Herr Wittke«, sagte Ehrlinspiel, der sich über Freitags rüdes Vorgehen wunderte. »Wir suchen lediglich nach Gemeinsamkeiten zwischen den Opfern.«
»Bei mir? Ich bitte Sie! Ich schütze Leben. Ich lösche es nicht aus! Ich habe Ihnen bereits alles über Herrn Gärtner gesagt. Über Frau Wimmer können Sie auch gern alles wissen, solange es der Wahrheitsfindung dient.«
»Ich höre?«, sagte Freitag barsch.
»Relativ gut beisammen für ihr Alter. Arthritis. Bluthochdruck. Sonst nichts. Abgesehen von einem großen Bedürfnis zu reden. Wie bei fast allen alten Menschen.«
»Haben Sie ihr zugehört?«
»Soweit ich die Zeit hatte. Ihre Lieblingszuhörerin finden Sie dort.« Er zeigte zum Haus. »Eine Nachbarin hat sie immer zu mir gebracht. Jeden zweiten Montag.«
»Wie heißt die Frau?«
Wittke hob die Schultern.
»Beschreibung?«, sagte Freitag.
»Etwa so groß wie Sie. Schlank. Gepflegt. Vielleicht um die fünfzig oder etwas älter?«
»Haarfarbe? Brille?«
»Hellblond, glaube ich. Brille … ja. Oder nein. Also ich meine …«
Freitag schrieb. »Verwandte?«
»Tut mir leid. Das können *Sie* sicher besser herausfinden.«

»Das werden wir.« Freitag steckte das Notizbuch ein. »Danke, Herr Doktor Wittke. Wir melden uns bei weiteren Fragen. Gute Nacht.« Er sah Ehrlinspiel an und deutete mit dem Kopf ein »Auf geht's« an.

Die Kommissare gingen die Stufen hinauf, vorbei an weiteren Markierungsnummern. Obwohl sein Denken klar war und Ehrlinspiel sich wach fühlte wie immer, wenn er zu einem Tat- oder Leichenfundort gerufen wurde, schien ihm jede Stufe höher als die vorhergehende. Ganz oben lag der zweite Pantoffel von Hilde Wimmer, daneben leuchtete das Markierungsschild 14.

Die Haustür stand offen, und kaum waren sie im Treppenhaus, zischte es leise durch Zenkers Türspalt: »Er hat wieder zugeschlagen, nicht wahr?«

»Guten Abend, Frau Zenker«, sagte Ehrlinspiel.

»Sie müssen mich beschützen!« Ihr Wispern kroch unter dem Haarturm hervor. »Er bringt einen nach dem andern um. Erst den Gärtner, jetzt die Wimmer. Er ist ein Monster!«

Einen Moment überlegte Ehrlinspiel, ob er sie bitten sollte, in der Wohnung zu reden. Doch als er den süßlichen Geruch einsog, der aus ihrer Wohnung drang, und an die Kuchenberge, Spitzenstores und Porzellanfigürchen dachte, entschied er sich dafür, draußen zu bleiben. Vor der Filzmaus würde selbst der hochwertigste Overall nicht schützen. »Sind Sie schon länger am Fenster gestanden?«

Der Türspalt wurde breiter. »Ich habe ferngesehen. Den ganzen Abend.«

»Also haben Sie nichts beobachtet?«

»Wo denken Sie hin! Ich hätte Sie sofort angerufen!« Sie drückte sich hinter die Tür, so dass nur ihre spitze Nase und ein halbes Gesicht zu sehen waren. »Die arme Frau Wimmer. So ein Ende hätte ich ihr nicht gewünscht.«

»Was denn für ein Ende?« Ehrlinspiel bedeutete Freitag, mitzuschreiben. Der warf ihm einen schrägen Blick zu.
Zenker streckte langsam den Kopf durch die Tür, sah nach links und rechts und flüsterte dann verschwörerisch: »Er hat sie doch da runtergeworfen.«
»Er?«
»Na, der Mörder.«
»Sie haben ihn also doch gesehen? Auf frischer Tat ertappt?«
Zenker zog sich wieder ein Stück zurück. »Nein, natürlich nicht.«
»Wie kommen Sie dann darauf, dass Frau Wimmer ›da runtergeworfen‹ wurde?«
Sie druckste herum. »Man macht sich halt so seine Gedanken. Und Sie sehen so ... bedrohlich aus in diesen Kleidern!« Ihr Blick tastete die Overalls förmlich ab. Nur die Handschuhe hatten die beiden abgestreift.
»Sie haben einen Verdacht!« Ehrlinspiel versuchte ein Lächeln. »Wollen Sie Ihre Vermutung mit uns teilen?«
Sofort trat die Filzmaus einen Schritt auf Ehrlinspiel zu. »Dieser Terrorist da oben ... Der ist mal da, mal weg. Und seine« – sie fuchtelte vor seinem Gesicht herum –, »Sie wissen schon, diese junge Frau da, die bei ihm lebt, die macht die ganze Arbeit allein.«
»Aber weshalb sollte er Ihrer Nachbarin etwas antun wollen?«
»Er ist ein Terrorist!« Ihre Stimme wurde weinerlich. »Sie müssen mich beschützen. Er löscht das ganze Haus aus.«
»Aber Frau Zenker, das wissen Sie doch gar nicht. Sie –«
»Frau Zenker«, fiel Freitag barsch ein, »bitte eine klare Aussage. Haben Sie irgendeinen konkreten Hinweis darauf, dass Ihr Nachbar illegalen Handlungen nachgeht?«
Sie starrte Freitag an. »Ich, ich ... Er hat dunkle Haut!«

»Das ist üble Nachrede oder schlimmer: Verleumdung. Das kann Konsequenzen haben. Unangenehme Konsequenzen. Bis zu zwei Jahren Gefängnis.« Freitags Stimme hallte im Treppenhaus. »Strafgesetzbuch Paragrafen 186 und 187.«
Entgeistert sah Ehrlinspiel seinen Kollegen an. So aggressiv hatte er ihn selten erlebt. Erst Wittke, jetzt die Hausmeisterin.
Zenker senkte den Kopf. Der filzige Haarturm saß wie aus Beton gegossen.
»Wer hat Frau Wimmer zum Arzt begleitet? Das wissen Sie doch sicherlich.«
Der Turm richtete sich auf. Unverständliches Murmeln kam darunter hervor.
»Geht es auch deutlicher?« Freitag schob einen Fuß nach vorn.
»Frau Roth.« Sie sah auf. »Sie müssen mich beschützen.«
Ehrlinspiel verstand sie kaum noch. Hast du plötzlich Angst!, dachte er, und sie hauchte: »Können Sie nicht den Herrn Franz schicken? Der ist ein starker Mann und –«
»Holen Sie bitte den Schlüssel zu Frau Wimmers Wohnung«, sagte Freitag.
»Ich war nicht drin. Ich schwöre es. Ich –«
»Den Schlüssel, Frau Zenker!«
Sie verschwand.
»Sag mal, was soll das, Freitag?« Ehrlinspiel sprach leise.
»Was soll was?« Gelassen schlenderte er hin und her.
»Du warst schon Wittke gegenüber so aggressiv. Warum? Und jetzt bist du auch nicht gerade ... kooperativ.«
»Nein? Ich finde aber schon.«
»Du bist noch sauer.«
Freitag funkelte ihn an. »Ich mache einen auf Streber.«
»Du solltest lieber einen auf Profi machen und mir nicht mitten in der Befragung das Wort abschneiden. Mensch, Frei-

tag«, fuhr Ehrlinspiel nach kurzem Zögern fort, »jetzt konstruiere doch aus so einer Bagatelle keinen Staatsakt. Du weißt genau, dass ich dich schätze und –«

»Der Schlüssel.« Zenkers Arm tauchte im Türspalt auf.

»Danke.« Freitag nahm ihn entgegen. »Herr Franz hat übrigens keinen Dienst heute. Seine Bürozeiten sind werktags von acht bis siebzehn Uhr. An den Wochenenden finden Sie ihn beim Kaffeekränzchen bei seiner Schwiegermutter oder am Rhein, wo er angelt. Einen schönen Abend noch, Frau Zenker. Danke für Ihre Hilfe.« Er warf den Schlüssel einem der Techniker zu, die gerade die Gerätekoffer zum Fahrstuhl rollten, und ging dann wortlos die Treppe zum ersten Stock hinauf.

Ehrlinspiel seufzte leise und folgte ihm. Interne Unstimmigkeiten waren Gift für eine Ermittlung, noch dazu bei der aktuellen Lage. Er musste unbedingt mit seinem Kollegen reden. Doch heute Nacht galt es, sachlich zu bleiben.

# 19

Niemand öffnete. *Nazemi & Berger* waren offenbar ausgeflogen. Dagegen stand ihnen bei *Thea und Miriam Roth* nur Sekunden nach dem Klingeln die junge Frau gegenüber, die sie nach Gärtners Tod im Treppenhaus getroffen hatten und die aus der Kirche geeilt war, als Ehrlinspiel den Pfarrer besuchte. Miriam Roth. Die Frau, die man, wie er damals gedacht hatte, immer zwischen Tür und Angel traf. Jetzt stand sie wieder in einer Tür. Sie trug ein zitronengelbes Kleid und war barfuß, ihr offenes Haar fiel in weichen Wellen bis auf ihre Hüften hinab. In der Hand hielt sie eine Haarbürste. Ein ungeschminktes Gesicht blickte ihnen besorgt entgegen.

»Entschuldigen Sie die späte Störung, Frau Roth.« Der Hauptkommissar zeigte seinen Dienstausweis. »Erinnern Sie sich an uns? Trotz des, nun ja« – er deutete an sich hinunter –, »etwas ungewöhnlichen Outfits? Moritz Ehrlinspiel, Kriminalpolizei, und mein Kollege Paul Freitag.«

»Natürlich.« Sie hielt den Zeigefinger vor den Mund und sah über ihre Schulter in die Wohnung. »Meine Mutter schläft.« Sie kam heraus und lehnte die Tür an. »Sie hat nichts mitbekommen.«

»Dann wissen Sie, was passiert ist?«

»Wir können nie tiefer fallen als bis in Gottes Hand. Auch nicht im Tod.« Ein leuchtend blauer Blick traf Ehrlinspiel. »Das hat Pfarrer Müller mir gesagt. Bei Gott wird Frau Wimmer geborgen sein.«

»Woher wissen Sie, was geschehen ist?«

Sie lächelte zögerlich, als zweifle sie an der Ernsthaftigkeit seiner Frage. »Bei dem Polizeiaufgebot und dem Lärm da unten?«
»Das hat Sie alarmiert?«
»Es war kaum zu überhören und zu übersehen.«
»Und vorher, war da irgendetwas ungewöhnlich? Haben Sie Frau Wimmer vielleicht rufen hören oder im Treppenhaus Geräusche vernommen? Ist die Haustür auf und zu geschlagen?«
»Ich war im Gebet.«
»Aha.« Ehrlinspiel blickte zu Freitag. Der schrieb.
»Und Ihre Mutter? Die ist nicht wach geworden?«
Sie drehte den Kopf zur Wohnungstür. »Lassen Sie sie da raus, bitte!«
»Weshalb?«
Sie presste die Lippen aufeinander. »Ich möchte sie nicht beunruhigen. Mama schläft oft schlecht. Ich bin froh, wenn sie einmal zur Ruhe kommt.«
»Verstehe.« Miriam Roth macht gerade eine schwierige Zeit durch, hatte der Pfarrer gesagt. Wegen der Mutter? »Ihre Mutter hat Hilde Wimmer regelmäßig zum Arzt begleitet, stimmt das?« Um die fünfzig, hellblond – Doktor Wittkes Beschreibung konnte sich nicht auf die Tochter beziehen.
»Miriam?«, rief es von innen, und Miriam Roth schob die angelehnte Wohnungstür auf.
Ehrlinspiels Blick fiel in einen sauberen Flur, der von einer Lampe mit herabbaumelnden Glasperlen erhellt wurde. Unter der Decke zogen sich Bücherregale entlang, darunter hingen Gemälde, fast alles Porträts. In einer Tür, die Hand auf den Rahmen gelegt, stand eine Frau mit schulterlangen, blonden Haaren. Sie trug einen Morgenmantel, den sie mit der andern Hand am Hals zusammenhielt. Sie blinzelte, als blende

das Licht sie. Als sie Ehrlinspiel sah, kam sie tapsig an die Wohnungstür.

»Ach herrje, jetzt bist du wach«, sagte Miriam Roth und stützte die Frau unterm Ellbogen.

»Ist schon gut, Kind.« Sie strich sich die Haare aus dem Gesicht. Ihre Augen blickten müde, doch sie leuchteten wie die ihrer Tochter, nicht in Blau, aber in einem intensiven Grünbraun, und Ehrlinspiel dachte, dass die Einsprengsel darin wie Bernsteine glitzerten. Beinahe unheimlich. »Was ist denn los?«, fragte sie.

»Leg dich ruhig wieder hin, es ist alles in Ordnung.« Miriam Roth strich ihr übers Haar.

Die Mutter sah die Polizisten an. Die Knöchel ihrer linken Hand traten so weiß hervor, wie der Stoff des Morgenmantels war, den sie noch enger zusammenzog. »Wer sind Sie? Was wollen Sie?« Sie sprach langsam und fast überdeutlich, als müsse sie nach jedem Wort suchen.

Ehrlinspiel stellte Freitag und sich erneut vor. Ihm entging nicht, dass ihre Lippen bebten, nur zwei, drei Sekunden, als hätte man sie kurz unter leichten Strom gesetzt. »Es tut uns leid, wenn wir Sie geweckt haben. Können Sie uns ein paar Fragen beantworten?«

»Mitten in der Nacht? Warum?«

»Eine Dame aus dem Haus ist ... zu Tode gekommen.«

»Eine Dame? Wer?«

»Hilde Wimmer.«

Thea Roth blickte die Polizisten an. Ihre Wimpern wurden feucht. »Tot? Wie Martin Gärtner?«

»Waren Sie mit Frau Wimmer befreundet?«

Sie schlug die Hand vor den Mund. Die zitterte. »Warum denn? Wie ... Nein, nein, das kann nicht sein.«

»Können Sie nicht morgen wiederkommen?« Miriam stellte

sich zwischen Ehrlinspiel und ihre Mutter. »Sehen Sie nicht, dass das zu viel für sie ist?«

»Lass gut sein, Miriam«, schluchzte die Ältere. »Ich bin einfach nur müde.«

Freitag reichte ihr ein Taschentuch, doch sie zerknüllte es in der Hand und sagte: »Ich habe mich ein wenig um Frau Wimmer gekümmert. Nichts weiter.«

»Wann haben Sie sie zum letzten Mal gesehen?« Wittkes Anruf war um einundzwanzig Uhr zweiundfünfzig bei der Polizei eingegangen.

Sie blickte zu ihrer Tochter. »Ich ... ich kann mich nicht erinnern.« Sie zupfte an dem Taschentuch. »Am Vormittag? Oder am Freitag? Ich ... Es tut mir leid.«

»Wo haben Sie sie gesehen?«

»Ich weiß nicht. Beim Einkaufen, glaube ich.« Weiße Fetzen fielen neben Miriams nackte Füße auf den Steinboden.

Etwas stimmt mit ihr nicht, dachte Ehrlinspiel. »Sie hat Ihnen nichts anvertraut, das uns weiterhelfen könnte?«

Sie schüttelte den Kopf.

»Eine letzte Frage noch. Sie haben Frau Wimmer ab und an zum Arzt begleitet. Sie kennen sie also ein bisschen. Können Sie sich erklären, warum sie mitten in der Nacht aus dem Haus ging?«

»Aus dem Haus? Warum? Wie ist sie denn genau ...?«

»Sie ist draußen gestürzt.«

Ihre Augen wurden groß. »Nein.«

»Nein?«

»Sie wäre nie ... nein«, sagte Thea, und ihre Tochter stützte sie wieder sanft am Arm. »Sie konnte doch kaum laufen. Und ...« Tränenerstickt brach sie ab.

»War sie verwirrt? Senil?« Wobei ihm eher die Befragte verwirrt schien.

»Überhaupt nicht.« Sie schluchzte auf.
»Mama, beruhige dich doch.« Miriam nickte den Ermittlern zu. »Können wir morgen weiterreden?« Sie bugsierte ihre Mutter behutsam in den Wohnungsflur. »Ist das in Ordnung?« Der Kriminalhauptkommissar nickte.
»Gute Nacht.«
»Gute Nacht«, sagten Ehrlinspiel und Freitag, und die Tür fiel leise ins Schloss.
Paul Freitag hob die Augenbrauen.
»Komisches Gespann«, murmelte Ehrlinspiel, doch Freitag sagte nichts. »Um acht Uhr hat Thea Roth sich von der lebenden Hilde Wimmer verabschiedet. Um zehn vor zehn wurde sie tot aufgefunden. In diesem Zeitraum starb sie – eher später innerhalb dieser Spanne. Sonst wäre sie früher gefunden worden.«
»Oder die Filzmaus hätte etwas bemerkt. Die kann mir nicht erzählen, dass sie das Leben auf der Straße den ganzen Abend gleichgültig an sich hat vorbeiziehen lassen. Larsson kann vielleicht schon Genaueres sagen.«
Ehrlinspiel war erleichtert, dass Freitags Humor wohl nicht ganz verschwunden war. »Lass uns noch einen Blick in ihre Wohnung werfen.« Er winkte mit den Handschuhen, die er zwischen den Fingern hielt.
Schon beim Eintreten fiel ihm der veränderte Geruch auf. Nicht mehr muffig-pudrig war er, sondern durchsetzt mit einem schweren Parfum und einem scharfen Aroma, das offenbar von den Chemikalien der Kriminaltechniker stammte. Das winzige Domizil schien dem Kommissar geschrumpft und entmenschlicht, bevölkert von den Eindringlingen, die jetzt dem Tod auf der Spur waren. Der Sofatisch in Nierenform war zur Seite gerückt worden, und Couch und Sessel drängten sich zusammen, um den Koffern der KT Platz zu

machen. Ein junger Kollege fuhr mit einem langen Wattestäbchen an dem Bakelit-Telefon entlang, ein zweiter sicherte mit einem Pinsel und silberfarbigem Magnetpulver Fingerspuren am Fernsehgerät. »Der Kasten lief. Sat 1. Und der Telefonhörer war nicht aufgelegt«, sagte er, ohne aufzublicken.
Überstürzter Aufbruch. Wie vermutet. Nach einem Anruf?
»Habt ihr die Gardinen abgenommen?«, fragte Ehrlinspiel mit Blick auf die leeren Vorhangstangen. Er könnte schwören, dass beim letzten Besuch noch Gardinen vor dem Fenster gehangen hatten.
»Nein.«
Er ging langsam umher, bemüht, sich jedes Detail einzuprägen und vielleicht etwas von Hilde Wimmer und ihren Lebensumständen in sich aufzunehmen. Auf dem Sofatisch lagen eine aufgerissene Packung Kekse und Lutscher. Dünnes Aluminiumpapier umhüllte eine zur Hälfte gegessene Schokoladentafel. Süßes vor dem bitteren Tod, schoss es ihm durch den Kopf, und er sah den angebissenen Erdbeerkuchen Martin Gärtners vor sich. Gänsehaut zog seine Unterarme hinauf.
»Vollmilch«, sagte Freitag trocken. »Falsche Sorte.«
Ehrlinspiel fühlte sich wie geohrfeigt. Paul Freitag galt als Glucke der Polizeidirektion. In seiner Schublade hielt er stets zwei Tafeln Zartbitter-Schokolade bereit, falls sie eilig aufbrechen und auf eine Mahlzeit verzichten mussten. Ehrlinspiel liebte diesen Wesenszug seines Kollegen, und würde Freitag keine vorbildliche Ehe führen und einen wunderbaren Vater abgeben, hätte er sich über diese Fürsorge ernsthaft Gedanken gemacht. Jetzt allerdings machte er sich eher über Freitags Bemerkung Gedanken. Dass er seinen Freund so sehr verletzt hatte, konnte er sich nicht erklären. Steckte noch mehr dahinter als das Thema Beförderung?
Er zwang seine Konzentration auf das Zimmer, konnte aber

nichts entdecken, was ihm irgendwelche Hinweise gegeben hätte.

Als sie wieder ins Freie zu dem Zelt traten, war die Plane ein Stück zur Seite gezogen. Darin lag, bereits geschlossen, ein weißer Bergesack, in dem sich die Umrisse des Körpers abzeichneten. Die Schaulustigen drängten sich noch enger hinter dem Absperrband, uniformierte Kollegen redeten auf sie ein, und der Bestatter, der gerade eintraf, hupte. Dussel, dachte Ehrlinspiel, und wie um Ehrlinspiel recht zu geben, setzte empörtes Gebell ein. Fast wäre der Kriminalhauptkommissar mit Lukas Felber zusammengestoßen, der aus dem Zelt zu einem Wagen eilte. Zu seinem Privatwagen, wie er erstaunt sah. Und aus dem ragte zum hinteren Fenster eine Hundeschnauze heraus.

»Lust auf eine Nacht mit mir, Moritz?« Das Schnalzen von Larssons Latex-Handschuhen riss ihn aus seiner Verwunderung. »Hämatome und Rissquetschwunden vorn, seitlich und hinten am Kopf, Blutungen im Augenweiß, geschwollene Wange, Knochenknirschen und knöcherne Stufe des Jochbeins beim Betasten.« Der Rechtsmediziner deutete auf den Leichensack. »Da hat jemand nachgeholfen. Lukas hat schon mit der Staatsanwältin telefoniert. Frau Stein drängt auf die unverzügliche Obduktion.«

»Wie könnte ich dir je widerstehen«, sagte Ehrlinspiel sarkastisch und beobachtete, wie Felber über die Schnauze des Hundes strich. An Tagen wie diesem hasste er die Anwesenheitspflicht eines Ermittlungsbeamten bei der Obduktion.

»Lukas wird die Spurensicherung an der Leiche übrigens im Institut fortsetzen. Unter besseren Bedingungen als ... euren hier.« Er lächelte selbstgefällig.

»Ich bin in fünfundvierzig Minuten in der Albertstraße.« Der Rechtsmediziner tippte auf seine Armbanduhr, die mit

ihren vielen Rädchen und Knöpfen jeder Airbus-Steuerung Konkurrenz machte. »Und bitte pünktlich. Ich habe noch anderes zu tun. Und ich erledige meinen Job gern präzise.« Er hob das Kinn mit dem Ziegenbärtchen und grinste süffisant in Felbers Richtung. »Mich können nicht einmal Haustiere ablenken.«
»Haustiere? Aber –«
»Köter und Konsorten haben an einem Tatort nichts verloren. Erst recht nicht, wenn sie vor Heimweh durchdrehen.«
»Jagger?« Der Hund Gärtners? Jagger geht's übrigens gut, hatte Lukas bei einer der Soko-Sitzungen wie nebenbei gesagt. Unvermittelt musste der Hauptkommissar lächeln.
»I'm free any old time«, intonierte Larsson den Song, der in Gärtners Wohnung gelaufen war, und der Bestatter, der gerade mit dem Sarg näher kam, schüttelte den Kopf.
Verrückte Welt, dachte Ehrlinspiel.

*Das war nicht schön. Sie hat so geächzt, und das Brechen der maroden Knochen schmerzt noch jetzt in meinen Ohren. Ich schließe meine Augen vor dem Bild des Leidens. Doch nicht ich trage Schuld an dem zweiten Opfer. Habe es nicht gefordert. Ich habe gehandelt. Doch sie haben getötet: die Lichten. In ihrer Macht haben sie den Altar für unsere Liebe bereitet. Von seinem Stein nur fließt das Blut der Opfer herab, hellrot wie das Wachs der Kerze, die wieder vor mir steht, und deren Flamme ihren Körper züngelnd verzehrt. Ich habe sie zur Feier des Lebens entzündet und um die Dunkelheit zu bannen. Die Dunkelheit ist unser Feind. Das Licht ist unser Freund. Ich bin dein Freund. Das Gute. Das Licht selbst.*
*Die Flamme saugt meinen Geist auf. Sie lebt, so körperlich, wie ich es bin und wie du es bist. In ihr offenbart sich die Botschaft. Ich kann meine Augen nicht von ihrem Spiel lassen. Golden, orange, rubinrot, du sprichst in dem Flackern zu mir, ich höre deine Worte und die Worte des Guten, und ich sehne mich danach, mit der Flamme und dir eins zu werden, in dir aufzugehen, zu verbrennen.*
*Doch in der Finsternis lauern die niederen Triebe des Hasses. Noch immer. Überall. Vor meinem Fenster, wo die Schwarzen sich im Nichts der Nacht zu verbergen suchen. Auf der Straße. In den Ritzen der Häuser. Hin-*

*ter der Wand dieses Zimmers. Ich sehe sie. Wo immer sie sind. Und ich höre ihre Schritte, wie sie hallen und tönen und anschwellen wie in einer riesigen Kathedrale. Gestern haben sie sich versammelt, schon im Dämmer der Frühe. Sie haben sich ihre Pläne zugeflüstert und hasserfüllt gekichert, um dich anschließend mit ihren riesigen, finsteren Flügeln und erhobenen Schwertern durch den Tag zu treiben. Sie sind an deinem Tisch gesessen und haben dich gelockt mit falschen Zungen. »Komm, komm, koste von unserem Leben.« Aber ihre Stimmen sind hohl und ihre Worte wohlgewählte Verführer, die sich wie Schlangen auf der Erde winden und deren Zischen die Luft mit süßem Gift schwängert.*

*Hast du es nicht gemerkt? Oder wolltest du mich schon wieder betrügen? Ein Tropfen Gift ist in dich gedrungen und in deine Adern geschwappt. Du hast es zugelassen. Doch ich konnte ihn stoppen. Dich retten. Uns retten.*

*Mach das nicht noch einmal! Sie werden dich nicht von mir entfernen. Nicht eine Faser von dir stehlen!*

*Ausgeburt des Bösen! Selbst danach, als ich den neuen Stein auf die Bastion unserer Liebe gesetzt hatte, sind die Schwarzen nicht gewichen!*

*Nein, ich bin nicht ruhig, so, wie ich es nach dem ersten Mal war. Das Böse ist zäh, und es verdient nichts als die Hölle! Die Zeit zerrinnt, und ich taumle dahin, doch ich bin wach im Geiste, habe mein Ziel vor Augen. Eine Woche wird zum Tag, ein Tag rafft sich zur Stunde zusammen, eine Stunde zur Minute, rasch, immer rascher, und am Ende wartet die Erlösung im Licht.*

*Doch was schreibe ich! Ich sollte nicht so reden. Es ist nicht gut, es schürt deine Angst. Das hat es schon damals gemacht. Es gibt so vieles, was du nicht verstehst. Du erkennst mein Entgegenkommen nicht und verachtest noch immer die gütige Hand, die ich dir entgegenstrecke. Siehst das Licht nicht, das dir den Weg in das Bollwerk unserer Liebe weist und das dir ewig leuchten wird. Über deinen Tod hinaus.*

## 20

Sonntag, 8. August, 5:30 Uhr

Die Tropfen fielen auf den Kunstgazestoff in ihrer Hand, perlten daran herab, verfingen sich in den Falten. Wie Morgentau, der jetzt, morgens um halb sechs, da draußen auf den Wiesen glitzert, dachte sie. Wann war sie das letzte Mal im Morgengrauen in der Natur gewesen?
Sie trat nach dem Wäschekorb, aus dem sie den Vorhang genommen hatte. Hinter die ausrangierte Wäscheschleuder hatte sie ihn gestellt, verborgen vor Miriams wachsamen Augen. Thea Roth strich über den einst weißen Stoff. Kühl und glatt, fast glitschig, fühlte er sich an, und seine grauen Schlieren schienen ihr wie ein höhnisches Spotten des Todes.
Fast dreißig Jahre lang hatte er Schutz geboten vor den Blicken der Nachbarn, hatte ein bescheidenes Heim gemütlicher gemacht. Und jetzt rieb sie, Thea, den Staub von mindestens fünf Jahren Leben zwischen den Fingern. Atmete, wenn sie den Stoff vor ihr Gesicht hob, Gerüche ein, die Hilde Wimmer verströmt, Partikel, die sie ausgedünstet hatte.
Die Wohnung hatte kahl ausgesehen in den letzten Tagen. Hilde Wimmer war wehrlos gewesen. Thea war nicht zum Waschen gekommen. So durcheinander war alles.
Tränen rannen ihr warm über die Wangen. Sie musste den Vorhang reinigen, weiß! Strahlend weiß! Wenigstens jetzt. Wenigstens hinterher. Sie hatte es der alten Frau doch versprochen. Und sie hielt ihre Versprechen immer.
Sie starrte auf die Einfüllklappe der Waschmaschine. *Öffne*

*sie!,* doch ihre Arme sanken wie gelähmt herab, und der Vorhang glitt auf den Betonboden, auf dem Waschmittelreste im Licht der Leuchtstoffröhre wie bleiches Wachs schimmerten. Der Boden begann, sich zu bewegen, die Maschinen drehten sich vor ihr, verwandelten sich in Figuren, die auf sie zuschwankten und einen makaberen Totentanz aufführten.
Es ist ein Film, dachte sie. *Stop!* Keine Bilder mehr, kein Kopfkino. Kein Alptraum!
Sie hob die Arme, versuchte, eine der Figuren zum Stehen zu bringen, griff nach ihren Schultern, »Bitte, aufhören!«, und im nächsten Moment stand sie da, gestützt auf eine der Waschmaschinen, und alles war still. *Gespenster!*
Sie atmete tief durch, versuchte, die letzten Stunden zu ordnen.
Nachdem sie Hilde Wimmer auf dem Sofa zurückgelassen hatte, war alles wie immer gewesen. Miriam und sie aßen zu Abend. Tomaten-Mozzarella-Salat und Baguette. Die Tochter räumte den Tisch ab. Fragte sie, wie ihr Tag gewesen war. Thea erzählte von Hilde Wimmer und dass sie deren Hadern mit dem Alter immer besser verstand. Sie berichtete von dem kleinen Nachmittagsspaziergang, bei dem sie den Schwänen das alte Brot gebracht hatte. Anschließend war Thea zu Bett gegangen. Den ganzen Tag hatte sie sich schon darauf gefreut gehabt, vor dem Einschlafen das Porträt über Maria Schell zu lesen. Sie hätte sie so gern einmal auf der Bühne erlebt, als Claire im *Besuch der alten Dame.* Tragödie, Komödie, Groteske. Ein Stück voller Schuld, Sühne, Rache und Opfer. Dinge, die die Schell in ihrer Altersdemenz hatte vergessen können. Und die bei Thea immer stärker ins Bewusstsein drangen. Dann kam Miriam mit dem Tee in ihr Zimmer. »Kannst du mir den Dokumentarfilm *Meine Schwester Maria* besorgen?«, bat sie Miriam.

Kurz zögerte die Tochter. »Mama, da geht's doch um den Verlust der Erinnerung.«
»Maria Schells Bruder Maximilian hat ein wunderbares Porträt von seiner Schwester geschaffen. Vielleicht lerne ich daraus?«
»Wenn du meinst.« Sie hatte den Tee auf den Nachttisch gestellt, etwas war übergeschwappt und in die Untertasse gelaufen.
Dieser Tee. Abend für Abend kochte Miriam ihn für sie, Thea nahm ihn mit einem Lächeln entgegen – und kippte ihn, sobald Miriam das Zimmer verlassen hatte, in den alten Krug, in dem der Rosenstrauch wuchs. Dass der noch nicht eingegangen war, überraschte sie. Aber vielleicht war das Schlafmittel gar nicht so stark, wie sie vermutete, und die Pflanze ohnehin resistent dagegen. Thea wusste nicht, welches Präparat Miriam verwendete, um ihr ruhige Nächte zu verschaffen. Und Kontrolle war nicht ihre Art. Andere würden sie für naiv halten. Doch nie hätte sie in fremden Sachen wühlen können. Im Medikamentenschrank im Badezimmer lag jedenfalls kein Schlafmittel.
Als sie die ersten Nächte durchgeschlafen hatte, war ihr schnell klargeworden, dass das nicht auf natürlichem Weg geschehen war. Ihre Träume waren andere gewesen. Schrecklicher, intensiver, als wenn sie in einem unruhigen Halbschlaf lag.

*Sie liegt auf dem Tisch. Schwer wie in Blei gegossen. Ihr Herz schlägt gegen die Rippen. Wumm. Wumm. Sie öffnet die Augen, schafft es nicht ganz, Schleim klebt die Wimpern zusammen. Sie weiß, wo sie ist. Und ist doch nicht da. Weiß. Alles weiß. Zwischen den Schleimfäden sieht sie das Skalpell in seiner Hand aufblitzen. Sein*

*Pfefferminzatem streift sie. »O p e r a t i o n«, klirrt die Stimme durch ihren Kopf. Sie sieht seine Augen. Kristallklar. Nein! Nicht heute. Nicht noch einmal! Ihr Herz hämmert härter. Sein Mund ist ein grinsender Schlund. Das Skalpell gleitet dicht an ihrem Gesicht vorüber, sie sieht seine weißen Handschuhe, riesig wie Leichentücher. Das Blut brennt sich seine Bahn in ihren Hals und über den Brustkorb, sie spürt, wie es in sie sickert und aus ihr heraus, und sie ist überrascht, dass jede sichere Bewegung seiner Hand einen neuen Schmerzensstrom in das glühende Flammenmeer ihres Daseins jagt. Keine Gewöhnung. Kein Stillstand. Stumme Existenz zwischen Leben und Tod. Nur diese immergleiche Fratze und das grelle Weiß. Seine Stimme. Und seine leisen Schritte, wenn er den Operationssaal betritt und ihn danach, wenn sie wieder nicht gestorben ist, verlässt.*
*Sie senkt den Blick, bewegt das Kinn einen Millimeter zu ihrer Brust, noch einen, versucht, das Feuer auszublenden, das sie auffrisst. Ein dritter Millimeter.*
*Da sieht sie es. Der Kopf des Skalpells sinkt tief in ihr Fleisch, ihre Brust klafft auseinander, Rot schreit in das Weiß. Sie reißt die Augen auf. Merkt er denn nicht, dass sie wach ist? »Schrei!«, befiehlt sie sich, und der Ruf bricht aus ihrer Kehle, prallt gegen die gefliese Wand, klirrt gegen die blinden Fenster und verfängt sich zwischen den Instrumentenschränken, fällt, ergießt sich sterbend über den Fliesenboden und zerrinnt gurgelnd im Abflussgitter.*

»Bist du jetzt völlig verrückt geworden?«
Thea fuhr herum. Miriam stand im Nachthemd in der Tür des Waschkellers.

»Was schreist du so?« Sie kam herein, und ihre nackten Füße platschten auf dem Beton.
Rasch griff Thea nach dem Vorhang und riss die Tür der Waschmaschine auf. Wurde sie tatsächlich verrückt? Hatte sie wirklich geschrien?
»Was machst du hier? Mitten in der Nacht und allein! Hat es nicht schon genügend Opfer hier gegeben?«
Miriams Gestalt schien Thea wie aus Marmor gemeißelt. Schön. Grazil. Doch von unerbittlicher Härte.
»Was ist das für Wäsche?«
Thea ließ die Stores fallen. Ein leises Rascheln.
Stille.
Blicke.
Nachdem die Polizei gegangen war, hatte sie kein Auge mehr zugetan. Sie hatte den beiden Männern nichts sagen können. Wollte nichts von alldem wissen. Durfte sich nicht verraten. Sie wunderte sich, dass ihre Beine überhaupt noch die Kraft hatten, sie aufrecht zu halten.
Miriam trat vor sie, und ihre Augen schimmerten im Licht der Neonröhren wie das blaue Eis eines Gletschers. Thea sah die glatte Haut ihrer Tochter und dachte an die Runzeln Hilde Wimmers, die das Leben in ihr Gesicht gemeißelt hatte und die jede eine lange Geschichte hätte erzählen können. Sie dachte an Martin. Und daran, was nun geschehen würde.
»Verzeih«, flüsterte sie, und ihre Beine gaben nach. Sie sank auf den Boden, und wie durch einen Schleier sah sie zuerst Miriams Füße vor sich, spürte im nächsten Moment einen Arm unter ihren Achseln und wie sie sanft auf den umgekippten Wäschekorb gesetzt wurde. Miriams Hand tätschelte ihre Wange. Sie war kühl.
»Mama? Mama, sag doch was!«, flüsterte Miriam, und ihre Augen flackerten vor Theas Gesicht.

»Wer bist du?«, sagte Thea und glaubte, ein Strudel risse sie erneut in eine Welt, die sie geglaubt hatte, hinter sich gelassen zu haben.
»Ich bin's doch! Miriam!«
Miriams Arme schlossen sich fest um Thea, und sofort spannte sie alle Muskeln an. *Sie liegt auf dem Tisch. Schwer wie in Blei gegossen.* »Lass mich los«, schrie sie, von Panik ergriffen, und ein leises Schamgefühl breitete sich in ihrer Brust aus. Sie durfte Miriam nicht brüskieren. Aber sie wollte auch nicht festgehalten werden. Nicht ruhiggestellt. Nicht wie ein kleines Mädchen behandelt werden und nicht wie eine wehrlose Frau! Nicht von Miriam. Und auch von niemandem sonst. *Nie mehr!*
Miriam ließ sie los. Ihre Wangen glühten. »Wem gehört das?« Sie stieß mit dem Fuß in den Vorhang.
»Es ist ... Hilde Wimmer. Ich hatte es ihr versprochen.«
»O nein!«, Miriam kickte das Stoffbündel in eine Ecke. »Das lasse ich nicht zu! Die Angst frisst dich langsam, aber sicher auf, du bist völlig durcheinander und rackerst dich noch für andere ab. Für Tote!« Dann beugte sie sich zu ihr hinab. »Du kommst jetzt mit nach oben. Hier sind zwei Menschen gestorben!« Sie griff nach Theas Hand. »Bitte, Mama! Ich habe Angst! Wir sind ganz allein hier unten!«
Thea rührte sich nicht. Ihre Gedanken kreisten.
»Glaubst du ... Hältst du es für möglich, dass dein Vater noch lebt?«
Miriam zog die Hand zurück. »Was?«
»Dein Vater. Mein ... mein Mann.« Ja, so musste es sein. Der Mann, den Miriam ihr auf dem Foto gezeigt hatte, der mit den verzwirbelten Augenbrauen. Er war gekommen und wollte Angst und Schrecken verbreiten. Etwas anderes durfte sie nicht denken.

Miriams Augen wurden schmal, zweifelnd, als sei Thea eine Irre. »Was ist los, Mama?«
»Du hast gesagt, er sei gestorben. An Herzlosigkeit. Wie hast du das gemeint?« Er könnte noch leben! Bestimmt lebte er! Er hatte Kontakt zu Miriam aufgenommen, und die versuchte nun, Thea und sich vor weiterem Leid zu schützen! Ja! Deshalb war Miriam auch so ängstlich, wenn sie, Thea, allein unterwegs war. Wie aus einer Ohnmacht erwachend, nahm sie den schimmligen Kellergeruch wahr, der zwischen den feuchten Wänden hing. Den Geruch nach Verwesung.
»Du glaubst mir nicht?« Miriam trat einen Schritt zurück.
»Ist er tot?«
»Es ist gut, dass er uns für immer verlassen hat«, sagte sie laut und wiederholte leise, wie für sich: »Für immer verlassen.«
Thea sackte in sich zusammen. Sie durfte nicht weiter fragen. Es spielte keine Rolle, wie schlecht es ihr selbst ging. Lange schon hatte sie geahnt, dass dieser Mann in Miriams Leben etwas zerstört, möglicherweise ein Trauma ausgelöst hatte. Sie sah die junge Frau an, die ihr heute so fremd schien wie noch nie – und doch so vertraut war. Egal, wie viel sie über Miriam zu wissen glaubte: Die entscheidenden Dinge musste sie erst noch entdecken.
Miriam ging vor ihrer Mutter in die Hocke. »Du glaubst, dass ... Vater ... unsere Nachbarn getötet hat?«
Sie hob die Schultern. »Ich ... nein. Ich dachte nur –«
»Er ist tot, Mama!«
»Aber wer hat dann ...?« Sie sah Miriams dünne, nackte Beine, ihre Rippen, die sich durch das Nachthemd abzeichneten. Sie fror.
»Du warst gestern Abend bei Frau Wimmer. Warum hast du der Polizei nichts davon gesagt? Was verheimlichst du? Es ist doch nichts dabei, sich um eine Nachbarin zu kümmern.«

»Natürlich nicht. Ich habe ihr nur vorgelesen. Als ich gegangen bin, ist sie vor dem Fernseher gesessen und hat einen Lutscher ausgepackt.«
»Lutscher!« Miriam machte eine wegwerfende Handbewegung, und Thea sah Miriam im Supermarkt vor sich, Hilde Wimmer mit den Keksen und der *Ahoi!*-Brause daneben, und hörte sie sagen: »Kindheit kann man nicht kaufen. Süßes Leben und Glück auch nicht.« Und auch keinen süßen Tod, fügte sie jetzt in Gedanken hinzu. Sie sagte: »Sie hat diesen Film ansehen wollen. *Elizabeth I.* Es war alles wie immer. Aber hätte die Polizei mir geglaubt?«
»Warum hätte sie zweifeln sollen?«
»Ich leide unter Amnesie. Ich hatte eine schwere Kopfverletzung. Vielleicht bin ich ja … verrückt?« Ja, dachte sie. Wahrscheinlich bin ich verrückt. Ich taumle wie in einem Labyrinth umher und finde keinen Ausweg. Ich suche Schlupflöcher und ende in Sackgassen. Meine Wahrnehmung zerfasert, und ich zweifle an dem, was ich sehe und tue. Aber irgendwo da draußen muss die Wahrheit liegen. Eine Träne löste sich von ihren Wimpern.
»Scht, scht.« Miriam strich ihr über die Wange.
»Er lebt, nicht wahr?« Der Mann, der seiner Tochter mit Sicherheit keine Süßigkeiten geschenkt hatte.
»Es ist alles gut. Er ist tot. Komm, ich mach dir einen Tee.«
»Nein!« Sie fuhr hoch und fiel fast dabei. »Lass mich!«
Miriam erhob sich ebenfalls. Ihre Blicke trafen sich, und für die Ewigkeit von Sekunden standen sie sich gegenüber wie zwei Kobras vor dem Kampf. »Ich zeig dir gern seine Sterbepapiere. Du kannst auch beim Standesamt nachfragen. Die Beamten werden bestätigen, was du mir nicht glaubst. Sie verzeichnen alle Todesfälle. Fein säuberlich. Nummer für Nummer. Klar und unauslöschlich.«

»Ich glaube dir, Kind.«
»Bei Gott sind wir mehr als eine Nummer. Vergiss das nie.«
»Nein, nein.« Miriam und ihr Gott. In wenigen Stunden würden sie wieder in der Kirche sitzen, beten, dem Pfarrer zuhören; und Jesus, das Evangelium und diese dröhnende Orgelmusik würden Thea so fremd bleiben wie eh und je. Miriam würde Müller anstrahlen, wie verklärt, und Thea würde mitspielen. Um Miriams willen. Heute aber würde sie keinen Ton herausbekommen. Ihre Kehle war zu eng. Ihr Herz zu zittrig. Ihre Angst zu mächtig.
»Uns ist nicht viel geblieben außer unserem Glauben.«
»Wir haben *einander!*« Thea schluckte. Da war sie wieder: ihre Schuld.
»Ja, das haben wir.« Kleine Fältchen bildeten sich in Miriams Augenwinkeln. »Weißt du, es ist nicht schlimm, dass die Depots leer sind: Geld, Beruf, körperliche Kraft. Was bedeutet das schon? Wir schaffen es. Wir müssen vertrauen. Wir dürfen nicht das Leid der gesamten Erde auf unsere Schultern nehmen.«
»So, wie du das Leid deiner Mutter auf deine Schultern genommen hast?« Unfall. Koma. Die Pflege, für die Miriam ihre Arbeit aufgegeben hatte. Die Kosten, die den gesamten Erlös des verkauften Hauses verschlungen hatten. Miriam hatte ihr von jedem Handgriff erzählt, mit dem sie ihr den Mund befeuchtet hatte, die Gelenke bewegt, die Füße massiert. Von jedem Kontoauszug. Von den Fragen der Freunde und Bekannten – erst mitleidvoll, später mäßig interessiert, zuletzt nur noch neugierig, bevor die Türen sich immer dann geschlossen hatten, wenn Miriam daran vorbeigekommen war. Nein, da war keine Reserve mehr für das Elend Fremder.
»Gott hat mir diese Aufgabe zugewiesen.«
»Ach, Kind.« Sie sah Miriam an. Heute Nacht, als sie das leise

Gluckern des Tees in der Erde gehört und gewusst hatte, dass die Wurzeln der Rosen sich mit dem Schlaftrunk vollsogen, war sie eingenickt. Miriam hatte gesungen, es hatte sie beruhigt. Doch es war kein tiefer Schlaf gewesen.
Vielleicht, dachte sie, hätte ich dieses eine Mal den Tee nicht wegschütten sollen.

# 21

Über ihr klingelte das Handy. Sie richtete sich aus der kauernden Haltung auf, stieß mit dem Kopf an die Tischkante und fluchte. Beinahe wäre sie auf die Landkarte getreten.
»Hanna Brock.« Sie rieb sich über das Steißbein. Auf dem Boden zu arbeiten, sollte sie sich abgewöhnen.
»Happy birthday to you …«, klang es aus dem Hörer, und sie musste lachen.
»Kora! Dass du morgens um acht Uhr an mich denkst!« Ihre Freundin war eine notorische Langschläferin, zumal sonntags, und Hanna sah sie vor sich, wie sie in die Küche tapste und gähnend nach dem Knopf zum Aufheizen ihrer Monster-Kaffeemaschine tastete.
»Ich wünsch dir alles, alles Gute, meine Liebe.« Ein Klacken erklang, dann zischte und brodelte es.
Hanna schmunzelte. »Maria Sole Linea Verde. Neunzig Prozent Arabica.«
»Vom kleinsten Fairtrade-Shop Hamburgs.«
»Direkt ums Eck.«
»Du wirst mir fehlen.«
»Hör mal, ich ziehe nur in einen anderen Stadtteil.« Hanna klemmte das Handy zwischen Kinn und Schulter und nahm einen Blaubeerjoghurt aus dem Kühlschrank. »Du wirst froh sein, wenn du dich wieder auf deinem Sofa ausbreiten und in Eigenregie durch die Kanäle zappen kannst.«
Kora lachte ihr kehliges Lachen. »Höchstens ein winziges bisschen. Komm, erzähl! Wie ist es da unten? Wie war die Präsentation? Kommst du voran?«

Mit einem Ruck zog Hanna den Deckel vom Becher, und Joghurt spritzte auf ihre Hose. Na toll. »Es ist klasse. Ich stehe hier in einem riesigen Zimmer mit Holzbalken unter der Decke, Trockensträußen an den Wänden, einer Kochnische mit Espressomaschine und einem handbemalten Kleiderschrank, bei dem du den Eindruck hast, dass die abgebildete Kuhherde dich gleich überrennt. Wenn ich mich an das Fenster stelle, sehe ich direkt unter mir eine alte Stein-Viehtränke, die halb mit Blumen überwuchert ist. Daneben grinsen mich dicke rote Äpfel von einem riesigen Baum an, und gegenüber stehen drei Bauernhöfe, die aussehen wie aus einem *Liebe-zum-Land*-Kalender ...«

»... weinberankte Fassaden, riesige Scheunentore, Balkons mit Geranien, wilde Gärten und vor jedem Haus eine blaue Bank mit Katze in der Sonne«, ergänzte Kora.

»Das Klischee lebt.« Sie wischte mit einem Spüllappen über die Hose. »Okay, es riecht ländlich, aber es ist herrlich ruhig, nur Vögel und Muhen, ab und zu Hundegebell. Und aus dem andern Fenster siehst du flache Hügel und Weinberge bis zum Horizont.«

»Hört sich gut an.«

»Du müsstest herkommen, Kora. Sonne pur, nette Menschen, und der Wein ist ... verführerisch. Vielleicht ein Wochenende?«

»Hast du deinen Kommissar wiedergetroffen?«

»Du lenkst vom Thema ab!«

»Du klingst, als sehntest du dich nach Gesellschaft. Und außerdem ... Ach komm, du hast dich doch auf ihn gefreut.«

Hanna schlängelte sich zwischen den ausgebreiteten Landkarten hindurch, die den halben Fußboden bedeckten. Mit rotem Marker hatte sie die Gegend umrissen, die ihr zweiter Wanderführer beschreiben würde: den Kaiserstuhl und das

Markgräflerland. »Ich hatte ihm lediglich versprochen, ihn von der Lesung zu informieren«, sagte sie betont gleichgültig und setzte sich an den Tisch.
Kora lachte. »Jetzt sag schon, was ist mit deinem Kommissar?«
»Er ist nicht mein Kommissar!« Sie blickte auf die Karte. Das Gebiet zwischen den roten Strichen zog sich den Rhein entlang. Vom Norden bei Wyhl bis fast an die Schweizer Grenze im Süden.
»Also habt ihr euch gesehen.«
»Er war bei der Buchpräsentation. Es war voll, und ich habe fast alle Bücher verkauft, die die Buchhändlerin dabeihatte. Total irre. Gestern hab ich mich dann noch einmal mit dem Verleger getroffen, und wir haben festgelegt, dass ich bis Weihnachten abliefere. Punkt neun ziehe ich hier los. Ab heute ist Disziplin angesagt.«
»Hanna! Du hast Geburtstag. Es ist Sonntag!«
»Na und?« Arbeiten. Nichts anderes würde sie in den nächsten Wochen tun.
»Kein Geburtstagskaffee mit, na, du weißt schon, wem?«
»Kein Geburtstagskaffee.«
»Meine Güte, bist du mal wieder konsequent. Und nach der Lesung? Habt ihr wenigstens ein paar Worte geredet?«
»Ja, schon.« Hanna rührte in dem Joghurt.
»Jetzt mach die Klappe auf. Ich bin deine beste Freundin!«
»Wir waren essen. Wir haben Wein getrunken. Ich habe mich bekleckert.«
»Mit Ruhm in puncto Sturheit, nehme ich an. ›Danke für den netten Abend‹«, ahmte Kora die weiche Satzmelodie ihrer Freundin nach, »›aber nein, Sie müssen mich nicht nach Hause bringen, Herr Ehrlinspiel. Vielleicht sehen wir uns in den nächsten Wochen auf einen unschuldigen Kaffee. Gute Nacht, schlafen Sie gut‹.«

»Dumme Kuh.« Hanna kicherte.
»Muh! Ich bitte um bildliche Verewigung auf deinem Schrank, damit ich dir jederzeit die Leviten lesen kann.«
»Ach, wenn ich dich nicht hätte.« Das Lachen trieb Hanna Tränen in die Augen.
»Steckt er in einem spannenden Fall?«
Hanna kicherte noch immer. »Ich glaube schon.«
»Du *glaubst?*« Hanna konnte Koras Wangengrübchen vor sich sehen, die immer dann kreisrund wurden, wenn sie entrüstet war. Und was die Leute unfreiwillig zum Lachen brachte. »Willst du mir etwa weismachen, dass er dir von einem Verbrechen erzählt hat und du noch nicht nachgeforscht hast?«
»Ich schwöre es.«
Kora brach in schallendes Gelächter aus. »Ne, oder?«
»Bei meinem Saxofon!«
Hannas Freundin wurde ernst. »Du fühlst dich einsam da unten.«
Eine Biene, die sich in das Zimmer verirrt hatte, flog immer wieder gegen das Fenster. »Nein, einsam nicht.«
»Aber allein.«
Hanna blickte auf das kleine Tier mit den zarten Flügeln. »Es ist schön, jemanden wie dich zum Reden und Lachen zu haben.«
»Ruf ihn an!«
Die Biene fiel auf den Sims und brummte.
»Er hat mir ohne ein Lächeln vor irgendeiner syrischen oder italienischen oder was auch immer Bar die Hand gegeben und ist davongegangen.«
»Er ist Polizist, Hanna. Ihm ist garantiert nichts Menschliches fremd. Keine Unsicherheit. Keine Ausrede. Und *du*«, fügte sie streng hinzu, »solltest langsam das Leben wieder genießen.«

»Aber der neue Wanderführer –«
»Wird auch fertig, wenn du morgen damit anfängst. Mach dir einen schönen Geburtstag. Treffe deinen Kommissar. Oder inspiziere meinetwegen irgendwelche Tatorte. Aber bleib bitte meine neugierige, verrückte Hanna und mutiere nicht zum verbissenen Arbeitstier.«
»Danke für die Blumen.«
»Apropos: Er muss dir nicht gleich neununddreißig langstielige, rote Rosen schenken.«
»Keine Sorge, auf die Idee würde er garantiert nicht kommen.«
»Probier's mal mit einem unschuldigen Kaffee.«
»Kuh.«
»Für dich immer gern.« Kora lachte und verabschiedete sich. Hanna lehnte sich an die Spüle und aß den Rest Joghurt. Verbissenes Arbeitstier! Gut, sie hatte viel um die Ohren gehabt. Doch dass Kora das sagte, stimmte sie nachdenklich. Kaum jemand kannte sie besser, und niemand war ehrlicher zu ihr als die lebenslustige Wetterfrau.
Ihr Rucksack wartete, ausgebeult von Äpfeln und Butterbroten, neben der Zimmertür. Auf ihr Saxofon in der Ecke fiel ein schmaler Sonnenstreifen. Das goldene Metall blitzte sie an, als wollte es ihr zuzwinkern, komm, keep cool. Es ist *dein* Tag.
Hanna liebte ihr Saxofon. Es hatte sie stark gemacht. Mit ihm hatte sie sich ihrem strengen Vater widersetzt, der sie zum Klavierunterricht gezwungen hatte. Ganz wie es sich für Töchter aus gutem Hause gehörte. Lange hatte sie ihr gesamtes Taschengeld gespart und sich schließlich auf dem Flohmarkt ihr erstes Instrument gekauft. Sie hatte Schläge dafür hingenommen, genauso wie für die seltenen schlechten Schulnoten und dafür, dass ihr erster Freund, den sie nachts in die

Vorortvilla geschmuggelt hatte, nicht standesgemäß war. Michael. Der Sohn der Putzfrau. Beschmutzer der Brockschen Residenz.

Doch sie hatte sich immer widersetzt, war sich und ihrem Ideal eines freien und selbstbestimmten Lebens treu geblieben. Hatte Publizistik statt Jura oder Medizin studiert. War Redakteurin geworden statt Richterin oder Chefärztin. »Du bist mutig und konsequent«, sagte Kora immer. »Eine Stehauffrau mit Neugier aufs Leben.«

Am Fensterrahmen schwirrte die Biene hinauf und wieder hinab und wieder hinauf. Hanna öffnete einen Fensterflügel. Die Biene flog hinaus, und in wenigen Sekunden war sie nur noch ein winziger Punkt im flirrenden weißen Licht. Der Duft von Wiesen und Kräutern drang in das Zimmer. Zwischen den Höfen pendelten die Köpfe der Kühe gleichmäßig über saftigem Grün hin und her. Zwei Hunde jagten kläffend dem Tag entgegen.

»Na gut, Kora.« Hanna zog eine frische kurze Hose und ein knappes rosa Shirt an, steckte die Haare zu einem lockeren Knoten zusammen und wählte Ehrlinspiels Privatnummer. Sie konnte nichts verlieren. Höchstens einen Tag in angenehmer Gesellschaft gewinnen.

Sie lauschte dem Klingelton. Der Anrufbeantworter sprang an. Sie wählte seine Handynummer. Die Mailbox antwortete. Und da war es. Dieses dumpfe Ziehen im Bauch. Diese leise Sehnsucht, die sie so sehr zu ignorieren versucht hatte seit ihrem Wiedersehen.

Um halb zwölf hatte sie das Haus gefunden. Die Luft brannte, und außer einem milchigen Kondensstreifen war der Himmel ungetrübt. Ihr Shirt klebte nach dem langen Fußmarsch durch die Stadt unangenehm auf ihrer Haut.

Ehrlinspiel, den sie zuerst daheim gesucht hatte, war nicht da gewesen. So hatte sie ein paar Minuten auf dem Platz am Ende der baumgesäumten Straße gestanden und das Jugendstilhaus betrachtet. Die bunten Treppenhausfenster mit der Bleiverglasung hatten in der Sonne geleuchtet, und aus dem obersten Fenster hatte einer dieser ominösen Kater heruntergeblickt. Vermutlich dieses Monster, das sich laut Ehrlinspiels Erzählung im letzten Winter auf seinen Himbeermarmeladetoast gesetzt hatte. Damals hatte sie nicht damit gerechnet, jemals hier zu stehen.
Dann war sie in den Stadtteil Stühlinger aufgebrochen. Dorthin, wo der Mord geschehen war und Ehrlinspiel vielleicht gerade ermittelte. Neugier, so sagte sie sich, war garantiert nicht im Spiel.
Jetzt beobachtete sie die Frau im Vorgarten, die Wäsche abnahm. Ihre Bewegungen schienen ungelenk und hektisch, und immer wieder sah sie sich um.
Dass sie hier richtig war, hatte Hanna an den Markierungen in grüner und orangener Sprühfarbe erkannt. Und an dem Fetzen Polizeiabsperrband im Gebüsch. Offenbar hatte der Tote, von dem ihr Ehrlinspiel erzählt hatte, auf der Straße gelegen.
Sie strich sich die Haare aus dem Gesicht und ging die Treppe hinauf. »Hallo«, sagte sie zu der Frau, die sich abgewandt hatte.
Die Frau fuhr herum, und der Sack mit den Wäscheklammern fiel zu Boden. Große, grüne Augen fixierten Hanna, ein großer Mund öffnete sich stumm. Neben der Frau hing ein langer Vorhang auf der Leine, der Saum streifte beinahe den Boden. Edvard Munch fiel Hanna ein und *Der Schrei*, ein Totengewand und der Flur einer Psychiatrie, in der sie einmal recherchiert hatte.

»Haben Sie mich jetzt aber erschreckt.«
»Das wollte ich nicht.« Hanna lächelte. »Hanna Brock. Ich suche Hauptkommissar Ehrlinspiel.«
»Ich habe geglaubt, Sie seien meine Tochter.«
»Da muss ich Sie enttäuschen«, sagte Hanna freundlich. Die Tochter musste ja ein ziemlich angsteinflößendes Wesen sein.
»Sind Sie von der Polizei?« Wieder suchten die Augen der Frau die Umgebung ab.
Hanna folgte ihrem Blick. Die Straße lag verlassen in der flimmernden Hitze, die Schatten waren kurz, in der Villa gegenüber spiegelte sich die Sonne in den Fenstern, so dass sie eine Hand über die Augen halten musste. »Ich … Nein. Das heißt, ja, ich gehöre sozusagen dazu.« Umso besser!, dachte Hanna. Dann wird die Dame mir sicher sagen, ob mein vermeintlicher Kollege hier steckt. Sie streckte ihr die Hand hin, und im selben Moment wehte ein sanfter Windhauch den Vorhang über die Schulter der Frau. Mit einer hastigen Bewegung strich sie ihn weg, und während Hanna sich noch über ihre Schreckhaftigkeit wunderte, zog ein vertrauter Duft an ihr vorüber. Holz, Moschus, Mandel- und Kirschblüten und süße Vanille.
»*Kenzo Amour?*« Ein Wort von Frau zu Frau. »Mein Lieblingsparfum«, flunkerte sie. Die Dame würde sich geschmeichelt fühlen, auch wenn sie etwas verwirrt schien.
Die Frau nickte.
»Ist Hauptkommissar Ehrlinspiel im Haus?«
»Haben Sie … Wissen Sie schon, wer sie umgebracht hat?«
»Sie?« Ehrlinspiel hatte doch von einem Mann gesprochen.
»Sie meinen *ihn*.«
»Beide.«
Die frische Sprühfarbe! Das Band im Gestrüpp! Es hatte einen weiteren Toten gegeben! »Nein, noch nicht«, antworte-

te Hanna. »Wissen Sie, wo ich den Kommissar finden kann?« Er suchte natürlich auf Hochtouren nach dem Täter, weiß Gott, wo. Nach Hanna würde er heute kaum suchen. Erst recht nicht nach einer Hanna, die ihn erst vor den Kopf gestoßen hatte und sich jetzt mit ihm bei einem »unschuldigen Kaffee« vergnügen wollte. Was für eine blöde Idee, ihm im wahrsten Sinne des Wortes hinterherzulaufen.
»Weiß ich nicht.« Die Frau blickte zur Straße und nahm eilig die restlichen Vorhänge von der Leine. »Da kommt meine Tochter. Ich muss jetzt.«
Eine zierliche Frau, etwas jünger als Hanna, eilte die Treppe herauf. Ihr wadenlanger Rock flatterte wie ein riesiger Zitronenfalter zwischen den Sträuchern. »Du hast doch noch gewaschen?« Vor ihrer Mutter blieb sie stehen. »Warum? Und das am Tag des Herrn! Wieso hast du denn nicht ...« Dann wandte sie sich Hanna zu. Lächelte unsicher. »Wer sind Sie?«
»Hanna Brock.« Hanna streckte erneut die Hand aus, doch wie die Mutter nahm auch die Tochter sie nicht. »Ich suche einen Kollegen.«
»Sie ist von der Polizei«, erklärte die Mutter.
Hanna spürte den Blick der Tochter heiß wie Brennnesseln an sich hinabgleiten: ungeschminktes Gesicht. Rucksack. Verschwitztes Shirt. Wanderschuhe.
»Polizei. Aha.«
»Ich bin quasi außerdienstlich hier.« Sie setzte ihr charmantestes Lächeln auf. »Und ich bin auch schon wieder weg. Einen schönen Sonntag noch.«
Die Tochter nickte ihr zu. Hanna eilte zur Treppe. Hinter sich hörte sie noch: »Der Pfarrer freut sich schon so auf das Fest und deine Waffeln, und du kannst bei ihm Orgel spielen. Er sagt ...«, als in der Villa gegenüber ein Fenster geschlossen wurde und ein Gesicht hinter der Scheibe verharrte. Hanna

lief um die Sprühmarkierungen herum. Was für eine obskure Gegend, dachte sie. Was für merkwürdige Zeitgenossen. Da gibt es sicher nette Geheimnisse und Abgründe zu erforschen. Stoff für künftige Kolumnen? Entschlossen legte sie einen Schritt zu.

## 22

Ehrlinspiel biss in ein belegtes Käsebrötchen, trank einen Schluck Milchkaffee und sah zu Freitag, der vor der Fensterfront stand. Lorena Stein und er hatten die Köpfe zusammengesteckt.

Um kurz nach halb neun war Freitag mit dem Arm voller Bäckertüten in den Soko-Raum gekommen und hatte seine Mitbringsel auf den Tischen verteilt. Ehrlinspiel hatte er mit einem schlichten »Guten Morgen« begrüßt.

Die Augenlider des Hauptkommissars waren schwer, und am liebsten hätte er diesen Sonntag im Bett verbracht. Ohne Arbeit. Ohne denken zu müssen.

Als der Rechtsmediziner, der Leiter des Dezernats 11 und zum Schluss der Kripochef – Kriminaldirektor und Gourmet – eingetroffen waren, stellte Meike Jagusch sich an den Kopf der Tische und klopfte mit den Fingerknöcheln auf die Platte. Die Gespräche verstummten, alle setzten sich. »Die Soko Draisstraße bearbeitet auch diesen zweiten Mord. Mit einer erweiterten Mannschaft.« Die Soko-Leiterin ließ ihren Blick durch den vollbesetzten Raum schweifen. Ihre Miene war hart, und ihre Augen zeigten tiefe Besorgnis. »Wir müssen davon ausgehen, dass wir es mit ein und demselben Täter zu tun haben.«

»Was macht dich so sicher?«, fragte der Pressesprecher, ein Mann mit strengem Gesichtsausdruck, schmalen Lippen und nach hinten gekämmtem, braunem Haar. Trotz der Hitze trug er eine braunrosa gestreifte Krawatte, und mit dem beigen Hemd dazu wirkte er altmodisch.

Jagusch schrieb die Namen der Opfer auf das Whiteboard. »Sammeln wir Gemeinsamkeiten«, sagte sie und notierte nach und nach, was das Team in den Nachtstunden bereits ermittelt hatte: Tod durch Fremdeinwirkung; beide wohnhaft Draisstraße 8 a; Frührentner beziehungsweise Rentnerin; keine Angehörigen; zurückgezogenes Leben.
»Was ist mit Wimmers Finanzen?«, fragte Jagusch die Wirtschaftskriminalistin Judith Maiwald. »Auch so mau wie beim ersten Opfer?«
»Auf den ersten Blick, ja.« Maiwalds blonde Mähne fiel locker auf ein hautenges, weißes Top.
Ehrlinspiel hatte sie nie zuvor mit offenem Haar gesehen. Vielleicht sollte er bald versuchen, sie auf ein Glas Wein zu treffen. Spätestens, wenn das hier alles vorbei war und Bentley und Bugatti nicht mehr fragend schauen würden, wenn ihr Mensch allein und erschöpft ins Bett fiel, an Hanna dachte und ihnen ein frustriertes »Mist« ins Ohr flüsterte.
»Die Kontoauszüge aus der Wohnung belegen eine schmale Rente. Ausgaben nur für die Miete sowie rund zweihundert Euro im Monat Barabhebungen. Alles bei der Sparkasse um die Ecke. Nichts am Automaten. Keinerlei größere Kontenbewegungen. Die Details prüfen wir noch.«
»Finger- oder Handabdrücke? Lukas? Irgendwelche Übereinstimmungen mit registrierten Spuren?«
»Liegt drüben bei den Daktyloskopen der Landespolizeidirektion. Müsste spätestens morgen klar sein.«
Jagusch nickte. »Und die rechtsmedizinischen Befunde?«
Larsson, der zurückgelehnt auf dem Freischwinger gesessen und weder Brötchen noch Kaffee angerührt hatte, verschränkte die Arme vor der Brust. »Machen wir es kurz. Ich bin zum Lunch verabredet. Kollege Ehrlinspiel war bei der Obduktion zugegen. Lukas Felber hat mir zu Beginn … assistiert.«

Er lächelte den beiden zu, als wolle er demonstrieren, dass Gesetze für ihn angenehme Pflicht und für alle anderen eine verhasste Last waren.

Lukas, der im rechtsmedizinischen Institut die kriminaltechnische Begutachtung der Leiche beendet und sich danach verabschiedet hatte, verdrehte die Augen.

»Erstens«, dozierte Larsson, »Todeszeitpunkt. Ich war um dreiundzwanzig Uhr zehn am Fundort, der ganz klar auch der Tatort ist. Die Leiche war warm, um nicht zu sagen: richtig frisch. Es ist schwer, da etwas exakter einzugrenzen. Die Rektal- im Vergleich zur Außentemperatur ergab laut Henßge-Nomogramm eine Spanne von rund zwei Stunden. Heißt: einundzwanzig Uhr frühester Todeszeitpunkt. Die Totenflecke haben sich wegdrücken lassen und sich nach Drehen der Leiche umgelagert. Das Myosin war bereits an den Aktinfasern gebunden.« Er lächelte in die Runde, und sein Ziegenbärtchen hob sich spitz in die Luft. »Sprich: Wir hatten eine beginnende Leichenstarre in Kaumuskeln, Lidern, Fingern, Zehen. Der idiomuskuläre Wulst war auslösbar und die mimische Muskulatur bei elektrischer Reizung noch voll reagibel.«

»Das bedeutet?« Jagusch schrieb *Todeszeitpunkt* unter den Namen Wimmer und drehte abwartend den Filzstift in der Hand.

»Halb zehn. Plus/minus dreißig Minuten.«

Jagusch trug die Zeit ein.

»Zweitens. Ergebnisse der inneren Leichenschau. Frakturen des Schädels sowie des zentralen und lateralen Mittelgesichts. Zentral haben wir einen Bruch des zahntragenden Oberkiefers. Frakturlinie: Apertura piriformis, laterale Kieferhöhlenwand, Processus pterygoideus des Keilbeins. Keine Spittalfraktur. Lateral liegt eine Jochbeinfraktur vor, genauer: Sutura zygomatico-frontalis, seitliche Orbitawand, Fissura orbitalis inferior, Foramen infraor –«

»Herr Larsson«, übertönte Lorena Steins rauchige Stimme das Gemurmel, das sich bei seinen letzten Worten erhoben hatte. »Wir wären Ihnen sehr verbunden, wenn wir Ihren Ausführungen folgen könnten. Ihren *deutschen* Ausführungen.« Die Oberstaatsanwältin war wie immer elegant gekleidet, trug einen breiten, silbernen Armreif zu einem grauen Kostüm und wirkte angenehm gelassen.

Larsson legte den Finger an die Brille, als wolle er sie nach oben schieben. Doch sie saß bereits korrekt. »Natürlich, Frau Stein.«

Ehrlinspiel beobachtete die beiden. Sie waren die Einzigen im Team, die sich siezten. Weshalb, wusste er nicht. Doch er wünschte, auch er hätte diese formale Distanz zu Larsson gewahrt und nicht vor Jahren schon in das allgemeine Duzen eingestimmt. Jetzt musste er sich oft zurücknehmen – denn ein »Du arroganter Sack« ging deutlich schneller über die Lippen als ein »Sie arroganter Sack«. Und beleidigend wollte er nicht werden. Zumindest nicht hörbar für andere.

»Die Nase ist äußerlich und innerlich unverletzt«, sprach Larsson weiter. »Wir haben innere Einblutungen im Wangengewebe und Hüftbereich gefunden. Die gibt es, wie ihr wisst, nur prämortal.« Er warf Lorena einen spöttischen Seitenblick zu, als wolle er prüfen, ob sie wenigstens dieses triviale Fremdwort kannte. »Die Hauteinblutungen im Gesicht haben die Form eines Schuhs. Sie wurde also vor Todeseintritt mit Füßen traktiert. Cum grano salis.«

»Mit einem Korn Salz? Einem Körnchen Wahrheit? Du bist also nicht ganz sicher?« Freitag legte die Fingerspitzen aneinander.

»Bin ich Gott?« Larsson hob die Arme.

Nein, dachte Ehrlinspiel. Aber du hättest dich bestimmt um den Posten beworben, wenn er frei gewesen wäre. Er rieb sich den verspannten Nacken. Mehr als vier Stunden hatte er im Keller des Instituts für Rechtsmedizin gestanden, Felber und Larsson beim Entkleiden der Toten zugesehen und beobachtet, wie sie Gesicht, Augen, Nase und Mund abtasteten. Er hatte das Knirschen der gebrochenen Knochen gehört und gesehen, wie Arme, Hände, Brust und Rücken Zentimeter für Zentimeter unter Speziallampen abgesucht, fotografiert und wie Haut- und Fremdpartikel asserviert worden waren. Als Lukas gegangen war, hatte er einmal mehr das Kreischen der Schädelsäge und Krachen der Rippen unter den riesigen Spezialscheren auszublenden versucht. Die leisen, sachlichen Gespräche zwischen dem Präparator und den beiden Ärzten hatte er nur am Rande wahrgenommen und sich Gedanken über den oder die Täter gemacht. Eine 87-jährige Frau zu Boden stoßen und brutal treten – so etwas war eher für Jugendgangs typisch, die in der Gruppe stark waren. Deren Leben zwischen anonymer Kindheit im Wohnblock, Hartz-IV-Alltag und einer Zukunft ohne Bildungs- und Job-Perspektive in verzweifelte Aggression münden konnte. Happy Slapping. Diebstahl wegen ein paar Münzen für Kippen. Oder für »Mafiatorte«, wie ihm ein schlaksiger Jugendlicher neulich grinsend ins Gesicht gesagt und dabei einen Pizzakarton geschwenkt hatte. Gewalt aus Langeweile. Aber hier?

»Gibt es verwertbare Abdrücke von den Schuhen?«, fragte Jagusch den Rechtsmediziner.

»Nein«, warf Lukas Felber ein, und Larsson schnaubte hörbar.

»Es ist aber eindeutig ein Tötungsdelikt«, schloss Ehrlinspiel, »wie Lukas es am Fundort schon vermutet hat. Wenn ich es richtig verstehe, deuten neben Lage und Blutspuren vor allem

die Hauteinrisse hinter dem Ohr und die Brüche des Mittelgesichts darauf hin.« Er lächelte Larsson an. »Richtig?«
»Gut aufgepasst, Moritz.« Larsson schob ein paar Papiere zusammen, die vor ihm lagen. »Sie starb wohl wenige Minuten nach dem Sturz. Cum grano salis.« Er betonte jede Silbe. »Todesursache im medizinischen Sinne sind die Schädelverletzungen mit Blutaspiration.«
Ehrlinspiel dachte an den Körper auf dem Stahltisch, der wie helles Leder unter dem Neonlicht geleuchtet hatte und dessen geöffneter Brustkorb zur Seite geklappt gewesen war. Er dachte an die geblähte Lunge, auf die Larsson getippt hatte, und an die schimmernden blauroten Flecke darauf: »Da haben wir's. Aspirationsinseln. Das Blut wurde in die Bronchien gesaugt. Daran ist sie erstickt. Typisch für Schädelbrüche. Findest du auch bei Stichverletzungen im Hals, Moritz. Oder bei Aneurysmen, die in die Luftröhre brechen.«
»Haben Sie irgendeine Vorstellung«, fragte die Oberstaatsanwältin Larsson, »welche Täterpsyche – vorausgesetzt, es handelt sich um denselben Täter – dahinterstecken könnte?«
»Frau Stein«, sagte er mit einem gedehnten Seufzen und zupfte einen nicht vorhandenen Fussel von seinem schwarzen Hemdsärmel, »ich bin Rechtsmediziner. Spekulationen über die Täterpsyche wage ich mir nicht zu erlauben. Das ist allenfalls Sache der Operativen Fallanalyse. Aber die« – er blickte in die Runde – »gibt es in unserem beschaulichen Freiburg ja nicht. Präsentieren Sie mir einen Schuh, mit dem die Dame eventuell getreten wurde. Oder eine verdächtige Person. Dann kann ich sagen: könnte passen oder aber auch nicht. Rückschlüsse von Verletzungsmustern auf Tatwaffen oder gar Menschentypen gibt es höchstens im Film.«
»Herr Larsson« – Lorena Stein lächelte kühl, und ein Sonnenstrahl reflektierte auf ihren rötlichen Haaren –, »danke für

Ihre Ausführungen. Ich erwarte Ihren schriftlichen Bericht noch heute Nachmittag.«

Der Rechtsmediziner stand auf und verbeugte sich kurz, doch seine harten Mundwinkel straften seine Freundlichkeit Lügen. »In diesem Sinne, meine Damen, meine Herren: Ich bin hiermit anderweitig beschäftigt. Wünsche weiterhin frohes Rätselraten.« Seine Lackschuhe klackerten auf dem Linoleum, als er hinausging.

»Was für ein verdammtes Schlamassel«, sagte Felber. »Wir wissen über die tote Frau Wimmer genauso wenig wie über Gärtner. Wer bringt denn zwei harmlose alte Menschen um?«

Keiner sagte etwas.

»Was ist mit diesem Doktor Wittke?«, fragte Meike Jagusch.

»Er ist der Hausarzt der beiden. Er hat Wimmer gefunden und war auch als Erster bei Gärtner.«

»Glaube ich nicht.« Ehrlinspiel öffnete eine kleine Mineralwasserflasche. Es zischte, der Kronkorken schlitterte über den Tisch und fiel zu Boden. »Das hätte er doch wesentlich einfacher haben können. Eine Medikamenten-Überdosis, fertig. Er hätte nie so einen Aufwand betreiben müssen und dann auch noch zwei Totenscheine ausgestellt, in denen ›Todesursache unbekannt‹ steht – und die uns auf den Plan rufen.«

Zustimmendes Gemurmel erfüllte den Raum, dann sagte Frank Lederle, ein elegant gekleideter Kollege Anfang vierzig mit kahlrasiertem, glänzendem Schädel: »Oder erst recht, um von sich abzulenken?«

»Und so ein Risiko eingehen? Das kann ich mir nicht vorstellen. Er wirkt auch nicht wie ein Mörder«, sagte Ehrlinspiel.

»Wie wirkt denn ein Mörder?« Freitag verschränkte die Arme.

»Manchmal unsicher. Empört. Oder gleichgültig.«

»Wittke *war* empört, als er dachte, wir hätten ihn im Visier.« Meike Jagusch sah von Freitag zu Ehrlinspiel und blickte dann auf die Fotos der Opfer, die vergrößert an einer Pinnwand hingen. »Lasst uns auf eine mögliche Verbindung zwischen den Opfern zurückkommen. Mal ehrlich: Wir haben genauso viele Unterschiede wie Gemeinsamkeiten. Mord an einem Mann, am Nachmittag, in der eigenen Wohnung, durch ein Allergie auslösendes Nussöl. Mord an einer Frau, Samstagnacht, draußen, durch Treppensturz.«
»Was ist mit den Nachbarn? Alibis?«, fragte Meike Jagusch und zog eine Linie unter die bisherigen Stichwörter.
Ehrlinspiel berichtete von ihrem Besuch bei der Hausmeisterin und den Roths. »Die Mutter wirkt verwirrt, aber«, schloss er mit einem Seitenblick zu Freitag, »nicht wie eine Mörderin. Die Tochter ist so eine Fromme, etwas distanziert. Beide Frauen geben an, gemeinsam in der Wohnung gewesen zu sein. Allerdings nicht im selben Zimmer. Die Mutter hat angeblich geschlafen. Sie hat auch müde gewirkt, als sie an die Tür gekommen ist. Ich bleibe aber dran an den beiden.«
»Was für ein Motiv sollten die haben?« Freitag zog eine silberne Thermoskanne zu sich heran. »Man bringt seine Nachbarn nicht einfach so um. Da müsste es schon einen handfesten Krach gegeben haben, erst recht, wenn man eine Tat plant. Wir wissen von keinerlei Streit im Haus.«
»Wir wissen vieles nicht. Sonst hätten wir den Täter schon.«
Freitag hob die Augenbrauen, und sein Blick traf Ehrlinspiel wie ein Bündel Giftpfeile. *Es tut mir leid mit der dummen Bemerkung über die ausstehende Beförderung*, versuchte Ehrlinspiel mit offener Miene zu signalisieren. Doch Freitag sagte nur: »Falls es derselbe Täter war, können wir einen Zusammenhang zu dem Mädchen, das Gärtner überfahren hat, endgültig abhaken.«

»Charlotte Schweiger«, sagte Ehrlinspiel. »Hm. Und wenn Hilde Wimmer etwas über den Unfall wusste? Vielleicht hat sie die Eltern oder Freunde gekannt. Wer weiß, was die beiden in all den Jahren miteinander geredet haben. Sie könnte Zusammenhänge hergestellt haben, wegen denen sie zum Schweigen gebracht wurde.«
»Das ist jetzt aber arg weit hergeholt.« Freitag trank und verzog den Mund. »Wer hat denn den gemacht?« Scheppernd setzte er die Tasse ab.
»Ich«, sagte Ehrlinspiel und fuhr fort: »Zugegeben, wir stochern herum. Aber theoretisch durchspielen kann man die Dinge ja.«
»Was ist mit den anderen Nachbarn, diesem Pärchen?« Jagusch schrieb *Zenker, Roth* und zuletzt *Nazemi & Berger* auf das Whiteboard.
»Nicht zu erreichen.« Ehrlinspiel sah in seine Notizen.
»Ich arbeite an den beiden«, sagte Josianne Schneider, eine schwarzgelockte Ermittlerin Anfang dreißig und Expertin für Personenrecherchen. In ihren Ohren glitzerten kleine, goldene Stecker. »Der Mann, Atiq Nazemi, ist Afghane, seine gesamte Familie lebt in Deutschland verstreut. Sie könnten sich unter fünfhundert Adressen aufhalten. Aktenkundig ist keiner der beiden.«
»Die Zenker sagt, sie seien am Freitagmittag weggefahren. Sie wird uns benachrichtigen, sobald« – Ehrlinspiel zitierte aus seinen Aufzeichnungen – »›der Terrorist und seine Helferin uns hier wieder bedrohen‹. Vermutlich klebt sie jetzt am Fenster und wartet.«
»Vielleicht hat Gärtner an seinem Todestag auf Hilde Wimmer gewartet?«, schlug Freitag vor. »Könnte das eine Verbindung sein?«
»Seniorenverlobung mit Lachs und Sekt?« Josianne lachte.

Lukas zog einen Kugelschreiber aus seiner Brusttasche und klopfte damit auf den Tisch. »Warten wir die Auswertung der daktyloskopischen Spuren ab. Eine Übereinstimmung würde uns weiterbringen. Abdrücke, Fasern, irgendwas werden wir finden.«

»Das hoffe ich.« Lorena erhob sich. »Wenn wir morgen keine Ergebnisse haben, gibt es ein Problem.«

Egal, wann Ehrlinspiel die Oberstaatsanwältin in ihrer souveränen Art hörte oder sah: Er blickte immer in ein Problem – in Peters graue Augen. Ihre Augen. Gütig, doch wie aus Eis, wenn es Entscheidungen anzuordnen gab. Lorena verdankte ihre Position nicht ihrem Charme, sondern der Tatsache, dass sie klüger und konsequenter sein konnte als viele ihrer männlichen Kollegen.

»Morgen. Fünfzehn Uhr Pressegespräch. Überlegt euch, was ihr der Öffentlichkeit sagt.« Sie nickte Freitag zu. »Danke.«

»Danke auch«, murmelte der Pressesprecher, als die Tür sich geschlossen hatte und Schweigen sich über den Raum legte.

»Und wenn es ... einfach die Hitze war?«, sagte Frank Lederle und strich sich über den Schädel. »Neueste Forschungen aus den USA und Japan belegen, dass das Wetter uns beeinflusst, sogar die Wirtschaft und Politik. Extreme Hitzewellen sollen zu gesteigerter Aggressivität führen, zu Depressionen und vermehrten Vergewaltigungen, Morden –«

»Wo hast du das denn her?«, fragte Meike Jagusch.

»Im Internet gefunden.« Er hob die Schultern, die in einem dunkelblau changierenden, leichten Jackett steckten.

»Also Gärtner wurde auf keinen Fall wegen der Hitze getötet«, sagte Jagusch. »Das war geplant. Auch die Tat an Hilde Wimmer. Jemand hat sie gezielt aus der Wohnung gelockt. Per Anruf.«

Ehrlinspiel bejahte. »Wir werden die Nummer des letzten An-

rufers hoffentlich vor fünfzehn Uhr morgen erhalten. Dann können wir wenigstens sagen, dass wir konkrete Spuren haben.«
»Nicht nur das. Wir müssen Präsenz zeigen in der Öffentlichkeit. Die Bewohner könnten in Gefahr sein. Die Bevölkerung hat Angst. Freitag, du kümmerst dich um einen Hausschlüssel für die Draisstraße. Ab sofort führen wir zu unregelmäßigen Zeiten Kontrollgänge durch. Das übernehmen Kollegen vom Posten Stühlinger und den Revieren Nord und Süd. Moritz, organisierst du das bitte?« Die Frage klang wie ein Befehl. »Die Streife soll mehrmals am Tag und in der Nacht vor dem Haus auftauchen, draußen auf und ab gehen, hineingehen, sich auch im Haus aufhalten. Das Übliche.«
Der Kriminalhauptkommissar nickte.
»Dann befragt ihr noch einmal die Nachbarn. Komplette Straße. Und den Vermieter.«
Eine halbe Stunde später waren alle Aufgaben verteilt.
»Wir treffen uns unten«, sagte Ehrlinspiel zu Freitag und lief auf den Flur hinaus, wo Felber eben davoneilte. Er hielt ihn am Arm fest. »Sag mal, der Hund –«
»Heißt Jagger.«
Ehrlinspiel ließ ihn los. Harte Schale, weicher Kern, sensibel im Wesen und akribisch im Job – so charakterisierte er seinen Kollegen Dritten gegenüber.
»Manche bleiben allein zurück.« Lukas sah ihn an. »Das ist nicht gut.«
»Der Kerl hat's dir angetan.« Sie gingen das lichtdurchflutete Treppenhaus hinunter. Ehrlinspiel dachte an seine Kater und ihre grausam ermordete Vorbesitzerin.
»Ich wollte schon immer einen Hund.«
»Warum dann erst jetzt?« Der wortkarge Kriminaltechniker hatte nie etwas Derartiges erwähnt.

»Er war allein. Ich war allein.«
Ehrlinspiel blieb auf den Stufen stehen. »Ja, aber Sabine ...«
Lukas ging weiter. »Wohnt nicht mehr bei mir.«
»Ihr habt euch getrennt?« Er lief hinter Lukas her. »Nach zwanzig Jahren Ehe?«
»Neunzehn.«
Ehrlinspiel war sprachlos. Lukas und Sabine hatten seiner Meinung nach eine vorbildliche Ehe geführt. Aber was wusste er schon von den beiden. Von Männern. Von Frauen. Von Männern und Frauen. Kein Miteinander, kein Ohneeinander. In der Tür neben der Cafeteria, von der ein kurzer Weg zum Carport hinter dem Gebäude führte, hörten sie schon das Bellen. Lukas öffnete sein Auto, und Jagger sprang an ihm hoch. Er winkte Ehrlinspiel zu, der sich an seinen Dienstwagen lehnte und den Kopf sinken ließ. Fast wäre er im Stehen eingenickt, während Lukas davonfuhr. Da stupste Freitag ihn an. »Los, die Nachbarschaftsbefragung wartet.«
»Wir sollten zuerst den Schlüssel und die Streife ordern.«
»Schon erledigt«, sagte Freitag tonlos.
»Danke.«
Sie stiegen ein, doch Ehrlinspiel behielt den Autoschlüssel in der Hand. Freitag blickte stur durch die Windschutzscheibe.
»Ist es wegen meiner Bemerkung zu deiner Beförderung?«
»Fahr einfach los. Ich bin zu müde zum Diskutieren.«
»Was hast du vor der Sitzung mit Lorena besprochen? Etwas Fallrelevantes?« Ihr Anruf von wegen sauber ermitteln ging ihm durch den Kopf.
»Ja.«
»Darf ich fragen, was?«
»Stefan Franz. Er ist wieder dabei.«
»Du machst Witze.« Ehrlinspiel starrte seinen Kollegen an.

»Nein.«
»Wer hat das veranlasst?«
»Lorena.«
»Warum?«
»Er wird uns bei den Befragungen unterstützen. Und er wird Streife laufen.«
»Franz hat –«
»Er hat seinen Job gemacht. Und das korrekt. Wir können ihm nichts anhängen.«
»Er ist faul, fett und –«
»Moritz, bitte!« Freitag funkelte ihn an. »Franz ist oft schwer von Begriff. Er erledigt nichts über das Nötigste hinaus. Du kannst ihn nicht leiden. Ich auch nicht. Aber es geht nicht, dass wir ihn aus persönlichen Gründen … rauskicken.« Er sah wieder nach vorn. »Franz hat Lorena seine Sicht der Dinge geschildert. Und sie ist der Ansicht, dass du zu weit gegangen bist mit der Beschwerde.«
Ehrlinspiel fixierte den Schaltknüppel. »Sie hat mir nichts gesagt.«
»Sie hat mich gebeten, es zu tun.«
Daher ihr Nicken zu Freitag, bevor sie gegangen war. »Aha.«
»Sie vertraut dir, Moritz. Mach dir keine Gedanken.«
»Was geht hier eigentlich ab?«
»Du kapierst wirklich nichts, nicht wahr?«
»Stimmt. Ich bin ein Vollidiot. Also klär mich bitte auf.«
Noch immer blickte Freitag geradeaus. »Du stocherst in letzter Zeit nur in deinem eigenen Egosumpf herum. Karriere. Frauen. Deine dämlichen Kater. Du bist aggressiv und fährst andere an.«
»Wie, was?«
»Was in den Menschen um dich herum vorgeht, siehst du doch gar nicht.«

Wut brannte in Ehrlinspiels Kehle. »Du weißt ganz genau, dass das Bullshit ist.«
»Weiß ich das?«
»Du magst Bentley und Bugatti. Du fütterst sie, du kraulst sie! Du feixt mit mir über meinen Frauenverschleiß. Der übrigens Vergangenheit ist«, fügte er hinzu. »Du kaufst Schokolade für uns. Du ärgerst dich auch über Franz.« Er beobachtete Freitag. »Du bist der Aggressive von uns beiden. Was ist los?«
Mit einem Ruck drehte Freitag sich zu ihm. »Du hast mich verletzt. Und statt dass du einfach ›Entschuldigung‹ sagst, ergehst du dich in ellenlangen Ausreden. Schnauze meinetwegen Stefan Franz an. Aber ich bin dein Freund. Dachte ich zumindest.«
»Ich bin ein ›Streber‹. Hast du das vergessen? Hast *du* dich dafür entschuldigt?«
Freitag schnallte sich an. »Komm, fahr los.«
»Es wird Zeit, dass du deinen Urlaub antrittst.« Ehrlinspiel setzte seine Sonnenbrille auf, startete den Wagen, fuhr aus dem Hof – und bremste scharf ab, als er auf die Heinrich-von-Stephan-Straße abbiegen wollte.
Er ließ die Scheibe herunterfahren und nahm die Sonnenbrille betont langsam wieder ab. »Haben Sie sich verlaufen?«
»Haben Sie Lust auf einen Geburtstagskaffee?« Hanna Brock grinste.

# 23

**21:00 Uhr**

»Sie sollten mir ein paar Dinge erklären.« Ehrlinspiel trank seinen großen Schluck Weizenbier. Der Schaum prickelte auf seinen Lippen, und er genoss die kühle Flüssigkeit in seiner Kehle. »Sie haben doch sicher nicht die falsche Wanderkarte erwischt, als Sie heute Mittag vor der Polizeidirektion aufgekreuzt sind. Und einen Kaffee ergattert ein großes Mädchen wie Sie auch allein.«

Hanna blickte über die Bierbänke vor dem Landgasthof, der, zwischen bewaldeten Hügeln eingebettet, die letzten rötlichen Sonnenstrahlen auf seinen Holzschindeln zu sammeln schien. »Ich war in der Draisstraße.«

Moritz Ehrlinspiel stellte das Glas ab und legte die Arme auf die Tischplatte. »Sie können es nicht lassen.« Er wusste nicht, ob er amüsiert sein sollte über Hanna Brocks Teilgeständnis oder erbost über ihre Schnüffelei. Medienmensch blieb Medienmensch. Auch wenn sie Stein und Bein schwor, sich nur noch um Wanderrouten zu kümmern. Konsequenz war eine von Hanna Brocks stärksten Charakterzügen. Sosehr er dies schätzte, so wenig mochte er ihre Neugierde.

Hanna drehte ihr Wasserglas zwischen den Händen. »Der journalistische Schweinehund.« Sie blickte auf, und Ehrlinspiel bemerkte wieder das winzige Muttermal unter ihrem linken Ohrläppchen. »Danke, dass Sie sich noch mit mir getroffen haben.«

»Es ist Ihr Geburtstag.« Er dachte an den Mittag, als sie, das

Gesicht gerötet, mit Rucksack, in Shorts und ohne Make-up plötzlich dagestanden hatte. Wie er sich gefreut hatte, sie zu sehen, und sich gleichzeitig ärgerte, dass er sich freute. Wie Freitag zu lachen begann, er ihm am liebsten den Ellbogen in die Seite gestoßen hätte und stattdessen mit betont cooler Miene Brock erklärte, dass der Tag mit Arbeit ausgebucht war.
Mit einem »Okay, vielleicht ein anderes Mal, viel Erfolg bei der Mörderjagd« stiefelte sie davon – und er war versucht, auszusteigen, sie am Arm zu packen und hinten ins Auto zu setzen. Doch Freitag und er holten Stefan Franz – Schweißflecken unter den Achseln und Zwiebackgeruch aus dem Mund – im Polizeiposten Stühlinger ab, gingen in der glühenden Hitze von Haus zu Haus und erfuhren nichts Neues, außer, dass eine Kollegin nach Ehrlinspiel gesucht hatte. Dunkelhaarig, in Wanderkluft. Also hatte er Hanna angerufen, in völlig sachlichem Ton, und ihr angeboten, sich auf ein spätes Bier in Ehrenkirchen mit ihr zu treffen. Ohne Hintergedanken. Jedenfalls nicht mit denen, die Hanna Brock vielleicht vermutete.
*Kollegin,* dachte er jetzt. Na warte!
»Auf das Älterwerden!« Sie stießen an.
»Mit Blumen werde ich Sie nicht überschütten.« Er zog den Mundwinkel hoch. »Kollegin.«
Hanna Brock presste die Lippen aufeinander. »Das war keine Absicht. Es hat sich … so ergeben.«
Er sagte nichts. Schweigen verunsicherte die meisten Menschen. Sie wollten die Stille füllen, die angespannte Leere beenden, und nicht selten sprudelten dann die Geständnisse aus ihnen heraus. Dass das bei Brock klappte, bezweifelte er allerdings.
»Diese Frau hat mich gefragt, ob ich von der Polizei bin.« Sie

strich sich ein paar Haare aus der Stirn. Kein Schmuck, stellte Ehrlinspiel fest. »Ich habe nicht widersprochen.«
»Welche Frau?«
Eine Gruppe Leute kam und setzte sich an einen Tisch nicht weit entfernt. Die Sonne verschwand hinter den Tannenspitzen, und das Licht wurde zu einem intensiven Türkisblau. Ehrlinspiel überlegte, ob er rasch in das Landgasthaus gehen und Streichhölzer für die Teelichter auf den Tischen holen sollte.
»Eine Bewohnerin. Sie hat Wäsche abgehängt, ich habe kurz mit ihr gesprochen. Dann kam ihre Tochter, und ich bin gegangen.«
Thea und Miriam Roth. Miriam war es gewesen, die »eine Kollegin auf der Suche nach Ihnen« erwähnt und Ehrlinspiel dabei aus ihren blauen Augen angesehen hatte, als amüsiere sie sich über einen Zirkushund, der Männchen macht, um einen Wurstzipfel zu ergattern.
Die Tochter war allein gewesen und deutlich entspannter als in der Nacht.
»Wie geht es Ihrer Mutter?«, hatte er gefragt.
»Sie ist beim Pfarrer. Das tut ihr gut, und da ist sie sicher. Sie bereiten das Sommerfest im Eschholzpark vor.« Nach einer Pause hatte sie ergänzt: »Wir haben Angst, Herr Ehrlinspiel. Ich traue mich kaum noch vor die Tür.«
»Für Ihre Sicherheit ist gesorgt. Wir haben das Haus unter Polizeischutz gestellt«, hatte er eine Floskel angebracht.
»Ich fühle mich trotzdem bedroht. Würden Sie das nicht?«
Doch, hatte er gedacht, wahrscheinlich.
»Die Bewohnerin. Blonde Haare, schulterlang, schlank?«, fragte er Hanna Brock nun.
Sie bejahte.
Eine Bedienung kam, und Ehrlinspiel bestellte ein Wasser. Er

war mit dem Auto da. Auch Hanna Brock nahm ein Wasser. Ihr zweites.

»So zurückhaltend heute? Kein Wein? Sie können zu Fuß nach Hause gehen.«

»Ich habe mich ein Mal bekleckert. Das genügt.« Sie fixierte ihn. »Wer ist das zweite Opfer?«

»Tut mir leid, *Kollegin*.«

»Hören Sie, ich –«

»Erzählen Sie mir einfach, was Sie wissen. Mit diesem Spiel haben wir ja bereits Übung.« In einem Zug trank er das Weizenbier. »Wie haben die Frauen auf Sie gewirkt? Mit wem haben Sie noch gesprochen?«

Hanna rutschte auf der Bank hin und her. Dann berichtete sie von den Vorhängen auf der Wäscheleine und ihrer Assoziation mit Edvard Munchs *Der Schrei*. Von Thea Roths Schreckhaftigkeit. Davon, wie sie sie mit der Bemerkung über das Parfum für sich gewonnen und wie die Tochter ihr Outfit gemustert hatte.

Ehrlinspiel hörte zu. Dann stand er auf. »Entschuldigen Sie einen Moment.« Neben dem Gasthaus lehnte er sich an einen Baum und tippte die Kurzwahltaste für Lukas Felbers Privatanschluss. »Zwei Fragen.«

»Jagger geht es gut. Sabine ist nicht zurückgekommen.«

»Die Vorhänge.«

»Was?«

»Die Wohnung von Frau Wimmer. Als ich vor zwei Wochen mit ihr geredet habe, hingen dort Vorhänge. Heute Nacht nicht. Habt ihr noch welche gefunden?«

»Nein. Aber wir haben gerade –«

»Hast du auch dieses schwere Parfum gerochen? Süßlich, blumig? Irgendwie so?«

»Ja.«

»Gab es in der Wohnung eine Flasche dazu? War es ihres?«
»Keine Ahnung, Moritz. Ich habe nicht an jedem Flakon geschnuppert. Aber jetzt hör mal: Die Landespolizeidirektion hat die daktyloskopischen Ergebnisse gefaxt. Ein Satz der unbekannten Fingerabdrücke aus Gärtners Wohnung stimmt mit welchen aus Wimmers Wohnung überein.«
»Ich wusste es!« Er löste sich von dem Baum und nahm das Handy ans andere Ohr. Im Biergarten konnte er Hannas Silhouette sehen, die allein an dem großen Biertisch verloren wirkte.
»Es sind frische Abdrücke bei Wimmer. Sie waren auf dem Glas mit dem Rest Eistee auf dem Sofatisch.«
»Also war jemand bei ihr. Kurz vor ihrem Tod. Eventuell der Mörder. Oder die Mörderin.« Die auch gleich die Vorhänge abgenommen und eine Parfumwolke hinterlassen hat, fügte er für sich hinzu. »Habt ihr vor dem Versiegeln das Schloss ausgetauscht?«
»Natürlich.«
»Bis gleich.« Er ging zu Hanna zurück. »Haben Sie heute Abend noch etwas vor?«, fragte er.

Das Papiersiegel zerriss mit einem leisen Ratschen, und Sekunden später standen Ehrlinspiel und Hanna Brock in dem engen, dunklen Flur. Nur ein schmaler Lichtstreifen fiel durch die geöffnete Küchentür auf den Teppichboden. Die Luft war heiß und trocken.
»Ein anständiger Junge, soso«, flüsterte Hanna.
Ehrlinspiel schloss die Tür von innen. »Mindestens so rechtschaffen wie Sie, braves Mädchen.« Er hatte bei Lukas den Schlüssel geholt, Hanna Brock hatte im Wagen gewartet. Der Kriminaltechniker hatte nicht weiter gefragt. Dass Beamte mehrmals in die Wohnung eines Opfers gingen und sie da-

nach wieder versiegelten, war üblich. Dass sie dabei Fremde mitnahmen, nicht.

»Die Direktive des Abends lautet: Rühren Sie nichts an. Erstens. Zweitens: Sollten Sie auch nur einem Menschen von unserem kleinen Ausflug berichten, war das unser letzter gemeinsamer Abend.«

»Sie wollen mich also wiedersehen?« Sie tastete sich durch den Flur, er folgte ihr. Licht einzuschalten wäre genauso eine Katastrophe gewesen, wie diese Frau mit ihrer frechen Art eine war. Er musste seine kleine Verfehlung ja nicht unbedingt in strahlende Helle setzen. »Jetzt beweisen Sie erst mal Ihre Spürnase.« Zwar beging er keinen gesetzlichen Fehltritt, indem er Frau Brock hier hereinschleppte. Doch konventionelle Arbeit sähe anders aus. Wohl fühlte er sich dabei nicht. Die Hoffnung auf einen neuen Ermittlungsimpuls aber war stärker als seine Bedenken.

»Meine Güte«, sagte Hanna Brock.

Das Wohnzimmer lag im schwachen Licht der Straßenlampen. Die Luft glich einem Dörrofen. »Das ist ja ... ein Mauseloch.«

»Auf jeden Fall keine Parfümerie. Also, was riechen Sie?«

»Chemie. Und *Kenzo Amour*.«

»Die Nachbarin?« Thea Roth.

»Exakt.«

»Hundert Prozent?«

»Zweihundert.«

»Sie warten hier!« Er ging ins Badezimmer und leuchtete mit einer Taschenlampe auf die Spiegelablage. *Kölnisch Wasser*. Ein zweites Fläschchen aus einem Drogeriemarkt mit der Aufschrift *Lavendel-Damenduft*. Keine teuren Marken. Kein Kenzo. Mit einem Taschentuch öffnete er das einzige Schränkchen. Medikamente. Kosmetiktücher. Seniorenwindeln. Kein

Kenzo. Thea Roth hatte gelogen. Sie war hier gewesen. Am Tag des Mordes. Oder die Tochter – falls die das Parfum auch benutzte. Vielleicht war das endlich eine Spur.
»Gut gemacht, Kollegin«, sagte er, wieder im Wohnzimmer. Hannas Gesicht lag im Schatten. »Sind Kollegen bei der Polizei nicht per du?«
Der Kommissar war baff. Er hatte Fragen zu den beiden Toten erwartet, ein Nachbohren, wer die Nachbarin war, ein enthusiastisches »Die kriegen wir!«. Stattdessen dieser schlichte persönliche Satz. Hier, in diesem fremden, verbotenen Zimmer, in der Enge der Nacht, klang es wie ein Antrag, ihre Bekanntschaft auf eine intime Ebene zu stellen. Distanz aufzugeben. Er war nicht sicher, ob er das wollte. War sich nicht im Klaren darüber, was er von Hanna erwartete. Ihm gefiel, wie sie dastand, wie die Silhouette ihrer Brüste sanft in nicht zu schmale Hüften und von da in die Rundungen des Pos überging. Ihm gefielen ihr forsches Wesen und ihr Lebensmut.
»Da drüben ist was«, unterbrach sie seine Gedanken und huschte neben das Fenster. »Da, sehen Sie mal!«
Er trat schräg hinter sie und blickte über ihre Schulter. Baumwipfel, auch sie in das Licht der Straßenlaternen getaucht. Parkende Autos, etwas entfernt das silberne Dach seines Dienstwagens. Mülltonnen. Ein Sandkasten, die Wäscheleine.
»Nicht bewegen«, sagte sie. »Sonst fallen wir auf.«
»Ich sehe nichts.« Nur deinen zierlichen Nacken, dachte er, und deine hochgesteckten Haare, in die ich vor vielen Monaten einmal meine Nase gesteckt habe.
»Jetzt ist es weg.« Sie klang enttäuscht.
»Was denn, bitte?« Schnell trat er einen Schritt zurück.
»Ein Lichtreflex hinter dem Fenster. Bewegungen. Direkt gegenüber. Wie ein … ein Fernrohr.«

Ehrlinspiel begann zu lachen.
»Sie glauben mir nicht.« Sie stemmte die Hände in die Hüften.
»Nein.«
»Aber es war da! In dieser Villa. Zweites Fenster von links.«
»Wir sind hier nicht in einem Hitchcockfilm, Frau Brock. Sind Sie sicher, dass Ihre Phantasie nicht ... ein wenig überreizt ist?«
»Na ja.« Sie zögerte. »Ich bin etwas überdreht zurzeit. Aber auf jeden Fall hat da etwas gespiegelt. Etwas Rundes.«
Er musste grinsen, aber vermutlich sah sie es nicht. Er war froh darüber. Trotzdem warf er noch einen Blick hinüber. Nur zur Sicherheit, sagte er sich. Spanner gab es schließlich überall. Doch das Fenster war dunkel, nichts bewegte sich oder reflektierte. »Lassen Sie uns hier verschwinden.«
»Aber wenn doch ...«
Auch das gefiel ihm. Ihre verrückten Ideen und ihre unglaubliche Vorstellungskraft. »Ich bin der Moritz«, sagte er.

# 24

Montag, 9. August, 8:15 Uhr

Nebenan warteten bereits drei Patienten. Doktor Wittke war noch nicht da. Über dem Tresen lehnte ein hagerer Mann und maulte sie an, weil sie ihn ohne Versichertenkarte nicht ins Wartezimmer lassen wollte, und die Laufmasche, die sich wie eine Raupe aus ihrem Schuh schob, war inzwischen über ihre mächtigen Waden bis unter den Rock gekrochen.
Der Tag begann so grauenhaft, wie die Nacht geendet hatte. Sie begriff nichts mehr. Sie musste mit jemandem reden. Jetzt. Mit Thea Roth. Sie war die Einzige, die ihr zuhören würde.
Gabriele Hofmann sah auf ihre Armbanduhr. Das Band schnitt tief in das Fleisch ihres Unterarmes. Viertel nach acht. Weder Hilde Wimmer noch Frau Roth waren bisher erschienen. Ihr Magen war wie eine Jauchegrube, in der jemand rührte, und jemand anders schien ihr alle paar Sekunden gegen den Hinterkopf zu schlagen.
Vor zwei Tagen hatte sie Hoffnung geschöpft. Die Weinflasche in der Hand, stand sie im Wohnzimmer und sah auf die Straße. Jeden Abend war er dort gewesen. Elf Stockwerke unter ihrem Bunker. Jeden Abend, seit sie vor zwei Wochen die Bewegung hinter den Müllcontainern entdeckt hatte. Er war keine Täuschung gewesen und nicht die Auswirkung des Weins. Am Samstag aber tauchte er nicht auf. Ihre Augen hafteten auf dem Pfad, der sich über den perfekt getrimmten Rasen von der Straße auf das Hochhaus zuschlängelte und neben den Müllcontainern am Eingang zur Tiefgarage endete. Nur

ein paar Jugendliche torkelten vorbei. Du bist ihn los, sagte sie sich gegen zwei Uhr morgens und zerrte erleichtert den Weinkarton zwischen den Schränken hervor. Eine Belohnung. Ja. Das war gut. Ein Glas. Zur Feier ihres neuen Lebens. Der Typ hatte nichts von ihr gewollt. Ein Zufall. Ein Spinner.

Am Sonntag erwachte sie erst gegen Mittag, neben sich drei leere Flaschen und ein umgefallenes Glas, in dem sich die wenigen Sonnenstrahlen brachen, die ihren Weg durch den dicken Vorhang fanden. Der Teppich stank nach Alkohol. Vermutlich hatte sie eine schwache Alkoholvergiftung. Sie wuchtete sich aus dem Sofa, schleppte sich mit verklebten Augen zum Kühlschrank und aß im Stehen eine Packung Wurstaufschnitt ohne Brot. Du bist ihn los, hatte sie sich wieder gesagt und sich noch ein großes Stück Emmentaler genehmigt.

»Hören Sie mir überhaupt zu«, blaffte der Hagere sie jetzt an und schlug auf die glänzende Holzplatte. »Ich habe Schmerzen! Mein Bein ist verletzt und –«

»Tut mir leid, Sie müssen –«

»Bürokratie!«, brüllte er und humpelte davon. Die Tür fiel krachend ins Schloss. Ihr Kopf drohte zu platzen.

Acht Uhr zwanzig. Gabriele blätterte in dem dicken Terminbuch. *Hilde Wimmer, 8 Uhr.* Die Alte hätte längst hier sein müssen. Nein. Nicht die Alte. Die war ihr so egal wie das verletzte Bein dieses Typen. Ihre Begleiterin wollte sie sehen. Thea Roth.

Sie wischte sich über die Stirn. Sie war schweißig. Es waren die Ausdünstungen der Angst. Der Schwäche. Und des Alkohols.

Drei Flaschen Wein. Auch heute Nacht. Aber nicht aus Erleichterung, sondern aus Panik. Denn gestern war er wieder

da gewesen. Gegen einundzwanzig Uhr kam er im fahlen Licht der Laternen den Fußweg entlang. Wie immer. Er näherte sich mit stets exakt derselben Geschwindigkeit, fast wie ein Roboter. Am Müllcontainer blieb er stehen, als habe jemand den Stecker aus einer elektrischen Puppe gezogen. Fünfzehn Minuten verharrte er hinter den riesigen, schwarzen Behältern, einige Male glühte eine Zigarette auf, dann ging er in demselben Tempo davon.
Sie umklammerte die Flasche und sah ihm durch die Vorhänge hinterher, keuchend und mit feuchten Händen, als er plötzlich stehen blieb. Langsam drehte er sich um, unter einer flackernden Laterne, und hob die Hand. Dumpf war die Flasche auf dem Teppich gelandet, der Wein gluckernd herausgelaufen.
Das Telefon schreckte sie aus ihren Gedanken. Sie riss den Hörer aus der Ladeschale, er rutschte ihr aus der Hand, *verdammt,* sie nahm ihn auf und presste ihn ans Ohr. Ein neuer Patient. Keine Wimmer, keine Thea, die ihre Verspätung erklärten. Sie atmete tief durch und gab dem Anrufer einen Termin. Die Schläge gegen ihren Kopf erfolgten in dichteren Abständen.
Aus dem Medikamentenschrank im Behandlungszimmer nahm sie ein Aspirin und ein Paracetamol. Jedes Mal, wenn sie hier war, sah sie im Geist Doktor Wittke am Tisch sitzen. Sah sein Lächeln. Hörte seine Stimme, die wie Sand knirschte: »Das tägliche Glas tut Ihnen sicher gut. Nerven und Kreislauf.« Sie musste einen klaren Kopf bekommen.
Hinter ihr klickte es, sie fuhr herum.
»Guten Morgen, Frau Hofmann.«
»Morgen, Herr Doktor.« Hektisch schloss sie den Schrank und ließ die Tabletten in die Tasche ihres weißen Kittels gleiten.

»Kopfschmerzen?« Er stellte seine Tasche auf den Schreibtisch. »Bedienen Sie sich ruhig.«
»Vielleicht eine Sommergrippe.« Nicht keuchen!, befahl sie sich.
»Bestimmt.« Sein Mund verzog sich fast unmerklich, und in seinen Augen glaubte sie ein Wissen zu erkennen, das sie mit Ekel vor sich selbst erfüllte.
Sie ging zur Tür. »Soll ich den ersten Patienten schicken?«
»In fünf Minuten. Ich muss noch telefonieren.«
»Ja, Herr Doktor.«
»Ach übrigens« – er sah die Post durch, die auf seinem Tisch lag –, »ziehen Sie doch bei Gelegenheit eine neue Strumpfhose an. Das sieht etwas … ungepflegt aus.«
»Ja, Herr Doktor.« Sie schob sich hinaus und schloss leise und sanft die Tür, als könne das ihren Auftritt ungeschehen machen. Ihre Mundwinkel zuckten. Sie wusste nicht, was sie zu ihrer Verteidigung hätte sagen sollen.
Wenn Thea Roth da ist, wird alles gut, Gabi, redete sie sich ein und wusste zugleich, dass nichts gut würde. Es gab diese Momente, in denen ihr beschissenes Leben noch ein Stück weiter in die Kloake rutschte und die sie vorhersah wie die Handlung eines Groschenromans.
Sie öffnete die Tür zum Wartezimmer. Acht Uhr fünfundzwanzig. Keine Alte.
Keine Thea Roth, die ihr die ersten netten Worte des Tages schenken würde. Keine Freundin. Niemand, um sich anzuvertrauen.
Vier Minuten nach halb neun tippte sie Wimmers Nummer ein. Niemand ging ans Telefon. Sie zögerte. Wählte Roths Nummer.
»Hallo?«
Gabi fühlte sich mit einem Mal federleicht. »Einen wunder-

schönen guten Morgen«, begrüßte sie Thea Roth. »Praxis Doktor Wittke, Gabriele Hofmann hier.«
»Ja?«
»Frau Wimmer hatte einen Termin um acht Uhr. Ich konnte sie nicht erreichen und mache mir Sorgen.«
Am andern Ende blieb es stumm. Dann: »Sie ist tot.«
Ein Patient kam aus dem Wartezimmer. »Wie lange dauert das denn noch? Ich muss zur Arbeit! Können Sie Ihre Termine nicht koordinieren?« Sie bedeutete ihm, sich zu gedulden, doch er schüttelte den Kopf und lief vor ihr auf und ab.
»Tot?«, presste Gabriele Hofmann leise hervor. »Das wusste ich nicht. Der Herr Doktor hat gar nichts gesagt. Was ist passiert?«
»Sie ... sie ist ermordet worden. Am Samstagabend.« Thea stockte. »Jedenfalls war die Polizei im Haus.«
»Das ist ja schrecklich«, sagte Gabriele Hofmann, fühlte aber weder Mitleid, noch war sie schockiert.
»Wie der Herr Gärtner.«
»Gärtner? Martin Gärtner?« Auch davon hatte sie nichts gewusst. Aber sie hatte schließlich genug eigene Sorgen. »Dann kommen Sie heute nicht?« Schon als sie es sagte, hätte sie sich in den Hintern treten mögen. Sie war wirklich ein fettes, dummes Trampeltier. Der Patient blieb vor ihr stehen. Sie drehte sich zur Seite. »Also, ich meine ... wir hätten darüber reden können. Es nimmt Sie doch sicher sehr mit.« Gerettet. Das war sogar eine weitaus bessere Chance. Ja, sie würde Frau Roth zuhören und ihr helfen, und im Gegenzug würde Thea ihr, Gabi, zuhören.
»Das ist nett, aber ich komme schon klar.«
Im Hintergrund hörte Gabriele eine andere Stimme durch das Telefon, und dumpf, als halte sie die Hand über die Muschel, sagte Thea: »Ja, mein Schatz, versprochen. Mach dir keine

Sorgen. Pass auf dich auf. Bis heute Abend!« Eine Tür öffnete und schloss sich.
»Ihre Tochter?«, fragte Gabriele.
»Ja. Meine Miriam.« Theas Stimme erstarb.
*Das ist deine Chance! Ergreife sie!* »Wissen Sie was, ich könnte Ihnen etwas zur Beruhigung geben. Sie kommen rasch rüber, und ich nehme das in die Hand. Oder Doktor Wittke –«
»Nein, nein, ich brauche keinen Arzt. Ich habe nur Kopfschmerzen und schlecht geschlafen. Es war etwas viel.«
»Das verstehe ich.« Nicht aufgeben. Sie braucht dich. Du brauchst sie. Gabriele bemühte sich um einen verschwörerischen Ton. »Ich könnte in der Mittagspause auf einen Sprung bei Ihnen vorbeischauen.« Aus dem Augenwinkel beobachtete sie den Patienten und flüsterte: »Der Chef muss es nicht wissen. Ich gebe Ihnen etwas, und Sie werden fröhlich sein und tanzen wie die Monroe in ihren besten Jahren.« Sie war stolz, dass sie sich an ihr Gespräch von neulich erinnerte. Bald würden sie sich auch duzen.
Frau Roth wehrte ab. Gabriele redete auf sie ein. Dann hörte sie, wie bei Thea die Türglocke ertönte.
»Moment.« Ein dumpfer Schlag drang an Gabrieles Ohr. Thea hatte den Hörer weggelegt. Bei der war ja was los. Sie hörte Schritte und wie die Wohnungstür geöffnet wurde.
»Guten Morgen, Frau Roth«, sagte eine Männerstimme, die ihr vage bekannt vorkam. »Wir würden uns gern mit Ihnen unterhalten.« Kurz blieb es still. »Ich komme gleich«, sagte Thea, dann wurden die Schritte lauter, und sie sprach in den Hörer. »In Ordnung. In der Mittagspause.«
Am liebsten wäre Gabi gleich losgestürzt. Eine Flasche Wein in der einen und eine Schachtel Pralinen für die Freundin in der anderen Hand. »Ja«, sagte sie laut und schlug mit der Hand auf den Rezeptblock. Endlich eine Vertraute! Sie würde

ihr von dem Mann erzählen, der abends um ihr Haus schlich. Von dem sie sich bedroht fühlte. Von Haralds Brutalität. Vielleicht würde sie den Mut finden, dann zur Polizei zu gehen. Gemeinsam mit Thea.
Als sie aufsah, lehnte Doktor Wittke am Tresen. Sie hatte ihn nicht bemerkt. Kalt sah er sie an.

## 25.

10:30 Uhr

Ehrlinspiel betrachtete das Lichtbild im Reisepass. »Haare gefärbt?«
»Ich wäre sonst grau. In meinem Alter.« Thea Roth sah zu Boden.
»Danke, dass Sie mit uns in die Polizeidirektion gekommen sind.« Er reichte Stefan Franz den Pass. »Kopieren Sie den und checken die Daten später ab.« Wenn der faule Hund schon wieder mitmischte, sollte er ruhig ein wenig Arbeit erledigen.
Mit ausdrucksloser Miene legte der Polizeihauptmeister das Dokument vor sich hin. Zusammen mit einer Soko-Schreibkraft, einer Frau um die sechzig, deren Finger bereits auf dem Laptop lagen, saß er an einem kleinen Beistelltisch in Ehrlinspiels und Freitags Büro. Franz' birnenförmiges Gesicht und sein kaum vorhandener Hals kamen Ehrlinspiel noch fetter vor als sonst. Der Hintern des Polizisten steckte in einer khakifarbenen Uniformhose und ragte links und rechts über den Stuhl hinaus. Auf einem der feisten Schenkel klebte etwas Helles, das wie eingetrockneter Schmelzkäse aussah. Obwohl er nun Angehöriger einer Mordkommission war, weigerte sich Franz, in Zivil zu kommen. Provokation? Trotteligkeit? Ehrlinspiel hoffte, dass ihnen wenigstens die speckigen Hemdknöpfe nicht um die Ohren fliegen würden.
Er setzte sich auf seinen Drehstuhl und wandte sich zu Frau Roth. Sie hatte ihren Platz am schmalen Ende des großen

Tischovals eingenommen, an dem auch die Kommissare einander gegenübersaßen.
Freitag beugte sich zwischen Tastatur, sauber gestapelten Aktenmappen und Familienfotos nach vorn. Seine Augen waren zu skeptisch blickenden Schlitzen zusammengezogen, die mit den Bügelfalten seines hellblauen Hemds zu wetteifern schienen.
Befragungen führten sie meist in ihren Büros durch. Ehrlinspiel mochte das Vernehmungszimmer nicht. Es war klein, hatte kahle Wände und war nicht das, was ihm wichtig war: ein Raum zum Wohlfühlen, in dem er Beziehungsarbeit leisten konnte. Denn nichts anderes waren solche Gespräche.
Jetzt war es still wie im Theater.
Alle Augen waren auf ihn gerichtet, jeder wartete auf das erste Wort. Seinen Text kannte er so gut wie Idris die Welt arabischer Weisheiten.
»Sie sind als Zeugin hier, Frau Roth. Sie wissen, warum.«
Sie nickte. Duftete nach Kenzo Amour. Trotz des hochsommerlichen Wetters trug sie ein Halstuch. Ihre Hände lagen locker um die Griffe einer Handtasche, die sie auf dem Schoß hielt und die eindeutig aus Krokodilleder war.
Ehrlinspiel schluckte beim Blick auf das glänzende, fein strukturierte Material. Bauchhaut junger Tiere, der Rest des Krokos landete komplett auf dem Müll. Aber das gehörte nicht hierher. »Sie können die Auskunft auf Fragen verweigern, die Sie selbst oder einen Angehörigen in die Gefahr bringen würden, wegen einer Straftat oder Ordnungswidrigkeit verfolgt zu werden.« Paragraf 55 Strafprozessordnung. Belehrungspflicht.
Frau Roth sah ihn an. Sie wirkte entspannt.
Nun kam die Kür: die zwischenmenschliche Ebene ausloten, glaubhafte Aussagen erhalten. »Es gibt Hinweise, dass Sie in

der Wohnung Ihrer verstorbenen Nachbarin waren.« Vier Sekunden Kunstpause. »Kurz vor ihrem Tod.«
Freitag blickte mit hochgezogenen Augenbrauen zu Ehrlinspiel.
Wie er Freitag erklären sollte, wie er zu dem Hinweis gekommen war, würde Ehrlinspiel sich später überlegen. Hanna. *Kenzo*. Der kleine Ausflug. Er hatte dem Kollegen lediglich mitgeteilt, dass er Thea Roth zur Befragung abholen würde. Freitag hatte die Hände in die Taschen seiner Bundfaltenhose geschoben und trocken erwidert: »Du wirst wissen, was du tust.«
Keine Absprache, wie sie vorgehen würden. Kein Plan, wer welchen Befragungspart übernahm. Ob einer den Freundlichen, der andere den Strengen geben sollte. Dabei profitierten sie oft von ihrem hervorragenden Zusammenspiel. Beide waren gute Vernehmer. Beherrschten eine durchdachte Fragetechnik und besaßen ein feines Gespür für ihr Gegenüber. Das war nicht selbstverständlich. Denn seit der schrittweisen Polizeireform Mitte der neunziger Jahre wurden Beamte nicht mehr für spezielle Aufgaben ausgebildet. Jeder musste jetzt alles können. Spezialkompetenzen erwarb man in Kursen.
Ehrlinspiel hielt das für unzureichend. Niemand lernte in vier Wochen psychologisches Geschick, rhetorische Taktik und wie man abgebrühten oder verängstigten Typen Informationen entlockte. Noch heute war er dankbar, dass sein Bärenführer – so nannten sie erfahrene Mentoren, die mit Leben und Job tief vertraut waren und die Jüngeren in die harte Praxis einführten – ihm beigebracht hatte, wie man gezielt Beziehungen aufbaute und festigte. Phase eins dieser Strategie: das Gegenüber kennenlernen und herausfinden, welche Werte ihm wichtig waren. Treue, Verantwortung, Ehrgefühl etwa.

Thea Roths Blick ging stumm von Ehrlinspiel zu der Box auf seinem Schreibtisch.

»Also: Waren Sie in Hilde Wimmers Wohnung?«

Keine Antwort.

»Mögen Sie Tiere? Ich sammle in diesem Kästchen Rezepte für meine Kater.« Er fuhr mit dem Finger über die Perlen auf dem Deckel. »Es sind Brüder. Sie heißen Bentley und Bugatti.«

Ein Lächeln huschte über ihr Gesicht.

Ein markerschütterndes Quietschen ließ Ehrlinspiel zusammenzucken. Franz war vom Tisch zurückgerutscht, und die Stuhlbeine hatten Streifen auf dem blauen Linoleum hinterlassen. Mit dem linken Zeigefinger bohrte er im Ohr. »Gourmetbox.«

»So steht es da«, sagte Ehrlinspiel ruhig und hätte Franz am liebsten mit einem riesigen Stück Leber aus seinem Katzenfuttervorrat das Maul gestopft.

»Ich weiß nicht«, sagte Thea Roth. »Ich habe nichts gegen Tiere.«

Er warf einen Seitenblick auf die Krokotasche. »Aber Sie mögen Menschen?«

»Natürlich.«

»Alte Menschen? Einsame?«

»Auch.«

Sie sah ihn an, und wieder staunte er über die bernsteinfarbenen Einsprengsel in ihren grünen Augen.

»Sie haben sich um Frau Wimmer gekümmert.«

»Das wissen Sie doch.« Ihre Hände spielten mit den Taschengriffen.

»Das ist nett von Ihnen. Die Hilfe hat Ihnen viel bedeutet, oder?«

Sie nickte.

»Bestimmt auch am Samstagabend.« Er legte Mitgefühl in

seine Worte und wusste, dass sie gleichzeitig Anschuldigung waren.

»Ich habe sie zuletzt am ... ich weiß nicht mehr, wann, aber auf jeden Fall beim Einkaufen gesehen.«

»Sie haben keinen Eistee mit ihr getrunken? Samstagabend?« Der Hauptkommissar lehnte sich zurück und schlug die Beine übereinander. Sie steckten in einer neuen Jeans mit Knittereffekten.

Sie ließ die Schultern sinken. Nach einer Pause zog sie die Nase hoch. Ehrlinspiel schob eine Packung Papiertücher zu ihr. Sie nahm eines. »Ich weiß es nicht.«

Freitag stützte das Kinn auf seine gefalteten Hände. »Das ist doch nicht verboten, Frau Roth. Im Gegenteil.«

Machst du also doch mit, dachte Ehrlinspiel und beobachtete Freitags Mimik. Offenes Lachen, hochgezogene Augenbrauen. Der freundliche Junge. Er würde Phase zwei der Kür einleiten: Brücken bauen. Weg von jeglichen Vorwürfen. Respekt signalisieren und Verständnis. Für einen Moment dachte Ehrlinspiel, dass er, Moritz, diese Taktik im Job besser beherrschte als privat.

»Es sollten sich viel mehr Menschen um unsere Senioren kümmern«, sagte Freitag. »Wir werden alle alt, und es gibt immer weniger, die das interessiert. Die Alterspyramide«, seufzte er und öffnete die Hände. »Warum haben Sie uns nicht einfach erzählt, dass Sie Frau Wimmer besucht haben?«

»Ich wollte ... nichts mit ihrem Tod zu tun haben.« Sie wandte sich zu Freitag. Woher sie den Hinweis hatten, fragte sie nicht.

»Aber wir« – Freitag warf Ehrlinspiel einen Seitenblick zu, und seine Stimme hob sich leicht – »finden doch sowieso alles heraus.«

»Mhm.«

»Wann waren Sie denn bei ihr?«
»Ich bin um acht gegangen.«
»Über was haben Sie geredet?«
»Über diesen Film. Sie wollte unbedingt diesen *Elizabeth*-Film sehen. Davor habe ich ihr Heiratsannoncen vorgelesen. Und ... und Todesanzeigen. Sie wollte das. Sie war ganz versessen auf Todesanzeigen.«
Ehrlinspiel bemerkte ein Zucken um Paul Freitags Mundwinkel. »Viele ältere Leute lesen Todesanzeigen«, sagte der. »Machen Sie sich darüber keine Gedanken. Frau Wimmer war also ganz sorglos und wollte nicht noch einmal weg? Oder erwartete sie Besuch?«
»Weg? Wohin denn?«
»Kannte Frau Wimmer Herrn Gärtner?«, fragte Ehrlinspiel dazwischen.
»Gärtner?« Sie wandte sich zu Ehrlinspiel.
»Martin Gärtner. Ihr verstorbener Nachbar.«
Sie zupfte an ihrem Halstuch. Es war grün und blau gemustert. »Natürlich. Wir wohnen im selben Haus.« Sie ließ die Hand sinken. »Wohnten.«
»Und *Sie?* Kannten *Sie* Martin Gärtner?«
»Das haben Sie doch alles schon einmal gefragt.«
»Dann erzählen Sie es bitte noch mal. Nur fürs Protokoll.«
»Ich kannte ihn vom Sehen. Wir haben uns gegrüßt.« Sie sprach schnell. Zu schnell, dachte Ehrlinspiel.
»Sie wollten also mit Frau Wimmers Tod nichts zu tun haben. Aber Sie haben uns verschwiegen, dass Sie bei ihr waren.« Er fixierte sie. »Wollten Sie mit Gärtners Tod auch nichts zu tun haben? Was haben Sie uns da verschwiegen? Haben Sie ihn auch besucht?« Die unbekannten Fingerabdrücke, die in beiden Wohnungen gefunden worden waren.
Ihre Finger schlossen sich kurz um die Taschengriffe, dann

kamen sie von Neuem in Bewegung. Ihre Hände waren gepflegt, die Fingernägel lang und weißlackiert.
Ich brauche ihre Abdrücke, dachte der Hauptkommissar. Doch der Erkennungsdienst durfte Bilder und daktyloskopische Spuren nur von Beschuldigten nehmen, nicht von Zeugen. »Sie tragen ein teures Parfum.«
Ihre Finger kamen zur Ruhe.
»Wovon leben Sie, Frau Roth?«
»Miriam versorgt mich.« Sie lächelte.
»Ihre Tochter.« Er erwiderte ihr Lächeln nicht. »Sie ist sehr fürsorglich und arbeitet bestimmt hart.« Er sah auf seine glänzende Schreibtischplatte. Registrierte, wie die Sonne durch blitzblanke Fenster auf den Sims mit dem einsamen Blumentopf und den Kaffeebechern fiel. Montagvormittag. Die Putzkräfte schufteten auch am Wochenende. Sicher kein Vergnügen.
Frau Roth nickte.
»Sind Sie verheiratet? Oder waren es?«
»Ich … ja.«
»Sind? Waren?«
»War.«
»Geschieden? Verwitwet? War der Mann Miriams Vater?«
»Verwitwet. Seit einundzwanzig Jahren. Und, ja, er war ihr Vater.«
Ehrlinspiel nickte Franz zu, als Zeichen, dass er auch das prüfen sollte, doch Franz sah ihn nur dumpf, mit leicht geöffnetem Mund, an. »Benutzt Ihre Tochter Ihr Parfum? Wenn sie schon das Geld für den Luxus verdient?« Er durfte das nicht ausschließen. Auch Miriam konnte in Hilde Wimmers Wohnung gewesen sein.
Thea lachte bitter auf. »Miriam verachtet Kosmetik. ›Wenn Gott gewollt hätte, dass wir künstlich aussehen und anders als

nach Mensch dufteten, hätte er uns mit Farbe im Gesicht und einem anderen Geruch erschaffen.‹ Das hat sie neulich zu mir gesagt. Trotzdem ist sie eine Seele von Mensch. Sie ist immer gut zu mir.«

»Miriam macht sich Sorgen um Sie.« Ehrlinspiel legte eine lange Pause ein. »Warum? Was ist los mit Ihnen? Sind Sie krank?«

Keine Regung. »Wenn Sie es so wollen.«

»Ich will es keineswegs so. Aber ich will, dass Sie es uns erzählen. Kranksein ist keine Schande.«

Da berichtete sie. Dass sie mit dem Fahrrad unterwegs gewesen war. Im Spätsommer vor vier Jahren. Ohne Helm. »›Das sieht doch albern aus‹, habe ich immer zu Miriam gesagt, sie hat geschimpft, und ich habe gelacht. Wir hatten ein gutes Leben.« Dann war da dieser Wagen mit dem Anhänger. Später hatte die Polizei rekonstruiert, dass er zu schnell und zu dicht an ihr vorbeigefahren und ihr Kopf auf den Bordstein geknallt war. »Wahrscheinlich bin ich nur erschrocken und deswegen hingefallen. Ich lag fast zwei Jahre im Koma«, beendete sie ihren Monolog. »Und ich kann mich an nichts erinnern, was vor dem Aufwachen war. Es gibt nur Fetzen. Aus einer ... grauenhaften Zeit. Mehr nicht. Ich bin eine fremde Frau für mich.« Ihr Blick flatterte, wie Ehrlinspiel es bei ihrer Tochter auch schon wahrgenommen hatte. »Und alles, was mit Tod und Schrecken zusammenhängt, macht mir Angst seither.«

»Verstehe.« Kopfverletzung. Koma. Ihre Verwirrung. Alles passte zusammen. Konnte Ehrlinspiel unter diesen Voraussetzungen ihren Aussagen glauben? »Wo hat der Unfall sich ereignet?«

»In der Habsburger Straße. Auf Höhe des botanischen Gartens.«

»Und woher wissen Sie so genau, was Miriam vor dem Unfall mit Ihnen gesprochen hat und dass Sie ein gutes Leben hatten, wenn Sie keine Erinnerung mehr daran haben?«
»Miriam hat es mir erzählt.« Ihre Stimme wurde leise. »Wann ... Gibt es schon einen Termin für Frau Wimmers Beerdigung?« Sie sah zu Freitag, als traue sie Ehrlinspiel keine ehrliche Antwort zu.
»Wir informieren Sie, sobald wir etwas wissen.«
»Und ... und Herr Gärtner? Ist er schon ...?«
»Er ist letzte Woche bestattet worden.« Freitag sah kurz zu Ehrlinspiel. »In einer anonymen Grabstätte.«
Bestattet, dachte Ehrlinspiel sarkastisch. Wie ein Obdachloser. Sozialbegräbnis auf Kosten der Stadt. Billigste Variante: verbrennen und im Morgengrauen vom Friedhofsgärtner in einer Discount-Urne anonym vergraben. Keine Angehörigen, ergo keine zahlenden Bestattungspflichtigen. Keine Trauergäste. Keine Abschiedsworte. Eine Grasfläche statt Blumen und Grabstein. »Man ist im Tod kein anderer als im Leben«, hatte Lilian Freitag einmal gesagt. Sie hatte recht: Martin Gärtner blieb auf ewig der, an dem man gedankenlos vorübergehen würde. Auf Hilde Wimmer wartete kein anderes Schicksal, sobald die Staatsanwaltschaft ihren Leichnam freigegeben hätte.
»Ich habe Durst.« Thea Roth lockerte ihr Halstuch.
»Wir machen Pause«, sagte Ehrlinspiel. »Bringen Sie Frau Roth bitte ein frisches Glas Wasser, Herr Franz. Und einen Kaffee. Und kopieren Sie den Reisepass.«
»Jetzt?«
»Ja. Jetzt. Sie wissen doch, wie das geht? Klappe auf, Dokument reinlegen, Klappe zu, grünen Knopf drücken?« Er sah Freitag an und deutete mit dem Kopf zur Tür.
Sie verließen das Büro, das Mobilteil des Telefons nahm Ehr-

linspiel mit. »Was hältst du von ihr?«, fragte er, als sie neben einer großen Palme außer Hörweite standen, am Übergang zwischen zwei Gebäudetrakten. Eine kleine Brücke glich die unterschiedliche Höhe der Flure aus. Die Beamten nannten sie »Seufzerbrücke«. Genau der richtige Ort für dieses kleine Gespräch, dachte Ehrlinspiel.
»Schwierig. Sie gibt sich gelassen, ist aber verängstigt.« Freitag schob die Hände in die Hosentaschen. »Woher hast du gewusst, dass sie in der Wohnung war?«
Er erzählte ihm von Hanna. Von dem Parfum. Und von ihrem nächtlichen Ausflug. Währenddessen kam die Schreibkraft aus dem Büro und wieder zurück und winkte mit Roths Pass.
»Franz hat mich gebeten.«
»Du kannst froh sein, dass der Verdacht sich als richtig erwiesen hat. Sonst kämst du ziemlich in Erklärungsnot.«
»Ich hätte es kaum an die große Glocke gehängt.«
»Die Brock hat dir den Kopf verdreht«, bemerkte Freitag trocken.
»Ich rufe EG an. Nur zur Sicherheit. Wenn irgendwo etwas über den Unfall gespeichert ist, dann in seinem Elefantengehirn.« Er schaltete den Telefonlautsprecher ein. Auf Rechtfertigungen hatte er keine Lust.
Der Leiter des Verkehrsunfalldienstes meldete sich sofort. EG bestätigte Thea Roths Angaben. »Ich habe das aber nur wenige Tage verfolgt. Sie lag im Wachkoma. Die Tochter war jeden Tag bei ihr.«
»Sie ist wieder aufgewacht und hat keinerlei Sprachstörungen? Keine Defekte im Bewegungsablauf, nichts?« Ehrlinspiel kannte nur Fälle, in denen die Patienten massive Einschränkungen zurückbehalten hatten. Vor seinem inneren Auge sah er Menschen, die die Arme angewinkelt und die Faust geschlossen hielten oder die sich an Gehhilfen mühsam

vorwärtsschleppten. Persönlich war er aber noch nie damit konfrontiert gewesen.
»Wie gesagt, ich habe es nicht weiter verfolgt. Das gibt es aber durchaus. Auch Wunder dürfen sein. Hängt natürlich von den Verletzungen, der Betreuung und der Reha ab.«
»Okay.«
»Ihr habt ziemlich viele Unfälle im Hintergrund dieser Morde. Seid ihr eigentlich mit Charlotte Schweiger und Gärtner weitergekommen?«
»Wie man's nimmt. Die Schweigers scheiden aus.«
»Dachte ich mir. Viel Erfolg«, beendete EG das Gespräch.
Sie gingen ins Büro zurück.
»Es ist eine Illusion.« Thea Roth rührte in einem Becher Kaffee. *Wir sind unfassbar!,* stand darauf. Der Text aus Freitags erster Todesanzeige, die er damals ausgeschnitten hatte.
»Was?« Ehrlinspiel setzte sich.
»Das Parfum. Die Illusion eines glücklicheren Lebens. Wir haben früher ein Haus gehabt. Einen Garten.« Der Kaffeelöffel schlug mit leisem Klacken gegen den Becher. »Miriam sagt, ich hätte früher nie *Kenzo* getragen. Aber ich mag den Duft.« Sie hörte auf zu rühren. »Kann ich meinen Pass wiederhaben?«
»Kopie was geworden?«, fragte Ehrlinspiel sarkastisch Franz. Das Birnengesicht reichte das weinrote Dokument herüber. Thea Roth verstaute es in der Krokohandtasche. »Danke.«
»Ist es Ihnen nicht zu warm?« Ehrlinspiel deutete mit dem Kinn auf ihr Halstuch und zupfte vorn an seinem Poloshirt, als müsse er sich Luft zufächeln.
Ihr Blick streifte Ehrlinspiels linken Arm. Sie band das Tuch ab.
Zwei kräftige Narben zogen sich über ihren Hals und verschwanden unter dem Saum der Bluse.

»Ich bin mehrmals operiert worden. Ich mag mich nicht einmal mehr im Spiegel sehen.«
»Sagten Sie nicht etwas von Kopfverletzungen?«
»Wissen Sie, was Koma bedeuten kann? Trachialkanüle zur Beatmung. Magensonde, damit Sie nicht verhungern. Und mein Herz ... Meine Brust sieht nicht besser aus.«
»Verstehe.« Er sah sie freundlich an. »Frau Roth, würden Sie uns Ihre Fingerabdrücke geben?«
»Fingerabdrücke? Aber warum denn?« Ihre Augen wurden groß. »Ich habe doch zugegeben, dass ich in der Wohnung war.«
»Ja, natürlich. Es ist nur, damit wir sie mit ein paar unbekannten Abdrücken vergleichen können, die wir dort gefunden haben. Wenn es Ihre sind, müssen wir nicht länger nach dem großen Unbekannten suchen.« Er zog den Mundwinkel hoch. »Das würde uns sehr helfen. Es ist natürlich freiwillig.«
Sie stand ruckartig auf, und der Stuhl fiel mit einem Krachen um. »Ich habe ihr nichts getan! Wenn ich sie hätte töten wollen, hätte ich das einfacher haben können. Ich hätte nicht auf der Straße gewartet, bis sie zufällig herauskommt.« Rote Flecken breiteten sich auf ihren Wangen aus. Zorn? Angst? Erklärungsnot? »Das ist doch alles ... Wahnsinn!« Dann begann sie zu schluchzen, erst leise, dann heftiger, und die Flecken glänzten unter dem schmierigen Film der Tränen, der schwarz von der Wimperntusche war.
Freitag kam herüber, stellte den Stuhl wieder auf und riss ein paar Papiertücher aus der Packung. »Setzen Sie sich. Wir werfen Ihnen doch gar nichts vor.«
Sie tat, wie ihr geheißen.
»Vielleicht hat jemand Frau Wimmer herausgelockt«, sagte Ehrlinspiel. »Könnten Sie sich vorstellen, mit was?«

Still schüttelte sie den Kopf.
Wir werden zumindest den Anrufer bald haben, dachte Ehrlinspiel. Die Kollegen von der Telekommunikationsüberwachung waren in der Regel ziemlich fix.
»Haben Sie sie noch einmal angerufen, nachdem Sie bei ihr waren?«
»Aber nein! Wenn ich ... Ich hätte sie gleich in der Wohnung ...«
So wie Martin Gärtner?, überlegte Ehrlinspiel und sah den Mann in seinen Exkrementen auf dem Küchenboden liegen.
»Was wird Ihre Tochter denken, wenn die Mutter als Lügnerin dasteht? Sie war immer für Sie da. Sie tut alles für Sie. Bestimmt wäre ihr Glaube erschüttert.« Es war ein Schuss ins Blaue. Keine Lüge. Keine Vorspiegelung falscher Tatsachen. Nur ein wenig »kriminalistische List«, wie sie im Fachjargon dazu sagten.
Stille senkte sich über den Raum. Thea Roth sah von einem zum andern, dann blieb ihr Blick an dem Bild hängen, das mit grünen Kritzelstrichen eine Wiese andeutete, in der zwei braune Kleckse mit Ohren saßen. Ein gelber Kreis mit Strahlen füllte ein Viertel des Blatts. »Haben Sie Kinder?«, fragte sie Ehrlinspiel.
»Nein.«
Das Bild hatte Freitags kleine Jule ihm vor zwei Jahren zum Geburtstag gemalt. Hier im Büro hatte sie es ihm in die Hand gedrückt. Gratuliert hatte sie Moritz nicht, dafür hatte sie Freitag mit ernster Miene erklärt, dass sie auch solche Schmusetiere wolle. »So welche, wie der Moritz sie hat.« Mit verschmiertem Zeigefinger hatte sie auf die Wand gedeutet und gesagt, dass das Bild dahin gehängt wird. Damit der Papa jeden Tag daran denkt. Und dass es da hängen bleibt, bis sie zwei Katzen hat. »So wie der Moritz.«

»Was sagt Ihre Tochter dazu, dass Sie sich um die Nachbarn kümmern. Und selbst noch ... krank sind?«
»Ich möchte gehen.« Sie wischte sich mit einem Papiertuch über das Gesicht und schmierte dabei die Wimperntusche quer über ihre Wangen.
»Haben Sie sich auch um Martin Gärtner gekümmert? In seiner Wohnung?« Den letzten Satz sprach er Silbe für Silbe aus.
»Nein.« Ihre Stimme war nur noch ein Flüstern. »Bitte, ich möchte gehen. Ich bin doch nur eine Zeugin.«
Ehrlinspiel fing ihren Blick auf. Komm, fülle das Schweigen, Thea Roth, dachte er. Wenn du noch irgendetwas weißt, dann sage es jetzt. Ich kann dich nicht hierbehalten gegen deinen Willen.
Sie hielt seinem Blick stand. Dann streckte sie die Hände aus. »Bitte. Holen Sie Ihr Stempelkissen. Und da Sie es ja sowieso herausfinden: Ich war in Gärtners Wohnung. Ein Mal. Es ist viele Wochen her. Er hat Kaffee gekocht, wir haben über seinen Hund geredet und das Wetter. Das war's.«
Erleichtert zeigte Ehrlinspiel auf ihre Hände. »Das machen wir gleich. Aber mit einem Scanner. Sie bleiben also sauber. Ich möchte Ihnen eine letzte Frage stellen: Waren Sie an dem Tag, als Martin Gärtner starb, mit ihm verabredet? Da Sie sich ja kannten ...?« Sekt. Lachs.
»Nein.« Die Antwort kam ohne Zögern.
»Britta Zenker sagt, er habe nie Besuch gehabt. Können Sie das bestätigen?«
»Frau Zenker hat keine Ahnung von Menschen.«
Stimmt, dachte Ehrlinspiel, und das Birnengesicht sagte mit seinem dröhnenden Bass: »Britta ist 'ne geile Kuchenbäckerin.«
*Britta?* Ehrlinspiel war baff. Vermutlich hatte die Filzmaus ihn, als er heute früh die ersten Kontrollgänge übernommen

hatte, mit Sahnetorte versorgt, und er hatte ihr sozusagen aus der Hand gefressen. Mit einem Seitenblick lugte er zu dem hellen Fleck auf Franz' Schenkel. Sahne? Womöglich würde der Polizeihauptmeister bald süßlichen Torten- statt staubigen Zwiebackgeruch verströmen. Ehrlinspiel zwang sich, cool zu bleiben. »Haben Sie keine Angst, Frau Roth? Zwei Nachbarn sind gewaltsam zu Tode gekommen.«
»Doch, natürlich. Mehr, als Sie denken.«
»Dann helfen Sie uns. Bitte.«
»Mehr weiß ich nicht. Ich würde es Ihnen sagen.«
»Sie haben nie mit den beiden über ihre Vergangenheit geredet? Kannten keines ihrer Geheimnisse?« Er stand auf, schlenderte durch den Raum, blieb neben ihr stehen und beugte sich zu ihr hinunter. »Sagt Ihnen der Name Charlotte Schweiger etwas?«
»Nie gehört.«
»Sie hatte auch einen Unfall.« Er ging wieder hinter seinen Tisch, blieb stehen und stützte sich auf die Stuhllehne.
»Menschen haben täglich Unfälle.« Sie wirkte plötzlich steinern.
»Gärtner hat ihn verursacht. Charlotte Schweiger ist dabei gestorben.«
»Das ist schrecklich.« Sie setzte sich kerzengerade hin, so als panzere sie mit ihrer Haltung ihre Seele. Oder verdrängte sie die Fetzen, die durch ihre eigene Erinnerung geisterten? »Ich werde jetzt gehen.«
»Natürlich.« Er trat zu ihr und gab ihr die Hand. »Entschuldigen Sie die Unannehmlichkeiten. Und danke, dass Sie mit uns gesprochen haben. Herr Franz wird Sie jetzt zu den Kollegen der Kriminaltechnik begleiten und anschließend nach Hause fahren.«
Franz erhob sich ächzend, und Ehrlinspiel fragte sich, wie

groß das Budget des Landes für sonderangefertigte XXXL-Größen seiner Beamten wohl war. »Soll ich zum Pressegespräch hier sein?«
»Haben Sie denn etwas zu sagen?«
»Sicher nicht, wenn es nach Ihnen geht.« Vor Frau Roth watschelte er durch die Tür, ein Teigkloß, dem jemand X-Beine verpasst hatte. Auch die Schreibkraft verabschiedete sich.
»Sag jetzt nichts«, sagte Ehrlinspiel zu Freitag, als sie allein waren. War er zu hart gewesen? Der anhaltende Misserfolg stimmte ihn verdrießlich, der Erfolgsdruck aggressiv.
»Ach, Moritz.«
Ehrlinspiel hatte manchmal Lust, einfach zu gehen. Sich auf sein Mountainbike zu setzen und loszufahren, immer weiter, bis seine Muskeln zu zerreißen drohten und die Lunge brannte, sein Atem aussetzte. Konflikte mit Freunden und im Team waren in etwa so, als ob ihn eine seiner Verflossenen mit Forderungen unter Druck setzte, die er nicht verstand, oder einer seiner Kater ernsthaft krank war und er alle paar Stunden nach Hause radelte, um nach ihm zu sehen und ihm, wenn nötig, Medikamente zu geben. Und dann war da noch dieses Flattern im Kopf, das er nicht einordnen konnte, dieses Gefühl, einen Fehler begangen oder etwas komplett falsch gemacht zu haben, es aber nicht greifen zu können. All diese Dinge, die er nicht spüren wollte und bei denen Flucht das einzige Mittel schien. Als ob sich die Konflikte nicht auf seine Schultern setzen und kichernd mitradeln würden.
»Hältst du sie für eine mögliche Täterin?« Ehrlinspiel fiel es schwer, Thea Roth einzuschätzen.
»Sie hätte die Gelegenheit gehabt. Bei Gärtner ist es schwierig, ein Alibi zu verlangen, weil wir nicht wissen, wann das Nussöl in die Milch gekippt wurde. Bei Wimmer ... Die Tochter könnte ihr ein falsches Alibi gegeben haben. Vielleicht hat sie

gar nicht geschlafen? Mit Sicherheit aber hat sie Angst. Hast du ihre Hände beobachtet?«
»Ihr Motiv?« Freitag verschränkte die Arme hinter dem Kopf.
»Sie hat größere Schäden vom Unfall zurückbehalten. Sie weiß nicht immer, was war und was sie getan hat. Deswegen ist sie auch abwechselnd durcheinander, wütend, hilfsbereit –«
»Irre, meinst du?«
»Vielleicht hat sie Angst davor, selbst die Mörderin zu sein?«
»Möglich! Auf jeden Fall hat sie uns nicht alles gesagt.« Freitag ließ die Arme sinken. »Wir sollten noch mal mit der Tochter sprechen.«
Ehrlinspiel sah auf die Uhr. Fünf vor zwölf. Welche Ironie! Drei Stunden bis zu dem Pressegespräch. Er musste sein Statement vorbereiten. Mit den Kollegen von der TKÜ sprechen. Sich mit dem Pressesprecher und Meike Jagusch abstimmen. Eine Brücke zu Freitag bauen. Und zwar bald.
»Dann komm.«
»Vielleicht hast du dann auch Futter für die Presseleute.« Freitag zog eine Schublade auf und reichte Ehrlinspiel eine Tafel Schokolade in dunkelbraunem Papier. »Selbst, wenn es bitter schmeckt.«
Ehrlinspiel musterte seinen Freund, dessen spitzbübische Miene er noch immer vermisste. »Und was sage ich sonst?«
»Die Wahrheit«, sagte Freitag.

# 26

»Verschwunden ... geputzt ... Medikamente!«
Tobias Müller versuchte, ihre hektischen Worte zu sortieren, die ihn zunehmend irritierten.
»Aber wenn sie ... tot ...«
Ihre Fingernägel drangen schmerzhaft durch sein Hemd, und aus ihren riesigen Augen starrten den Pfarrer Verzweiflung und Hilflosigkeit an. »Miriam, bitte!« Ruhig griff er nach ihrer Hand, doch sie ließ nicht los.
»Mama ist etwas zugestoßen! Ich weiß es! Sie müssen mir helfen!«
»Miriam, jetzt beruhigen Sie sich doch.« Endlich gelang es ihm, seinen Arm aus ihrem Griff zu befreien. »Was ist genau passiert? Ich verstehe nicht.« Er blickte zu dem gekreuzigten Jesus hinter dem Altar, auf dem das Buch mit seinen Notizen lag. Nur dir bleibt nichts verborgen, nicht wahr?, sagte er in Gedanken zu ihm.
»Niemand versteht. Mama versteht nicht. Ich verstehe Mama nicht. Sie verstehen mich nicht.«
»Vielleicht erzählen Sie mir einfach alles der Reihe nach?« Er hörte die Turmuhr schlagen. Halb eins. Michaela wäre nicht begeistert, wenn sie das Gulasch warm halten musste. Die Kinder waren heute den ganzen Tag im Hort, und sie hatten sich auf ein zweisames Mittagessen gefreut.
Miriam atmete schnell, schien den Kirchenraum stoßweise mit Angst aufzupumpen. »Mama!«
»Sie wollten zwischen zwei Putzaufträgen nach ihr sehen. Aber sie war nicht zu Hause. Habe ich das richtig verstan-

den?« Er blickte auf ihre Hose, deren Knie ausgebeult und fleckig waren. Der Saum ihres T-Shirts franste aus, und an einer Schulter schimmerte ihre blasse Haut durch ein Loch in der Naht. Müller kannte sein Schäfchen nur in Röcken oder Kleidern, gepflegt und sauber.
»Wenn es sie auch erwischt hat? Wenn sie –«
»Sie ist klug. Sie ist erwachsen. Sie muss nicht den ganzen Tag allein zu Hause bleiben. Das haben wir doch schon so oft besprochen, Miriam.« Er nahm ihre Hand fest in seine, wollte ihr Vertrauen zurückgeben – doch seit gestern war er von seinen Worten selbst nicht mehr überzeugt. Miriam war zum ersten Mal allein zum Gottesdienst erschienen und hatte ihm in hektischen Worten vom Tod Hilde Wimmers erzählt. Dass die Polizei noch in der Nacht geklingelt und die Mutter geweckt hatte. Wie sie Thea im Morgengrauen im Waschkeller gefunden hatte, verwirrt, mit der Wäsche der Toten. Dass Theas Kräfte es nicht zugelassen hatten, in den Gottesdienst zu gehen, weil sie keinen Schlaf mehr gefunden hatte. »Und Sie lassen sie jetzt allein?«, hatte er verwundert gefragt. »Ich habe ihr ein Schlafmittel gegeben. Sie hat ganz ruhig in ihrem Bett gelegen und mich noch aufgefordert, dass ich für sie mitsinge und Sie bitten soll, für Frau Wimmer zu beten.« – »Sie ist so stark.« Seine Bewunderung war ehrlich gewesen. »Wir werden sie stützen, wo immer wir können, und am Wochenende wird sie beim Sommerfest inmitten lauter fröhlicher Leute sein.« *Stark sein für den Nächsten – den Nächsten stark machen.* »Sie sind ein guter Mensch, Herr Pfarrer.« Mit diesen Worten war Miriam aus der Kirche geeilt, und er überlegte, ob er je mit ihr zusammengetroffen war, ohne diesen Satz von ihr gehört zu haben.
»Mama hat versprochen, zu Hause zu bleiben, als ich heute früh gegangen bin. Und jetzt –«

»Sie ist sicher nur spazieren oder in ein Café gegangen.«
»Nein, das ist sie nicht!« Ihre Stimme wurde schrill. »Es ging ihr nicht gut, und ich habe vor der Haustür eine Mitarbeiterin der Arztpraxis getroffen. Sie sagte, sie hätte mit Mama telefoniert, und es sei vereinbart gewesen, dass sie ihr ein Medikament bringt.«
»Bestimmt hat sie es nur vergessen.« Was rede ich da, dachte er. Ich glaube es ja selbst nicht.
»Mama muss es ... schrecklich gegangen sein. Sie verweigert doch jeden Arztbesuch! Sie hätte sonst nie zugelassen –«
»Liebe Miriam!« Er strich ihr über den Unterarm, doch sie reagierte nicht.
»Da draußen gehen schreckliche Dinge vor, ich weiß es!« Wieder griff sie nach seinem Arm, wiederholte leise: »Ich weiß es. Und fast glaube ich ... dass ... dass Mama darin verstrickt ist.«
»Aber nein!« Er bemühte sich um einen ruhigen Ton, obwohl ihm manchmal danach zumute war, sie einfach anzuschreien. Miriams endloses Leiden an der Welt, ihre Sorge, von der sie sich beherrschen ließ und die sie für jeden Rat unzugänglich machte, das Fehlen jeglichen Selbstvertrauens, provozierte ihn in schwachen Momenten. Dann hasste er seinen Beruf. Berufung hin oder her. Am liebsten hätte er sie jetzt aus der Kirche gezerrt, ihr gesagt, sie solle sich einen Psychiater suchen oder wenigstens einen vernünftigen Mann, der sie auffing, hätte sich selbst an Michaelas gedecktem Tisch mit dem Blumenstrauß gesetzt, sie geküsst und angelächelt, und alles wäre wie früher. Keine Irritationen. Es wäre eine Erleichterung für alle. »Kommen Sie«, sagte er stattdessen, »lassen Sie uns zu der Orgel gehen.« Musik würde sie beruhigen.
Er nahm das Notizbuch vom Altar, und sie stiegen die Wendeltreppe zu der Empore hinauf. Er klappte die Orgelbank auf und legte das Buch hinein. Miriam blickte darauf. »Ich

habe Sie gestört. Sie waren am Schreiben, als ich hereingestürmt bin. Tut mir leid.« Ihre Gesichtszüge wurden weicher, doch ihre Augen glänzten kühl.
»Vor dem Sommerfest gibt es noch viel zu erledigen.« Er schloss die Tür zu der angrenzenden Kammer, in der sich ausrangierte Gesangbücher, Aufzeichnungen, liturgische Gewänder, Lichterketten und Dekorationskram stauten und wo er auf der Suche nach den restlichen Luftballons vom letzten Sommerfest ein wahres Tohuwabohu angerichtet hatte. Es war ein Chaos, das er genau dreimal im Jahr betrat: kurz vor dem Sommerfest sowie im Spätherbst und Frühjahr, wenn er die zwei elektrischen Heizkörper, die im Winter den Besuchern Wärme spendeten, herausholte und wieder verstaute.
»Aufschreiben hilft, an alles zu denken.«
Er setzte sich an das Instrument und betrachtete ihr blasses Gesicht. Schon schämte er sich für seine Gedanken. Aber er war auch nur ein Mensch. Behende glitten seine Finger über das Manual, und die Stimmen der Kantatenbearbeitung *Himmelskönigin, sei willkommen* zogen sich durch das Gotteshaus, spielten miteinander, jagten sich virtuos und trugen ihn ein Stückchen näher zu Gott und dem Vertrauen, dass alles gut würde. Er lächelte Miriam an, wartete darauf, dass auch sie lächelte und die Musik zu ihr sprach, aber ihre Lippen blieben reglos, und sie umschlang ihren schmalen Oberkörper, als ließe Bach sie plötzlich frieren. Er spielte weiter, lächelte weiter, hoffte weiter, und da zerstörte ihre scharfe Bemerkung »Ich kann doch nicht die Polizei anrufen!« die Harmonie der himmlischen Klänge. Als habe Gott einen Blitz auf ihn niederfahren lassen, zog er die Hände zurück. Schluckte. Sah, wie Miriam sich in die Haare griff. Er erreichte sie nicht. Die Musik erreichte sie nicht. Jetzt konnte er nur noch beten.
»Lassen Sie uns zuerst in Ruhe überlegen.«

»Die würden doch sagen, Mama soll in die Klinik zurück.«
»Niemand würde das sagen, Miriam. In dieser Situation ist es normal, dass jemand, nun ja, durcheinander ist.« Er dachte an den Kommissar, der ihn besucht hatte. An Martin Gärtner und die kleine Charlotte Schweiger. Er hatte lange gebetet, nachdem der Polizist gegangen war. Für die Toten. Für die, deren Seele haltlos durch das Leben dämmerte. Und für die, die das Sterben erst noch hinter sich bringen mussten. Vielleicht, dachte er, würde dieser Polizist, der *Ver*mittler, ihn verstehen. Seine Zweifel und das, was er tat – und nicht tat.
»Aber Mama ist verschwunden! Begreifen Sie das denn nicht? Ich habe Angst um sie. Ich habe Angst um mich. Mama wird mir von Tag zu Tag fremder. Sie ist nervös, vergisst, was ich ihr erzähle und zeige. Sie macht Dinge, die sie früher nie getan hat. Sie liest Biographien von Schauspielerinnen, sieht Filme über berühmte Frauen, schläft kaum noch und irrt im Haus umher, und plötzlich tauchen wildfremde Leute vor unserer Tür auf und ich –«
»Scht, scht.« Er hob die Hand. »Was für Leute?« Miriam war offenbar kaum weniger wirr als ihre Mutter und eine zutiefst gequälte Seele. Ein Vers aus Psalm 34 fiel ihm ein. *Doch der Herr erlöst die Seele seiner Knechte; und alle, die auf ihn trauen, werden keine Schuld haben.* Warum sie so litt ... Er hatte eine Vorstellung davon. Doch die war fest in seinem Herzen verschlossen. Zu ihrem Schutz – und zu seinem eigenen.
»Die Polizei. Sie umzingeln das Haus. Schon am frühen Morgen sind Polizisten da herumgelaufen. Und gestern diese Frau. Die stand im Garten, als ich nach Hause kam nach dem Gottesdienst, und sie hat mit Mama geredet.«
»Aber das ist doch nichts Schlechtes.«
»Sie hat behauptet, sie sei von der Polizei.«
»War sie das nicht?«

»Sie war schlampig gekleidet und verschwitzt und trug einen Rucksack.«

»Aha.« Keine Polizistenkleidung, dennoch, nach Gefahr klang das nicht. Und als Thea später am Nachmittag bei ihm gewesen war, hatte sie gefasst gewirkt. In Ruhe hatten sie über das Sommerfest gesprochen, festgelegt, dass ihr Waffelstand am Übergang von der großen Wiese zu dem kreisrunden, blumenbepflanzten Park stehen sollte, nahe bei dem Spielplatz. Von dort waren es nur wenige Schritte bis zur Kirche und dem angrenzenden Pfarrhaus, wo der Teig kühl gehalten werden konnte. Er hatte Thea den Schlüssel dafür gegeben und sie angewiesen, Kindern die Waffeln zu schenken. Als er ihr vorgeschlagen hatte, hier an der Orgel die Musik neu zu entdecken, in Gottes Haus und mit seinem Schutz, hatte sie sogar gelacht. »Miriam ist wirklich unglaublich. Ein strenger Engel.« Es war ihr einziges Lachen an diesem Tag gewesen.

»Sie müssen mir helfen!« Miriam klang jetzt zutiefst besorgt, keine Spur mehr von Hysterie.

»Haben Sie denn keinen ... Freund? Einen, der Sie liebt und Ihnen zur Seite steht?« Es war längst Zeit, dass er sie das fragte. Er hatte es nie gewagt.

»Freund?« Sie lachte auf. »Ich hatte nie viele Freunde. Mama wollte immer, dass ich aus der Schule jemanden mitbringe. Zum Spielen oder Hausaufgaben machen. Aber ich hatte keinen Spaß daran. Wir haben deswegen oft gestritten.«

»Sie haben lieber allein Musik gehört.« Er erinnerte sich an ihre Erzählung, wie sie erst heimlich Klavier spielte und Thea Roth es ihr später beibrachte. Bach. Gott. Neben der Mutter ihre einzige Liebe, wie es schien. »Und später? Hatten Sie nie ein Beziehung?«

»Doch.« Sie setzte sich neben ihn, und er spürte ihren Blick wie die Berührung von Fingerkuppen auf seinem Gesicht.

»Nach der Quantenfeldtheorie bei Professor Timmermann hat er immer in der Cafeteria gesessen, am Nebentisch. Zuerst dachte ich, es sei Zufall, aber dann –«

»Quantenfeldtheorie?« Der Seelsorger war baff. »Sie haben Physik studiert?«

Er hatte schon so oft mit Miriam hier auf der Orgelbank gesessen. Doch heute erfüllte ihre Nähe ihn mit Hilflosigkeit, und seine Brust fühlte sich an, als läge der Fels auf ihm, den Joseph vor das Grab Jesu gewälzt hatte.

»Und Theologie und Musik. Eines Tages hat er mich angesprochen. Ich habe nicht gleich verstanden, was er wollte. Aber irgendwann schon. Und dann hat er mich geküsst, und am Abend sind wir Hand in Hand durch die Gassen geschlendert und haben den Straßenmusikern gelauscht. Es war eine gute Zeit.« Sie verstummte und blickte zu den Pedalen hinunter.

»Und dann?«

»Er hatte eine andere«, flüsterte sie. »Sie haben sich über mich lustig gemacht. Darüber, dass ich so gutgläubig war. Und bieder. Dass ich nicht in Discos wollte. Dass ich ... Probleme hatte, wenn wir zusammen, also ... Ich konnte mich ihm nicht hingeben.«

»Verstehe.«

»Alle haben es gewusst. An allen Ecken haben sie getuschelt, und in der Vorlesung und in der Mensa haben mich tausend Augen angestarrt. Manche haben mir Zettel mit bösen Worten und Andeutungen geschrieben. Und sie haben Papierkugeln nach mir geworfen. Es war ... die Hölle. Nur wusste ich nicht, warum. Was los war. Irgendwann habe ich ihn dann gefragt. Er hat alles abgestritten und geschworen, nur mich zu lieben. Kein Wort habe ich ihm geglaubt und ihn verlassen. Dann habe ich Mama alles erzählt, und sie hat mich getröstet.

Da ging es mir besser.« Lange sagte sie nichts. »Er war meine große Liebe.«
Gern hätte er sie in den Arm genommen. Wieder wagte er es nicht. Helfen würde es ihr ohnehin kaum. »Das tut mir leid. Aber irgendwo auf Gottes Erde gibt es den Mann, der zu Ihnen gehört und den Sie finden werden.« Wenn Gottes Wege nur so klar wären.
»Ich brauche keinen Mann!« Sie stand auf. »Ich komme allein zurecht. Und Mama braucht mich auch.«
»Natürlich. Aber Ihrer Mutter wird es vielleicht schon bald wieder gutgehen. Sie wird sich erinnern und dann –«
»Manchmal, Herr Pfarrer ... Da habe ich wieder sündige Gedanken. Dass es nicht gut wäre, wenn sie sich an alles erinnern würde, was war.«
Tobias Müller erhob sich auch. »Wir alle haben nicht nur Schönes in unserer Vergangenheit. In jeder Geschichte gibt es Unglück, Schmerz, Verluste, Konflikte. Das gehört zu uns.«
*Denn Mühsal aus der Erde nicht geht und Unglück aus dem Acker nicht wächst; sondern der Mensch wird zu Unglück geboren, wie die Vögel schweben, emporzufliegen.* Hiob wusste, wovon er sprach.
»Er war ... ein Mensch ohne Herz.«
Wieder bemerkte er dieses Irrlichtern in ihrem Blick. Ihr Verhalten irritierte ihn mit jeder Minute mehr. Studium dreier Fächer. So viel Power hätte er der Frau nicht zugetraut. Noch weniger verstand er, weshalb sie jetzt putzen ging und nicht an einem Forschungsinstitut oder als Lehrerin arbeitete. Und diese Halbsätze und Andeutungen. »Herzlos? Wer?«
»Für ihn haben wir gar nicht existiert. Nur wenn er Sex gebraucht hat. Dann hat er Mama angelächelt und sie berührt, wenn sie am Flügel gesessen hat, und sie ist zusammengezuckt. Sie hat immer gehofft. Geglaubt, er habe einen Funken

Liebe in sich und sie sei nicht nur ein Objekt seiner körperlichen Begierden. Sie hat den Flügel zugeklappt und sich ins Schlafzimmer führen lassen. Ich habe mich hinter den großen Sessel gekauert und auf die bunten Mäander in dem Perserteppich gestarrt, die Hände auf die Ohren gepresst und gesungen, ganz laut, stundenlang, weil ich die Geräusche nicht hören wollte, die Sünde, die er an ihr beging. Bis seine Finger sich um meinen Oberarm legten, er mir die Hände von den Ohren wegzog und sagte: ›Willst du auch, Kleines?‹«
Der Mund des Pfarrers wurde trocken. Langsam begriff er, was sie mit ihrer Mutter verband. Weshalb sie ein Problem mit Intimitäten hatte. Kraft bei Gott suchte. Manchmal so durcheinander war. »Sie reden von Ihrem Vater?«
Miriam schob die Hände in die Ärmel des T-Shirts, stand mit zusammengekrümmtem Oberkörper und schien mit jedem Wort mehr zu verschwinden. »Er hat mir nie etwas getan, körperlich, nicht dass Sie das falsch verstehen. Er war kein Schläger, nicht brutal. Es war nur mein Geschrei, das ihn gestört hat, wenn er mit Mama geschlafen hat. Er hat sie auch nicht ... vergewaltigt. Er hat nur immer neue Hoffnung geschürt. Dass er Liebe geben könnte. Dass wir ihm etwas bedeuteten. Aber außer diesen vereinzelten Stunden ein- oder zweimal im Monat waren wir Luft für ihn. Er ist morgens aus dem Haus gegangen ohne ein Wort, kam abends wortlos zurück, und wenn ich auf ihn zugerannt bin und ›Papa, Papa!‹ gerufen habe, hat er mich abgeschüttelt wie ein lästiges Insekt. Einmal habe ich ihm zum Geburtstag einen Kuchen gebacken. Ganz allein! Ich habe ein paar von diesen Kinderkerzen reingesteckt, die kleinen, dünnen, und ihm den Kuchen mit klopfendem Herzen auf den Frühstückstisch gestellt. Er kam rein, hat sich hingesetzt, ein Brötchen geschmiert, Kaffee getrunken, alles fast geräuschlos, das war manchmal wirklich

unheimlich, aber er hat nichts gesagt. Mama hat auch nichts gesagt, nur geweint, und ich habe gewartet, dass er sich freut. Vor lauter Aufregung konnte ich nichts essen. Ich habe keine Ahnung, wie lang wir dagesessen haben, aber die Kerzen sind so weit heruntergebrannt, bis sie im Kuchen erstickt sind – und ich bin an meinen Tränen erstickt. Er hat nicht einmal zu mir herübergesehen. Ist leise aufgestanden und zur Haustür raus.«

Müller dachte, dass es vermutlich genauso schlimm war, für jemanden ein Nichts zu sein, wie körperlich misshandelt zu werden.

»Manchmal hat er nachts die Schiebetür zum Garten geöffnet, davon bin ich immer aufgewacht. Ich habe mich auf eine Spielzeugkiste gestellt und durch das Dachfenster in die Nacht hinausgesehen. Vater ist im Kreis um den Teich gelaufen, rastlos und mit riesigen Schritten, sogar im Regen manchmal, als treibe ihn jemand mit einer Viehpeitsche an. Als er wieder ins Haus ist, habe ich mich schnell ins Bett gelegt und die Augen zugepresst. Kurz danach ist die Tür aufgegangen. Ich habe seinen Atem gehört und mir vorgestellt, wie seine große Hand die Klinke umfasst und er zu mir hersieht, und gedacht, mein Herz schlägt so laut, dass er kommen und es ausschalten würde, aber er hat die Tür wieder geschlossen und ist die knarrende Treppe hinuntergegangen. Dann bin ich auf den Flur geschlichen und habe mich oben auf die Stufe gesetzt. Durch das Geländer habe ich ihn dann gesehen, wie er geschrieben hat. Bis die Vögel draußen zwitscherten und das erste Licht die Rosen im Garten in sanfte Farben tauchte. Dann hat er die Bücher, die er vollgeschrieben hat, in eine Schublade gesteckt und abgeschlossen.« Sie krümmte sich noch mehr zusammen. »Es waren Tagebücher.«

»Sie haben sie gelesen?«

Miriam hob den Blick. »Er hat uns wahrgenommen und auch nicht. Wir haben gehofft, auf ein Zipfelchen Liebe, und auch nicht. Ich glaube, Mama hätte sich früher oder später von ihm getrennt. Aber eines Morgens war er … gestorben. Kurz vor meinem elften Geburtstag.«
»Meine Güte. An was ist er denn gestorben?«
»Er war weg. Verschwunden. Wir haben ihn für tot erklärt. In den Gedanken und Gefühlen. Es war leichter so.«
»Sie haben nie wieder von ihm gehört?«
»Er ist tot!« Ihre Stimme klang, als schneide eine Klinge auf Stein.
»Verstehe.« Und er verstand tatsächlich.
»In den Tagebüchern stehen böse Dinge. Ich habe alle aufgehoben, damit ich immer weiß, wie das Leben nicht sein darf. Wie Eltern und Kinder nie miteinander umgehen sollten.«
»Und Ihre Mutter? Kennt sie die Tagebücher?« Sie würde ihr doch hoffentlich diese Zeugnisse des Schreckens nicht gezeigt haben.
Miriam zog die Hände aus den Ärmeln und trat direkt vor ihn, ihr Atem roch säuerlich. »Sagen Sie ihr nichts, ich bitte Sie! Es würde sie umbringen.« Und dann, als käme sie aus einem verzehrenden Höllenfeuer zurück in die Gegenwart, rief sie: »Wir müssen Mama suchen! Kommen Sie! Wir haben schon viel zu viel Zeit verloren.«
»Ich kann nicht, Miriam. Ich habe Termine.« Seniorenkreis. Sein Sohn, dem er versprochen hatte, den Text fürs Sommerfest zu üben. »Aber ich rufe rasch den Diakon an. Der geht mit Ihnen. Wahrscheinlich ist Ihre Mutter längst wieder zu Hause.«
Ihr Blick glitt von ihm zu der Orgel, an die Decke, schweifte durch den Raum und bohrte sich dann in seine Augen. »Jemand beobachtet uns!«

»Natürlich! Gott! Er ist überall und hält seine schützende Hand über uns.«
»Sie verstehen nicht. Ich rede nicht von Gott. Ich rede von unserem Haus. Dieser Mann, bei dem ich sauber mache ... Er starrt zu uns herüber. Nachts. Er hat ein Fernrohr! Ich kann es sehen, manchmal, vom Fenster aus.«
»Aber Miriam!« Mitleid überflutete Müller. Alles an ihr wirkte zu groß für sie. Ihre Augen, ihre Kleidung, ihr Leben.
»Wenn ich seinen Boden schrubbe und die Schränke poliere, schaue ich ihn nie an. Ich weiß, dass er jede Bewegung von mir mit seinen gierigen Blicken verfolgt. Er denkt, ich merke es nicht.« Sie atmete laut ein, atmete laut aus. »In seiner Nähe möchte ich zu Eis werden. So hoch ist seine Stimme, so klirrend und hart. Aber ich rede mit Gott und singe Bach in meinem Herzen, das beschützt mich.«
»Haben Sie denn dieses, ähm ... Fernrohr einmal gesehen? Aus der Nähe?« So ein Gerät konnte man ja kaum übersehen.
»Nein.«
»Na, sehen Sie!« Seine Miene war warm, doch sein Herz fror. Sein Schäfchen wandelte auf ungewissen Pfaden. Seine Seele driftete auf Abgründe zu, weg von der Herde. Und er wusste nicht, wie er es auf einen sicheren Weg zurücklenken konnte. Schon vor Tagen hatte er im Internet recherchiert. Nicht wegen Thea und über Amnesie, wie er es am Anfang getan hatte, sondern wegen Miriam.
Als hätte sie seine Gedanken gelesen, flüsterte sie: »Sie halten mich für verrückt. Sie glauben, ich bilde mir das nur ein, nicht wahr?« Dann rannte sie wortlos zu der Wendeltreppe, drehte sich dort noch einmal um und raunte: »Sagen Sie Mama nichts von dem Mann. Sie hat auch so schon Todesangst«, und schon klapperten ihre Schritte auf den Stufen, hallten unten auf dem Steinboden, und die Kirchentür schlug zu.

Erst vor eineinhalb Wochen hatte er genau hier gestanden, ein Verlassener wie jetzt auch. Und im Pfarrhaus, nur fünfzig Meter entfernt, wartete Michaela. Er konnte ihr unmöglich so gegenübertreten.
Er setzte sich an die Orgel, spielte Bachs vierstimmiges Choralvorspiel, das er längst Tag und Nacht hörte, *Ach wie nichtig, ach wie flüchtig,* begann mit der rechten Hand die Viertel und aufsteigenden Sechzehntel, setzte mit dem Pedal die fallenden Bassoktaven dazu, ließ mit der Linken die kontrapunktischen Figuren einfließen, leise und zart, ermahnte sich: *Keine Tränen heute!,* legte sein ganzes Denken und seine Kraft in die Finger, spielte zu schnell, zog Register, die dem fein verwobenen Spiel der Stimmen nicht angemessen waren, viel zu gewaltig, viel zu dunkel, *Du musst dir verzeihen!,* bis er es nicht mehr ertrug und mit beiden Händen auf die Tasten schlug.
Eine ohrenbetäubende Kakophonie hallte durch das Gotteshaus.

# 27

Bereits unten im Treppenhaus hörten sie es.
Ehrlinspiel ließ den Schlüssel wieder in seine Hosentasche gleiten. Hart und laut verfingen sich die Töne eines Klaviers im Aufzugschacht, eine Frau sang dazu, ein Baby schrie, und aus Britta Zenkers Wohnung roch es nach angebratenen Zwiebeln und Fleisch. Im ersten Stock, vor der Wohnungstür, war die Musik fast ohrenbetäubend.
»Kein Wunder hat die Zenker gefragt, ob man dagegen Anzeige erstatten kann«, sagte Ehrlinspiel. »Das ist ja –«
»Klassik«, sagte Freitag. »Aber wenigstens ist jemand zu Hause. Hört sich nach der Tochter an.«
»Banause!« Freitags Vorliebe für Volksmusik und Kuschelrock würde Ehrlinspiel ein ewiges Rätsel bleiben. Kitsch, Seichtheit – mehr wusste er nicht damit anzufangen, und es stellte für ihn einen Widerspruch zu Freitags tiefsinnigem, empathischem Wesen dar. Peter Maffay und Chris de Burgh waren die einzigen Künstler in Freitags Sammlung, die auch der Kriminalhauptkommissar ertragen konnte.
»Genau. Simple Flachköpfe. Dilettanten. So sind wir erfolglosen Bullen.« Freitag klingelte.
So viel zum Thema Brücke bauen, dachte Ehrlinspiel. »Ich bin ein Idiot, Freitag, ich –«
»Du hast Schokolade am Mundwinkel.«
Ehrlinspiel wischte mit dem Handrücken darüber.
Die Tür flog auf. »Mama, wo –« Miriam Roths riesige Augen starrten sie an, ihr Blau wirkte blass, und das Weiß war gerötet, als habe sie geweint.

»Hallo, Frau Roth.« Freitag lächelte.
»Sie?« Ihre Kleidung wirkte schmuddelig.
»Können wir kurz mit Ihnen –«
»Sie ist tot, nicht wahr?« Ihre Unterlippe zitterte. »Wie die andern.«
Die Ermittler warfen sich einen Blick zu. »Wie kommen Sie darauf?«
»Sie ist verschwunden. Seit Stunden. Und ich –«
»Aber nein! Sie war bei uns. Bei der Polizei. Wir haben uns unterhalten, noch vor eineinhalb Stunden. Sie wird sicher gleich kommen«, sagte Ehrlinspiel und dachte: Wir wollten zwar mit der Tochter reden, dennoch müsste Thea Roth längst hier sein. Wehe dir, Franz, du hast die Taxifahrt versemmelt!
»Bei Ihnen?« Sie ließ den Arm sinken, der auf dem Türknauf gelegen hatte, und stieß hörbar Luft aus. »Warum? Und warum bringen Sie sie nicht mit? Geht es ihr gut? Wieso sind Sie überhaupt gekommen?«
»Ein Kollege bringt sie bald nach Hause. Sie ist sicher.«
»Sicher«, sagte sie, »hier?« Ein winziger Spucketropfen löste sich von ihren Lippen.
Unwillkürlich trat Ehrlinspiel einen Schritt zurück. »Wir überwachen das Haus. Die Polizei ist immer ganz in Ihrer Nähe.«
Sie drehte sich ohne ein Wort um und ging zwei Schritte in den Flur. Unter der Lampe mit den baumelnden Glasperlen blieb sie stehen, sah die Kommissare an und lächelte. Hinter ihr war in einer halb geöffneten Tür ein Stück eines Flügels zu sehen.
Ehrlinspiel fühlte sich an eine Karnevalsfigur mit pompösem Kopfschmuck erinnert.
Verrückt, dachte er. Für einen Moment schien sie mir ver-

rückt. Eben noch hatte er geglaubt, Thea Roth sei nicht klar im Kopf, und jetzt ... Doch er wusste, dass Angst sowohl ein aggressives als auch verwirrtes oder scheues Verhalten hervorrufen konnte. »Benutzen Sie das Parfum Ihrer Mutter?«, fragte er. Eine sachliche Basis war das Beste in derlei Situationen.
»Kommen Sie doch in die Küche.«
Gleich darauf saßen sie in einem kleinen Raum mit hellen Holzmöbeln. Er war wie Zenkers Küche im Stockwerk darunter geschnitten, doch im Gegensatz dazu freundlich und erfüllt vom Aroma nach Seife und Obst, das in kleinen Glasschalen auf dem Küchentisch stand. Aprikosen, Kirschen, Erdbeeren. Auf der Eckbank und den Stühlen lagen bestickte Kissen, über den Tisch war ein langes, schmales Tuch mit filigranem Rand gebreitet, wie Ehrlinspiel es von seiner Großmutter kannte. Vor der Balkontür ergoss sich ein Meer gelber und weißer Blüten über das Geländer.
Miriam Roth legte die Hände locker auf den Tisch, ihre Gesichtszüge waren wieder entspannt. »Parfum? In meinem Job wäre das nach einer halben Stunde herausgeschwitzt.«
»Also benutzen Sie es nicht?«
»Nein. Warum?«
»Frau Roth.« Ehrlinspiels Blick fiel auf zwei Engelsfiguren, die auf einem Bord links und rechts von einer Reihe Kochbücher standen. Ihre Körper waren unförmig und die Gesichter schief. »Ihre Mutter hat uns von ihrem Unfall und dem Koma erzählt. Sie hat ... Verletzungen körperlicher Art zurückbehalten. Narben.«
Miriam Roth faltete die Hände. »Warum interessiert Sie das alles?«
Ehrlinspiel nickte Freitag zu: Mach du weiter. Das ist ein Fall wie maßgeschneidert für dein Fingerspitzengefühl. Aber vor

allem ein Zeichen von mir, dass du ein hervorragender Polizist bist.
»Ihre Mutter wirkte ein wenig durcheinander«, sagte Freitag, »und wir wissen nicht, wie wir ihr und Ihnen am besten beistehen können. Haben Sie einen Tipp für uns?« Ein warmes Lächeln umspielte seine Lippen. »Versteht sie denn schon wieder alles, was vorgeht? So ein Schicksal hinterlässt ja bisweilen seelische Spuren.«
Miriam blickte von Freitags gebogener Nase zu den schwarzen Haarsträhnen in seiner Stirn, auf sein taubenblaues Hemd und schließlich auf seinen Ehering. »Der Pfarrer sagt, sie macht ihren Weg. Dass Jesus sie liebt und ihr Kraft gibt.«
»Und was glauben *Sie*? Sie kennen Ihre Mama am besten.«
Mama. Miriams Wortwahl. Ob Freitag damit sein Ziel erreichen und ihr Vertrauen gewinnen würde?
»Sie ist noch schwach. Und sie ... sie schläft schlecht. Das sagte ich Ihnen ja schon. Sie sollte eigentlich eine Therapie machen. Aber« – sie presste kurz die Lippen aufeinander – »sie weigert sich. Sie betritt keine Arztpraxis. Sie sagt, sie erträgt nach allem keine Ärzte mehr.«
Freitag legte den Kopf etwas schief. »Aber sie hat doch Hilde Wimmer zu Doktor Wittke begleitet?«
»Geht es ihr wirklich gut, kommt sie bald? Sind Sie sicher?«
Beide Ermittler nickten.
»Ich bin so froh.« Miriam blickte zu der Balkontür, dem Blütenmeer und den Baumkronen dahinter, in denen Millionen Blätter grün in der Sonne glänzten. »Sie lag wochenlang auf der Intensivstation, und als sie wieder allein atmen konnte und die Knochenbrüche verheilt waren, so dass man Übungen machen konnte, kam sie zur Frührehabilitation in eine Spezialklinik. Aber die meinten nach ein paar Monaten, sie müsse in ein Pflegeheim. Dort ist später das Wunder passiert.«

Sie lächelte, sagte eine Weile nichts. »Ich kann es oft noch nicht glauben. Nachdem Mama wieder hier war, hat sie sich prima erholt. Sie ist richtig aufgeblüht. Erst als sie angefangen hat, sich um die alten Nachbarn zu kümmern, ist ihr Gemüt wieder, na ja, verwelkt. Sie liegt oft wach und schwitzt und redet nachts, als verfolgten sie die Dämonen des Unfalls Tag für Tag. Wahrscheinlich tun sie es auch. Mama denkt, ich merke es nicht, aber ... also ... ich gebe ihr seit einigen Wochen ein leichtes Schlafmittel.«

Freitag nickte aufmunternd. »Und, hilft es? Ist sie entspannter? Kann sie deswegen Doktor Wittkes Praxis betreten?«

»Sie hat gesagt, das sei eine gute Übung. Ihre Rückkehr ins Leben. Sie müsse ja nicht ins Behandlungszimmer gehen. Aber ich glaube, der Kontakt mit den alten Leuten hat ihr nicht gutgetan.«

Ehrlinspiel und Freitag wechselten einen kurzen Blick.

»Mama hat ständig dem Tod ins Auge gesehen. Und dass sie jetzt wirklich tot sind ... das ist eine Katastrophe für sie. Es hat sie aus dem mühsam wiedergewonnenen Leben geworfen. Sie durchlebt die schrecklichen Jahre in dem Pflegeheim noch einmal.« Wieder zitterte ihre Unterlippe, und sie zupfte sich eine Haarsträhne aus dem Mundwinkel. »Es war ein gutes Heim, medizinisch gesehen, aber die Atmosphäre war ... wie der Tod. Lauter alte Leute. Ein durchdringendes Stöhnen und Jammern, und es hat nach Exkrementen und Desinfektionsmittel gestunken, besonders im Sommer, und die Reifen der Rollstühle haben auf dem Linoleum gequietscht. Manchmal hat jemand geschrien, aus Einsamkeit oder aus Beklemmung oder was weiß ich. Mama hat zeitweise wieder an Schläuchen und Geräten gehangen wegen der Ernährung und dem Herz. Und ich, ich ...« Eine Träne löste sich aus einem Auge.

»Sie haben Ihre Mama jeden Tag besucht«, sagte Freitag leise. Miriam Roth nickte fast unmerklich. »Das ist wichtig für Komapatienten. Sie brauchen Ansprache und Vertrautes, man muss sozusagen die Bahnen zu ihrem Gehirn wieder finden, ihnen Energie geben, wenn Sie so wollen. Über die Augen und Ohren und über Berührungen.« Sie strich sich mit der einen Hand über die andere. »Aber dafür haben Ärzte und Schwestern keine Zeit. Im Gegenteil. Wenn ich gekommen bin, haben mich alle angestarrt. Als wäre ich nicht bei Sinnen. ›Was wollen Sie denn mit einer quasi Toten‹, haben ihre Blicke mich verhöhnt, und einer der Pfleger hat sich immer an den Kopf getippt. Alle Augen waren auf mich gerichtet. Dauernd. Und dann haben sie mich von Mamas Bett weggezerrt, die Geräte haben gepiepst, aber ich wollte nicht gehen. ›Ihre Mutter braucht Ruhe‹ und ›Sie können nichts mehr für sie tun‹, haben sie gesagt. Als wäre sie schon da oben bei Gott gewesen.« Sie schluchzte auf. »Und Gott hat sie auch gerettet.«
Wohl eher die moderne Medizin, dachte der Hauptkommissar und fragte: »Wie kann Ihre Mutter die Zeit, die sie im Koma lag, denn jetzt bewusst durchleben?«
Miriam lachte auf und zog die Nase hoch. »Sie sind genau wie alle anderen, Herr Ehrlinspiel. Sie denken, wenn jemand bewusstlos ist, kriegt er nichts mit. Ausgeknipst und Ende. Weit gefehlt!« Sie beugte sich vor. Ihre Wimpern glänzten. »Leute im Koma hören alles. Sie spüren genau, wer ihnen Gutes will und wer Schlechtes.«
»Das stimmt«, klinkte Freitag sich ein. »Auch bei Sterbenden ist das so. Nach allem, was man weiß.«
»Aber Ihre Mutter ist wieder ganz hergestellt«, sagte Ehrlinspiel und dachte an das kurze Gespräch mit EG. Keine Folgeschäden. *Das gibt es durchaus.* »Zumindest hat sie keine

Sprachstörungen zurückbehalten, keine Lähmungen, nichts. Oder täusche ich mich?«
»Es war eine Gabe Gottes.« Miriam deutete zu den beiden Engeln auf dem Regal. »Und die da, die beschützen uns.«
»Haben Sie die getöpfert?«
»Schön wär's.« Ihre Miene war jetzt offen und gelöst. »Nein, ich bin für so etwas völlig unbegabt. Pfarrer Müller hat sie gemacht, zusammen mit seinen Kindern. Sie waren ein Geschenk nach Mamas Rückkehr. ›Sie sind nicht perfekt‹, hat er gesagt, ›aber mit Liebe gemacht und treu bis in den Tod. So, wie wir Menschen es auch sein sollten.‹«
Freitag drehte an seinem Ehering. Ehrlinspiel suchte seinen Blick, und für einen Moment waren sie wieder das eingeschworene Team, die Freunde, die sich allein durch Mimik und diskrete Gestik verständigen konnten. Miriam Roth. Die Mutter, die wegen der »alten Nachbarn« erneut Alpträume durchlitt. Die Sorge der Tochter. Die Nachbarn, die jetzt tot waren … Konnte es sein, dass Miriam Roth …?
Freitag wandte sich mit seinem warmen Lächeln an sie: »Alte Leute, ja. Die können hin und wieder ganz schön schwierig sein. Sie fordern viel und nörgeln gern.«
»Unerträglich oft, dieses Lamento.« Ehrlinspiel nickte ernst. »Es kostet Kraft und Zeit, sich um die Gebrechen anderer zu kümmern. Und ihr Alter konfrontiert uns mit der eigenen Endlichkeit. Der Tod erst recht.« Er stand auf und trat an die Balkontür, beobachtete das Licht- und Schattenspiel, das Sonne und Laub auf dem flimmernden Asphalt spielten. Sah zu den Fenstern der Villa. Kein Reflex. Dann drehte er sich um und schob die Hände in die Hosentaschen. »Ihrer Mutter könnte es auch so gehen.«
»Es geht *allen* so!« Miriam Roth verbarg die Hände unter dem Tisch.

»Kümmert Ihre Mutter sich noch um weitere alte Menschen? Obwohl« – Freitag schmunzelte –, »so alt war Martin Gärtner ja noch nicht.«
»Ich habe keine Ahnung, wie alt Herr Gärtner war, aber er schien mir eben alt. Geknickt, gebeugt.«
»Er war sechsundfünfzig. Zu jung zum Sterben.«
Sie wandte sich zu Ehrlinspiel. »Wie geht es dem Hund?«
»Prima. Er schnüffelt jetzt sozusagen im Ermittlungsteam mit.«
Ein Strahlen ging über ihr Gesicht.
»Sie haben ihn behalten? Sie sind ein guter Mensch, Herr Kommissar!«
»Nicht ich. Ein Kollege.« Er trat wieder zu dem Tisch. Hatte Miriam Roth nicht in der Nacht des zweiten Mordes aus dem Fenster gesehen? *Das Polizeiaufgebot und der Lärm waren kaum zu überhören und zu übersehen.* Hätte sie Jagger in Lukas' Wagen bemerken müssen? War sie auf anderes konzentriert gewesen? »Um welche Alten kümmert sich Ihre Mutter noch?«
Miriam Roth sah zu den Engeln auf dem Regal. »Um keine. Jedenfalls weiß ich von keinen.«
»Um Frau Zenker vielleicht?«
Sie lachte auf. »Um die machen wir doch alle einen Bogen. Böses Weib!«
Fast hätte Ehrlinspiel gegrinst. »Ihre Mutter wird bald hier sein«, sagte er stattdessen und fragte sich, wo die seit gut zwei Stunden blieb. Er würde gleich Stefan Franz anrufen und fragen, ob er sie hierhergefahren hatte. »Danke für Ihre offenen Worte.«
Wortlos eilten sie die Treppe hinunter und setzten sich in den Wagen. Er war heiß wie das Innere eines Vulkans. Freitag trommelte auf seine Oberschenkel. »Junge Frau tötet zwei

Nachbarn, weil die geschwächte Mutter sich um diese kümmert? Meinst du, das trägt als Motiv?«
»Wir hatten schon hanebüchenere Fälle.« Ehrlinspiel setzte die Sonnenbrille auf und blickte Freitag an. »Das Problem ist: Uns fehlen die Beweise.«
»Und die Einsicht in eigene Fehler.«
Ehrlinspiel verdrehte die Augen und fuhr los.

# 28

Früher Nachmittag

Thea trat durch den mittleren der drei Torbögen.
Lange hatte sie davorgestanden, auf die Inschrift über dem monumentalen Eingang geblickt: *Sie ruhen in Frieden.* Hatte zu den beiden riesigen Engelspaaren hinaufgesehen, Trauer und Hoffnung, die ihre Flügel ausbreiteten.
Zwei Wege führten links und rechts einer Rasenfläche auf ein sandsteinfarbenes Gebäude mit türkisfarbener Kuppel zu, die matt in der Sonne schimmerte. Sie nahm den linken Weg, der von blühenden Rosensträuchern gesäumt war.
Nach Hause hatte sie nicht gehen können. Dorthin, wo sie Jaggers Bellen hinter der zerkratzten Wohnungstür vermisste, sobald sie das Haus betrat. Hinter dieser Tür, auf die sie jetzt, nach Martins Tod, manchmal die Hand legte, bevor sie die Treppe zu Miriams kitschig eingerichteter Wohnung hinaufstieg. Und wo jede Stufe ihr zuzuflüstern schien: Dreh um!
Jetzt war sie froh, aus der engen Straßenbahn draußen und dem monotonen Rattern entkommen zu sein, den samtartigen roten Sitzen, in deren Fasern sich der Geruch und Schmutz von Tausenden Leuten festgefressen haben musste. Fremde, wie sie. Menschen mit Geheimnissen.
Voller Trauer. Voller Hoffnung. Voller Zweifel.
Natürlich hatte es ans Licht kommen müssen, dass sie in Martins Wohnung gewesen war. Aber es war schließlich nicht strafbar, mit Nachbarn Kaffee zu trinken! Nach dem Scannen ihrer Fingerabdrücke hatte sie dem dicken Polizisten erklärt,

sie gehe zu Fuß nach Hause. Mit einem »Okay« war er davongeschlurft.
Jetzt lag Martin irgendwo hier. Verscharrt, auf diesem Friedhof, auf dem jeder ihrer Schritte, der auf den Kieswegen knirschte, nur in eine neue Ungewissheit führen konnte.
Sie ging an dem Kuppelgebäude vorbei, nahm einen schmalen Weg, las die Namen auf den Grabsteinen. Fremde. Fest umklammerte sie ihre Handtasche.
*Martin*, dachte sie. *Hilde Wimmer. Charlotte.* Sie stellte sich ihre Gesichter vor, ihr Lachen und die Buchstaben ihrer Namen, die jetzt in irgendeinem Himmel eingraviert waren.
Zwei Kinder kamen ihr an der Hand einer schwarzgekleideten, jungen Frau entgegen. Das Mädchen lachte und rief: »Die Oma ist in den Himmel geflogen.« Und Thea sieht Charlottes Mantel vor sich, hört Martins Stimme, wie er von dem roten Vogel erzählt, der über ihn fliegt. Sie wischt Martin die Tränen von der Wange und spürt Charlottes Schmerzen und ihre eigenen, hasst den Tod und das Leben. Sie will sterben. Deshalb ist sie hier. Sie will mit Martin sprechen, mit ihm weinen. Um ihn trauern. Ihm Lebewohl sagen. Hier, wo es ruhig ist und still, auch wenn sie ihn ohnehin nicht finden würde auf einem anonymen Gräberfeld.
Doch es war nicht nur Martin, dem sie hier nahe sein wollte. Ein letztes Mal. Sind Sie verheiratet?, hörte sie den Kommissar mit dem kantigen Gesicht und den stechenden grünen Augen, die ihren eigenen so ähnlich waren, fragen und hörte sich selbst antworten: verwitwet. Seit einundzwanzig Jahren. *Sein* Grab musste sie finden. Erst dann konnte sie Miriam glauben, dass er tot war. Was allerdings die Konsequenz davon sein würde ...
Thea spürte ihren Herzschlag bis zum Hals, spürte das Pochen in den Narben. Kurz blickte sie über ihre Schulter zu-

rück. Nichts als schwarze, rote und graue Steine, Kreuze, Figuren, Blumen, Hecken und eine einsame Schubkarre. Niemand war zu sehen. Nichts zu hören, nur das schrille Piepsen der Vögel, die von Gebüsch zu Gebüsch flatterten.
Sie hatte bei der Polizei geschauspielert. Wahrscheinlich ziemlich gut. Fast so gut wie die Trintignant in *Der Killer und das Mädchen*. Trickreich war sie gewesen, hatte erst das Opfer gegeben und dann Hilfsbereitschaft signalisiert. War Jägerin und Gejagte. Nur, dass das hier nackte Realität war und keine Krimikomödie. Es war die Tragödie ihres Lebens.
Thea blickte in den Himmel. Sie hätte gern geweint. Doch ihre Augen waren leer, ausgetrocknet wie die Welt um sie und die Natur. Automatisch setzte sie einen Fuß vor den andern, las die Namen der Toten. *Sind Sie verheiratet?* Sie ging schneller. *Er ist gestorben. An Herzlosigkeit ...*
Gräberfeld für Gräberfeld irrte sie umher, studierte die Namen auf den Grabsteinen. Sie sagten ihr nichts.
Da sah sie es: Linker Hand, jenseits der Mauer aus roten Ziegelsteinen, angrenzend an den Friedhof, ragte ein großes, weißes Gebäude gen Himmel. In ihrem Kopf purzelten Bilder durcheinander, drangen in ihr Bewusstsein. *Weiße Kittel. Quietschende Schuhe. Pfefferminzatem. Brennender Schmerz, der sie wieder und wieder nicht tötet.* Sie starrte das Weiß an. Die alte Angst durchflutete sie heiß. Die Uniklinik!
Sie legte die Hand auf ihre Brust, bog rasch in einen kleinen Weg ab, rannte ziellos an Hecken, einem Pavillon und Menschen vorüber, die sich nach ihr umdrehten. Ihre Muskeln brannten, und das Grün und die Steinfiguren um sie herum begannen zu lachen, sich im Reigen zu drehen, zu spotten.
»Bitte nicht«, rief sie und wusste nicht, ob sie wirklich schrie oder die Worte nur dachte. »Bitte, nur ein kleines Stückchen Leben! Ohne Gewalt. Ohne Bedrohungen.«

Hinter einer Baumgruppe ließ sie sich ins Gras fallen. Es roch nach Heu. Tief atmete sie ein und aus, schloss die Augen, ein und aus. Und da, plötzlich, tauchte eine Erinnerung auf. Kindheit. Die Zeit, die sie vermisst hatte, von der ihr auch Miriam nichts hatte erzählen können, natürlich nicht. Da war sie. »Nur ein kleines Stückchen Leben«, flüsterte Thea. Etwas von dem Leben, das mit Martin Gärtner gestorben und mit Hilde Wimmer endgültig im schwarzen Nichts versunken war.

Sie wusste nicht, wie lange sie im Gras gesessen hatte, als sie irgendwann aufstand, ein paar Schritte weiterstolperte, einem alten Paar zunickte, das Hand in Hand vor einem Steinkreuz stand und lachte, was sie nicht verstand. Vielleicht war ihr dieses Grab, vor dem sie später reglos stehen blieb, nur deshalb aufgefallen, weil es so wild aussah. Dieses Grab, dessen Kreuzesinschrift sie wieder und wieder las, bis die Buchstaben – zum Teil überwachsen und verblasst – im Sonnenuntergang mit dem bleichen Gelb des verwitterten Holzes verschmolzen, während ihr Kopf zuerst leer wurde und sich dann füllte mit dem, was sie langsam begriff. Mit Dingen, nach denen sie so lange gesucht hatte.

# 29

Dienstag, 10. August, 19:30 Uhr

»Benutzt du noch Telefonzellen?«
»Höchstens wegen der Farbe.«
Ehrlinspiel grinste und blickte durch die Windschutzscheibe auf Hannas Mazda MX-5 Roadster, unter dessen dunkelpinkfarben changierender Motorhaube einhundertundsechzig PS röhrten und sie durch die Dörfer des Markgräflerlands in den Kaiserstuhl transportierten. Hanna selbst trug wie immer ein pinkfarbenes Kleidungsstück. Heute Abend waren es Stoffschuhe, die mit ihrem leuchtenden Farbton jedes noch so große Telekom-Logo übertrumpften. Der Kriminalhauptkommissar war für Hannas Gesellschaft dankbar, denn seit gestern war die Soko im wahrsten Sinne des Wortes ins Schwitzen geraten. Miriam Roth. War sie eine Mörderin?
Die Überprüfung ihrer Personalien hatte ergeben, dass sie Physik, Theologie und Musik studiert hatte, nach dem Referendariat aber nicht in den Schuldienst eingetreten war. Das Haus, in dem sie mit Thea Roth gelebt hatte, war vor vielen Jahren von der Mutter auf die Tochter überschrieben worden. Miriam hatte es ein Jahr nach dem Unfall verkauft und war – zunächst allein – in die Draisstraße gezogen. Ein spezialisiertes Pflegeheim, so hatte Josianne Schneider recherchiert, kostete Angehörige zwischen vier- und fünftausend Euro pro Monat. Die Pflegeversicherung erstattete im besten Fall eintausendvierhundertunddreißig Euro. Das konnte neben der psychischen eine enorme finanzielle Belastung sein, die Mi-

riam Roth ohne das Geld aus dem Hausverkauf sicherlich nicht hätte tragen können.

Er genoss den Fahrtwind in seinem Gesicht und vergaß, dass er schon um fünf Uhr morgens mit dumpfen Kopfschmerzen wach gelegen und das untrügliche Ziehen im Arm gespürt hatte – Vorboten eines drückend heißen Tages. Zum ersten Mal, seit er um zehn Uhr den Soko-Raum verlassen hatte, wo es heute nach Schweiß, Salz und ein wenig nach Eisen roch, trocknete der feuchte Film auf seiner Haut.

»Also keine Telefonzellen«, sagte er wie zu sich selbst.

»Willst du deine Mutter anrufen?« Sie warf ihm einen koketten Seitenblick zu. »Du kannst ruhig mein iPhone nehmen.« Sie deutete auf eine Ablage. Das Handy steckte in einer pinkfarbenen Schale.

»Du vergisst wirklich nichts«, lachte er und wurde leicht gegen die Beifahrertür gedrückt, als Hanna am Ende eines Dorfes in eine langgezogene Linkskurve beschleunigte. Über freien Feldern türmten sich Wolken wie weiße Wolle, unendlich fein gesponnen. Ehrlinspiel hatte im Winter einmal zu Hanna gesagt, er denke gerade an seine Mutter. Es war ein harmloses Geplänkel gewesen.

»Nicht, wenn ich andere damit später zum Lachen bringen kann. Oder ärgern.«

»Die Kumulonimbusse verheißen nichts Gutes. Wir sollten vielleicht das Verdeck schließen.« Schon am Mittag hatten kleine, fransenförmige Wolkenhäufchen den Himmel bevölkert, und Ehrlinspiel hatte unwillkürlich an eine der Schafherden am Ufer des Laugh Corrib gedacht, nahe dem Dorf, aus dem seine Mutter stammte. Freiburg schien wie gelähmt gewesen zu sein, als er in der Mittagspause zu Idris geradelt war. Sogar die Autos bewegten sich vermeintlich träge, und er hatte sich vorgestellt, wie ihre Reifen sich zu schwarzem Brei auflösten. Die wenigen Menschen unterwegs hatten fast alle eine Wasserflasche in der Hand gehabt. Manche hatten sich halb auf die riesigen, hölzernen Pflanzenkübel gesetzt, die die Stadt jeden Sommer aufstellte, und im Schatten der hängenden Palmenblätter Schutz gesucht. Selbst Idris, der sonst nie genug Sonne aufsaugen konnte, hatte unter einem dichtbelaubten Baum in seinem Biergarten gesessen, zusammen mit den drei Gästen, die sich überhaupt durch die Glut gewagt hatten.

»Gewitterboten weisen uns den Weg. Altocumuli flocci.«

»Feuchtwarme Luft, von der Sonne erwärmt, darüber kältere Luftmassen.« Ehrlinspiel umklammerte die Kante seines Sitzes, als sie sich einer Rechtskurve näherten.

»Die warme Luft strömt nach oben. Der Wasserdampf kondensiert an der kalten Luftschicht zu Haufenwolken.«

»Sie verdichten sich ... voilà. Gewittertürme.« Er wandte sich zu ihr. Auch ihre Frisur glich einem fein aufgeschichteten Turm, und die winzigen Härchen in ihrem Nacken schimmerten im Abendlicht. »Kora wäre stolz auf dich.«

»Sie *ist* stolz auf mich. Aber nicht wegen meiner meteorologischen Pseudo-Kenntnisse.«

»Nein? Weshalb dann?«

»Aktivitäten?« Sie schmunzelte, sah ihn aber nicht an.

Er schwieg und lauschte dem Motorengeräusch. Noch nie zuvor hatte er in einem MX-5 gesessen.

Als Hanna ihn gefragt hatte, ob er ihr ein paar heimelige Ecken zeige – natürlich ausschließlich für ihre Recherchen –, und als sie vorhin mit dem pinkfarbenen Gefährt vor seiner Tür gestanden und gehupt hatte, war er skeptisch gewesen. Doch jetzt musste er zugeben, dass er bequem saß, der Wagen gut in den Kurven lag und vor allem ziemlich flott beschleunigte. Die Farbe allerdings ... Er selbst träumte vom BMW 1er

Cabrio. Mit ausgestellten Radläufen, 6-Zylinder-Motor und Le-Mans-Blue-metallic-Lackierung. Doch solange sein alter Toyota noch schnurrte, er sowieso fast immer mit dem Mountainbike unterwegs war, auch zur Arbeit radelte und dort ein Dienstwagen auf ihn wartete, hielt er diesen Luxus für überflüssig. So war er tagsüber mit einem der Opel Astras auf Achse, mit denen das Innenministerium Baden-Württemberg seine Kripobeamten bedacht hatte. Es waren praxisangemessene Modelle: schnell, unauffällig in ihren hellen, gedämpften Farben und tauglich auch im Winter und in Gegenden, in denen ein Verdeck rasch aufgeschlitzt war. Privat durften sie die Autos nicht nutzen.

»Wie laufen die Ermittlungen?«, fragte Hanna, als die bleiche Sonne hinter den Wolken verschwand. »Hat Kenzos Parfum euch weitergebracht? In der Zeitung stand, ihr hättet ›vielversprechende Ansatzpunkte und eine Festnahme‹ und hofft auf die Hilfe der Bevölkerung.«

»Presse.« Er grinste. »Ich muss dir nicht erklären, wie das geht, oder? Sobald die Wahrheit gedruckt wird oder über die Mattscheibe flimmert, ist sie keine mehr. Sie mutiert zur Sensation oder zum Fiasko für die Polizei.« Dann wurde er ernst. »Wir haben keine Festnahme. Nur jemanden mitgenommen und befragt.«

Hannas Handy begann, die Melodie *Pink Panther* zu spielen. »Du lässt auch nichts aus, was rosa ist.« Moritz grinste und dachte, während sie offenbar mit ihrem Auftraggeber sprach, an das Pressegespräch. Es war eine Herausforderung gewesen.

»Hi, Ehrlinspiel, nice to see you«, hatte der feiste Zeitungsredakteur mit den gegelten Haaren und dem Dackelblick ihn begrüßt und die Hosenträger schnalzen lassen. Mit Shorts wirkte Mr. Hair noch kabarettreifer als sonst. »Spucken Sie's aus, was haben Sie Feines für uns?« Er klang honigsüß, doch sein Atem roch schon am frühen Nachmittag nach Bier und Knoblauch.

»Die Bonbons verteilt unser Pressesprecher«, antwortete Ehrlinspiel und setzte sich an den Besprechungstisch in Meike Jaguschs Büro. Ein Radioreporter war ebenfalls zugegen, so dass sie zu fünft waren. Meike fasste die Lage zusammen, bestätigte einen möglichen Zusammenhang der beiden Gewalttaten und verschwieg Details. Keine konkreten Todesursachen. Keine Angaben zum möglichen Tatablauf. Erst recht keine Namen – bis auf die der Opfer. »Haben Sie schon jemanden verhaftet?«, fragte der Radioreporter, ein freundlicher Mann mit breiter Nase und zerzaustem, hellbraunem Haar, und Mr. Hair fiel ihm mit der Frage ins Wort, ob sie denn das Motiv noch immer nicht ahnten? Meike Jagusch blockte ab und betonte, dass das Haus rund um die Uhr unter Polizeischutz stand. »Dann rechnen Sie mit weiteren Morden in der Draisstraße 8 a?« Mr. Hair grinste süffisant und hielt ihr ein Mikrofon unter die Nase. Der Pressesprecher – ein Meister im Verkaufen von abgelaufener Tiefkühlkost als Drei-Sterne-Delikatesse – übernahm gekonnt, verwies auf die vertraulichen Ermittlungen und bat schließlich darum, die Bevölkerung um Hilfe zu ersuchen: Kannte jemand eines der Opfer? Beide vielleicht? Wer hat im Umfeld der Draisstraße ungewöhnliche Beobachtungen gemacht?

Als Ehrlinspiel fast zwei Stunden später in sein Büro kam, lag dort eine Notiz: Das Studentenpaar aus der Draisstraße war während des Pressetermins zurückgekommen, und eben hatte ein Kollege mit den beiden gesprochen. Das Paar war bei den Eltern des Mannes in Frankfurt gewesen. Fast dreißig Familienmitglieder konnten das bezeugen. Die junge Frau hatte darauf bestanden, »dieses Mordhaus« sofort wieder zu verlas-

sen, aus Angst um die Familie. Ihr Partner hielt das für übertrieben, und innerhalb von Minuten brach ein lauter Streit zwischen den beiden aus.
Gegen Abend tauchte Frank Lederle bei Ehrlinspiel auf. Er trug einen feinen, dünnen Anzug und schien munter wie an einem kühlen Frühlingsmorgen. »Wir haben es: Der letzte Anruf auf Hilde Wimmers Apparat kam aus einer Telefonzelle.« – »Welche?« Ehrlinspiels Mut sank. »Sie steht fast vor dem Haus der Opfer.« – »Verflucht.« Sofort hatte er ein Team der KT losgeschickt. Gefunden hatten sie zahllose Abdrücke. Doch weder waren welche davon registriert, noch gab es Übereinstimmungen mit den Abdrücken aus den Opferwohnungen. Also auch keine von Thea Roth. Von ihrer Tochter konnten durchaus welche dabei sein. Doch die mussten sie ihr erst abnehmen. Dass der Anruf aus direkter Nähe gekommen war, bestätigte, dass das Opfer gezielt aus der Wohnung gelockt worden war. Und da Thea Roth zur Tatzeit geschlafen hatte, betäubt durch das Schlafmittel ihrer Tochter, hätte Miriam die Gelegenheit bestens nutzen können.
»Sag mal«, fragte der Kriminalhauptkommissar Hanna jetzt und sah einen Wegweiser vorbeiflitzen, »mal rein hypothetisch: Wenn deine Mutter krank wäre und sich trotzdem um andere kümmern würde. Wenn du davon ausgehen müsstest, dass ihr das schadet: Wärst du in der Lage, die andern zu töten, um deine Mutter zu schonen?«
Hanna warf ihm einen Seitenblick zu, grinste und bog rechts ab auf die L 134. »Rein hypothetisch. Aha.«
»Kleine Geheimnisse erhalten die Freundschaft. Also?«
»Auf keinen Fall! Das ist doch verrückt. Andererseits fragst du da die Falsche.«
Als sie nicht weitersprach, sagte er: »Warum? Du hast eine gute Menschenkenntnis.«

»Aber ein extrem schwieriges Verhältnis zu meinen Eltern. Willst du es hören?«

»Ja«, sagte er und dachte: Ich will *alles* über dich hören, Hanna Brock.

»Mein Vater ist ein Tyrann. Militärschule. Harte Erziehung. Aussicht auf eine glänzende Karriere im Dienste des Verteidigungsministeriums. Dann hat die Hüfte nicht mehr mitgemacht. Offizierslaufbahn im Eimer. Also ist er Oberstudiendirektor geworden. Natürlich an einem privaten Eliteinternat. Was er meinem nie gezeugten Bruder an Drill hätte beibringen wollen, hat er tagsüber seinen Schülern eingetrichtert. Und abends mir. Wenn er seine Schmerzattacken hatte … nun ja. Und meine Mutter hat aus Prinzip zu allem ja und amen gesagt.«

Ehrlinspiel schluckte. »Er hat euch geschlagen?«

»Nein, das nicht. Er hat kommandiert, getobt, geschrien. Mich eingesperrt.« Sie gab Gas. »Gezählt haben für ihn nur hochrangige Staatsbeamte oder Militärangehörige. Die hatten seinen Respekt.«

»Und jetzt?«

»Wir sehen uns kaum noch, und wenn, ist die Atmosphäre eher kühl.«

»Du hast keine Geschwister, oder?«

»Nein.«

Ehrlinspiel hätte sie gern umarmt, ihr Geborgenheit gegeben. Die starke, schwache Frau. Stattdessen fragte er: »Und kannst du dir vorstellen, dass andere Leute für ihre Mutter morden?«

»Du redest von der Tochter dieser Parfumtante«, stellte sie fest.

»Rein hypothetisch.«

»Dann lautet die Antwort, rein hypothetisch: nein. Die Frau mag ja seltsam sein, aber um aus Sorge um die Mutter zu töten, müsste sie krank im Kopf sein. Und das schien sie mir nicht. Eher die Mutter.«

Tochter, Mutter. Ein Waldstück zog rechter Hand vorbei. Mutter, Tochter. Ein Gedanke stieg in Ehrlinspiels Hinterkopf auf, doch mit dem letzten Baum war auch der verschwunden. »Wohin fahren wir eigentlich?« Sein Vorschlag war es gewesen, Hanna in Breisach die Freilichtbühne und den größten Winzerkeller Deutschlands zu zeigen. »Super«, hatte sie zugestimmt. Allerdings sah es nicht so aus, als würden sie dort ankommen.

»Ich dachte, bei dem Wetter verbinden wir Arbeit und Vergnügen.« Sie deutete auf seine Füße, zwischen denen eine ausgebeulte, bunte Stofftasche lag.

»Aha. Und worin besteht das Vergnügen?«

»Baggersee!«

Wie Blei legte sich das Drücken auf seine Brust. Hatte er Hanna eben noch umarmen wollen, wünschte er sie jetzt weit weg. Er starrte auf die Straße. Sah die Felder an sich vorbeiziehen, ein grünes Rauschen, registrierte rechts ein paar Häuser, Industriegebäude und den Wald, und neben sich, auf dem Radweg, sah er den siebzehnjährigen Moritz Ehrlinspiel, der mit Peter und Christine übermütig Slalomlinien fuhr, Witze riss, einen Kasten Bier auf dem Gepäckträger hatte. »Nein!«

»Du musst nicht ins Wasser.« Hanna schaltete das Radio ein. »Summer feeling.«

Er schnellte nach vorn und schaltete die Musik aus. »Dreh um.«

»Was ist? Keine Lust auf Abkühlung?«

»Darum geht es nicht.« Er war zu barsch. Sie konnte ja nicht ahnen, dass er nach zwanzig Jahren zum ersten Mal an diesen See kam. Den See, in dem Peter gestorben war. Der hier um die Ecke lag.

»Jetzt sag nicht, dass du Angst vor Frauen im Bikini hast.« Sie lachte, beschleunigte, der Motor röhrte. Gleich darauf bog sie in einen schmalen Teerweg ab und parkte nach einigen hundert Metern zwischen anderen Autos. »Hier müsste es sein. Rimsinger Baggersee. Vierunddreißig Hektar groß. Hundertfünfundneunzig Meter über dem Meeresspiegel. Luftlinie bis Freiburg Stadtmitte fünfzehn Kilometer. Ausgezeichnete Wasserqualität.«

Ehrlinspiel sah sie an. Ihr offenes Lachen, ihre dunklen Augen, die sogar im Licht der aufziehenden Wolken noch strahlten. »Lass uns woanders hinfahren.«

»Ich möchte ins Wasser springen. Nur zehn Minuten. Okay?« Sie zerrte ihre Tasche zwischen seinen Beinen hervor. »Danach können wir –«

Er ergriff ihren Arm. »Nein.« Sein Gesicht war heiß, und er wusste nicht, ob die Schwüle, die sich wie ein feuchtes Tuch über das Gelände senkte, das Wasser aus seinen Poren trieb oder die Angst vor dem, was er hier finden würde.

»Was ist los?«

Mit einem Mal schämte er sich. »Ich bin … nicht gut drauf heute.« Er ließ sie los.

»Das hat aber ganz anders geklungen, als ich dich abgeholt habe.« Ihre Augen suchten seine. »Was hast du plötzlich?«

»Es ist … Ach, die Ermittlungen.«

Sie zog die Tasche zu sich, lächelte, und er wusste genau, dass sie ihm kein Wort glaubte.

Aber er wusste auch, dass sie nichts dazu sagen, er nie sein Gesicht vor ihr verlieren würde.

»Ihr steckt fest. Immer noch.«

»Sag mir, wer einen Vorteil davon haben könnte, zwei alte, mittellose Menschen zu töten. Außer einer verrückten Tochter.« Sag mir, wie ich diesen Trampelpfad zum See gehen soll,

ohne bei jedem Schritt über Erinnerungen und Schuld zu stolpern.
»Eine verrückte Mutter. Jemand, dem Geld egal ist.« Sie ließ das Verdeck und die Fenster hochfahren und stieg aus. Die Wolkentürme hatten sich zu einer beinahe geschlossenen Wolkendecke zusammengezogen.
»So weit sind wir auch schon«, brummte er.
»Die Toten haben ein Geheimnis geteilt. Sie haben gemeinsam ein Verbrechen begangen. Eine Bank ausgeraubt – um sich endlich auch etwas leisten zu können. Einen Erbonkel vergiftet. Einen Lottogewinner in der Dreisam ertränkt, eine –«
»Du machst dich über mich lustig.«
»Nein.« Sie sah ihn über das Verdeck hinweg an. »Ich phantasiere nur ein wenig. Das lockert den Knoten im Gehirn.« Sie schloss den Wagen ab und stapfte los. »Das solltest du auch einmal versuchen.«
Ehrlinspiel seufzte. Er roch das Harz der Tannen, auf die Hanna zusteuerte, die Tasche über die Schulter geworfen. Er roch den Kalk, der mit der leichten Brise von dem ehemaligen Kieswerk herüberwehte, hörte das aufgeregte Gezwitscher der Spatzen und Krähen, die um die Mülltonnen herumhüpften und nach Picknickresten der Badegäste suchten. Die Mülleimer waren neu – im Gegensatz zu seinen Gedanken, die wie Raubvögel kreisten und darauf warteten, dass er seine Angst preisgab und sie sie zerfleischen konnten. *Lauf weg, feiger Moritz,* schienen sie laut zu rufen. *Wir folgen dir, wohin du auch gehst.* Er starrte eine Krähe an, die vor ihm herumhopste, provokant, die Augen wie glänzende, schwarze Perlen.
Da ging er los.
Auch der Weg hatte sich verändert. Dicke Wurzeln schoben

sich aus der aufgeworfenen Erde. Als er durch Baumstämme und Gestrüpp die blaue Oberfläche schimmern sah, hielt er inne. Am Ufer stand Hanna und winkte ihm zu.
Ein kurzer, heftiger Windstoß fuhr durch die Bäume.
Ehrlinspiel lief zu Hanna, in der Nähe lagen noch ein paar Leute in Badekleidung auf Decken. Der See breitete sich glitzernd vor ihnen aus, Türkis, tiefes Blau und Grün brachen sich in Millionen klitzekleiner Wellen, die der Wind sanft über die Oberfläche trieb.
»Alles okay?« Hanna legte ihm die Hand auf die Schulter.
»Klar.« Es war wie damals. Das Licht, der Geruch nach Algen. Eine Frau an seiner Seite, der er gleichzeitig nahe war und doch ein ganzes Leben entfernt. Hanna sagte etwas, aber der Wortlaut drang nicht bis in sein Bewusstsein. Er sah über das Wasser, auf die Wiese gegenüber. Peter liegt im Gras. Er röchelt. Moritz kniet neben ihm, presst die Hände auf Peters Brust. Er drückt, massiert, drückt. Christine schreit.
Jemand rempelte ihn an. Erschrocken fuhr er herum, sah ein paar Leute ihre Handtücher zusammenraffen und davoneilen. Eine leere Plastikflasche kullerte vor seine Füße, und eine neue Windbö peitschte ihm Erde gegen die Beine. Kurz darauf war niemand außer Hanna mehr bei ihm. Stumm leuchtete ihr Gesicht in der einsetzenden Dämmerung.
Wieder sah er zu der Wiese hinüber. *Verdammt noch mal! Peter!* Er schlüpfte aus den Schuhen, zog seine Kleider aus, ließ sie achtlos fallen, spürte die warmen Steine unter seinen Füßen. *Es tut mir leid, Peter!* Er watete ins Wasser, immer tiefer, bis es seine Oberschenkel umspülte, er sich hineinwarf und in festen Zügen loskraulte. Mit ganzer Kraft durchquerte er den See, zog an der alten Förderanlage vorbei, entschlossen, ignorierte das leise Grollen des Donners, kämpfte gegen das Wasser wie gegen einen Feind und stieg am Ende aus dem Nass,

nur Peter im Kopf und seinen leeren Blick. Er ging zu der Stelle, wo sein Freund gelegen hatte. Das Donnergrollen kam jetzt aus einer anderen Himmelsrichtung. Er kniete sich hin, legte die Hand auf das Gras. Verharrte. Dann schrie er. Schrie um Tränen, doch sie kamen nicht. Schrie um Vergebung. Sie blieb aus.

Er schwamm zurück und ging ans Ufer. Hanna stand vor ihm. Er schämte sich nicht, obwohl er splitternackt war. »Es war hier«, sagte er. »In diesem See ist mein Freund ertrunken.« Er erzählte.

Sie nahm seine Hand in ihre. So standen sie in dem grüngrauen, schwindenden Licht, stumm, nur der Wind brach sich leise heulend in den Bäumen, und ein paar Vögel fiepten aufgeregt, als wollten sie ihre Artgenossen auffordern, geschützte Plätze aufzusuchen.

Ehrlinspiel bewegte sich nicht, dachte an nichts außer an das winzige Stückchen Wärme von Hannas Hand. Erst als die schweren Tropfen auf seine Haut fielen, begann er zu zittern. Fror. Und weinte.

Hanna gab ihm sein T-Shirt. Er ließ es fallen und strich ihr eine regennasse Strähne aus dem Gesicht, fühlte das winzige Muttermal unter ihrem linken Ohr.

Ohne ihre Hand loszulassen, wandte er sich zum See. Das gegenüberliegende Ufer war fast vollständig in der Dunkelheit versunken, und zwischen ihm und dem toten Peter lag nichts mehr außer einer schwarzblauen Fläche, auf der die Tropfen tanzten. Zuerst fein spritzend, als sie sich in auslaufenden Ringen mit dem Wasser vereinten, das schwer in seinem erdenen Bett lag; dann, nur ein paar Atemzüge später, verwandelte sich der See in die Haut eines stachligen, glänzenden Wesens.

Moritz blickte in den Himmel und fragte sich, ob Peter irgendwo da oben war und über ihn lachte. Er roch das Dampfen der gierigen Erde, sog die kühle Luft ein und spürte die Wellen des Wassers in sich, und während er Hanna das Top über den Kopf streifte, zuckten Blitze über den See, entluden sich die elektrischen Kräfte, Millionen Volt pro Meter, und tauchten den See und die Baumwipfel in ein surrealistisches Licht.

## 30

Auf allen vieren kroch sie neben ihm, den Rücken gekrümmt, und sie schrubbte kräftig den weißen Marmorboden. Von ihrer linken Schläfe perlten Schweißtröpfchen über den Hals und weiter ihre Brüste hinab, die sich im Rhythmus der Arme bewegten. Ihre Beine, beinahe so bleich wie der Küchenboden, ragten aus dem hellblauen Kittel hervor. Sie war barfuß, darum hatte er sie gebeten. »Die Böden sind etwas empfindlich.« Die Luft war angefüllt mit dem Geruch scharfen Putzmittels und mit Miriams Duft. Einem feinen Aroma nach Seife. Nicht blumig, nicht schwer, nicht exotisch. Nur klar. Wie der Regen, der gegen die Scheibe prasselte.
Er drehte sich weg. Auf keinen Fall durfte sie sein zuckendes Lid bemerken.
Miriam war perfekt. Sauber, rein, sie duldete keinen Schmutz. Sie war so anders. Nicht rechthaberisch wie viele Frauen. Weder neurotisch wie die fette Gabriele noch verlaust wie die Zenker. Keine Nymphomanin wie die junge Berger mit dem Baby und kein Trampel wie diese Frau, die in Wanderkleidung hier aufgetaucht war. Und nicht so verlogen wie die Schlampe von Mutter. Thea.
Sein Blick fiel auf das Haus gegenüber. Fast hätte er aufgelacht. Da saßen sie: der fette Bulle und die Zenker. Dieser stupide Kerl, der sich bei jedem Streifengang von der Alten füttern ließ.
Aus der Ferne war ein leises Donnergrollen zu hören. Seine Fingernägel bohrten sich in seine Handballen. Natürlich

wusste er, dass es nicht mehr lange gutgehen würde. Sie hier. Er hier.
Von der Handtuchstange an der Kochinsel nahm er ein Tuch und wischte seine Hände ab, während sein Blick über ihre Gestalt glitt und das Grollen näher kam. Das Spiel ihrer Wirbel war verführerisch. Jeder einzelne zeichnete sich durch den Stoff ab. Vierunddreißig Meisterwerke. Sieben Halswirbel. Zwölf Brustwirbel. Fünf Lendenwirbel. Das Os sacrum mit fünf verschmolzenen Wirbeln. Die Rudimente des Steißbeins. Ihr Skelett war wie aus dem Lehrbuch. Genauso wie ihre Psyche. Beides lag offen vor ihm. Seit Samstagnacht, seit dem Exitus der Alten, als er bei dem Zelt der Kriminaltechniker gestanden und eingestimmt hatte in das Entsetzen des naiven Volkes. Seit er vor sich gesehen hatte, wie der Schuh die morschen Knochen im Gesicht gebrochen haben musste. Das Risiko, enttarnt zu werden, hatte er exakt kalkuliert – es lag bei null. Er hatte sich nicht getäuscht. War ganz Herr seiner Handlungen.
Miriam ging aus der Küche, kam mit einem Eimer frischen Wassers zurück und kniete sich in eine Ecke. Ihr Kittel rutschte ein wenig von der Schulter und gab den Blick auf das Schlüsselbein frei. Diese sanfte Mulde. Dieses Becken, in dem sich das Blut so schön sammelte, wenn der Schnitt richtig gesetzt wurde.
Er sollte ins Wohnzimmer gehen. Sich im Bad kaltes Wasser ins Gesicht spritzen. Abstand suchen. Raus hier. Eine rauchen. »Ich mache mir einen Espresso. Darf ich Ihnen auch einen anbieten, Frau Roth?« Er klang charmant. Das war eine seiner Stärken.
Fast unmerklich schüttelte sie den Kopf, flüsterte: »Danke, nein.«
Dass er sie gefunden hatte, verdankte er seiner Logik und

Konsequenz. Gesucht hatte er sie nicht. Aber sofort erkannt. Für sie allerdings war er ein Fremder. Doch in ihrem Begehren waren sie eins. Er war sicher, dass sie das wusste. Miriam aber war so klug, die Karten nicht offen auf den Tisch zu legen. Er hatte alles diagnostiziert. Den Herd des Übels gefunden. Und den würde er vollends herausschneiden. Sezieren war seine Spezialität.

Er nahm eine kleine, quadratisch geformte Tasse aus einem Schrank, stellte sie unter den verchromten Kaffeeautomaten und drückte den Startknopf. Die Maschine fauchte, und während der Espresso brodelnd in die Tasse lief, füllte er ein Glas mit Wasser und hielt es Miriam hin. »Sie verlieren Flüssigkeit beim Arbeiten. Trinken Sie, bitte!«

Die Heilige, die Hure, arbeitete stumm weiter. Tauchte den Lappen in den Eimer, wrang ihn aus, die Gummihandschuhe quietschten leise, und mit einem Klatschen landete der Lumpen wieder auf dem Boden.

*Schau mich an!* Nimm das Glas. Lege deine Lippen an den kühlen Rand. Knie nicht vor mir, steh auf! Heb deinen Kopf.

Draußen zuckte ein Blitz über die Dächer und tauchte die Küche und Miriam in ein kühles, blaues Licht, heller als die künstliche Beleuchtung. Sekunden später krachte es draußen. Er trat zu ihr, roch die Seife. Seine Hände wurden feucht.

»Bitte, Frau Roth, mir zuliebe.«

Er strahlte sie an und schob das Glas neben die Spüle, unter der sie einen der Edelstahlgriffe polierte. »Ihr Körper braucht das Wasser.«

Auf Knien wich sie zurück.

»Wie Sie meinen.«

Er schlenderte um die Kochinsel herum, setzte sich auf einen Barhocker am Tresen, der den Ess- vom Arbeitsbereich trennte, und klopfte eine Zigarette aus einem Päckchen.

»Stört es Sie, wenn ich rauche? Zum Kaffee schmecken sie am besten.«

Sie schüttelte den Kopf, und ihr Haar verfing sich im Griff einer Schublade. Mit einem Ruck versteifte sie sich, und ihre Augen bohrten sich in seine, nur einen Wimpernschlag lang, dann befreite sie sich, drehte sich weg und fuhr mit dem Lappen hastig über den nächsten Griff.

Hast du Angst vor mir!, dachte er und ließ das silberne Feuerzeug klicken. Verzerrt spiegelten sich sein dunkles Haar und die markante Nase darin. Dabei will ich dich gar nicht beunruhigen. Nicht mit Absicht. Nicht so, wie ich es mit Gabriele getan habe. Diesem versoffenen Wrack.

Wieder zuckten Blitze über den Häusern. Er drehte den Kopf. Blitzlinie und zickzackartige Fortsetzungen. Wie der Röntgenbefund eines Schädels nach einem Sturz, einem Unfall. Er inhalierte tief.

Sein Winken zum Hochhaus hinauf hatte die fette Gabriele in Panik versetzt. Angstneurose. Klaustrophobie. Mangelndes Selbstbewusstsein. Sie war so leicht zu durchschauen. Dabei hätte sie es auch als Warnung verstehen können. Als Geste seines Wohlwollens: Pass auf dich auf. Auch du kannst stürzen. So viele Treppen, wie du jeden Tag gehst. Aber sie hatte nicht verstanden.

Ein neuer Zug. Rauch in seiner Lunge. Schwüle im Raum.

»Soll ich ein Fenster kippen?«

»Wenn Sie wollen«, sagte Miriam leise.

»Was wollen *Sie* denn?« Gleichmäßig stieß er den Rauch aus.

Sie wischte schneller. »Es ist Ihre Wohnung.«

»Leider nicht.« Er lächelte jovial.

»Aber Sie wohnen hier.«

Er lächelte weiter, sein schönstes Frauenlächeln, und rieb sich über das glatte Kinn. *Dreh dich zu mir, Miriam!*, du hast es

verdient, dass ich mich frisch rasiere, bevor ich dir meine Tür öffne. Dass du dieses Rasierwasser riechst, das auf meinen Wangen brennt. Stark. Maskulin. Dominant.
»Ich bin dann fertig.« Sie zog die Gummihandschuhe aus.
Jäh zuckte sein Lid so heftig, dass er eine Hand auf das Auge presste. »Geht es gleich nach Hause zu Ihrer Mutter?«
»Woher wissen Sie ...?« Miriam stand auf.
»Aber ich bitte Sie, wir sind doch Nachbarn.« Er drehte die Zigarette zwischen den Fingern. »Sind Sie so nett und geben mir bitte den Aschenbecher? Er steht genau hinter Ihnen.«
Ohne ein Wort nahm sie den Porzellanfrauenkörper vom Abtropfbrett und reichte ihn herüber.
»Schönes Stück, nicht wahr? Ich poliere ihn jeden Tag.«
Blitze. Donner.
»Ich kippe das Schmutzwasser aus.« Sie ging hinaus, und gleich darauf hörte er die WC-Spülung rauschen.
Schmutz beseitigen. Dreck hinter sich lassen. Er blickte auf das Wasser, das an den Fensterscheiben herunterrann. Es war der richtige Augenblick für den nächsten Schritt. Für den wichtigsten Job seines Lebens. Als Mann. Als Arzt. Hier, in dieser Stadt, in der er vor vielen Jahren der Frau begegnet war, von der er dachte, dass sie ihn rettete. Die ihm all das gegeben hatte, wonach er sich sehnte. Die nur ihm gehörte. Und sein bleiben würde!

# 31

Mittwoch, 11. August, 6:00 Uhr

Er hätte sich den Morgen weitaus schöner vorstellen können, als im schwülen Morgengrauen und mit einem missmutigen Freitag an der Seite den Spekulationen eines aufgeregten Pfarrers nachzugehen. Noch ein paar Minuten neben Hanna liegen. Den salzigen Duft ihrer Haut einatmen und daran denken, dass ihr Körper hungrig gewesen war in der Nacht und satt, rauh und weich. Dort, am See, hatten sie einander ertastet, glitten seine Finger über ihr regennasses Gesicht, ihren Hals, ihre Brüste und weiter hinab, krallten sich in ihr Haar, sein Mund fand ihren, und Hanna peitschte ihn auf wie der Sturm die Wellen, bis er in ihr ertrank.
Später, als gegen halb fünf das erste, fahle Licht durch das Fenster sickerte und sich über das große Bambusbett ergoss, klingelte Ehrlinspiels Handy auf dem Nachttisch, und im selben Moment sprang Bugatti raunzend auf seinen Bauch. Er fuhr hoch, Hanna drehte sich grummelnd zu ihm um und öffnete die Augen. Am Telefon war Tobias Müller. »Ich kämpfe seit Stunden mit mir.« Der Pfarrer hielt immer wieder inne und schluckte: »Es ist vielleicht nicht recht. Aber mein Schäfchen Miriam ...« Ehrlinspiel hörte zu, schob den protestierenden Kater sanft von der Decke herab und stand leise auf. »Musst du weg?«, hatte Hanna verschlafen gemurmelt, und er hatte sie auf die Schläfe geküsst und gesagt: »Hitchcock lebt.«
Die Kommissare klingelten an der Tür der Villa. Violett blü-

hende Pflanzen, die Ehrlinspiel nicht kannte, umrankten die dunkle Eichentür. Freitag lehnte stumm an einem gusseisernen Geländer. Ein Mann mit völlig symmetrisch geschnittenem Mund, in einen purpur glänzenden Morgenmantel gehüllt, öffnete. Der Hausherr – dem Messingschild nach Professor Daniel von Eckenfels – mochte um die sechzig sein, doch sein zerwühltes Haar war voll und dunkel. Er war einen halben Kopf kleiner als Ehrlinspiel, schlank und umweht von kaltem Zigarettenrauch. Seine Nase war auffallend groß.
»Herr Eckenfels? Moritz Ehrlinspiel und Paul Freitag, Kripo Freiburg.« Er klappte das Lederetui mit dem Dienstausweis auf. »Entschuldigen Sie die frühe Störung. Aber wir brauchen Ihre Hilfe.«
Aus hellgrauen Augen sah er sie freundlich an, doch seine Stimme war metallisch. »Wobei?«
»Dürfen wir hereinkommen?«
»Aber bitte. Dem frühen Vogel soll man den Wurm nicht verwehren.« Der Professor trat zurück, und noch während der Hauptkommissar sich über den seltsam modulationslosen Tonfall wunderte, fanden sie sich in einem großzügigen Wohnzimmer wie aus dem Rolf-Benz-Katalog wieder. Ein ausladendes, anthrazitfarbenes Ecksofa dominierte die eine Raumhälfte, auf dem niedrigen Glastisch davor lagen aufgefächerte Magazine. Der dunkle Holzboden glänzte. Zwei riesige Bilder, die nichts als graue und schwarze Flächen zeigten, hingen auf Unterkante neben einem Flachbildfernseher an der Wand. Gegenüber nahm ein Wandschrank die gesamte Fläche ein, und vor den Fenstern zur Draisstraße stand ein großer, schwarzer Esstisch auf matten Stahlfüßen mit sechs Lederstühlen außen herum.
»Herr Eckenfels«, begann Ehrlinspiel und dachte, dass er selten eine so unpersönliche Wohnung gesehen hatte. Kein Foto,

keine Bücher, keine Pflanzen. Und erst recht kein Fernrohr.
»Wir –«
»Paschek, bitte. Professor Paschek.«
»Das ist nicht Ihr Haus?«
Der Mann schüttelte den Kopf und öffnete eine Schiebetür zur Küche. »Darf ich den Herren einen Espresso anbieten?«
»Gern.« Ehrlinspiel trat ans Fenster. Die Sonne schob sich über die Dächer, ihr Gold floss über den Horizont und verdrängte sekundenschnell die tiefblaue Nacht. Haus Nummer 8a lag wie im strahlenden Paradies, und die Vorstellung, dass dort zwei Menschen gestorben waren, schien surreal und fern.
»Die Wohnung gehört einem Kollegen und Freund«, rief der Mann aus der Küche. »Setzen Sie sich doch.«
Ehrlinspiel ließ den Blick in jeden Winkel des Raumes gleiten, schlenderte um den Tisch herum, konnte aber nichts Verdächtiges erkennen. Freitag hob die Schultern und ließ sich auf das Sofa sinken. Ehrlinspiel tat es ihm gleich.
»Alles in Ordnung«, flüsterte Freitag. Er hatte tiefe Ringe unter den Augen.
»Ist das eine Frage oder eine Feststellung?«
Freitag lächelte müde und griff nach einem der Magazine. *Zentralblatt für Arthroskopie.* Darunter lag das *Journal für Rheumatologie.* »Sie sind Arzt?«, fragte er, als Paschek drei kleine Tassen auf den Tisch stellte und sich über Eck zu ihnen setzte.
»Unfallchirurg.« Professor Pascheks »ch« klang wie ein heiseres Fauchen. Er stellte eine Zuckerdose auf den Tisch. »Mein Kollege ist Rheumatologe. Er hat sich auf chirurgische Therapien spezialisiert. Zurzeit ist er in den USA.« Er hob die Tasse, und Ehrlinspiel fielen seine schlanken Hände und die gepflegten, runden Fingernägel auf.

»Und Sie hüten sein Haus?« Freitag legte die Zeitschrift zurück und versuchte, den Fächer wieder in Form zu bringen.
Der Professor winkte ab. »Lassen Sie nur. Meine Putzhilfe erledigt das. Sie weiß, was ich schätze.«
Ehrlinspiel wollte eben fragen, ob das Miriam Roth war, als Paschek fortfuhr: »Ich habe Sommerurlaub. Und ich liebe Freiburg.« Er nippte an der dampfenden Flüssigkeit. »Erinnerungen ans Studium. Manche Plätze und Menschen vergisst man nie.«
Ehrlinspiel musterte seine Augenbrauen, die wie gezupft aussahen, und das linke Lid, das ein wenig zuckte. Der Professor war ein gutaussehender, gelassener Mann. Oder deutete das Lid entgegen seinem Verhalten doch auf Nervosität? War er vielleicht ein Spanner? Ein Voyeur, der etwas beobachtet hatte?
»Wo leben Sie jetzt, Herr Professor Paschek?«
»Bei Bremen. Sie wollten meine Hilfe?«
Ehrlinspiel stützte die Ellbogen auf die Oberschenkel und fixierte sein Gegenüber. »Ich weiß, dass meine Kollegen schon mit Ihnen gesprochen haben.«
»Wegen des Unglücks gegenüber.« Paschek nickte.
»Sie wissen, dass wir deswegen hier sind.«
»Ich habe weder falsch geparkt noch die Zeche geprellt. Also bleibt nur das.« Er runzelte die Stirn. »Furchtbar.«
Ehrlinspiel fragte nach seinen Beobachtungen.
Der Chirurg schlug die Beine übereinander und legte sorgfältig die Schöße des Morgenmantels zurecht. »Sie kommen morgens um sechs, um mir eine Standardfrage zu stellen?«
Demonstrativ selbstsicher, der Mann, dachte Ehrlinspiel. »Interne Entwicklungen zwingen uns, noch einmal mit allen Nachbarn zu sprechen.« Er konnte Paschek schlecht nach einem Fernrohr fragen.
Paschek strich sich einen unsichtbaren Fussel vom Ärmel sei-

nes Morgenmantels und lächelte. »Wissen Sie, ich nutze meinen Urlaub, um zu arbeiten. Ich schreibe gerade an zwei wichtigen Fachartikeln. Was in den Nebenhäusern passiert, interessiert mich, ehrlich gesagt, nicht sonderlich.«
»Auch nicht zwei Morde?«, warf Freitag ein.
»Ich bin kein Klatschweib, wenn Sie das meinen. Ich sehe täglich schreckliche Dinge. Auf meinem OP-Tisch liegen zerfetzte Menschen, Leute mit abgetrennten Gliedmaßen, verstümmelten Gesichtern, manchmal Opfer von Gewaltverbrechen. Sie würden das vielleicht abgebrüht nennen, aber ich muss da einen gewissen … Panzer aufbauen.«
»Wer ist Ihre Putzhilfe, Herr Professor?«, fragte Ehrlinspiel.
»Meine Putzhilfe?« Er hob eine der formvollendeten Augenbrauen. »Sie heißt Miriam Roth. Warum?«
»Sie wohnt gegenüber.«
Paschek nickte. »Sie ist eine Perle.«
»Haben Sie mit Frau Roth über die Morde gesprochen? Sie unterhalten sich doch sicher mit ihr?«
»Wie ich schon sagte: Ich arbeite hier. Frau Roth macht sauber, ich schreibe unterdessen.« Er führte die Tasse zum Mund.
»Hat sie nie gesagt, dass sie vielleicht Angst hat? Ob sie sich vor jemandem fürchtet? Immerhin sind zwei Nachbarn getötet worden.«
Professor Pascheks Lid zuckte erneut, und einen Moment schien er dem Hauptkommissar weiß wie die Tasse, die er nun starr in der Hand hielt. »Sagen Sie bloß nicht … Ihr ist doch nicht auch etwas zugestoßen?«
»Nein.«
Der Chirurg atmete laut aus, seine Mimik wurde weicher. Er stellte die Tasse ab und beugte sich vor. »Steht das Haus unter Polizeischutz?«, fragte er in vertraulichem Ton, und erst jetzt, wo er leise sprach, zeigte seine Stimme eine Melodie.

Interessiert es dich also doch, was im Nebenhaus passiert und dass wir Präsenz zeigen, dachte Ehrlinspiel und sagte: »Selbstverständlich. Sagen Sie, was halten Sie von Miriam Roth?«
Pascheks Augen blitzten belustigt. »Sie glauben doch nicht, dass die etwas mit den Todesfällen zu schaffen hat?«
Die Kommissare antworteten nicht, und Paschek wurde ernst. »Also unter uns: Sie ist, nun ja ... tüchtig, aber schüchtern. Um nicht zu sagen, verklemmt. Manchmal denke ich – und das sage ich jetzt als Mediziner –, dass sie ein wenig psychotisch ist.«
»Inwiefern?«
»Ich habe schon mehrmals versucht, mich mit ihr zu unterhalten. Sie reagiert, als existiere ich nicht. Oder sie nuschelt irgendetwas vor sich hin. Jede Freundlichkeit lehnt sie ab. Espresso. Wasser. Einen Gruß. Sie drückt sich verängstigt in eine Ecke. Dann wieder wirkt sie fast normal.« Er hob die Schultern. »Ich habe es aufgegeben. Inzwischen kommt sie einfach, erledigt ihren Job und geht.«
Psychose, dachte Ehrlinspiel und erinnerte sich an Hannas Worte: Um aus Sorge um ihre Mutter zu töten, müsste sie krank im Kopf sein. »Wen kennen Sie noch aus der Nachbarschaft? Vielleicht sind Sie als Außenstehender ja der bessere Beobachter.«
Paschek warf den Kopf nach hinten und stieß einen kehligen Laut aus, der wohl ein Lachen war. »Ich sehe die junge Frau Roth beim Putzen. Einmal habe ich sie mit einer älteren Dame beim Einkaufen gesehen. Das war's.«
»Eine blonde Dame?«
»Ja.«
Thea Roth, dachte Ehrlinspiel.
Professor Paschek erhob sich und nahm eine Packung Zigaretten vom Fensterbrett. »Darf ich?« Er hielt die Packung hoch.

Stark und filterlos, stellte Ehrlinspiel fest und sagte mit Freitag wie aus einem Mund: »Bitte.«
Paschek setzte sich, rauchte aber nicht.
Ehrlinspiel, der keine weiteren Fragen hatte, trank seinen Espresso aus, und die Kommissare erhoben sich. Paschek begleitete sie zur Tür. »Danke, Herr Professor Paschek. Nichts für ungut wegen der frühen Störung.«
»Wenn ich Ihnen helfen kann, jederzeit.«
»Verrückt«, sagte Freitag, und der Automotor schnurrte leise durch die erwachende Stadt. Radfahrer mit Rucksäcken, Autos, Menschentrauben an den Straßenbahnhaltestellen.
»Miriam Roth? Ich weiß nicht recht.«
»Diesen Paschek halte ich in diesem Punkt nicht für glaubwürdig.«
»Warum nicht?« Ehrlinspiel hielt an einer roten Ampel und sah Freitag an, der gähnte.
»Entschuldige, die Mädchen haben mich wach gehalten. Standen mitten in der Nacht putzmunter in den neuen Sandalen und in Badeanzügen neben meinem Bett und wollten für Dänemark packen, dabei fliegen wir erst am Sonntag. Aus mit Schlaf.«
Ehrlinspiel grinste. Die Stunden, in denen er selbst geschlafen hatte, waren auch nicht gerade zahlreich gewesen.
»Was ist daran so lustig?«
»Nichts. Also, was denkst du über Paschek?«
Jemand hupte, und Ehrlinspiel sah, dass die Ampel Grün anzeigte. Er fuhr los.
»Er ist mir ein bisschen *zu* uninteressiert. Will niemanden kennen. Und er mag Miriam Roth nicht.«
»Er kann auch einfach zurückgezogen leben.« Der Kriminalhauptkommissar reihte sich in die linke Spur ein. »Sympathisch ist er jedenfalls nicht. Aber das mit dem Fernrohr ...«

»Ich habe heute Nacht mit Lilian gesprochen, als wir nicht mehr schlafen konnten. Ich glaube durchaus, dass Miriam die Täterin sein könnte. Aber nicht aus Sorge um die Mutter.«
»Sondern?«
»Weißt du, was Todesengel sind?«
»Krankenschwestern, die Patienten töten?«
»Oder Altenpfleger. Genau. Erinnerst du dich an den Fall Irene B. aus der Berliner Charité? Das ging vor ein paar Jahren durch die Presse. Die Krankenschwester hat mindestens sechs Patienten getötet.«
»Sie galt als unerbittlich streng und hat sich über Kollegen und Ärzte lustig gemacht.« Ehrlinspiel nickte. »Und trotz des Verdachts wegen mysteriöser Todesfälle während ihrer Dienstzeiten ist lange kein Vorgesetzter oder anderer Pfleger eingeschritten.«
»Irene B. war fünfunddreißig Jahre mit der Hilflosigkeit anderer konfrontiert. Und damit, dass in den meisten Kliniken kaum mehr Zeit für die Menschen bleibt. Minutengenaue Dienstpläne, Hektik, Druck. Das macht hart. Man gibt und gibt. Und wenn man nicht auf sich aufpasst, verliert man den Bezug zur Realität.«
»Wie Miriam?« Ehrlinspiel bog in die Heinrich-von-Stephan-Straße ein.
»Todesengel geben manchmal auch Mitleid vor – töten aber oft aus Egoismus. Da spielen Macht und Dominanzstreben eine Rolle. Manche glauben, das Leben sei ihnen etwas schuldig geblieben. Etwa eine Chefarztstelle oder den Status als Heilerguru. Stattdessen schuften sie ganz unten in der Hierarchie und glauben, mit ihren Taten dennoch etwas Großes zu leisten. Eine Art Erlöser zu sein.«
»Sie spielen sich als Richter über Leben und Tod auf.«
»Ich will sie nicht entschuldigen. Nur ihr Motiv erklären.«

»Miriam Roth ist weder Krankenschwester noch Altenpflegerin. Und sie hat nach unseren Erkenntnissen den Opfern nie bei irgendetwas geholfen«, wandte Moritz Ehrlinspiel ein.
»Genau das ist der Punkt. Vielleicht handelt sie für ihre Mutter? Stellvertretend? Sie sieht, wie die sich mit den Nachbarn vermeintlich abplagt. Die Mutter erzählt ihr womöglich noch, dass sie leiden, Schmerzen haben, vereinsamen. Was passiert? Miriam erledigt, was die Mutter nicht schafft: Sie beendet das nicht lebenswerte Leben.«
Ehrlinspiel sah Freitag an. »Das hieße aber, dass die Mutter eventuell in Gefahr ist. Denn die ist in Miriams Augen ja auch krank und gebrechlich.«
»Es hieße auf jeden Fall, dass Miriam tatsächlich gestört ist.« Freitag stieß Luft durch die Nase aus. »Sieht sogar Fernrohre auf sich gerichtet!«
Ehrlinspiel fuhr in den Carport der Polizeidirektion und parkte unter dem Blechdach neben den beschlagnahmten Mofas und Motorrollern. »Hanna Brock hat es auch gesehen.«
»Wie bitte?«
»Als ich mit ihr in der Wohnung war. Wegen des Parfums. Ich habe ihr nicht geglaubt, das hat einfach zu absurd geklungen.«
»Das *ist* absurd, Moritz!«
»Wir überprüfen Paschek sofort.«

# 32

**Freitag, 13. August, Abend**

Sie krümmte sich über die Toilettenschüssel des Patienten-WCs, hustete, würgte, und die Reste von Bratkartoffeln und Eiern des Mittagessens rutschten zusammen mit zähem Schleim das weiße Emaille hinunter. Sie fror. Zitterte. Brauchte etwas zu trinken. Schnaps. Whisky. Wodka. Egal. Hauptsache, etwas Starkes.
Gabriele Hofmann wischte mit Toilettenpapier ihren Mund ab und spülte ihr beschissenes Leben in die Abwasserkanäle der Stadt.
Sie hätte heute nicht zur Arbeit kommen sollen. Doch seit Montag wartete sie verzweifelt, dass Thea Roth in der Praxis auftauchte, ihr erklärte, warum sie nicht zu Hause gewesen war, als Gabi mit den Fluoxetin-Tabletten und dem Vitamin-B-12-Präparat vor ihrer Haustür gestanden und nur die völlig überdrehte Tochter angetroffen hatte.
Der letzte Patient war längst gegangen, und auch ihre Kolleginnen waren beschwingt von dannen gezogen. Sie hatten von einer Party und einem Klamottenladen geschwärmt, der morgen eröffnete und wo es taillierte Spitzentops gab. Auf die jungen Dinger warteten Verführer. Auf Gabi Trostlosigkeit und Isolation.
Seit sie nach dieser Mittagspause in die Praxis zurückgekehrt war, die Medikamente noch in der Handtasche, war jede Stunde zäher geworden. Hatte sich zu einem Tag, einer Woche gedehnt, während Gabis Hoffnung zu mehreren Gläsern

Wein geschrumpft war, und als die nicht mehr genügt hatten, zu Gin und Wodka. Jetzt rebellierte ihr Körper. Eingeweide, Darm, Magen, ihre vergiftete Leber, die garantiert schon so klein und verschrumpelt wie ihr Körper fett war, und ihre ekelhafte Feigheit. Ganz zu schweigen von der Leere, die sich mit der Angst vor Harald zu einer Lawine aus Zorn und Nutzlosigkeit mischte.

Sie schrubbte unter heißem Wasser die Hände mit Seife, und ihr Blick streifte den Spiegel, sah dieses rote, glänzende Gesicht mit den zugequollenen Augen und dem verschmierten Eyeliner, und sie dachte: Du bist ein widerliches, versoffenes Wrack. Nicht wert, dass dich jemand mag. Du kannst dankbar sein, dass der Typ hinter dir her ist und dir jeden Abend Aufmerksamkeit schenkt, und wenn es nur zwischen Müllcontainern ist. Alle andern sehen sowieso weg.

Sie schloss die Augen. Ein Tuch vor den Spiegel hängen. Das sollte sie tun.

Gabriele verließ das WC, hängte den Kittel in den Schrank und klopfte bei Doktor Wittke.

»Immer herein.«

Sie steckte den Kopf durch die Tür.

Wittke schrieb auf seinem Block, wahrscheinlich die Berichte, die seine Angestellten später abtippen mussten. Diktiergeräte und Rechner benutzte er nur selten.

»Wenn es nichts mehr zu tun gibt, mache ich Feierabend.«

Ihr Chef legte den Stift weg und faltete die Hände. »Sie sehen angeschlagen aus. Ängstlich. Das Datum?«

»Datum?«

»Freitag, der Dreizehnte.« Wittke sah sie reglos an. »Der Tag, an dem schlimme Dinge passieren. Vor allem, wenn man seine Sucht nicht im Griff hat.«

Wie ein Faustschlag trafen sie die Worte. Sie öffnete den

Mund, aber die Silben hielt jemand mit riesigen Widerhaken in ihrem Hals zurück.
»Bitte, setzen Sie sich kurz zu mir.« Er winkte sie herein.
Gabriele war, als flösse ihr ganzes Leben aus ihr und versickerte in den Ritzen dieses vertrauten Zimmers. Wittke würde sie rausschmeißen. Und dann würde sie vollends absaufen, im wahrsten Sinne des Wortes. Kein Anker mehr. Nichts.
»Bitte, nein«, flüsterte sie. »Ich höre auf zu trinken. Gleich morgen.«
»Kommen Sie.« Er trat zu ihr, führte sie zu dem Besucherstuhl und setzte sich wieder hinter seinen Schreibtisch. Wie eine Bastion stand der zwischen ihnen, und Gabriele kam es vor, als würde er immer breiter und trenne sie von der Gesellschaft. Der Welt. »Ich verspreche es«, flüsterte sie.
Wittkes Augen bohrten sich in ihre. »Sie sind Alkoholikerin. Sie stehlen Medikamente. Sie sind krank, Frau Hofmann. Versprechen helfen da nicht. Das wissen Sie selbst am besten.«
Sie schluckte, schmeckte das Erbrochene. *Nicht heulen!*
»Holen Sie sich Hilfe.«
»Hilfe«, wiederholte sie flüsternd, und das Bild ihres Chefs und der Raum verschwammen zu einem tosenden Meer.
»Ich bin Arzt. Sie sind eine gute Kraft gewesen. Bisher. Aber so« – er wiegte den Kopf – »arbeiten wir nicht länger zusammen.«
»Nein, bitte, werfen Sie mich nicht raus.«
»Frau Hofmann. Ich bin ein geduldiger Mensch. Ich toleriere vieles. Ich verstehe vieles. Ich verstehe auch, dass Ihr aktuelles Problem nicht Ihre Sucht ist. Also, was ist los?«
Sie kaute auf ihrer Unterlippe. *Sag es doch, fette Gabi, jetzt ist sowieso alles egal. Das Leben zu Ende.* »Ich werde verfolgt.«
»Verfolgt. Aha.« Kalt sah er sie an, und Gabriele dachte, dass er ihr kein Wort glaubte. »Und von wem?«

Sie zog die Nase hoch. »Von ... ich weiß es nicht.« Harald? Jemand, den Harald beauftragt hatte? Kein Mensch würde glauben, dass ihr smarter Ehemann hinter ihr her war. Sie hörte die Leute tuscheln: »Der Mann soll froh sein, dass er das fette Trampeltier los ist.« Mein Gott, wie sie Harald manchmal vermisst hatte. Er hatte alles reparieren können, ihre Kochkünste gelobt, sie »meine feurige Qualle« genannt. Bis er sie betrogen hatte. Bis ihr Gesicht blutig geschlagen und die erste Flasche Wein geleert war. Hinter verschlossenen Türen.
»Sie sollten aus Ihrem Leben etwas machen. Es ist nie zu spät.«
»Ohne Job?« Wut mischte sich unter den Schock. Steck dir deine Phrasen sonst wohin, Wittke.
»Sie könnten als Arzneimittelbotin anfangen.« Er beugte sich weit über den Tisch. Sein Gesicht war wie aus Fels gehauen. Kantig. Dunkel. Schattig. Wie auch seine Stimme: »Ich muss es ja nicht wissen.«
Das Zimmer begann, sich zu drehen, riss die Wut hinab in einen Strudel Verzweiflung. Montag. Mittagspause. Ihr Besuch bei Thea Roth.
»Sie haben einen selektiven Serotonin-Aufnahmehemmer verabreicht. Ohne meine Anweisung! Ohne Indikation.«
Gabriele starrte auf den hellgrauen Boden. Auf Wittkes Schuhe, die sie irgendwann einmal für ihn bei einem Versand für Gesundheitsschuhe bestellt hatte.
»Ich habe alles wieder zurückgebracht«, flüsterte sie. Dann stand sie auf. »Sie sehen mich nicht wieder. Es ... es tut mir leid.«
»Ich werfe Sie nicht hinaus.«
»Was?« Unsicher hob sie den Blick.
»Sie machen einen Entzug. Inklusive Psychotherapie. Den

Platz besorge ich, das ist bei meinen Verbindungen kein Problem. Danach arbeiten Sie hier weiter.«
»Aber –«
»Gehen Sie jetzt. Ich habe noch zu tun. Denken Sie darüber nach. Besprechen Sie sich mit einer Freundin oder Ihrer Familie. Ich gebe Ihnen das Wochenende Zeit. Und bis Montag keinen Tropfen!« Er lächelte eines seiner seltenen Lächeln. »Alkohol löst Probleme nicht. Er schafft nur zusätzliche.« Wittke griff nach dem Stift und widmete sich den Berichten. »Es ist Ihre letzte Chance.«

Vor der Praxis blieb sie stehen, atmete schwer. Letzte Chance. *Besprechen Sie sich mit einer Freundin.* Wittke war großzügig. Jeder andere hätte ihr ein Kündigungsschreiben auf den Tisch geknallt. *Freundin.* Sie blickte an der Häuserzeile entlang, musterte die schmalen Balkone vor den gelben Fassaden. Bis zu Thea Roth waren es nur wenige Schritte. Es war Freitagabend. Thea würde sich doch auch nach einem schönen Start in das Wochenende sehnen! Ganz bestimmt. Und Wittke war ein Menschenkenner. Wenn der sagte, sie solle sich einer Freundin anvertrauen ... Fast kicherte sie bei dem Gedanken, dass ein Besuch bei ihr ja quasi ärztlich verordnet war. Und wenn Thea bei andern mit anpackte, egal, ob bei der nuttigen jungen Mutter oder der alten Wimmer, würde sie auch für Gabi ein offenes Ohr haben. Bestimmt hatte sie sich nur deswegen nicht gemeldet, weil es ihr schlechtging. Sie konnte ja kaum böse auf sie sein. Gabi hatte ihr schließlich nichts getan. Entschlossen griff sie in ihre Handtasche, suchte nach einem Papiertaschentuch, um sich das verschmierte Gesicht abzuwischen. Unmöglich, so ungepflegt bei Thea aufzukreuzen. Da fühlten ihre Finger das glatte Glas der kleinen Flasche. Sie umfasste es fest, dachte an den weichen Gin, wie er ihre Keh-

le und Seele streicheln würde. *Bis Montag keinen Tropfen.* Sie schluckte, und das Zittern kehrte zurück, gemeinsam mit dem Schweiß auf ihrer Stirn. Ach was. Wie wollte Wittke das überhaupt kontrollieren? Ein kleiner Schluck, ein winziger Tropfen Vertrauen. Dann ein Gespräch mit Thea. Und am Montag ... Sie drehte sich noch einmal zu der Praxis um. Wittkes Sprechzimmer lag nach hinten hinaus, und er würde noch länger arbeiten. Keine Gefahr. Dennoch ...
Sie ging ein paar Meter auf das Nordende des Hauses zu, wechselte dann die Straßenseite und stellte sich zwischen die Hecken und Bäume, die den Garten der hübschen Villa umgaben. Rasch nahm sie einen Schluck, einen zweiten, fühlte sich besser, leckte sich über die Lippen, und plötzlich war die Flasche leer. Sie ließ sie fallen, schob sie mit dem Fuß unter die Hecke und löste sich aus dem Gestrüpp.
Da sah sie Thea Roths Tochter und drückte sich an die Hecke. Die magere Frau schleppte eine große Umhängetasche. Am Fuß des Treppenaufgangs nahm sie die Post aus dem Briefkasten, ging zwei Stufen hinauf – und blieb dann wie versteinert stehen.
Gabriele kniff die Augen zusammen.
Theas Tochter riss einen Umschlag auf, hielt das Blatt in der Hand, fuhr herum, bewegte hektisch den Kopf hin und her und stürzte die Treppe hinauf.
Komischer Vogel, dachte sie und ging zum Haus hinüber. Ob Mutter und Tochter sich wirklich so gut verstanden, wie Thea einmal angedeutet hatte? Vielleicht hatte sie auch wegen der Tochter Sorgen, die war ja sowieso viel zu dünn, bestimmt magersüchtig. Nicht mal die Haustür hatte sie in ihrer Hektik geschlossen. »Du kannst dich mir anvertrauen, liebe Freundin«, sagte sie leise, folgte der Dünnen ins Haus, ging von Wohnungstür zu Wohnungstür, die Treppe hinauf, bis sie im

ersten Stock das Namensschild *Roth* fand. »Einen wunderschönen guten Abend, Frau Roth«, würde sie sagen. Dass sie sie vermisst hatte. Sich sorgte. Und dass Doktor Wittke sie gebeten hatte, vorbeizuschauen. Ja, das war ein guter Plan.
Mit dem Daumen drückte sie fest auf die Klingel.
Innen schrammte etwas über den Boden und polterte schwer gegen die Wohnungstür.
Erschrocken trat sie einen Schritt zurück. »Frau Roth?«, rief sie. »Thea? Alles okay? Ich bin es! Gabriele. Die Gabi aus der Praxis!«
Erneutes Schrammen. Ein Schlag gegen das Holz. Wumm. Jemand rückte Möbel umher! Verbarrikadierte die Tür!
»Wir lassen keinen rein!«, rief die Tochter, und auch Thea rief von innen: »Bitte, gehen Sie, Frau Hofmann.«
»Aber ... ich muss Ihnen etwas erzählen. Etwas sagen. Wir könnten –«
»Gehen Sie! Ich bitte Sie. Ich will Sie nicht hier sehen!« Theas Stimme klang dumpf.
Gabrieles Gedanken pochten gegen ihre Schläfen. Die Welt verschloss sich vor ihr. Sie war so abscheulich, dass sogar Thea sich von ihr distanzierte. Taumelnd stieg sie die Treppe hinunter. Draußen drehte sie sich zum Haus um. Die Tochter zog die Vorhänge zu, ihr Blick schoss so giftig zu ihr hinab, dass Gabriele laut aufschluchzte.
*Wodka. Gin!* Sie fingerte in ihrer Handtasche herum. Nichts. Nur Flimmern, Schweißgeruch und Fußgelenke, die schmerzten. Sie ging weiter, wie in Trance, begriff nicht, was sie falsch gemacht hatte, und stand irgendwann vor dem *Frischeparadies*.
Sie kaufte eine Flasche Wodka und eine Flasche Dry Gin, setzte sich vor dem Supermarkt auf den Fahrradständer und trank. Wie eine Pennerin, dachte sie, sah den Autos nach, die

neben ihr aus der Tiefgarageneinfahrt kamen, beobachtete das Treiben auf der Wiese gegenüber, glückliche Leute, die sich sorglos auf Decken rekelten, Federball spielten und picknickten, und goss sich die scharfe Flüssigkeit in die Kehle. Das ist das Ende. Pennerin Gabi.
Als die Abenddämmerung einsetzte, kam ein Mann in orangefarbener Schutzkleidung und jagte sie weg.
Gabriele trottete die Straße entlang Richtung Hochhaus, die Flasche in der Hand.
An der großen Kreuzung bemerkte sie ihn. Den Schatten, der ihr folgte. »Harald«, lallte sie und begann zu lachen. »Du willst einer besoffenen Pennerin Angst einjagen?« Ein paar Leute drehten sich zu ihr um, sie sah in fremde Augen, ein wildes Durcheinander bunter Lichter. Er kam näher. Sie lief los, über die Straße trotz der roten Ampel, achtete nicht auf das Hupen und Quietschen der Bremsen, torkelte weiter, keuchte, erreichte den Fußweg zum Haus und steckte zitternd den Schlüssel in die Tür. Die Schritte waren dicht hinter ihr.
Vor dem Aufzug blieb sie stehen, die Graffiti glotzten sie an, auf dem Boden lagen Werbeprospekte. Sie drückte die leuchtende Taste, und ihre angstfeuchten Finger rutschten ab. Die Treppen würde sie nicht schaffen, doch auf ihre Klaustrophobie konnte sie keine Rücksicht nehmen. Als der Aufzug im Schacht gegen die Wände schlug, begann bereits das Herzrasen, ihr Mund wurde trocken, und sie schnappte nach Luft. *Bitte, jetzt keine Panikattacke.* Die Haustür schlug zu, sie fuhr herum, sah den Mann auf sich zukommen, als sich endlich die Aufzugtüren vor ihr aufschoben. Sie stolperte hinein, *das ist nicht Harald!,* drückte auf die Ziffer 11, die Türen glitten zu. Es ruckelte, sie griff sich an die Kehle, während die Wände auf sie zukamen und sie vor sich hin brabbelte wie ein

kleines Kind: »Ich komme hier nicht mehr raus, nie wieder.«
Weinend rutschte sie an der Kabinenwand zu Boden, Schweiß rann kalt ihren Rücken hinab.
Dann blieb der Aufzug stehen. Die 11 blinkte. *Geschafft!* Erleichtert stieß sie einen glucksenden Laut aus. *Jetzt schnell in den Bunker.* Die Türen öffneten sich. Gabriele starrte hinaus. *Freitag, der Dreizehnte. Der Tag, an dem schlimme Dinge passieren.*

# 33

**22:00 Uhr**

Der Sternenhimmel wölbte sich wie ein Gewand Gottes über der Erde. Aus jedem Lichtpunkt sah der Herr ihn an. Es duftete nach Punsch, und das Knistern des Lagerfeuers wetteiferte mit fröhlichem Lachen. Tobias Müller sah die glühenden Wangen der Jugendlichen und die Funken, die vor den Holzbuden in die Nacht stoben. Die jüngeren Kinder waren schon in das große Zelt gekrochen. Nach einer Schnitzeljagd am Nachmittag, bei der sie die Tage der Schöpfungsgeschichte nacherlebt, danach Tiermasken gebastelt und einen großen Lebensbaum aus Pappe gebaut hatten, warteten sie mit Schlafsäcken, Zahnbürste und einem Kuscheltier auf ihren Hirten. Morgen würden sie etwas über das Licht Gottes hören, zur Einstimmung auf den Eltern-Kind-Gottesdienst am Sonntag, der um sechs Uhr früh, genau zum Sonnenaufgang, stattfand. Es würde ein anstrengendes Wochenende werden. Müller legte den Kopf in den Nacken. Bisher war ihm alles gelungen.

Dass Thea Roth nicht aufgetaucht und das Waffeleisen kalt geblieben war, hatte ihn nicht überrascht. Er hätte nach ihr sehen sollen. Doch die Kinder hatten ihn völlig in Anspruch genommen. Wenn sie morgen auch ausfiel, musste er im Bibelkreis nach Ersatz suchen. Er brauchte alle helfenden Hände.

Ein Junge stürmte aus dem Zelt und zupfte ihn am Hosenbein. »Du musst mit uns singen, du hast es versprochen.«

Der Pfarrer strich über den blonden Lockenschopf. »Klar, Max.« Das Kindergesicht machte ihn froh, und sie liefen um die Wette, er ließ Max gewinnen, und lachend warfen sie sich auf die Matratzen, die wie in einem Nomadenzelt an der Wand entlang ausgelegt waren. Sebastian, sein älterer Sohn, balgte sich mit ein paar anderen Fünfjährigen. Müller freute sich über das unbeschwerte Spiel. Leben, das noch frei von Sorgen und den Wirrungen des Erdendaseins war. Um halb elf würde Michaela mit dem Jüngeren kommen und die Rasselbande gemeinsam mit ihm, Tobias, zu Bett bringen. Heute Nacht wären sie eine riesige Familie, geborgen im Schoß des unendlichen Firmaments.
»Sing, sing, sing«, grölte Max und zog Müller am Pferdeschwanz.
»Na warte, Frechdachs«, rief Müller, zeigte die Zähne, »rrrrr, ich bin ein Löööwe.« Er kitzelte den Jungen, bis er vor Lachen japste. Asyyah, ein schwarzhaariges Mädchen mit riesigen, dunklen Augen, warf sich auf Max, und die beiden tollten weiter, ein zweites Mädchen gesellte sich zu ihnen, und bald war das Matratzenlager ein einziges Knäuel aus kichernden Kindern.
Müller stand auf, nahm die Gitarre aus dem Kasten und stimmte *Heute war ein schöner Tag* an, als er Miriam Roth im Zelteingang stehen sah, blass, die Bluse verdreckt, das Haar wirr.
»Seid brav«, rief er, und sein Herz verkrampfte sich, »ich bin gleich wieder bei euch. Und dann singen wir das schönste Gutenachtlied, das Gott je gehört hat. Einverstanden?«
»Sing, sing, sing«, brüllte Max, und Tobias eilte hinaus, zog Miriam mit sich in den Park, wo er sie hinter einem Rankgitter für Rosen und Clematis an den Schultern packte. »Um Himmels willen, Miriam, was ist passiert?«

Ihr Gesicht leuchtete weiß in der Nacht. »Er hat einen Brief geschickt! Er will uns vernichten!«, stieß sie hervor.
Der süßliche Pflanzenduft, den er eigentlich liebte, ließ ihn würgen. »Wo ist Thea?«
»In Sicherheit«, flüsterte sie.
»Wo? Und wer hat was für einen Brief geschickt?« *Bete für sie!*
»Sie tun mir weh!«, sagte sie, und er merkte, dass seine Finger sich bis auf ihre Schlüsselbeine gebohrt hatten.
Augenblicklich ließ er sie los. »Entschuldigen Sie. Ich habe mir Sorgen gemacht. Um ... um Ihre Mutter. Und um Sie.«
»Mama ist zu Hause.« Miriam senkte die Stimme, und ihr Gesicht leuchtete weiß in der Nacht. »Ich habe sie betäubt.«
Ein kalter Schauer durchfuhr ihn.
»Der Brief. Er will Böses mit ihr tun!«
»Miriam, ich –«
»Er hat jemanden an die Tür geschickt. Aber ich habe die Kommode dagegengeschoben und einen Stuhl unter die Klinke geklemmt.« Sie erzählte immer schneller. »Es war die dicke Frau aus der Arztpraxis. Sie hat nach Mama gerufen. Bestimmt denkt sie jetzt, ich sei total durchgedreht.«
Ja, dachte Müller und blickte kurz in den Himmel, zu den Augen Gottes, die auf ihnen ruhten, das bist du.
»Helfen Sie uns. Bitte!«
Kinderlachen drang herüber, und jemand schrammte unbeholfen über die Saiten der Gitarre. Er hatte sie nicht in den Koffer zurückgelegt. Sie vergessen. Wie so vieles in letzter Zeit. Sogar die Nächte waren mühsam gewesen. Traumsequenzen hatten ihn auffahren lassen, Bilder von Engeln, von Miriam, der er weder entkommen noch helfen konnte. Dann war er in Phasen ähnlich einer Bewusstlosigkeit gefallen, und seine Frau hatte ihn am Morgen kaum wecken können. Mi-

chaela war besorgt – er ignorierte ihre Liebe. Sie hatte das nicht verdient, und er konnte sich nicht einmal schämen.
Als Kommissar Ehrlinspiel bei ihm gewesen war, hatte er von Charlotte Schweiger erzählt. Davon, dass er Gärtner nicht hatte beistehen können. Einen Psychologen für angebracht gehalten hatte. Jetzt holte ihn seine Hilflosigkeit ein. Schlimmer als je zuvor. »Hilf, Gott! Hilf uns beiden«, flüsterte er und schlang seine Arme um Miriam, spürte ihre Knochen und schmeckte sein bitteres Versagen.
Sie legte ihre Arme seitlich an seine Hüfte, ein Vibrieren schoss durch seine Lenden, doch schon entwand sie sich ihm.
»Wer hat den Brief geschrieben?« Er zwang sich auf eine objektive Ebene zurück.
»Der Mann gegenüber. Der mit dem Fernrohr.«
Ihm fiel ein Stein vom Herzen. Gleichzeitig spürte er das Leben wie einen Mühlstein um seinen Hals. Er hatte sein Schweigegebot gebrochen, Ehrlinspiel angerufen, von Miriams Verdacht erzählt. Der Polizist hatte den Nachbarn bestimmt überprüft. Erst die verschwundene Mutter, dann Fernrohre, Drohbriefe … Miriams Geist war dem Wahn anheimgefallen. Jetzt war er sicher. Es stimmte, was er im Internet gelesen hatte. Sie war verrückt … *Nein!* So durfte er nicht denken. Das *durfte* nicht sein. »Wo ist der Brief? Was steht darin?«
»Versteckt. Ich fasse ihn nicht mehr an. In ihm ist Böses!«
»Weiß Ihre Mutter davon?«
»Natürlich nicht«, flüsterte sie und sah sich immer wieder um. »Ich muss sie schützen. Der Mann ist da. Er beobachtet uns!«
Eine Gitarrensaite riss mit einem hallenden Laut.
»Weshalb sollte er das denn tun?« Sachlich argumentieren.
Sie trat ganz nah zu ihm. »Wir werden schon lang beobachtet.

Schon damals, als Mama im Pflegeheim war. Ich weiß, dass Sie mir nicht glauben. Niemand glaubt mir. Wissen Sie, wie das ist?«

Nein, dachte er, aber ich versuche, zu verstehen, und bevor er antworten konnte, fuhr sie leise fort: »Ich glaube bald, es ist eine Verschwörung! Mama ist in Gefahr. Deshalb habe ich sie betäubt. Mit einer doppelten Dosis heute. Ich mache es nicht gern. Aber sie ist so wirr, läuft auf die Straße, und wenn er sie erwischt … Damals im Heim, da war er unter den Pflegern. Ich bin sicher. Vielleicht ein Praktikant. Er hat mich von ihrem Bett entfernt, als ich ihr vorgelesen und dann Bach gesungen habe, *Wachet auf ruft uns die Stimme.* Sie haben alles aufgezeichnet, mit Kameras. Die Monitore über dem Bett, da waren Fotoapparate drin. Ich weiß es, ich bin Physikerin. Ich verstehe technische Geräte, ich bin nicht dumm!«

»Verschwörung, Monitore, Kameras«, wiederholte Müller und dachte: Ich kann dich doch nicht einem Psychiater übergeben. Ich liebe dich doch! Auf diese einzigartige, göttliche Weise, die mich von der tiefsten Hölle in den höchsten Himmel und wieder zurück trägt. Da stehst du, die ich abwechselnd schütteln und berühren möchte, beschützen und von mir stoßen. Du sprichst mit Gott, lebst in Bach, und jetzt verliert sich deine Seele in der Wirrnis des Geistes.

»Gott vergibt mir«, sagte Miriam, »und Mama auch. Ich habe ihr den Tee gemacht vorhin, als die dicke Frau von der Praxis endlich weg war. Damit sie tief schläft und ich zu Ihnen kommen kann.« Sie packte ihn plötzlich an den Oberarmen und hob den Blick. »Bitte, Herr Pfarrer, helfen Sie uns! Sie sind ein guter Mann. Ich weiß nicht, an wen ich mich sonst wenden soll.«

»Tobias?« Schritte raschelten durch das Gras. »Bist du hier? Max hat gesagt …« Michaela tauchte hinter dem Rankgitter auf. Abrupt blieb sie stehen. »Die ... die Kinder warten im Zelt auf uns.«

Miriam blickte zu seiner Frau. Sie ließ ihn los und huschte davon.

»Ich lebe in einem Grenzland«, sagte der Pfarrer leise. »Zwischen Himmel und Erde. Gott, mein Gott, wo ist mein Zuhause?«

*Meine Gedanken sind ein Chaos. Mein Geist ist Leere. Bestohlen, mich! Belogen, mich! Du hast mich verraten, mein Cherub! Ihr alle, die ihr mit den kranken Zungen eines Engels heuchelt, habt mich verraten! Doch eure Seelen sind verloren. Das Netz des Bösen gibt euch nicht mehr frei. Kein Entkommen! Immer enger ziehen sich die Maschen, schnüren sich die Stricke in euer Fleisch, während ihr euch in der nächtlichen Falschheit des fröhlichen Festes suhlt und dreht. Singt zur Gitarre, spielt Ringelreihen, lauft umher, esset und trinket, nehmet mein Blut, meine Gedanken, nehmet mein Leben, wie ich Leben nehme.*

*Drei Opfer. Keine Erleichterung. Alles habe ich getan, was sie gefordert haben. Bin den Weg der Lichten gegangen. Habe den Stimmen gehorcht, die nie so deutlich waren wie heute. Aber es hilft nicht. Es wird also weitergehen. Ich darf nicht innehalten. Auge um Auge. Schwarze Gestalt für schwarze Gestalt.*

*Ich bin so durcheinander. Ich ertrage es nicht, dass unsere Liebe dem Bösen anheimfällt. Ich möchte dich bei mir behalten. In die Arme schließen. So wie früher. Auch wenn du mich nicht erkennen willst und mit mir redest, als gäbe es keine Vergangenheit zwischen uns. Erkenn mich doch! Sieh, dass nur ich dir Kraft geben kann, dich stark machen gegen die Finsternis und die Hölle. Deine*

*Blicke lassen das Feuer in mir lodern, und der Brand des Herzens frisst mich auf. Deine Zuneigung hat mich einst wie ein samtenes Tuch umhüllt. Doch du entziehst dich mir. Vertrautes entgleitet. Erkennst du mich denn nicht? Und hörst du nicht das Zischen der Schlangen, schmeckst ihr Gift nicht? Spürst nicht die erlösende Hand, die ich dir reiche? Ich! Deine Ignoranz macht meine Nerven zu glühenden Drähten, das Meer der Flammen, gespeist aus Verzweiflung und Wut, versengt mein Denken, und ich verbrenne zu einem Haufen Asche.*
*Du sprichst von Liebe. Doch das ist nur ein Wort, und meine Seele wird nicht gesund. Ich weiß es jetzt. Habe die Zeichen richtig gedeutet. Deine Liebe stirbt, sie zuckt wie der Schein der Kerze vor mir, und morgen, morgen wird sie mit einem letzten Schrei erstarren. Aber noch halte ich zu dir. Weil ich dein einziges Licht bin. Hab keine Angst. Ich verlasse dich nicht. Ich werde Gott töten. Ich werde den Satan töten. Ich werde alle töten, diese ganze verdammte Stadt, jede einzelne Fratze, die es wagt, im Heer des Hasses gegen uns anzutreten.*
*Sie werden sterben. Alle, die sich zusammengerottet haben. Die Polizisten, die menschlichen Masken in den Straßen und Geschäften, der Konsum, die Verachtung und der Mann, der alles beobachtet und jeden Abend herumschleicht.*
*Heute Abend war er am Hochhaus, in dem Gabriele Hofmann wohnt. Er ist ein Drahtzieher! Er dringt in jeden Winkel unserer Gedanken. Er hat meinen Plan aus meinem Kopf gestohlen – aber ich war schneller. Ich war zuerst bei Gabriele! Doch jetzt pumpt sich die Angst stoßweise durch meine Adern: Was will der Mann von dir? Sag es!*

*Töten! Ich werde ihn töten. So, wie ich Martin Gärtner getötet habe. Hilde Wimmer. Und Gabriele Hofmann. Und es war gut so. Ich darf weiter töten, das sagen mir die Stimmen, und nur ihnen vertraue ich. Ich darf töten, um dich in unsere Bastion zu führen – oder zu vernichten. Du gehörst nur mir!*
*Mein wirst du bleiben!*

## 34

Samstag, 14. August, 3:40 Uhr

»Das kann nicht sein!«, sagte Doktor Wittke. »Nicht Frau Hofmann.« Mit harten Schritten ging er zwischen Empfangstresen und Eingangstür hin und her, die Arme verschränkt, den Kopf gesenkt, während Ehrlinspiel in den Schreibblocks blätterte und Schubladen herauszog und Freitag den Schrank öffnete, in dem die weißen Kittel hingen. Die Wanduhr zeigte drei Uhr vierzig in der Nacht.
»Ist sie bedroht worden?«, fragte der Kriminalhauptkommissar. Hofmanns Arbeitsplatz ließ keine Hinweise darauf zu. Doch ihre Wohnung, sicherer als jedes Militärgelände, deutete auf anderes.
»Wer sticht eine Frau im Aufzug nieder?« Der Hausarzt schien fassungslos.
»Wer tötet einen Frührentner mit Nussöl und stößt eine alte Frau die Treppe hinunter?«
Schon an der Kreuzung vor dem Hochhaus hatten Ehrlinspiel und Freitag das Blaulicht durch die Nacht zucken sehen, der Krankenwagen hatte mit geöffneten Türen vor dem Eingang gestanden, und im elften Stock knieten Notärzte und Rettungssanitäter neben der leblosen Arzthelferin, riefen »Venenzugang, schnell« und »Volumen, Volumen« und intubierten sie dann.
Wie ein Sack lag Gabriele Hofmann am Boden, die rosa Bluse vollgesogen mit Blut. Der Steinboden war fleckig und rot, und zwischen Aufzugkabine und Schacht fiel alle paar Sekun-

den ein Tropfen mit leisem Platschen in die Tiefe. »Sie hat in der Aufzugtür gelegen«, berichtete ein Kollege vom KDD, der unter den Ersten am Tatort angekommen war. »Zwei Stiche in den Bauch. Die Tür ist dauernd auf- und zugegangen. Weil der Fahrstuhl nicht kam, ist ein Bewohner hinaufgelaufen, in der Vermutung, dass ›einer von dem Pack‹ einen Einkaufswagen in die Tür geklemmt hatte.«
»Wenn sie stirbt ...« Jakob Wittke blieb stehen.
»Hat Frau Hofmann sonst noch private Sachen hier?« Ehrlinspiel nahm eine leere und zwei volle kleine Flaschen aus der Schublade. *Dry Wodka. Gin. Rum.* Er erinnerte sich an die Nacht, in der Doktor Wittke Hilde Wimmer gefunden hatte und später, als sie am Absperrband gestanden hatten, aussagte, er sei auf dem Nachhauseweg von der Praxis gewesen. Dort habe er prüfen wollen, ob eine seiner Helferinnen mit Alkoholproblem einen Vorrat angelegt hatte.
»Für Privates hat jede Mitarbeiterin eine Schublade. Sonst nichts.« Doktor Wittke kam um den Tresen herum und setzte sich auf einen der beiden Drehstühle. Er rieb sich über das Kinn und sah zu Ehrlinspiel auf, der sich mit einer Pobacke auf den Tisch neben Faxgerät und Drucker setzte. »Glauben Sie«, fragte Wittke, »dass der ... der Mordversuch etwas mit ... meinen Patienten zu tun hat?«
»Glauben *Sie* es?« Bisher schien der Arzt sich kaum Gedanken über den ungewöhnlichen Tod seiner beiden Patienten gemacht zu haben. Oder er zeigte es nicht.
»Ich bin ein schlechter Detektiv, Herr Ehrlinspiel.«
»Wie gut kennen Sie Frau Hofmann?«
»Privat kaum. Ich weiß nicht einmal, ob sie Familie hat. Aber« – er zeigte auf die Flaschen – »gewisse Dinge habe ich schon bemerkt. Ich hatte gestern ein Gespräch mit ihr.« Er lehnte sich zurück und blickte zur Zimmerdecke, und Ehrlin-

spiel dachte, dass sein Gesicht noch eckiger war als vor zweieinhalb Wochen beim Gespräch über Gärtner.
Damals hatte er auch Frau Hofmann das erste und bis vorhin einzige Mal gesehen. Unterwürfig war sie ihm erschienen, und auch neugierig. Wittke wirkte auch besorgter als in Hilde Wimmers Todesnacht. Aber vielleicht lag das nur an dem harten Neonlicht. Und daran, dass sie ihn mitten in der Nacht geweckt hatten. Er war die einzige Verbindung zu Gabriele Hofmann, die sie hatten. »Um was ging es bei dem Gespräch?«
»Ich sag's kurz: Sie hat nicht nur getrunken, sondern auch Medikamente gestohlen. Ich habe ihr ein Ultimatum gestellt. Keinen Tropfen mehr. Entziehungskur. Sonst werfe ich sie raus.«
»Was für Medikamente?«
»Zuerst nur harmloses Zeug. Kopfschmerzmittel und so. Sie war oft verkatert.« Er massierte plötzlich seine Hände, als habe er selbst Schmerzen. »Ich habe darüber hinweggesehen. Aber letzten Montag hat sie ein verschreibungspflichtiges Antidepressivum und Aufbaupräparate genommen. Allerdings nicht für sich selbst.«
»Sondern?«
»Für Thea Roth.«
Freitag schrieb in sein Notizbuch. Seine Stoffhose war zerknittert. Ungewöhnlich für ihn. »Sie kennen Frau Roth also inzwischen?« Noch neben der toten Frau Wimmer hatte Wittke nicht gewusst, wer deren Begleiterin gewesen war. Vermutlich blond, vielleicht Brille, schlank – nichts als diffuse Angaben.
»Frau Hofmann hat sie angerufen und mit ihr über Frau Wimmer gesprochen. Sie hat wohl nicht gemerkt, dass die Tür zum Sprechzimmer nur angelehnt war. Das Gespräch ließ

darauf schließen, dass Thea Roth die Dame ist, die Frau Wimmer immer begleitet hat.«

»Und?«

»Sie war ziemlich aufgelöst, weil Frau Wimmer nicht zu ihrem Termin erschienen ist. Ehrlich gesagt, verstehe ich nicht recht, weshalb. Es kommt häufiger vor, dass Patienten Termine vergessen. Aber wie auch immer: Die beiden haben sich verabredet, Frau Hofmann wollte Frau Roth die Medikamente bringen. Was sie offenbar auch getan hat. Sie ist nämlich Punkt zwölf Uhr losgegangen, um nicht zu sagen: losgestürmt. Obwohl ich inzwischen aus dem Sprechzimmer gekommen war und ihr klar gewesen sein muss, dass ich zumindest das mit den Medikamenten mitgehört habe.«

Hatte sich Hofmann illegal ein Zubrot verdient, indem sie die Frau, die sich angeblich nicht ins Sprechzimmer traute, mit Beruhigungsmitteln versorgte? Ehrlinspiel wollte Wittke eben fragen, als der in überraschend hohem Ton sagte: »Es ist grotesk. Ich habe immer gedacht, das Fett koste sie irgendwann das Leben. Und jetzt hat es sie gerettet. Messerstiche in den Bauch ... Ihre Organe waren gut geschützt, nicht wahr?«

»Das wissen wir noch nicht.« Ehrlinspiel stand auf und ging nachdenklich zum Fenster und zurück. Vor Wittke blieb er stehen. »Montag, sagen Sie. Wann genau war die Mittagspause?«

»Von zwölf bis halb zwei. Als sie zurückkam, war sie still und ... Sie hatte getrunken. Ich glaube, da ist irgendetwas passiert. Sie wirkte wie ein weinerliches Mädchen, das seine Bonbons nicht bekommen hat.«

Die Kommissare warfen sich einen Blick zu. Hofmann hatte Thea Roth nicht angetroffen, weil sie um fünf vor zwölf aus ihrem Büro ins kriminaltechnische Labor gegangen war, um

die Fingerabdrücke abnehmen zu lassen. »Hatten die beiden Frauen engeren Kontakt? Hat Frau Roth sich in irgendeiner Weise um Frau Hofmann gekümmert?«
Zwar unterschied Gabriele Hofmann sich wesentlich von den andern Opfern: Sie lebte nicht in der Draisstraße, war berufstätig und deutlich jünger als Gärtner und Wimmer. Aber das wäre eine Verbindung.
Wittke lachte auf. »Gekümmert? Nie und nimmer. Und ich kann mir nicht vorstellen, dass Frau Hofmann das mit den Medikamenten öfter gemacht hat. Sie hat das ganze Zeug übrigens wieder mitgebracht. Sie ist normalerweise in der Mittagspause nie weggegangen.« Er stand auf, zog einen Schlüssel aus der Hosentasche und öffnete die Aktenschränke, die eine ganze Wand einnahmen. »Sehen Sie?«
Ordnerrücken an Ordnerrücken, sauber beschriftet, darunter zwei Hängeregistraturen. »Es gibt hier nichts, was ich nicht mit einem Handgriff finde. *Das* ist Frau Hofmann. Genauer gesagt: ihre Mittagspause und ihre Abendstunden. Sie bringt sich ein – zugegebenermaßen üppiges – Vesper mit und erledigt, statt sich zu vergnügen, Abrechnungen, Buchhaltung und all den Kram.« Er schloss die Schränke. »Fachlich ist sie hervorragend. Deshalb habe ich so lange nichts gesagt zu ihrem ... Treiben. Allerdings ... Wenn Frau Roth hier war, war die Hofmann ziemlich überdreht. Sie hat sie fast schon angehimmelt. Ja, vielleicht trifft es das am besten. Das kam aber nicht gut an. Jedenfalls nicht, soweit ich das mitbekommen habe. Nein, die Roth hat sich nicht um Frau Hofmann gekümmert.« Er hob die Hände. »Ach, verdammt. Ich hätte früher mit ihr reden sollen.«
»Ja«, sagte Ehrlinspiel.
»Ich hoffe und bete, dass sie es schafft. Wo liegt sie eigentlich? Morgen früh fahre ich gleich zu ihr. Das geht doch?

Ich meine ... Oder ist sie irgendwie unter Polizeischutz gestellt?«

Ehrlinspiel betrachtete die Augen des Arztes, die in ihren eckigen Höhlen saßen und ihn besorgt ansahen. »Ihr Zustand ist zu kritisch im Moment. Später vielleicht. Aber nur, wenn die behandelnden Ärzte –«

»... zustimmen, ich weiß, ich weiß.« Wittke ging Richtung Tür. »Ich bin müde.«

Komischer Typ, dachte Ehrlinspiel, dem der Rauswurf durch den Arzt nicht ungelegen kam. Er sehnte sich nach seinem Bett. Und ein wenig nach Hanna.

»Diese Miriam wird mir immer suspekter«, sagte Freitag leise, als sie in der warmen, stillen Nachtluft standen. Der Duft frisch gemähten Grases hing zwischen den Häusern, irgendwo zirpte eine Grille, und im Schein der Straßenlaterne huschte eine Katze vorüber.

»Passt zwar nicht in unsere erste Theorie, dass sie mordet, weil sie denkt, die Mutter stresse sich zu sehr mit den Leuten. Aber es stützt die These, dass Miriam als Todesengel kranke Menschen umbringen könnte. Alkoholismus als Krankheit, ein nicht lebenswertes Leben, Einsamkeit – Exitus.«

»Könnte hinhauen«, sagte Freitag.

»Und Paschek? Er ist zwar sauberer als sauber, keine Einträge nirgendwo – aber können wir die Fernrohrsache als Hirngespinst zweier Frauen abhaken?«

»Du kennst zumindest die eine Dame besser als ich. Die Streife soll auf jeden Fall die Villa im Auge behalten.« Freitag legte einen Finger an die Oberlippe. »Miriam ... Wir haben keinerlei Beweise gegen sie. Hofmann ist nicht ansprechbar, Tatwaffe fehlt. Bis die Spuren im Aufzug ausgewertet sind, kann es Tage dauern. Und wenn du mich fragst: Die Mutter ist in Gefahr – auch wenn Miriam Roth so extrem besorgt ist um sie.«

Ehrlinspiel trat von einem Fuß auf den andern. »Hm. Wir müssen auf jeden Fall davon ausgehen, dass sie nicht ... na ja, normal ist.«

»Was hältst du davon, wenn wir sie mitnehmen?«

»Miriam? Mit welcher Begründung?«

»Nein, die Mutter. Miriam müssten wir übermorgen Nacht wieder gehen lassen. Lorena würde ohne Beweise keinen Haftantrag stellen. Und dann wäre Miriam gewarnt. Ich dachte eher etwas anderes: Ohne die Mutter scheint sie unruhig zu werden. Vielleicht verrät sie sich, macht einen Fehler. Wir können sie hier beobachten – und die Mutter ist erst einmal aus dem Haus draußen.«

Ehrlinspiel überlegte. Die Grille zirpte penetrant. »Einverstanden. Thea Roth soll als Zeugin mitkommen. Sie muss uns ohnehin erklären, warum sie mit Gabriele Hofmann verabredet und wo sie gestern Abend war – und wo die Tochter.« Er ging in Richtung Nordende des Hauses. »Wir nehmen sie gleich mit.«

»Es ist vier Uhr früh, Moritz! Lass uns Verstärkung anfordern und die Lage stabil halten und –«

»Nein. Wenn die Tochter tatsächlich Menschen tötet, die nicht ganz gesund sind ... Das Risiko ist mir zu groß. Und wir können die Wohnung nicht von innen überwachen.«

»Mensch, Moritz! Erst schleppst du Hanna Brock in die Wohnung eines Opfers und jetzt –«

»Hallo, die Haupt- und niederrangigeren Kommissare«, erklang es schmatzend hinter ihnen, und Freitags Miene wurde steinern.

Stefan Franz, unrasiert, in Uniform, in einer Hand ein Stück Kuchen, in der andern die Dienstwaffe, watschelte auf sie zu.

»Stecken Sie das Ding weg«, fuhr Ehrlinspiel ihn an.
»Ich bin auf Streife, Chef«, betonte er kauend das letzte Wort, und Ehrlinspiel glaubte, Schokolade und Kirschen statt des obligatorischen Zwiebacks zu riechen. »Und ich mach das korrekt!« Franz klopfte auf die Waffe. »Wenn hier einer raus oder rein wäre in den letzten Stunden, den hätte ich zur Rede gestellt.«

# 35

Das kreisförmige Metall drückte kühl auf seine Wangenknochen und die Augenbraue. »Haben sie dich endlich durchschaut, Schlampe«, flüsterte er, »*Thea*«, und konzentrierte sich auf das helle Küchenfenster im ersten Stock. Wieder nur Würmer, Fäden des Vorhangs, die sich in seine Netzhaut brannten. Doch heute war es ihm egal. Er wusste genau, dass Miriam auf dem Boden kniete und betete. Dass sie am Flügel saß, sich den Schmerz aus dem Leib sang, selbst jetzt, morgens um kurz nach vier. Sie hatte Angst um die Schlampe. Mit Recht.
Paschek ließ von dem Teleskop ab und zündete sich eine Zigarette an.
Jetzt bekommst du, was du verdienst, Schlampe! Behutsam stellte er den Porzellanaschenbecher auf den Fenstersims.
Strafe.
Streck nur deine Hände aus, die gepflegten Finger, dachte er. Zeige den Bullen das Blut, das daran klebt. Diese Finger, die den Ring der ewigen Treue feige abgestreift haben.
Paschek inhalierte tief, und als der Rauch schwer aus seinen Lungen zurück und aus seinem Mund kroch, hob er einen Mundwinkel leicht an. Er hatte den Bullen alles gesagt. Seine Identität preisgegeben. Job. Wohnort. Sie konnten ihm nichts. Bis auf die Säfte derer, die auf seinem OP-Tisch landeten, klebte kein Blut an seinen Händen. Noch nicht.
Er aschte in den Frauenkörper, strich mit dem glühenden Zigarettenende über die kleinen, weißen Brüste und den Hals.
»Thea Roth.« Er spuckte ihren Namen aus, jede Silbe. Sie

werden dich in ein kahles Zimmer sperren. Dich allein lassen. Du wirst zittern. Weinen. Das wird Miriam nicht gefallen.
Hast du nie an Miriam gedacht? Bei allem, was du getan hast? An ihr Leid? Hast du dir nie Gedanken gemacht, weshalb sie so durcheinander ist?
Er drückte die Zigarette aus, ging in die Küche, füllte Wasser in die Espressomaschine und schüttete frische Kaffeebohnen in das Mahlwerk. Er liebte das Knacken, wenn die scharfen Zähne die Bohnen in Tausende feiner Trümmer zerlegten. Er liebte den Geruch von Kaffee. Er war stark, schwarz. Hielt ihn wach. Wie die Nacht.
Wenn Miriam jetzt hier wäre, dachte er und stellte sich wieder ihre Wirbel und das Schlüsselbein vor, wäre die Nacht ihre. Er setzte den Zeigefinger exakt auf die Mitte der Starttaste. Drückte. Brodelnd rann das Schwarz in die Tasse. Sein Lid zuckte.
Er hatte den Bullen nur ungern verraten, dass Miriam nicht mehr klar denken konnte. Arrogante Typen! Der eine groß und lässig gekleidet, immerhin ohne einen dieser dummen Aufdrucke auf dem Shirt, dafür mit geflochtenem Lederarmband. Der Kleine ein biederer Spießer. Aber die beiden hatten ja mit Miriam gesprochen und in ihrer Küche gesessen, als die Schlampe unterwegs war. Die Bullen hatten garantiert selbst gemerkt, dass Miriam anders war. Keine Lügen also von ihm. Kein Verdacht.
Er nippte an dem Espresso. Kochend heiß rann er seine Kehle hinab. Er spürte keinen Schmerz.
*The-a-Roth.* Er zerlegte den Namen wie mit seinem Skalpell. Hast du geglaubt, es sei ein Spiel? Du könntest gewinnen? O nein. Es ist Realität. Leben. Und das läuft nach *meinen* Regeln ab.
Er hätte gern das dritte Opfer gehabt. Gabriele Hofmann. Es

wäre eine Freude gewesen. Eine Fingerübung vor dem Finale. *Seinem* Finale. Für Hofmann hatte er nichts als Verachtung übrig. Versoffenes Wrack.
Mit einem Zug kippte er das Schwarz hinunter.
Und *sie* ... sie hatte ihren Part gehabt. Er hatte sich daran ergötzt und sich heimlich eingemischt, indem er Angst geschürt hatte. Gabriele Hofmann gefolgt war. Den Brief geschrieben und bei den Roths eingeworfen hatte. Für *sie* hatte er sich etwas ganz Besonderes ausgedacht. Denn sie war mutig. Das Dumme war nur, dass die Mutigen die wirkliche Gefahr nicht erkannten.
Arme Miriam.

# 36

Ehrlinspiel schaltete das Tonbandgerät ein und diktierte: »Samstag, vierzehnter August, fünf Uhr zehn morgens, Befragung der Zeugin Thea Roth im Fall des versuchten Mordes an Gabriele Hofmann. Anwesende: Kriminalkommissar Paul Freitag und Kriminalhauptkommissar Moritz Ehrlinspiel.« Er belehrte Thea Roth über ihre Rechte.
»*Versuchter* Mord?« Thea Roths Augen wurden groß. Sie saß am selben Platz wie letztes Mal, hielt dieselbe Krokodillederhandtasche auf dem Schoß. »Aber Sie sagten doch vorhin, es hätte ein ... ein weiteres Opfer gegeben und ich sei die Einzige, die weiterhelfen könne?«
»Das stimmt«, sagte Ehrlinspiel. »Frau Hofmann hat überlebt. Dennoch ist sie ein Opfer.« Er beobachtete die Frau. Sie atmete laut und ungleichmäßig. »Sind Sie in der Lage, mir jetzt, um diese frühe Uhrzeit, zu antworten?« Bejahte sie nicht, so könnte jeder Anwalt – sollte es je darauf ankommen – Roths Aussage wegen möglicher Übermüdung der Zeugin zerreißen.
Sie nickte.
»Sie waren letzten Montag mit Gabriele Hofmann verabredet. Sie wollte Ihnen Medikamente bringen. Erinnern Sie sich daran?«
»Nein. Das heißt ... Ja ... ich erinnere mich. Aber ich war nicht mit ihr verabredet. Nicht direkt.«
»Und indirekt?« Ehrlinspiel stützte die Unterarme auf seinen Schreibtisch und faltete die Hände.
»Frau Hofmann hat mir leidgetan. Sie hat Anschluss gesucht.

Jemanden zum Reden gebraucht. Deswegen habe ich zugestimmt. Sie ist ... krank. Sie trinkt, wissen Sie.«
»Weiß Ihre Tochter von Ihren, sagen wir: aufopferungsvollen Bemühungen?« Ehrlinspiel überkam einen Moment der abstruse Gedanke, dass Gabriele Hofmann deswegen so dick geworden war, weil in ihr so viel Sehnsucht und Einsamkeit wuchsen.
Frau Roths Stimme schnellte in die Höhe. »Was hat Miriam mit der Frau zu tun?«
Freitag nickte Ehrlinspiel zu. Bevor sie bei den Roths klingelten, hatten sie überlegt, ob die Mutter möglicherweise dieselben Gedanken hegte wie sie – und Miriam schützte. Miriam, die vorhin käseweiß in der Tür gestanden, die Mutter am Arm festgehalten und die Ermittler böse angeblitzt hatte. »Es ist mitten in der Nacht! Bitte, sie braucht Ruhe!« – »Ich bin bald zurück, Kind«, hatte Thea Roth gesagt und ihr über das Haar gestrichen.
»Wusste Miriam es? Haben Sie ihr davon erzählt?«
»Nein. Ja. Irgendwann einmal, nebenbei. Sie macht sich doch immer so viele Sorgen, also habe ich das Thema meist gemieden.«
»An diesem Montag waren Sie hier bei uns. Frau Hofmann hat Sie also nicht angetroffen. Wo waren Sie, nachdem Sie gegangen sind?«
»Warum?«
»Beantworten Sie einfach meine Frage.« Ehrlinspiel blickte sie freundlich an, obwohl der Schlafmangel ihn reizbar stimmte.
»Ich war unten in dem Raum mit den technischen Geräten und Kameras, das wissen Sie doch.«
»Und hinterher? Der Kollege Stefan Franz sagte, Sie hätten es abgelehnt, nach Hause gefahren zu werden.«
»Ich bin spazieren gegangen. Ich wollte allein sein.«

»Miriam hat sich Sorgen gemacht.« Den Kriminalhauptkommissar beunruhigte, dass Franz' Trägheit jetzt in gefährlichen Eifer umzuschlagen schien.
»Sie haben mit ihr gesprochen?« Wieder wurde ihre Stimme ein wenig schrill. »Sie hat nichts erzählt. Ich wusste gar nicht, dass sie in der Mittagspause nach Hause kommt.«
»Reine Routine, Frau Roth.« Ehrlinspiel mochte die Floskel nicht, aber sie erzielte fast immer die gewünschte Wirkung: Beruhigung des Befragten.
»Und noch einmal Routine: Wo waren Sie heute Abend, oder genauer« – er blickte aus dem Fenster auf den Blutahorn, der im ersten Sonnenlicht glühte –, »gestern zwischen zwanzig und zweiundzwanzig Uhr?«
Sie rutschte ein wenig auf dem Stuhl hin und her. »Zu Hause. Es ging mir nicht gut. Ich hatte ja eigentlich beim Sommerfest helfen wollen, Tobias Müller hat auf mich gewartet.« Sie hob die Mundwinkel, es wirkte gezwungen, fast schamhaft. »Vermutlich ist der Waffelteig jetzt schlecht. Ich werde frischen machen, gleich nachher. Ich kann Müller nicht hängenlassen.«
»War Ihre Tochter auch zu Hause?«
»Ja.«
»Und Sie haben den ganzen Abend gemeinsam verbracht?«
Wieder spielten ihre Hände mit den Griffen der Handtasche. »Bitte, Herr Kommissar, ich verheimliche Ihnen nichts.«
»Was wissen Sie über Frau Hofmanns Privatleben?«
Sie schnaubte. »Sie ist verheiratet und verweigert dem Mann die Scheidung. Sie hat den Namen nur ein Mal erwähnt. Harald war es, glaube ich. Er hat sie betrogen, und sie hat ihn rausgeworfen.« Plötzlich lächelte sie, schien beinahe enthusiastisch. »Vielleicht hat *er* ... Ich meine, sie hat ihn schließlich sitzenlassen ... und er war wohl nicht gerade zärtlich zu ihr.«

»Können Sie das genauer erklären?«
Sie schüttelte den Kopf. »Ich vermute es nur. Aus Andeutungen, die sie gemacht hat.« Ihr Lächeln verschwand.
»Kennen Sie den Mann?« Er sah zu Freitag und wies mit dem Kopf zur Tür – Freitag nickte und verließ das Zimmer.
»Nein. Ich hatte nichts mit Frau Hofmann zu tun. Ich weiß nicht einmal, wo sie wohnt.«
»In einer Hochhaussiedlung. Verbarrikadiert wie in einem Militärbunker.«
Roth sah ihn ungläubig an. »Sie hatte Angst? Frau Hofmann?«
»Können Sie sich vorstellen, vor wem? Wurde sie bedroht?«
Sie schüttelte den Kopf. »Sie wirkt eher aufdringlich und nicht wie eine, die sich zurückzieht. Aber ihr Mann …«
»Haben Sie Miriam je mit Frau Hofmann zusammen gesehen?«
»Miriam mit Hofmann?« Sie lachte auf. »Wohl kaum. Miriam ist nicht gerade … ein Ausbund an Kontaktfreudigkeit. Sie ist eine Einzelgängerin.« Dann lächelte sie. »Sie hat mir erzählt, dass ich schon früher versucht habe, sie zu anderen Kindern zu bringen. War wohl vergeblich.«
Einzelgängerin, dachte Ehrlinspiel. So konnte man es auch nennen. Für ihn war Miriam alles andere als herzlich, und er konnte nichts an ihr finden, was sie ihm sonderlich sympathisch gemacht hätte. Sie war keine, die mit einem Lächeln auf eine Begegnung antwortete, keine, mit der man befreundet sein wollte. Doch davon durfte er sich nicht beeinflussen lassen.
»Ihre Tochter wirkt manchmal ein wenig … durcheinander. Ist sie immer so?« Noch vor fünf Tagen hatten sie Miriam gefragt, ob Thea aufgrund des Komas noch verwirrt sei. Jetzt fragte er die Mutter, ob die Tochter …
»Durcheinander?«, sagte sie vorwurfsvoll. »Sie meinen, weil

sie es manchmal nicht mehr erträgt? Mein Schicksal und ihres? Was wollen Sie eigentlich von uns? Was?«
Ein wunder Punkt. Thea Roth wusste, dass Miriam seltsam war. Vielleicht verrückt. »Entschuldigen Sie, es ist nicht böse gemeint. Mir ist es nur aufgefallen.«
Die Tür öffnete sich, und Freitag trat mit zwei Computerausdrucken ins Zimmer. Er hielt den ersten an der Ecke hoch. »Harald Hofmann lebt in Peru.« Er hielt das zweite Blatt hoch. »Und das da«, sagte er mit einem Seitenblick zu Ehrlinspiel, »hatte Stefan Franz telefonisch beauftragt, aber nicht abgeholt.« Er nickte zu Thea Roth. »Die hausinterne Datenstation, wo ich gerade war, ist rund um die Uhr besetzt. Innerhalb von Minuten erfahren wir Aufenthaltsort, Arbeitgeber et cetera. Auch von Ihrem Ehemann. Ulrich Roth.« Er legte das Blatt auf den Tisch. »Wir hatten die Idee, dass er in die Sache verwickelt sein könnte.«
Thea Roth setzte sich kerzengerade hin. »Mein Ehemann ist tot!«
»Das stimmt«, sagte Freitag. »Aber nicht seit einundzwanzig Jahren, wie Sie es uns sagten. Sondern seit zwölf.«

## 37

Ich bin froh, dass ihr wenigstens noch Zeit für ein schnelles Essen gefunden habt.« Lilian Freitag nahm mit der Zange zwei Bratwürste vom Grill. Zischend tropfte Fett in die Glut. »Ehrlich gesagt, habe ich nicht damit gerechnet, dass ihr so spät, es ist bald halb zehn, noch auftaucht. Und das zu zweit.« Sie sah zwischen den beiden hin und her. »Wart ihr eigentlich beim Tischtennis diese Woche?«
»Keine Zeit gehabt.« Freitag nahm seiner Frau die beiden Teller ab und setzte sich zu Moritz und Hanna an den Gartentisch. Die Ermittler luden sich Kartoffelsalat auf die Teller.
»Ein Fest am anderen.« Hanna grinste, als auch Lilian Freitag saß. Sie hatte keine Ahnung, was sich hinter deren Blicken und ihrem Unterton verbarg, doch sie war fest entschlossen, einen harmonischen Abend zu verbringen. »Es ist schön, bei Ihnen zu sein.« Sie hob ihr Weinglas.
»Bei *euch*, bitte«, sagte Moritz' Kollege. »Wie würde Idris jetzt sagen: ›Ein Du für die Freundin des Freundes.‹« Er stieß sein Glas gegen Hannas. »Ich bin Paul.«
»Lilian«, sagte seine Frau und stieß ebenfalls mit Hanna an. Sie hatte berichtet, dass sie im Hospiz arbeitete und vor ein paar Tagen eine junge Frau gestorben war, die sie über ein Jahr begleitet und die sich bis zuletzt gegen den Tod gewehrt hatte.
»Ich werde dich *nicht* Freitag nennen. Paul ist so ein schöner Name.«
»Dafür mag ich dich jetzt schon.« Paul schmunzelte, und das Grübchen in seinem Kinn schien mitzuschmunzeln.

Alle lachten, nur Moritz' Augen blieben ernst. Sie glänzten im Schein der Fackelwandleuchten, die hervorragend zu dem Reihenhaus mit den sauber gepflasterten Gartenwegen und dem exakt gemähten Rasen passten. Immerhin säumten blühende Büsche statt ein Jägerzaun den Garten, und im Innern gab es zwar Standardmöbel, gerahmte Familienbilder und Einbauschränke, doch kein Klischee von kleinkarierter Mief- und Plüschzone. Nicht arm, nicht reich, hatte Hanna gedacht. Alltagskultur. Und ganz anders als bei Moritz mit den riesigen Bücherregalen und dem urigen Holztisch – geschreinert von seinem Vater –, den Körben aus Bananenblättern, dem Bambusbett und dem Bad mit den hübschen, winzigen Mosaikfliesen.

Der Kriminalhauptkommissar hatte sie zu seinen Freunden mitgenommen, und die bodenständige – wie sie Hanna erschienen war – Blondine hatte sie wie selbstverständlich auf die Wangen geküsst und willkommen geheißen. Vier Stunden später als verabredet hatte Moritz sie abgeholt, müde, unrasiert, aber mit einem Strahlen im Gesicht. »Nimmst du dein Saxofon mit? Ich möchte dich so gern einmal spielen hören.« Jetzt funkelten die Sterne über ihnen, ein leichter Sommerwind strich ihr über die Wangen, doch sie musste Ehrlinspiel noch nicht einmal ansehen, damit ihr wieder heiß wurde, sie seine weichen Hände fühlte und den Rest dieses Mannes – und sich danach sehnte, allein mit ihm zu sein.

»Warum sagst du ›ein Fest am andern‹?« Moritz' Blick verhieß nichts Gutes.

Ein Schatten legte sich über ihr Siebter-Himmel-Gefühl. »Ich war im Stühlinger. Die Recherche ist ziemlich flott gegangen heute. Ich habe ein paar Berge im Kaiserstuhl erkundet. Für euch wohl eher Hügel: Katharinenberg, Totenkopf, Aussichtsturm Neunlinden. Es gibt da Themenwanderwege. Als du angerufen und gesagt hast, es würde spät, bin ich noch zu diesem berüchtigten Sommerfest gegangen. Ich hatte Hunger«, fügte sie hinzu.

»Ah, das ist natürlich ein Grund.« Sein schiefes Lächeln ließ sie aufatmen. Er schien nicht sauer zu sein. Sie keiner Schnüffelei zu verdächtigen.

»Ein Junge dort hat Saxofon gespielt. Er war gut. Aber am besten waren die Waffeln von eurer Parfumfrau.« Sie lachte.

Ehrlinspiel legte das Besteck zur Seite. Paul sagte: »Hast du mit ihr gesprochen?«

»Natürlich. Warum denn nicht? Aber ihr müsst euch keine Sorgen machen. Tiefer als bis in die Tiefen diverser Kochrezepte sind wir nicht hinabgestiegen. Ihr wisst schon: Frauenthemen.«

Lilian lachte, doch die Männer stimmten nicht ein.

»Der Fall sitzt euch im Nacken«, sagte Hanna.

»Sie war heute früh bei uns. Als Zeugin.« Moritz beugte sich zu Hanna. »Was war dein Eindruck von ihr? Du bist doch eine gute Menschenkennerin.«

»Sie hat etwas mit den Morden zu tun, oder?«

Paul schenkte Getränke nach. »Schlafen die Mädchen?«, fragte er Lilian.

Sie nickte. »Tief und fest. Wir haben alles für morgen gepackt. Vier Koffer, viermal Handgepäck. Sie haben sich völlig verausgabt.«

»Okay.« Paul senkte seine Stimme, vermutlich, um keine neugierigen Nachbarn auf den Plan zu rufen. Hellhörige Ohren waren in der Siedlung sicher nicht weit. »Es gab ein drittes Opfer. Gestern Nacht.«

»Was? Und ihr sitzt hier und grillt?«

»Wir haben von vierzig Stunden nur zwei im Bett verbracht«, sagte Ehrlinspiel. »Kaum gegessen. Leute und Nachbarn be-

fragt, Daten überprüft, mit den Technikern diskutiert, und ich war außerdem in der Uniklinik. Wir müssen wenigstens kurz zur Ruhe kommen. Und jetzt ein paar Stunden schlafen. Die Kollegen, die heute Morgen den Dienst begonnen haben, arbeiten weiter.« Er sah zu Paul. »Und du musst« – er tippte auf seine Armbanduhr – »in acht Stunden in Basel sein. Ihr fliegt doch kurz vor sieben?«
»Ja«, sagte Lilian statt Paul. »Und du solltest auch Urlaub machen, Moritz.« Sie zwinkerte Hanna zu. »An der Alster und Elbe vielleicht?«
Paul wandte sich an Moritz, der nicht auf Lilians Anspielung einging. »Tut mir leid, dass ich dich jetzt quasi hängenlasse, aber ...«
»Es ist dein Urlaub. Du hast die Übergabe an die Kollegen gemacht. Es ist alles okay, Freitag.« Ehrlinspiel griff nach der Gabel und stocherte in seinem Kartoffelsalat herum. »Das dritte Opfer, eine Frau, hat überlebt. Aber wir wissen nicht, ob sie es schafft. Sie musste in ein künstliches Koma versetzt werden.«
Wieder sahen die Kommissare einander an, und Hanna dachte, dass sie sich allein mit Blicken verständigen konnten, so wie es nur guten Freunden gelang. »Ein Serienmörder? Kann da das Sommerfest einfach so laufen?«
»Was sollen wir tun? Es gibt schließlich keine Bombendrohung, bei der alles geräumt werden müsste.«
»Aber die Parfumfrau. Die ist eine Bombe? Oder weiß sie etwas?«, fragte Hanna. Die Dame war ihr schon die ganze Zeit suspekt erschienen. Zweimal war Hanna in der Draisstraße gewesen. Aus Neugier, ja, aber auch mit dem Hintergedanken, einen kurzen Blick auf Moritz werfen zu können. Natürlich war das albern, und sie würde wohl nicht einmal Kora davon erzählen. Gesehen hatte sie Moritz dort allerdings

nicht. Ebenso wenig war ihr die Parfumfrau oder sonst etwas Spannendes begegnet.

»Sie hat uns belogen. Falsche Daten genannt, die sie eigentlich besser kennen sollte. Oder sich zumindest hätte merken sollen. Sie hat sich dann rausgeredet, es sei ein Zahlendreher gewesen.«

»Sie hat einundzwanzig und zwölf verwechselt. Die Jahre, seit denen ihr Ehemann tot ist. Das kannst du ruhig erzählen«, sagte Paul. »Und dann ist sie einfach vom Stuhl gerutscht.«

»Und ihr musstet sie gehen lassen.«

»Ich neige dazu, der Frau zu glauben.« Paul biss in seine Wurst. Sie tropfte, und er wischte sich mit einer Serviette über den Mund. »Sie leidet unter Amnesie. Die Daten hat sie nur aus Erzählungen gekannt. Ich glaube, sie hat sie wirklich verwechselt.«

»Hanna, war ihre Tochter auch auf dem Sommerfest?«, fragte Ehrlinspiel.

»Keine Ahnung. Ich habe sie nicht gesehen. Nur der Pfarrer kam einmal zum Waffelstand und fragte, ob alles in Ordnung sei. Er hatte ein Kind dabei, das eine Miniausgabe von ihm war. Brille, Pferdeschwanz. Und sie sagte irgendwas von Stolz auf die eigenen Kinder zu ihm.«

»Mhm.« Moritz viertelte eine Tomate und streute Salz darauf. Paul deutete mit dem Messer auf die Viertel. »Sind eigene.«

»Apropos«, sagte Lilian, »hat Paul dich gebeten, den Rasen und die Beete zu sprengen? Schlüssel hast du ja.«

Ehrlinspiel sah zu Paul. Der schaute weg. »Nein.«

»Der Garten überlebt das schon.«

»Ihr seid unmöglich«, sagte Lilian.

Schweigen legte sich über die Runde. Hanna ging durch die Terrassentür in das Wohnzimmer. Rasch eine SMS an Kora,

dachte sie, doch ihr iPhone war nicht in der Tasche. Sie überlegte. Neben dem Waffelstand hatte sie noch mit der Freundin telefoniert und ihr von dem bevorstehenden Abend erzählt. Sie hatten gelacht ... und dann? Verdammt, das iPhone lag vermutlich irgendwo auf der Wiese. Und sie hatte sich so lange überlegt, ob sie sich das teure Ding leisten sollte. »Typisch ich«, fluchte sie leise.
»Hanna?«, rief Moritz von draußen.
»Ja.« Sie nahm ihr Saxofon aus dem Kasten, befeuchtete mit der Zunge das Blättchen, trat wieder hinaus und sah in den schwarzen Himmel. Dann schloss sie die Augen und dachte: *Für dich, Moritz,* und sie spielte Bill Evans und Joe Henderson, improvisierte über ein Thema von Lee Konitz und verfiel in ein freies Spiel. Die näselnden Töne umfingen sie, streichelten sie, trugen ihre Gedanken in die Nacht und zu dem Abend am Baggersee. Ihre Finger bewegten die Klappen, leicht und virtuos, und irgendwann krochen die Rhythmen in jede ihrer Fasern, in ihr Innerstes, beruhigten sie, und sie wünschte, dass auch Moritz und Paul zur Ruhe kommen konnten.
Als sie ihr Spiel beendete und die Augen öffnete, sah Moritz sie an.
Er lachte nicht, und er schaute nicht ernst, doch sein Blick, dessen Grün im gedimmten Licht spiegelte, drang bis in ihre Seele, streichelte sie, wie es die Töne getan hatten, krochen in sie wie die Rhythmen der Melodie.
Du kannst zuhören, wenn ich spiele, dachte sie. Wie deine Freunde. Bei Sven musste ich immer alles übertönen.
»Toll«, sagte Lilian. »Jetzt warte ich nur darauf, dass die Brecht aus der Dachluke oder der Kimmich vom Balkon rüberschreit.«
Doch alles blieb still, nur ein Auto fuhr in der Ferne vorüber.
»Komm, setz dich zu uns.« Ehrlinspiel zog Hanna sanft am

Handgelenk, und sie glaubte, dass Feuer sich auf ihre Haut legte.
Dabei wollte sie mindestens ein Jahr keinen Mann mehr. Erst recht keinen Karrieretypen. Er hatte ihr alles erzählt: Spitzenabitur, Vorausbildung bei der Bereitschaftspolizei Bruchsal, Studium an der Polizeihochschule Villingen-Schwenningen, Einstieg direkt im Gehobenen Dienst bei der Kripo als Polizeikommissar. Sechs Jahre später war er bereits Kriminalhauptkommissar geworden. Auch frühere Frauengeschichten hatte sie zu hören bekommen. Doch im Gegensatz zu seinem Ruf wirkte Moritz auf Hanna weder streber- noch machohaft. Jedenfalls nicht generell.
Hanna setzte sich und legte das Saxofon quer über ihre Beine. Freiburg war schön. Die Menschen waren aufgeschlossen. Und sie hatte sich verliebt. Weit weg von ihrem geliebten Hamburg. Was das bedeutete, wollte sie heute nicht überlegen.
»Versprich mir, dass du dich von bösen Menschen fernhältst«, riss Moritz' Stimme sie aus ihren Gedanken.
»Hach«, seufzte Lilian. »Wenn mein Göttergatte das nur auch so sorgenvoll zu mir sagen würde.«
Paul schmunzelte. »Versprich mir, liebste Lilian, dass du dich von bösen Menschen fernhältst. Am besten tausend Kilometer. Die dänische Ostsee wäre ein toller Ort.«
Lilian gab ihm einen Kuss. »Danke. Das macht vieles wieder gut. Der Tag heute war auch für mich schlimm.«
»Die Beerdigung deines Hospizgastes? Die junge Frau?«
»Mhm.«
Hanna hatte vorhin gehört, dass Menschen im Hospiz »Gäste« hießen, nicht »Patienten« oder »Bewohner«. In Würde leben bis zum Schluss. Geborgen sein. Das war das Ziel – fern von Kliniken oder Heimen, in denen niemand Zeit hatte. Der Gedanke gefiel ihr.

»Magst du erzählen?«, sagte Paul, und Hanna fiel wieder auf, wie achtsam die beiden miteinander umgingen.
»Ach, es waren unheimlich viele Leute da. Freunde haben den Sarg getragen, alle waren bunt gekleidet, wie sie es sich gewünscht hat. Ihre drei Kinder sind an den Händen ihrer Großeltern hinter dem Sarg gelaufen. Wir haben alle geheult.« Sie wischte sich mit dem Handrücken über das Gesicht. »Ich bin immer noch ergriffen. Als der Sarg in die Erde gesenkt worden ist, hat ihr Vater angefangen zu schimpfen. Er hat sich zum Nebengrab gewandt und gerufen: ›Eine Sauerei ist das, mein Kind neben diesem ungepflegten Stück Erde, diesem Haufen Unkraut.‹ Das ging ein paar Minuten so, dann ist er weinend davongegangen, seine Frau hinterher.«
»Wie furchtbar.« Hanna war trotz Moritz' Nähe traurig.
»Nach der Beerdigung habe ich mir das Nebengrab kurz angesehen. Es sah wirklich wild aus. Ich dachte, dass vielleicht das Schild eines Gärtners darauf steht. Dann hätte ich gewusst, wer die Pflege versäumt hat. Ich hätte dem Vater gern geholfen, damit er sich mit dem Platz der Tochter versöhnen kann.«
»Aber es war kein Schild da«, schloss Hanna.
»Keine Spur. Ich habe mir aber den Namen auf dem schiefen Holzkreuz notiert. Ich musste ein paar Ranken wegziehen, um alle Buchstaben zu sehen. Vielleicht kann die Friedhofsverwaltung bei den Angehörigen nachhaken.« Sie wühlte in der Tasche ihres Kleids. »Ah, hier. Ich muss eine Kollegin bitten, wir sind ja jetzt zwei Wochen weg.« Sie legte einen Zettel auf den Tisch.
Paul nahm ihn. Und sprang auf. »Lies!«, rief er, gab Moritz den Zettel und rannte los Richtung Haus: »Komm, ich zeig es dir!«
Moritz starrte auf die Buchstaben. Dann folgte er ihm.

Dass Paul sagte: »Jetzt weiß ich, warum der Name Thea Roth von Anfang an in meinem Unterbewusstsein herumgegeistert ist«, hörte Hanna nicht mehr. Aber wenn die beiden nun beschäftigt sein würden und Lilian müde war, konnte sie ja ihr iPhone suchen.

# 38

Miriam?« Sie knipste das Licht im Flur an. Keine Antwort. Sie sah in die Küche, das Wohn-/Schlafzimmer Miriams, das Bad. Leer.
Erschöpft warf Thea die hässliche Krokohandtasche auf den Küchentisch und kickte die Pumps von den Füßen. Sie war zugleich besorgt und erleichtert. Besorgt, weil es nicht zu Miriam passte, dass sie sie nicht vom Sommerfest abgeholt hatte oder wenigstens hier auf ihre Rückkehr wartete. Erleichtert, weil es hier still war. Der Lärm und die Menschen, die sich durch Musik, Gluthitze und Essensdämpfe gewälzt hatten, und das anschließende Aufräumen im Pfarrhaus hatten sie an den Rand ihres Durchhaltevermögens gebracht. Vor allem nach der letzten Nacht. Und der neuen Befragung heute im Morgengrauen.
Zum Glück war sie auf die Idee mit dem Zahlendreher gekommen. Nachwirkungen der Amnesie. Bitter lachte sie auf. Warum Miriam ihr allerdings ein falsches Todesdatum ihres Vaters genannt hatte, war ihr ein Rätsel.
Sie ging zur Spüle, neben der sich aufgerissene Zucker- und Mehlpackungen, Eierschalen und schmutziges Geschirr türmten, und füllte ein Glas mit Wasser, löste eine Aspirin darin auf und trank.
Längst hatte sie verstanden, weshalb Miriam sie aufgenommen hatte. Warum sie sie vor acht Monaten wie ein rettender Engel von der Straße aufgelesen hatte. Gemerkt hatte sie schnell, dass mit Miriam so manches nicht stimmte. Allein schon dieses Wohnzimmer … Sehen hatte sie es nicht wollen.

Doch jetzt gab es kein Verdrängen mehr. Was das in letzter Konsequenz bedeutete, war abstrus und schrecklich.

Ihr Blick blieb an den schiefen Engelsfiguren auf dem Regal hängen, und sofort sah sie wieder den Hauptfriedhof vor sich. Den dreitorigen Eingang, die zwei Engelspaare darüber. Trauer und Hoffnung. Martin. Hilde. Gabriele. Um Martin tat es ihr am meisten leid. Er war ein guter Mensch gewesen. Mit ihm hätte sie es geschafft.

Dann hatte sie das Grab entdeckt. Das Kreuz. Den Namen: *Thea Roth.*

Sie löschte das Küchenlicht und trat an die Balkontür. Nur die Wanduhr tickte in der Stille. Als draußen die Kirchturmuhr schlug, zählte sie mit. Zweiundzwanzig Schläge.

Sie hatte heute gut geschauspielert. Wieder einmal. Nur die Tatsache, dass Harald Hofmann in Peru lebte, die hatte sie im wahrsten Wortsinne umgehauen. Das hätte ihr auf einer Bühne nicht passieren dürfen. So etwas durfte nur in ihren Alpträumen geschehen. Wenn sie auf dem OP-Tisch lag. Sie tastete nach ihrem Hals, den vernarbten Verletzungen. Ihre Fingerspitzen waren kalt.

Die Bühne. Ein ewiger Traum.

Würde Harald Hofmann hier in der Gegend leben, dann wäre er zumindest für den Anschlag auf seine Frau in Verdacht geraten. Und sie hätte Zeit gewonnen, einen neuen Plan schmieden können. Sollte sie bleiben? Fliehen? Lange würde es nicht mehr dauern, bis die Polizei alles herausfand.

Ein Pärchen schlenderte Arm in Arm auf der Straße vorbei.

Den ganzen Tag hatte sie darüber nachgedacht, während sie mechanisch den Gesichtern zugelächelt und eine Schöpfkelle Teig um die andere in die schweren Waffeleisen gegeben, Puderzucker, Sirup und Marmelade über die knusprigen Herzen gegossen und diese in Servietten angerichtet hatte. Dann war

diese Frau aufgekreuzt. Hanna Brock. »Einmal mit Schokoladensoße«, hatte sie gesagt und ihr eine Zwei-Euro-Münze hingehalten. Die rosa lackierten Fingernägel hatten ihr gefallen. Sie hatte gepflegter gewirkt als damals vor dem Haus, als sie diesen Ehrlinspiel gesucht hatte.
Die Beamten waren nett gewesen bei der Befragung. Netter zumindest als beim ersten Mal. Mit einer kranken Frau musste man ja vorsichtig sein.
Dass sie ihr dennoch misstrauten, mit Recht, hatte sie in dem Moment gewusst, als diese Brock vor ihr stand. Sie war also doch von der Polizei, hatte damals nicht gelogen. Und jetzt war sie als verdeckte Überwacherin eingesetzt oder wie das hieß. *Kenzo, Schokoladensoße,* dachte sie bitter. Small Talk über Teigrezepte.
Alles Lüge. Vermutlich steht sie jetzt da unten im Dunkeln und wartet, dass ich einen Fehler begehe.
Kurz war sie versucht gewesen, Ehrlinspiel alles zu sagen. Sich zu stellen. Doch konnte sie Miriam das antun? Miriam, von der sie geliebt wurde wie eine echte Mutter? Außerdem war ihr die junge Frau ans Herz gewachsen. Die Wahrheit wäre für sie beide eine Katastrophe. Miriam würde in der Psychiatrie enden. Und sie selbst ... *Weiß. Schritte. Die metallene Stimme. Das Skalpell. Es schneidet durch ihren Hals. Ihre Brust. Durchtrennt die Eisenstäbe der Gefängniszelle, und ihr Blut rinnt dampfend die Pritsche hinunter, breitet sich in Millionen Rinnsalen aus, sickert über den Betonboden und verschwindet schließlich gurgelnd in dem Stehklo in der Zellenecke.*
Sie lehnte ihre Stirn gegen die kühle Balkontür. *Nein!* Nicht zurück in das Elend. Auch nicht ins Gefängnis.
Wenn sie nur wüsste, was Gabriele Hofmann ihr noch hatte sagen wollen. Sie hatte garantiert nicht grundlos geklingelt

und gerufen. Hatte sie geahnt ... gar herausgefunden ...? Und wem hatte sie noch davon erzählt? War sie verraten worden? Sie schlug den Kopf leicht gegen das Glas. Fliehen? Bleiben? *Miriam.* Sie würde vollends verzweifeln. Für sie spielte die Mutter die Hauptrolle. Doch sie war nicht Thea. Nur eine Statistin, in Miriams Leben und in ihrem eigenen. Falsches Drehbuch. Falsche Besetzung. Lüge. Doch wenn ihre Vermutung stimmte – konnte sie Miriam dann noch vertrauen? Sich darauf verlassen, dass weiterhin alles gutging?
Miriams Sorge. Ihre zunehmenden Aggressionen, wenn sie, die Mutter, aus dem Haus ging. Das Schlafmittel. Das Grab der wirklichen Thea Roth. Miriams ständige Besuche beim Pfarrer und ihre Gebete. Wie sie manchmal sang, völlig in Trance.
Sie dachte an das, was sie in ihrem früheren Leben über psychische Störungen erfahren, die Fachbücher, die sie gelesen hatte, in der Hoffnung, zu verstehen. Damals hatte die Lektüre ihr nicht geholfen. Aber am Grab Theas hatte sie etwas anderes erkannt und endlich zugelassen: das, was das Schicksal Miriams prägte – ihre Krankheit.
Nein, es konnte nicht gutgehen.
Sie musste Gewissheit über Miriams Pläne haben!
Thea eilte ins Wohnzimmer. Blickte auf das Monster von Flügel. Die verrückten Bilder und Figuren. Auf Miriams Schlafcouch. Die Kommode. Dann riss sie die oberste Schublade auf. Sie hätte es viel früher tun sollen. Das Fotoalbum lag ganz oben. All die Bilder. Prachtvolles Haus. Rosengarten. Der Flügel und Miriams Mutter, die fast ihr Ebenbild sein könnte. Sie zerrte alles heraus. Brillenetuis, eine Bernsteinkette, einen Ehering, in den *Ulrich, 13. Mai 1975* eingraviert war. All die Dinge, die nicht ihre waren und die Miriam ihr immer wieder hingelegt hatte. »Das gehört dir doch, Mama.« Nächs-

te Schublade. Eine Mappe mit Stiften und vergilbtem Briefpapier. Büroklammern. Kontoauszüge, die Miriams schlechte finanzielle Situation penibel dokumentierten. Schreiben vom Pflegeheim, von Versicherungen, Behörden, einem Bestatter. In der untersten Schublade fand sie es. Zuerst die Tagebücher. *Ulrich* stand in Goldschrift auf den Ledereinbänden und Jahreszahlen von 1978 bis 1989. Sie öffnete das Buch aus dem Jahr 1978. Miriams Geburtsjahr. Ihr Vater musste das alles geschrieben haben.

*Thea ist schwanger, und ich fühle nichts. Ihre Eltern sind vor zwei Monaten gestorben. Und ich fühle nichts. Sie trauert, sie heult, und dann freut sie sich wieder auf das Kind. Ich bin drei Stunden hin und her gegangen heute Nacht. Ich finde nichts, was mich rührt. Alles dreht sich.*

Thea ließ ihre Augen über die Zeilen huschen. Ihre Kehle wurde eng, ihr Mund trocken. 1982.

*Ich habe Miriam aus dem Kindergarten abgeholt. Sie hat sich an mich rangeworfen und »Papi, Papi« geschrien, aber ich habe sie abgeschüttelt. Ich ertrage es nicht. Jetzt sitzt sie in der Ecke in ihrem Zimmer und singt vor sich hin. Sie ist eine Ausgestoßene. Sie ist wie ich als Kind. Vielleicht will sie nicht leben. Sie wollte schon nicht aus dem Bauch raus damals, dann haben sie Thea aufgeschnitten. Jetzt will sie nicht sprechen. Sie passt nicht in die Welt. Sie passt nicht zu den anderen. Ich frage mich, ob sie auch schon diese Stimmen hört. Ich sollte sie fragen. Ich sollte verantwortungsvoller sein. Ich sollte sie zu meinem Arzt mitnehmen, damit es ihr bessergeht. Sonst wird sie wie ich, nein, schlimmer, ich kenne den Weg. Aber ich kann es nicht, weil sie mir nichts bedeutet. Nichts bedeutet mir überhaupt etwas.*

*1989. Ich habe Thea gevögelt. Sie hat gesagt, dass sie mich liebt und die Hoffnung nie aufgibt, dass ich gesund werde, aber ich liebe sie nicht, und ich liebe Miriam nicht. Sie sind da, und sie sind nicht da. Nur mein Schwanz braucht sie. Ich hasse mich. Aber auch das ist mir egal. Ich sehe, dass mein Zustand Thea quält. Ich muss gehen. Damit es ihr bessergeht.*

Sie legte die Bücher zurück, schob sie in den hintersten Winkel. Sie bekam einen Umschlag zu fassen, zog ihn heraus. Starrte darauf.
Alles drehte sich. Die Wände lösten sich auf. Ihr war, als sacke ihr Leben in ein Meer aus flüssigem Beton, das jede Bewegung, jeden Laut, jeden Atemzug grausam erstickte. Sie sah ihre Hand. Den Umschlag. *An Miriams Mama.* Diese steile Schrift, gestochen scharf, fast unerträglich grazil. Die Schrift von Kurt Paschek. Professor Doktor Kurt Paschek. *Weiß. Das Quietschen seiner Schuhe im OP. Metallische Stimme. Zigarettenrauch. Pfefferminzatem. Sein Skalpell.*
Eine Ewigkeit später hatte sie es geschafft, das Papier aus dem Umschlag zu ziehen. Las. Dann übergab sie sich.
Wie sie in ihr Zimmer gekommen war, wusste sie nicht. Nur ein Gedanke hämmerte in ihrem Kopf: *Lauf, Sonja, lauf!* Es ist aus! Er hat dich gefunden. Alles war umsonst. Und Miriam ... die hatte den Brief gelesen und versteckt. Warum hatte sie nie gesagt ...
Sonja zerrte die Kleider aus dem Schrank. Schwarz. Ja, schwarz, so sah niemand sie in der Nacht.

Als das dunkelrote Satinkleid mit dem hohen Kragen samt Plastikhülle raschelnd auf den Boden fiel, schossen ihr Tränen in die Augen. *Lauf, Sonja!* Sie zog einen dunklen Pullover und Hosen an. Kramte ihren Personalausweis und ihre zerknautschte Handtasche unter dem Sesselpolster hervor, warf Geld und Schlüssel hinein. Zuletzt das Messer.
Auf Zehenspitzen schlich sie das dunkle Treppenhaus hinunter, glaubte, das Schlagen ihres Herzens müsste alle Nachbarn wecken. Im Keller kletterte sie auf Martins Waschmaschine. *Rette mich,* flüsterte sie und öffnete das winzige Fenster. Der Ausstieg in einen kurzen Schacht, der in den Garten hinter dem Haus führte. Weder Hanna Brock noch Kurt Paschek würde sie dort sehen. Sonja schob sich in den Durchlass, blieb mit dem Pullover hängen und spürte den scharfen Schnitt im Oberarm. Irgendwann lag sie neben dem Gestrüpp hinter dem Haus. Rappelte sich auf, durchquerte den Garten, stieg über den Zaun in den Nachbargarten, in den nächsten, immer weiter, bis sie auf die hell erleuchtete Straßenbahntrasse stieß und atemlos auf dem Radweg daneben stehen blieb. Sie sah sich um, hastete weiter Richtung Park, dort, wo Buden, Clowns und Musik getobt hatten und wo die nächste Haltestelle war.
»So ein Zufall«, sagte jemand hinter ihr.
Ruckartig drehte sie sich um. Die Polizistin. Brock. Sonjas Hand fuhr in die Handtasche. Schloss sich um das Messer.

# 39

Sonntag, 15. August, 0:40 Uhr

Paul Freitag knallte den Zeitungsausschnitt auf den Tisch. Etwa fünfzehn Augenpaare sahen ihn an: alle Soko-Mitglieder, die sie nach Mitternacht hatten zusammentrommeln können oder die ohnehin hier gewesen waren. Einige saßen, andere standen, unruhig in dem Wissen, dass diese nächtliche Runde schnelles Handeln erforderte.
Ehrlinspiel schnaubte. Am liebsten hätte er mit einer einzigen Bewegung die Plastikbecher, Schreibblöcke und Handys von den Tischen gefegt und die verdammten Blätter mit den unnützen Wörtern und Grafiken vom Whiteboard gerissen. Stefan Franz hatte es tatsächlich geschafft.
»Thea Roth«, sagte Freitag, der bei Meike Jagusch stand, »ist nicht Thea Roth. Die echte Thea Roth ist tot. Sie starb vor fast genau zwei Jahren, am achten August.« Er wedelte mit einem Zeitungsausschnitt. »Das hier ist ihre Todesanzeige. Oder besser gesagt: ihre Lebensanzeige.«
»Verstehe ich nicht«, sagte Frank Lederle und massierte seinen Schädel. »Willst du damit sagen, dass wir die Frau bereits zweimal als Zeugin hier gehabt und nicht gemerkt haben …? Sag, dass das nicht wahr ist!« Trotz der nächtlichen Stunde sah Lederle aus wie der strahlende Sieger einer Stepptanzmeisterschaft, Kopf und Gesicht frisch rasiert, im Sommeranzug und mit hochglanzpolierten, schwarz-weißen Schuhen.
»Doch, Kollegen, genau so ist es.« Ehrlinspiel stellte sich zu Freitag und Jagusch.

Lederle stöhnte.

»Stefan Franz ist bereits am Montag angewiesen worden, die Personendaten zu prüfen. Er hat's versemmelt!« Und wahrscheinlich noch viel mehr. Vermutlich waren ganze Armeen in der Draisstraße aus und ein marschiert, während Franz, statt Streife zu gehen, mit der Zenker ein Kuchengelage nach dem anderen zelebriert, stolz seine Dienstwaffe vorgeführt und Zenker ihren neuen »Jäger« bewundert hatte. Okay, das war eine böse Vermutung, aber dennoch … Dem würde er ein Disziplinarverfahren anhängen. Eine Abmahnung in die feisten Finger drücken. Der würde … Hitze stieg in Ehrlinspiels Gesicht, und er musste sich ermahnen, seinen Zorn nicht an seinen Kollegen auszulassen.

»Wir klären das später, Moritz«, sagte Jagusch ruhig. »Was wisst ihr? Wie gehen wir vor?«

»Die Kollegen von der Datenstation haben genau zehn Minuten gebraucht«, sagte Freitag. »Meldedaten, historische Daten, Sterbedatum. Die echte Thea Roth war nie in der Draisstraße gemeldet. Miriam Roth ist erst nach ihrem Tod dort eingezogen. Thea starb nach einem knapp zweijährigen Wachkoma im Pflegeheim. Die Fakten um die Mutter stimmen alle. Aber die Frau dazu nicht.« Er hielt mit der linken Hand die Anzeige hoch, mit der rechten deutete er darauf. »Seht ihr das?« Er las vor, was von Blumenmotiven und Engelsfiguren eingerahmt war:

»Auf dem Wege der Gerechtigkeit ist Leben,
und auf ihrem gebahnten Pfad ist kein Tod.«
*(Sprüche 12,28)*

Glaubet nicht den Ärzten.
THEA ROTH LEBT.

Ich weiß, dass Du zu mir zurückkehrst.
In ewiger Liebe. M.

»Ja aber, die Tochter –«, setzte Frank Lederle an.
»Hat offenbar einer Fremden die Identität ihrer Mutter verliehen. Deswegen war die wohl dauernd so kirre. Ihr muss doch klar gewesen sein, dass sie die Papiere einer Toten nicht wie ein Buch mal schnell einer andern leihen konnte, und keiner merkt etwas.«
»Das glaub ich jetzt alles nicht.« Lederle warf scheppernd einen Stift vor sich auf den Tisch.
»Darum hat die falsche Mutter auch nicht gewusst, wann ›ihr‹ Ehemann gestorben ist«, sagte Freitag und sah Moritz an. »Die Amnesie ist sicherlich auch erlogen. Sehr raffiniert. So hatte sie für alle unsere Fragen bezüglich ihrer und Miriams Vergangenheit immer eine Ausrede. Und wenn sie ins Schwimmen geriet, was die Gegenwart betraf, konnte sie sich auf dubiose Nachwirkungen des Unfalls berufen. Die Frage ist nur: Hat Miriam das bewusst getan? Die Anzeige sieht ja so aus, als glaube sie tatsächlich, dass die Mutter lebt.«
Josianne Schneider schüttelte den dunklen Lockenkopf. »Sie wird ja wohl die eigene Mutter kennen. Die spielen uns doch was vor.«
»Warum?« Jagusch trat von einem Fuß auf den andern. »Warum kriecht eine Fremde bei Miriam unter? Wer ist sie? Kann es sein, dass wir die ganze Zeit die Falsche in Verdacht hatten? Dass die falsche Thea die Mörderin ist?«
Ehrlinspiel rieb sich die Nasenwurzel. »Mögliche Theorie: Die Fremde hat Miriam bedroht. Oder erpresst. Miriam hat sie nicht freiwillig aufgenommen, sondern wurde gezwungen, mitzuspielen?«
»Oder es ist ein ganz simples Geschäft. Miriam ist pleite. Die

Fremde muss untertauchen. Sie bezahlt die Jüngere«, sagte Lederle und lockerte seine dunkelrote Krawatte. Seinen Siegelring hatte Ehrlinspiel noch nie ausstehen können – im Gegensatz zu dem Mann selbst.

»Sie ist eine gemeinsame Bekannte«, schlug Freitag vor, »oder besser gesagt: Feindin, von Gärtner und Wimmer. Quartiert sich schön fein im Haus ein – und bringt sie um. Hofmann findet das raus, geht unter dem Vorwand, Medikamente zu bringen, zu ihr ... Und muss dafür beinahe mit dem Leben bezahlen.«

»Und Miriam? Die müsste dann doch gewusst haben, was die Fremde da treibt«, sagte einer hinten im Raum. »In der Nacht, als Wimmer ermordet wurde, da waren doch beide in der Wohnung. Ihr habt sie rausgeklingelt. Also hätte Miriam ihr ein falsches Alibi geben müssen.«

»Oder umgekehrt«, murmelte jemand. »Warum auch immer.«

»Schluss mit Spekulationen, Jungs und Mädels.« Meike Jagusch hob die Hand. »Wir klären das mit der Dame selbst. Und zwar« – sie sah auf die Uhr – »Punkt vier.«

»Aber«, begann Ehrlinspiel, »dann verlieren wir drei Stunden und –«

»Moritz! Wir haben nichts, was ein Eindringen mitten in der Nacht rechtfertigt. Die Staatsanwaltschaft zerfetzt uns in der Luft, wenn wir unter diesen Bedingungen die gesetzlichen Vorschriften nicht einhalten. Von einundzwanzig bis vier Uhr ist Nachtzeit. Basta. Bis dahin soll die Streife das Haus beobachten. Nonstop. Und Franz wird sofort abgezogen.«

»Okay.« Er würde sie vorläufig festnehmen nach StPO 163 b und c: zur Identitätsfeststellung. Eine andere Möglichkeit hatten sie nicht.

Jagusch nickte. »Ruf Lorena an, Moritz. Wegen des Durchsuchungsbeschlusses. Freitag, danke, dass du gekommen bist.

Ich weiß, du hast schon Urlaub. Moritz, du nimmst nachher Josianne mit. Und sucht euch noch zwei Mann. Und ihr«, sagte sie zu Frank Lederle und einem jungen Blondschopf, »veranlasst die bundesweite Erkenntnisanfrage und interne Fahndung. E-Mail an alle Dienststellen. Frau, wohnhaft da und da, die sich eine falsche Identität zugelegt hat, Verdacht auf Zusammenhang mit dem Doppelmord und versuchten Mord et cetera. Personenbeschreibung dazu, und wenn wir eines haben, auch ein Foto. Danach setzt ihr euch mit dem Pflegeheim in Verbindung. Vielleicht wissen die etwas.« Jagusch verteilte weitere Aufgaben, während Ehrlinspiel und Freitag zum Carport im Hinterhof gingen.
»Manchmal hasse ich Gesetze«, sagte Ehrlinspiel. »Drei Stunden warten!«
»Leg dich lieber noch zwei Stunden hin, statt dich zu ärgern.« Freitag schloss seinen Privatwagen auf.
»Schlaf du auch noch. Ihr müsst ja auch um vier Uhr los. Euern Garten versorge ich.«
»Mach dir keine Mühe. Der Fall ist wichtiger.«
Ehrlinspiel wurde traurig. »Freitag, ich ... du verpasst das Finale.«
»Hoffentlich. Ich bin zwei Wochen weg. Da sollte das durch sein.« Freitag stieg ein und sah durch die geöffnete Wagentür zu Ehrlinspiel hoch. Müde glänzten seine Augen im Licht der Neonröhren. »Vielleicht kannst du dann auch andere Dinge zu einem guten Ende bringen.«

Um vier Uhr elf schloss der Kriminalhauptkommissar die Haustür zur Draisstraße 8 a auf. Nur das spärliche Licht der Straßenlaternen fiel durch die schmalen Treppenhausfenster. Den Kollegen von der Streife hatte er noch einmal per SMS informiert. »Okay. Alles ruhig. Lage stabil. Keine Personenbewegung«, war die Antwort gewesen. Bevor sie zum Haus gehuscht waren, hatte er auf die Villa gegenüber gesehen, nur zur Sicherheit, wie er sich sagte.

Dreizehn Minuten nach vier klingelte er an Roths Wohnungstür. Josianne Schneider stand schräg hinter ihm, neben ihr Lorena Stein, die auch nachts für ihre Leute da war und lieber einmal zu viel als zu wenig Interesse zeigte. Zwei weitere Kollegen hatten im Treppenhaus Stellung bezogen. In der Wohnung schrillte der blecherne Klingelton. Einmal. Zweimal. Warten. Dreimal. Nichts.

Ehrlinspiels Kinnmuskeln verspannten sich. Wenn ein neues Unglück geschehen war … Leise ging er die Stufen hinunter und klingelte bei Britta Zenker.

Die Tür öffnete sich, und das spitze Gesicht tauchte über einer dicken Sicherheitskette auf. Schmale Lippen wisperten angstvoll: »Um Gottes willen. Ist er hier?«

»Hallo, Frau Zenker, bitte holen Sie den Wohnungsschlüssel von –«

»Es war der Terrorist! Ich habe es ja gewusst, ich –«

»Von Roths«, schnitt er ihr das Wort ab.

Sie riss die Augen auf, verschwand und hielt ihm gleich darauf mit gespreizten Fingern den Schlüssel entgegen.

Sein Team betrat Roths Wohnung. Sie war leer. Im Waschkeller fanden sie das geöffnete Fenster zum Garten. Zurück in der Wohnung, stießen sie auf das, was Ehrlinspiel auch Jahre später nicht vergessen würde.

# 40

Mechanisch schnürte er die Schuhe mit den Gummisohlen. Seine Muskeln waren völlig entspannt, obwohl er sechs Stunden und neununddreißig Minuten nahezu reglos in der Nähe des Fensters verharrt hatte. Er wusste, wie man mit Körpern umging. Nicht eine Faser seiner Arme und Beine hatte gezuckt, nur sein Lid, während er zuerst Miriam, dann Sonja, wieder Miriam und zuletzt die Polizisten beobachtet hatte. Bis zu dem Moment, als die Erkenntnis ihn hatte zurückprallen lassen. Der Moment, in dem im ersten Stock links alle Lichter angegangen waren – und sich außer den Bullen niemand in der Wohnung befunden hatte. Als er begriffen hatte, dass sie unbemerkt entkommen war.
»O nein«, flüsterte er. »Nicht mit mir!« Er würde sie schneller als die Polizei finden. Er hatte sie immer gefunden.
Paschek holte den Instrumentenkoffer unter dem Esstisch hervor. Stellte die Zahlenkombination ein. 1412. Tag und Monat ihrer Geburt. Ließ die Riegel aufschnappen und fuhr mit dem Daumen vorsichtig über die Klinge.
»Jetzt haben wir zwei unseren Auftritt«, sagte er leise und hätte beinahe aufgelacht. *Auftritt.* Tag und Nacht so ein Theater um dich. Das wird dir gefallen. Das hast du doch immer gewollt.
Er legte das Skalpell in ein kleines Lederetui und ließ es mit einer geschmeidigen Bewegung in seine Jackentasche gleiten. In die andere Tasche steckte er die Pfefferminzbonbons. »Du hast Raucher noch nie gemocht, mein Schatz«, flüsterte er. »Schlampe.«

# 41

Ehrlinspiel stand zwischen zerfledderten Gebetbüchern, Schmuckschatullen, aus denen Perlenketten und Ringe mit riesigen Steinen gefallen waren, aufgeschlagenen Fotoalben und amtlichen Schreiben – alles auf dem Boden verstreut, um den großen Flügel herum. Im Wohnzimmer der Roths war er nie zuvor gewesen, nur in der Küche, wo sie jetzt Mehltüten, Eierkartons und verklebte Rührschüsseln vorgefunden hatten. Offenbar die Hinterlassenschaft des hektisch zubereiteten Waffelteigs. Und dazwischen die Krokohandtasche. Samt dem Pass der verstorbenen Mutter.
Beinahe genauso wie das Chaos aber irritierten ihn die Wandbilder und Figuren, vor denen auch Lorena stand und die Stirn in Falten legte: Rubens' berühmte *Transfiguration,* das Original hatte er einmal in Nancy gesehen. Es zeigte finstere Gestalten, Menschen, die vor dem in Licht getauchten Christus in der Mitte zurückwichen. Die andern Motive kannte er nicht: Figuren, die vor Engeln knieten, ikonenartige Heiligengestalten mit erhobenen Schwertern. Gemetzel. Gottesbildnisse. Abstrakte Bilder neben Darstellungen, die wie mittelalterliche Altarbilder wirkten. Willkürlich nebeneinandergehängt, wo Platz war, so schien es. Von der Decke hingen Engel, und auf jedem freien Zentimeter standen weitere: aus Stoff, Holz, Papier, Metall, alle weiß. Dazwischen Kerzen.
Als sollte das Zimmer ein Himmel sein, dachte der Hauptkommissar, und seine wachsende Anspannung kämpfte gegen die Erschöpfung und den Schmerz, der von seinen Schläfen

über die Stirn bis zur Nasenwurzel kroch. »Wir sind, verdammt noch mal, zu spät!«

Josianne Schneider fuhr mit dem Finger über die Rücken bunter Notenbücher, die hinter dem Instrument eine komplette Regalwand füllten. Ihre Locken waren im Nacken zusammengebunden. »Hier sind keine Hefte aus dem Regal gerissen. Sieht aus, als hätte jemand gezielt die Kommode durchsucht, gefunden, wonach er suchte, und sich dann aus dem Staub gemacht.«

»Das Türschloss ist unangetastet«, sagte einer der beiden männlichen Kollegen. Der andere bewachte draußen das Treppenhaus.

»Die falsche Roth.« Ehrlinspiel blickte in das Schlafzimmer. »Miriam würde kaum die eigene Wohnung durchwühlen. Der Kleiderschrank ist auch ein einziges Chaos.«

»Die Fremde hat Lunte gerochen und ist abgehauen.«

»Sofort Fahndung veranlassen«, wies Ehrlinspiel ihn an, als sein Handy klingelte. »Nach *beiden* Frauen! Vielleicht hat sie Miriam etwas angetan. Ehrlinspiel«, sagte er dann ins Telefon.

»Frank hier. Wir haben was für euch.«

»Spuck's aus.« Der Kriminalhauptkommissar schaltete den Lautsprecher ein, damit die andern Lederles Bericht mithören konnten. Im Hintergrund brummte der Motor eines fahrenden Autos.

»Die Nachtschwestern im Pflegeheim hatten zu tun, meinten, wir sollen in einer halben Stunde wiederkommen. Also sind wir zu der Villa gefahren, in der die Roths früher gewohnt haben. Nur mal so, eigentlich. Bei den Nachbarn lief gerade eine Party. Ein Schuppen, aus dem die Kohle quasi zu den Sicherheitsglasfronten herausquillt. Die haben uns reingewunken und Champagner in die Hand gedrückt, ohne zu fragen,

wer wir sind. Nun ja« – Ehrlinspiel hörte ihn förmlich grinsen –, »die wussten mein Outfit wenigstens zu schätzen.«
»Und?« Er sah zu Josianne, die Notenbücher aus dem Regal zog und darin blätterte.
»Die junge Roth war doch mal Referendarin. Schuldienst.«
»Ja.« Ungeduldig nahm er das Handy ans andere Ohr.
»Sie war gerade damit fertig, sagt der Nachbar, als die Mutter den Unfall hatte. Sein Sohn ging damals auf dasselbe Gymnasium. Sie unterrichtete ihn in Religion. Der Vater meinte wörtlich: ›Ein Segen für die Schüler, dass die weg war. Die hatte doch einen Schuss. Auch wenn's mir um die Mutter wirklich leidgetan hat.‹ Miriam war laut ihm völlig introvertiert und dann plötzlich wieder hysterisch. Das klassische Opfer für pubertierende Schüler. Sie ist anscheinend gemobbt worden. Nach dem Unfall hat sie die Nachbarn, zu denen sie schon vorher nur flüchtig Kontakt hatte, immer mehr ignoriert. Wenn man sie nach der Mutter gefragt hat, ist sie ohne Gruß oder andere Reaktion davongehuscht.«
Genau so hatte Ehrlinspiel sie erlebt. An der Kirche. Am Hauseingang.
»Und dann war sie einfach weg«, berichtete Frank Lederle. »Ausgezogen. Das Haus wurde verkauft, das wissen wir ja. Niemand hat gewusst, was aus den Frauen geworden ist. Der Nachbar musste erst mal seinen Champagner auf ex trinken, als wir es erzählt haben. Und ein zweites Glas, als wir erwähnten, dass sie in dem Haus der beiden Mordopfer lebt. Der Mann ist richtiggehend bleich geworden. Ich glaub fast, wir haben die Party gesprengt.«
Josianne zog weitere Notenbücher heraus. Buxtehude. Tschaikowski. Händel. »Und das Pflegeheim?«, fragte sie laut, ohne aufzusehen.
Frank musste sie gehört haben, denn er fuhr fort: »Jetzt

kommt's. Eine der Schwestern hat die Augen verdreht, als wir Miriams Namen gesagt haben. Sie sagt, Miriam sei jeden Tag bei Thea gewesen. Zuerst habe alles ganz normal gewirkt. Aber dann habe sie angefangen, laut zu singen, pausenlos mit der Mutter zu reden, sie zu streicheln, sei immer seltener nach Hause gegangen. Nachts habe sie oft geschrieben, gesummt und gebetet und sich laut mit irgendwelchen Unbekannten unterhalten. ›Ja, das werde ich tun‹ und ›Du bist mein Herr‹, solche Sachen. Man hat sie manchmal aus dem Zimmer schicken müssen. Irgendwann sei sie dann zu der Mutter ins Bett gekrochen, als es dieser schlechtging und der betreuende Arzt ihr gesagt hatte, dass Thea es nicht schaffen würde. Da habe sie angefangen, das Personal zu beschimpfen, habe gekreischt und getobt, von wegen das sei eine Verschwörung und sie hätte schon lang bemerkt, dass sie beobachtet würde. Sie habe auf die Überwachungsmonitore am Bett eingeschlagen und ›Komplott, Komplott‹ gebrüllt, und in der nächsten Sekunde sei sie wieder ruhig gewesen und habe die flackernden Linien und Anzeigen angelächelt, sich direkt vor die Monitore gestellt und gesagt: ›Wenn du mich führst, Herr.‹«

»Verflucht«, rutschte es Ehrlinspiel heraus.

»Sozusagen. Die Schwester hat Miriam ein paar Mal etwas gegeben, weil sie ihr leidgetan hat und sie selbst keine Hilfe suchte.« Franks Stimme ging kurz im Hupen eines Autos unter. »Es war etwas schwierig, sie zum Reden zu bringen. Wir haben ihr versprochen, deswegen nichts zu unternehmen. Es war ein Medikament. Haloperidol. Sie war sich mit der Diagnose sicher.«

»Und die wäre?«

»Schizophrene Psychose.«

»Gespaltene Persönlichkeit?« Eine liebende Tochter und eine eiskalte Mörderin? Also doch? Ehrlinspiel rieb sich über die

Stirn. Josianne Schneider schien weder mit Müdigkeit noch mit Multitasking Probleme zu haben. Sie hörte zu und schlug gleichzeitig ein blaues Notenbuch auf. *J. S. Bach, Chromatische Fantasie und Fuge* las Ehrlinspiel.
»Darauf bin ich auch reingefallen«, sagte Lederle. »Schizophrenie bedeutet nicht, dass eine Persönlichkeit sich in mehrere spaltet, sondern dass die Seele sich vom Menschen trennt. Zumindest dem Wortsinne nach. Altgriechisch *s'chizein* heißt abspalten und *vphrēn* Seele. Wie auch immer: Die typischen Symptome kannst du laut Pflegeschwester bei Miriam sehen. Halluzinationen, Wahnvorstellungen und eine gestörte Wahrnehmung des eigenen Ichs. Die Leute hören oft Stimmen oder haben Angst, dass ihre Gedanken gestohlen werden. Die Krankheit tritt schubweise auf.«
»Verstehe. Und wie sieht das konkret aus?«
»So«, sagte Josianne und legte das aufgeschlagene Heft auf den Flügel. Lorena stieß einen leisen Pfiff aus.
Ehrlinspiels Blick fiel auf eine dunkelrote, kräftige Schrift, die sich zwischen den Notenlinien durchzog. Die großen Anfangsbuchstaben waren auffallend geschwungen. »Ich ruf zurück, Frank«, sagte er und klappte das Handy zu.

*Ich würde gern die Augen schließen. Stille haben. Doch Gott lässt mich nicht. Sein Lob dröhnt in meinem Kopf, und sein Licht leuchtet in meine Seele, und ich selbst bin das Licht. Denn ich habe den Mann getötet. Und es war gut.*

*Schon beim Frühstück habe ich es gewusst. Du hast mich angesehen mit diesem Blick. So wie damals, Mama, als du vor mir lagst. Leere Augen, ausgesaugt, vergiftet. Damals hast du es versprochen, an dem einzigen Tag, an dem du kurz wach warst und geflüstert hast: »Ich bin bei dir, Kind. Ich verlasse dich nicht. Ich liebe dich.«*

»Es ist Miriam!«, sagte Ehrlinspiel und schlug mit der flachen Hand auf das Heft. »Wir hatten die ganze Zeit recht. Verdammt noch mal!«
»Aber warum?« Lorena und Josianne sprachen wie aus einem Mund, und Josianne ergänzte: »Ich verstehe das Motiv immer noch nicht.« Sie beugten sich wieder über das Notenbuch, der silberne Armreif der Oberstaatsanwältin schlug metallen auf das Instrument.

*Alle haben geschrien, das Baby, sein Vater, der Hund und Gott in meinem Kopf. Nur du hast in deinen Kaffee gelächelt, als ginge dich das alles nichts an! Du hast gelächelt, weil das Dunkel dich blind gemacht hat für unser Licht und unsere Liebe. Du hast gesagt, du gehst am Abend zu diesem Mann. Für eine halbe Stunde. Aber ich habe genau verstanden. Er wollte dich mir wegnehmen. Für immer! Ich habe das grausame Kreischen in deiner Stimme gehört und gesehen, dass er dich in seinem Netz des Hasses gefangen hat.*

*Das Heer der Bösen wächst, seit du schwach warst. Schon damals haben sie Monitore aufgestellt und gedacht, ich durchschaue die Verschwörung nicht. Um dein Bett sind sie gestanden, ihre hellen, runden Gesichter haben mich feindselig angestarrt, und ihre weißen Kleider sollten mich täuschen. Aber ich habe die Bibel fest umklammert und immer wieder gesagt: »Ich bin das Licht der Welt.« Da haben sich die Weißkittel offenbart, und aus den Flügeln der Finsteren haben sich Federn gelöst, getränkt mit tödlichem Gift, und die Kiele sind auf mich zugeschossen, und einer hat mir mit seiner hasserfüllten Fratze entgegengeschleudert:* »*Ihre Mutter wird es nicht schaffen.*« *Doch ich habe mich auf dich geworfen. Schützend. Denn es war der Satan selbst und sein Gefolge, und er hat gesagt:* »*Sie ist jetzt tot, glauben Sie uns*«, *und mich auf die Straße geschickt.*

*Auf dem Heimweg habe ich ihre Blicke gespürt, überall. In der Straßenbahn und auf dem kurzen Stück von der Haltestelle nach Hause, und noch immer sind die giftigen Federn in mir gesteckt. Alle haben es gesehen. Alle haben gewusst, dass sie mich von dir weggeschickt haben, und mich höhnisch angerempelt. Meine Schritte haben gehallt, ich bin gelaufen, immer schneller, weg von ihren Schwingen, mit denen sie auch mich fangen wollten, und dann sind die Schritte zu dem herrlichen Choral geworden:* »*Mir hat die Welt trüglich gericht' mit Lügen und mit falschem G'dicht, viel Netz' und heimlich Stricken.*« *Es war Gottes eigene Stimme. Da habe ich gewusst, dass du lebst und zurückkehrst.*

»Meine Güte, das ist ja völlig durchgeknallt«, sagte der Kollege. »Sie glaubt wirklich, dass die Fremde ihre Mutter ist? Aber wo hat sie die aufgegabelt?«

*Das Chaos in mir breitet sich aus, und meine Angst und Verzweiflung wachsen. Martin Gärtner ist ein Abgesandter. Er hat dich gelockt. Als du beim Frühstück die Milch in deinen Kaffee gegossen hast, wusste ich es. Alles war anders. Entsetzlich. Unbegreiflich. Milch, so weiß, so rein. Ein Zeichen! Nur Reinheit kann dem Bösen Tod bringen. Ich musste dich befreien. Es war so einfach. Glaubst du, ich weiß nicht, dass du einen Schlüssel von ihm hast? Ich habe euch gesehen. Du bist aus seiner Wohnung gekommen und hast Jagger gekrault. Vertrauliche Sätze im Treppenhaus. Aber ich habe die schwarze Glut in seinen Augen bemerkt. Wo das Gift geköchelt hat.*

»Verdammt!« Der Hauptkommissar blätterte weiter. »Das sind fast zweihundert Seiten voll von diesem Zeug.«
Lorena Stein griff einen Stapel Notenbücher aus dem Regal und schlug sie auf. »Wenn sie so auf Bach steht ...« Und wirklich enthielten alle Bachhefte Aufzeichnungen von Miriam. Ältere und neuere, doch ohne erkennbare Ordnung. Ein einziges Chaos.
Ehrlinspiel holte tief Luft. »Wir sehen uns die später an. Ich will wissen, ob irgendwo etwas über Wimmer und Hofmann steht.«
Sie überflogen die Sätze. Dann fanden sie es: Auch von den beiden Frauen hatte Miriam geglaubt, sie gehörten einer Verschwörung an, die ihr die geliebte, wiedergefundene Mutter rauben wollte. Dass die vermeintliche Thea Roth sich um andere gekümmert hatte, war für Miriam Zeichen des Bösen gewesen – und Gott, dessen Stimme sie vor allem in der Musik Bachs zu hören glaubte, hatte sie darin bestätigt, die »Diebe« zu töten. Eine weitere Überraschung barg der Eintrag, der offenbar kurz vor dem Anschlag auf Gabriele Hofmann geschrieben worden war, in klitzekleiner, krakeliger Schrift, wie unter extremer Anspannung zu Papier gebracht:

*Jemand hat dir geschrieben. Er droht dir! Sagt, dass er hier sei, bei dir. Und dass du sein bleiben wirst! Ich weiß auch, wer es ist. Ich zittere. Sogar die Kerzenflamme vor mir zittert. Nicht sein, Mama. MEIN wirst du bleiben!*

*Du musst nicht besorgt sein. Ich habe den Brief versteckt. Denn ich halte meine schützende Hand über dich. Gott und Bach und Pfarrer Thomas sagen, mein Weg sei richtig. Ich falle nie tiefer als bis in Gottes Hand. Auch wenn das Böse überall ist: in Gärtner, Wimmer, in der Hofmann, dem Mann mit dem Fernrohr und in der dunkelhaarigen Frau!*

»Moment mal«, sagte Ehrlinspiel. »Miriam glaubt also, dass die Fremde ihre Mutter ist. Okay. Aber der Drohbrief …«
Josianne machte eine ausladende Armbewegung über das Chaos: »Die Pseudo-Mutter hat den Brief gefunden und ist abgehauen. Weil sie enttarnt worden ist.«
»Von dem Typen mit dem Fernrohr? Und wen meint Miriam mit der dunkelhaarigen Frau?« Eine böse Ahnung beschlich Ehrlinspiel.
»Kennst du eine in ihrer Umgebung?« Lorenas graue Augen sahen ihn an, und er wusste nicht, ob Strenge oder Milde in ihrem Blick lag.
Rasch blätterte Ehrlinspiel um. Die Schrift war jetzt nach links geneigt und direkt unter den Text eines Liedes gequetscht.

*Wo bist du, Mutter? Verlass mich nicht! Die Schlangenbrut muss ich beiseitebeißen! Das Gift vernichten, ein Tier nach dem andern! Selbst Pfarrer Thomas versagt mir seine Hilfe. Mein Gott, mein Gott, verlass mich nicht!*

»Wir brauchen Miriam!« Josianne zog ihr Handy aus der Hosentasche. »Einen Suchtrupp. Hunde. Steht in den Aufzeichnungen etwas, das Aufschluss über ihren Aufenthaltsort geben könnte? Springt mal zum Schluss.«

*Die Schlange in ihrer rosafarbenen Hülle sitzt in der Falle. Du musst dich um ihr Gift nicht länger sorgen, Mama. Die dunkelhaarige Frau vergeht. Gott hat entschieden. Er hat mir einen Heiligen geschickt, als ich sie töten wollte. So hat sich ihr Ende verwandelt: Nicht schnell und durch meine Hand, sondern qualvoll und einsam wird sie aus dem Staub dieser Welt in die Flammen der Hölle kriechen. Aber es wird nicht lange dauern. Ihr Blut tropft stetig in die Dürre und mit ihm ihr Leben. Die Hitze wird unerträglich werden. Denn wer dir nahe kommt, stirbt.*

»Sie hat Hanna!« Eine Welle der Übelkeit überflutete Ehrlinspiel, und die roten Buchstaben tanzten vor seinen Augen. *Dunkelhaarige Frau! Rosafarbene Hülle!* Er riss sein Handy aus der Hosentasche. Wählte. *Hannas Besuche hier vor dem Haus.* Er kannte sie inzwischen gut genug. Vermutlich hatte sie ihm nicht erzählt, wie oft sie hier herumgeschnüffelt hatte. Dann das Sommerfest. Der Waffelstand ... Hannas Mailbox sprang an. »Scheiße!« Er ließ die Faust auf den Flügel krachen.
»Hanna?« Lorena hob die Augenbrauen.
»Hanna Brock. Eine ... eine Freundin.« Er zwang sich, nicht aus der Wohnung zu stürmen und sie zu suchen. Was völlig unüberlegt und sinnlos gewesen wäre.
»*Deine* Freundin.« Lorenas Miene verriet nicht, was sie dachte.

Der Kriminalhauptkommissar nickte.
Josianne stellte sich vor ihn. »Okay. Ich mach das.«
»Nein. *Wir* machen das! Schickt sofort jemanden zu der Ferienwohnung, wo sie untergebracht ist!« Er riss ein Blatt aus seinem Notizbuch und kritzelte die Adresse darauf. Das konnte nicht sein. *Das durfte nicht sein! Nicht Hanna!* »Ich habe Frau Brock um kurz nach zehn noch eigenhändig in ein Taxi gesetzt. Vor Paul Freitags Haus.« Er ignorierte die fragenden Blicke. »Ruft bei dem Taxiunternehmen an. Ich will wissen, wohin sie gefahren ist.« Er notierte Unternehmensnamen und Abfahrtszeit.
Josianne sprach bereits in ihr Handy. »Ja, Miriam Roth.« Pause. »Nein, wir hatten nicht nach ihr gesucht, sondern nach der angeblichen Mutter. Ja. Zufallsfund. Dringender Tatverdacht in zwei Mordfällen, einem versuchten Mord und einer Freiheitsberaubung.« Pause. »Hanna Brock. Sofort an alle Dienststellen. Und schickt uns Suchkräfte von den umliegenden Polizeiposten und den Stadtrevieren. Breisach, Müllheim, Revier Nord, Süd, Autobahn Umkirch. Was ihr kriegen könnt. Eventuell sind beide Frauen zusammen unterwegs. Miriam Roth ist wahrscheinlich bewaffnet.«
Ehrlinspiel fror.

## 42

Sie erwachte vom Schmerz und von unerträglicher Hitze. Die linke Seite ihres Körpers war ein einziges Feuer, die Luft um sie schwer und dick, als presse sie jemand mit einem aufgeheizten, riesigen Wattebausch auf den harten Boden, auf dem sie zusammengerollt lag.
Dumpf pulsierte es in ihrer Hüfte. Hanna versuchte, den Arm unter ihrem Körper hervorzuziehen, doch er war wie abgestorben. Sie schluckte. Auch ihr Mund fühlte sich an, als stecke Watte darin, und ihre Zunge war dick und rauh und klebte am Gaumen. Mühsam drehte sie sich auf den Rücken und dachte im selben Moment, jemand reiße ihr das Fleisch vom Hüftknochen. Reflexartig griff sie an die Stelle. Die Kleidung war nass und klebrig. Sie hob die Hand, leckte an ihrem Finger. Blut. Ihr Blut. Und nicht nur ein paar Tropfen.
Wo war sie? Was war passiert?
Sie konnte den Kopf kaum bewegen, so verkrampft war ihr Nacken, und ihre Lider waren wie mit Blei gefüllt und geschwollen. Sie musste mehrmals blinzeln, bis sie sie öffnen konnte.
Nichts als Schwärze. Sie lauschte. Stille.
Sie wollte tief einatmen, doch die Hitze ließ kaum mehr als ein oberflächliches Hecheln zu.
Vorsichtig tastete Hanna die Umgebung ab. Glatter Boden. Gefliest. Rechts von ihr stand eine Art Schrank, und als sie die Hand daran hochgleiten ließ, bekam sie einen Schlüssel zu fassen. Sie kämpfte sich auf die Knie, aus ihrer Seite sickerte Blut.

Hanna öffnete den Schrank. Tastete. Stoff, nur Stoff, dünne Kleider auf Bügeln. Links war eine weitere Schranktür, unverschlossen. Dahinter lagen offenbar Papier, Bücher, irgendwelche Hefte, die in strukturierten Plastikhüllen steckten. Keine Vorräte, nichts Trinkbares.
Sie wollte weitersuchen, doch Schwindel überkam sie, und sie sackte zu Boden. Ihre Blase drückte.
Hanna war nicht der Mensch, der schnell Angst bekam. Vor einem Saal voller VIPs sprechen. Allein durch Arabien reisen. Nachts durch Hamburg-Billstedt laufen – Hochburg der Schläger, Dealer und Räuber. Alles kein Problem. Doch jetzt stieg Übelkeit in ihr auf. Wie lange konnte man ohne zu trinken überleben? Und weshalb war es hier so schrecklich heiß?
Sie strich sich über Arme und Stirn, und erst jetzt merkte sie, dass der Schweiß aus all ihren Poren drang und nicht nur die Kleidung über der Verletzung feucht war.
Erneut wollte sie sich aufrichten, einen Ausgang suchen. Sie kroch ein Stückchen, sackte zusammen. Die Wunde, dachte sie, ich muss die Wunde verbinden! Sie griff zu den Kleidern, riss an dem Stoff. Er fiel herab, breitete sich über ihren Kopf und Oberkörper. Hanna versuchte, ihre Gedanken auf die letzten Stunden zu konzentrieren.

*Sie sitzt im Taxi. Moritz winkt: »Bis bald.« Das Taxi fährt zum Park. Sie gibt dem Fahrer genügend Geld und sagt, er soll fünfzehn Minuten warten. Der Mond leuchtet silbern über dem Gelände, und die Silhouetten der verlassenen Buden erinnern sie an eine Geisterstadt. Es riecht nach Blumen und abgestandenem Bier. Ein paar Typen hängen herum, scheinen betrunken zu sein. Sie läuft über die große Wiese bis in das bepflanzte Rund des Areals. In der Hand das Saxofon, über der Schulter ihre große Umhängetasche. Irgendwo hier hat sie am Abend die Waffel gegessen, hat dabei Koras Nummer gewählt und Schokoladensoße auf die Wiese getropft. Hier hat Kora sie mit den Worten »Schieß los, was ist mit deinem Kommissar?« begrüßt, und Hanna hat alles erzählt. Fast alles. »Du kommst aber gefälligst zurück!«, hat Kora gesagt, und sie hat geantwortet: »Am fünften September.« Und gedacht hat sie: Frag bitte nicht, ob ich es länger als eine Woche ohne ihn in Hamburg aushalte.*

Hanna packte den Stoff. Jeder Atemzug war eine Qual. Hatte sie Fieber? Phantasierte sie? Sie zog das Kleid von ihrem Kopf. Es schien lang und schmal geschnitten. Mühsam schob sie ein Ende hinter sich und zog es auf der andern Seite wieder hervor. Wickelte es ein zweites Mal um sich. Dann versank sie in einem schwarzen Nichts, fing sich, schwebte wie im Dämmerzustand dahin.

*Gebückt sucht sie die Wiese neben dem Waffelstand ab. Das Gras ist zertrampelt, und wahrscheinlich hat längst jemand ihr iPhone gefunden und freut sich jetzt über eine Million Gratistelefonate in alle Welt. Ich bin bescheuert, denkt sie. Ich hätte von Freitags aus beim Betreiber anrufen und es sperren lassen sollen. Verdammter Eigensinn. Sie sucht weiter. Nach mehr als einer Stunde gibt sie auf. Natürlich ist das Taxi weg. Sie geht zur Straßenbahnhaltestelle. Dann sieht sie die Frau vom Waffelstand. Super! Vielleicht hat die ihr iPhone gefunden. Aber die Frau schaut sie nur an, als sei sie der Leibhaftige selbst, und rennt davon. Sie riecht heute nicht nach Kenzo.*

Irgendwo fiel eine Tür zu. Hanna schlug die Augen auf. Richtete sich auf, wollte schreien, fiel hart zurück, Schmerz durchzuckte ihren Nacken, und ihr Ruf blieb ein leises Krächzen. »Wasser!«, flehte sie leise. »Bitte, Wasser.« Dann dämmerte sie weg.

## 43

Der Suchtrupp durchkämmte das gesamte Festgelände, kontrollierte jede Bretterbude im Eschholzpark, das Kinderkarussell, die kleine Holzbühne. Es war zwanzig nach fünf, und seit einer guten halben Stunde gingen Polizisten auch die umliegenden Straßen ab, fächerförmig, bis in die weiter entfernten Wohnviertel. Straßenbahn- und Busfahrer waren informiert, ebenso die Taxiunternehmen, und am Bahnhof waren acht Kollegen postiert.
Ehrlinspiel umklammerte die schwere Stablampe und ließ den Lichtkegel über das zertretene Gras wandern. An seiner Seite hing ein Funkgerät. Tausende Füße waren hier herumgetrampelt. Schlechtere Voraussetzungen gab es kaum. Ein paar Meter entfernt ging Josianne Schneider, ebenfalls mit Speziallampe. Noch immer hallte die Stimme seines Kollegen in Ehrlinspiels Ohr: »Hanna Brock ist nicht in ihrer Ferienwohnung. Der Taxifahrer hat bestätigt, ›eine dunkelhaarige Frau um die vierzig‹ bei Freitag abgeholt und um zwanzig nach zehn an der Kreuzung Fehrenbachallee/Wannerstraße abgesetzt zu haben.« Der Fahrer habe sie noch gefragt, warum sie nachts allein in der Gegend unterwegs sei, wo doch »ein Mörder da rumläuft«. Hanna habe abgewunken, ihn gebeten, fünfzehn Minuten zu warten, und sei hinter der Max-Weber-Schule Richtung Eschholzpark verschwunden. Als sie nach einer halben Stunde nicht zurück gewesen sei, sei er weggefahren. »Und warum hat der verdammte Kerl nicht die Polizei gerufen?«, hatte Ehrlinspiel den Kollegen gefragt. Der Boden unter seinen Füßen hatte sich wie eine ausgeleerte Matratze an-

gefühlt. »Er ist Pakistani. Du weißt doch, Moritz, sie haben mit Vorurteilen zu kämpfen ...«
Doch Ehrlinspiel hatte nichts gewusst. Überhaupt nichts. Er war losgerannt, durch die Dunkelheit, vorbei an der Kreuzung und der Schule zum Festplatz, alle Müdigkeit in Angst erstickt und mit dem Gefühl, sein Kopf müsse explodieren. Wie oft er Hannas Nummer gewählt und die Mailbox verflucht hatte, hatte er nicht gezählt.
Bierdosen und Fetzen von Plastiktüten lagen auf der Wiese, die Umrisse der Festbuden hoben sich wie schwarze Rechtecke vom tiefblauen Nachthimmel ab, an dessen Horizont jetzt ein hellerer Streifen die Dämmerung ankündigte.
Herrgott noch mal, was hatte Hanna hier bloß gesucht? Mitten in der Nacht? Sie wollte doch nach Ehrenkirchen zurück. Warum hatte sie nichts gesagt? Nicht wenigstens eine SMS geschickt?
Erneut drückte er die Wahlwiederholung. Die Handyortung hatte er bereits veranlasst. Doch das konnte dauern. Auch der einzige Spezialspürhund, der ihnen helfen konnte, würde frühestens gegen sechs Uhr eintreffen: Der nächste Mantrailer – der im Gegensatz zu normalen Fährtenhunden die Gerüche verschiedener Menschen voneinander unterscheiden konnte – war in Bonndorf stationiert. Bis der samt den drei zugehörigen Männern einsatzbereit und aus dem Schwarzwald hier war ... Das Tier orientierte sich an Duftmolekülen, die es aus Haut- und Haarschuppen aufnehmen konnte – oder aus dem Blut, falls der Mensch verletzt war. Der Geruch entstand, weil Bakterien die Schuppen zersetzten, und ließ sich je nach Witterung ein bis zwei Tage verfolgen. Sogar in bevölkerten Fußgängerzonen, auf Flughäfen oder wenn die Zielperson ein Fahrrad benutzt hatte.
Ehrlinspiel lauschte auf den Klingelton, während er weiter-

ging, leuchtete Gestrüpp und Grasbüschel ab. Ein Vogel stob schreiend aus einem Baum auf.

Da hörte er es. Dumpf. Irgendwo vor sich. Die *Pink-Panther*-Melodie. Ein paar Takte, dann brach sie ab. An seinem Ohr sprang die Mailbox an: »Hanna Brock ist auf Tour oder findet ihr Telefon nicht. Nach dem Signalton –«

Er wählte erneut, ging weiter, jetzt schneller. Die Melodie wurde lauter, und da erfasste der Lichtkegel, halb verborgen unter Gras, die rosafarbene iPhone-Schale. Rasch bückte er sich, wollte die Grasbüschel zur Seite schieben, als eine Stimme scharf sagte: »Nicht anfassen, Moritz!«

Er hielt inne, leuchtete nach oben. »Freitag?«

Freitag hielt ihm Latexhandschuhe und einen Asservatenbeutel hin.

Ehrlinspiel nahm sie reflexartig. »Nein, ich fasse es nicht an, ich … Was, zum Teufel, machst du hier?« Jetzt erst begannen seine Beine zu zittern.

»Ich bin dein Freund.«

»Und Lilian und die Mädchen? Der Urlaub? Woher weißt du überhaupt …«

»Josianne. Sie hat mich auf der A 5 erwischt. Wollte wissen, ob Hanna mir oder Lilian gegenüber nächtliche Ausflugspläne erwähnt hat.«

Er starrte auf das iPhone. Sah es in Hannas schmaler Hand liegen, hörte ihre Stimme, die wie ein glucksender Bach klang, wenn sie lachte, und er sah ihren runden Rücken, den sie ihm in einer der letzten Nächte auffordernd zugedreht hatte, als sie merkte, dass er wach lag.

Er dachte an all die Opfer, die er schon gesehen hatte. Verstümmelt, missbraucht. Er war erleichtert, dass Freitag neben ihm stand – und froh, dass der in dem fahlen Licht sein Gesicht nicht genau sehen konnte.

»Hinwendungsorte von Miriam?« Freitag sprach völlig sachlich.
Der Kriminalhauptkommissar zog die Handschuhe an und hob das iPhone auf. Neulich hatte sie es ihm stolz vorgeführt, doch er hatte kaum auf die Bedienung geachtet. Er drückte auf die einzige Vertiefung in der Schale, das Display leuchtete auf – und er blickte in grüne Augen mit Lachfältchen unter zerzausten, sandfarbenen Haaren, sah einen schiefen, spöttischen Mund: sein eigenes Gesicht. Schnell entriegelte er das Telefon, atmete auf, dass kein Passwort gefordert war, und sprang zu den letztgewählten Nummern. *Kora 18:35 Uhr.* Der letzte angenommene Anruf war von ihm selbst, als er seine Verspätung angekündigt hatte. Es folgten vierzehn Anrufversuche von ihm. Im SMS-Speicher waren zwei ungelesene Nachrichten. Eine stammte von Kora: *Viel Spaß mit »deinem« Kommissar ;-) Schwebt auf Floccus-radiatus-Wolken, aber komm ja wieder nach Hause. Miss you, K.* Die zweite SMS war von einem Marcel Andermatt, offenbar ihr Auftraggeber aus der Schweiz, der sich nach dem Stand der Recherchen erkundigte und einen schönen Sonntag wünschte.
»Schickt die Spurensucher her«, wies Ehrlinspiel Josianne an. Wann war endlich der Mantrailer da?
»Wo würde Miriam hingehen?«, überlegte Freitag laut.
»Dorthin, wo die Pseudo-Mutter ist. Oder in die Kirche«, sagte Ehrlinspiel. »Aber dort waren wir schon. Komplett dicht und verriegelt. Außen herum auch nichts.«
»Das Zelt?« Freitag zeigte auf ein riesiges, rundes Zelt, das im Morgengrau lag wie ein massiger Tierleib.
»Dort schlafen Kinder. Irgend so ein Kirchenzeug. ›Ein Wochenende unter Gottes Himmel‹. Der Pfarrer und seine Frau sind dabei. Ich bin mit Josianne vorhin reingegangen, Tobias Müller war sofort wach und kam mit uns heraus. Er sagt, er

habe keine Ahnung, wo Miriam und Thea Roth stecken. Seine einzige Sorge war, dass die Kleinen nicht aufwachen.« Das Sprechen kostete Ehrlinspiel Mühe. »Hanna ist seit Stunden in der Gewalt dieser Irren. Sie hat sie sich *hier* gegriffen.« Wut erfüllte ihn, Fassungslosigkeit und eine Angst, die er zuletzt am Ufer des Baggersees gespürt hatte, als Peter dort gelegen und er vergeblich sein Herz massiert und ihn beatmet hatte.

»Josianne sagt, in den Aufzeichnungen steht, ›die Schlange sitzt in der Falle‹. Möglicherweise ist Hanna also gar nicht bei Miriam, sondern irgendwo eingesperrt.« Er schien zu überlegen. »Vielleicht weiß Miriam gar nicht, wo die falsche Mutter ist, und sucht nach ihr. Wir schicken auf jeden Fall eine Streife auf den Hauptfriedhof. Bei einer Schizophrenen weiß man nie, nach welchen Kriterien die handelt.«

»Danke, dass du da bist, Freitag. Ich … ich krieg's einfach nicht hin manchmal«, sagte er und dachte: Aber das mit Hanna hier, das muss ich hinkriegen.

Lichtkegel wanderten innen an der Zeltwand auf und ab, und Kinderstimmen wurden laut. Kurz darauf rannten kleine Gestalten heraus und tollten im anbrechenden Licht über die Wiese. »Fang mich, Max«, rief ein Junge, und ein zweiter schrie: »Kein Bock, renn doch allein in die Kirche.«

»Scheiße«, sagte Ehrlinspiel. »Sie zertrampeln alle Spuren.«

»Spuren? Wo heute Hunderte Menschen herumgetrampelt sind?« Freitag ging zum Zelt, Ehrlinspiel folgte ihm, das Geschrei wurde lauter, und immer mehr Kinder strömten heraus. »Sonne, Sonne, komme!«, sang ein Mädchen, bis Pfarrer Müller kam und die Schar mit einem deutlichen »Ruhe, ihr Rasselbande!« zum Schweigen brachte.

»Was machen Sie hier um Viertel vor sechs?«, fragte Freitag den Geistlichen.

Die Kinder traten neugierig näher. »Wer ist der Mann?«, fragte ein Junge mit Pferdeschwanz und Brille.
»Später, Sebastian.« Der Pfarrer legte dem Jungen die Hand auf die Schulter und lächelte: »Mein Sohn. Sieht man sicher.« Dann sagte er zu Freitag: »Wir begrüßen die Sonne. Anschließend frühstücken wir zusammen.«
»Hier?«
»In der Kirche.« Müller trug ein langes, helles Hemd, das bis über seine Oberschenkel reichte. »Haben Sie schon einmal das erste Sonnenlicht durch unsere Glasfenster fallen sehen? Es bricht sich in den roten und orangefarbenen Bildornamenten und malt eine Geschichte auf den Steinboden. Um Viertel nach sechs ist es so weit. Der Eltern-Kind-Gottesdienst beginnt um sechs.«
»Ich darf ein Sonnengedicht aufsagen«, erklärte Sebastian, doch Ehrlinspiel achtete nicht auf ihn: »Warum haben Sie uns das vorhin nicht gesagt?« Seine Wut gewann die Oberhand. »Wir suchen schließlich –«
Zahllose Kinderaugen sahen zu ihm auf.
»Bringen Sie die Kinder in die Kirche. Sofort.«
Müller wandte sich zum Zelteingang. »Michaela?«
Eine kräftige Frau mit kinnlangen Löckchen kam heraus, streifte die Männer mit einem Blick und nahm von Müller einen Schlüssel entgegen. Dann ging sie mit den Kindern davon.
»Was ist eigentlich los?«, fragte Müller, als sie hinter einer Hecke verschwunden waren.
»Sie wissen doch, dass Miriam verrückt ist, oder? Sie sind ihre Vertrauensperson. Das kann Ihnen ja kaum entgangen sein«, sagte Ehrlinspiel mit Nachdruck.
Müller senkte den Kopf. Sein Pferdeschwanz war sauber gebunden.

»Wenn Sie irgendetwas wissen, dann rate ich Ihnen –«
»Miriam ist ein verirrtes Schaf, sie –«
»Reden Sie keinen Blödsinn!« Am liebsten hätte Ehrlinspiel diesen Gutmenschen gepackt und geschüttelt, doch Freitag legte die Hand auf seinen Unterarm.
»Wo ist Miriam Roth, Herr Müller?«, sagte Freitag hart.
Müller blickte ihn stumm durch seine runden Brillengläser an. Schließlich sagte er leise: »Ich muss in die Kirche. Die Eltern warten sicher schon.« Er ging ein paar Schritte, dann drehte er sich um und sagte: »Ich wünschte, ich wüsste, wo sie ist. Beten Sie, Herr Ehrlinspiel. Auch wenn Sie Agnostiker sind. Vielleicht hilft es. Und« – er zögerte, und als er weitersprach, klang er gequält – »sie weiß von dem Gottesdienst. Er ist für Eltern und Kinder, aber vielleicht …« Er ging davon, ohne den Satz zu vollenden.
»Mist.« Ehrlinspiel stampfte, und Freitag presste kurz die Lippen aufeinander. »Moritz! Sie hat noch nie einen Gottesdienst verpasst …«
»Natürlich! Das Licht!«, rief Ehrlinspiel und eilte hinter dem Pfarrer her. Er hielt ihn am Arm fest. »Herr Müller.« Er senkte die Stimme und fixierte den Mann. Sie waren fast gleich groß und auf einer Augenhöhe. »Wenn Sie nicht nur *ein* Schäfchen retten wollen, dann hören Sie mir jetzt genau zu. Und wenn Sie ablehnen, dann gnade Ihnen Gott.«

## 44

Seine Finger waren kalt. Seine Schritte überstürzt. Hass wühlte in seinen Eingeweiden, kroch zwischen die Rippen. Straße für Straße hatte er abgesucht. Er war auf diesem Rasenstück gegenüber des Supermarktes gewesen. Auf dem Kinderspielplatz beim *Frischeparadies*. An der Straßenbahnhaltestelle *Technisches Rathaus*, wo sie manchmal in dem Häuschen am Bahnsteig 2 gesessen hatte. Erst mit Gärtner. Später allein. Keine Sonja. Keine Miriam. Nichts. Dabei war alles so gut gelaufen in den letzten Wochen.
Lautlos ging er über den Asphalt. Alles war still. Nur ein paar Vögel kreischten sich die verdammte Seele aus dem zerbrechlichen Leib. Seine Hand schloss sich fest um das Lederetui. Drückte zu.
Glockengeläut setzte ein. Verfluchter Lärm!
Erst waren die Bullen überall herumgelaufen, und er hatte sich in den Gärten verstecken müssen wie ein gemeiner Verbrecher. Er! *Ausgerechnet!* Natürlich hätte er sich zeigen können. Er war ein Gast in dieser Stadt. Hatte nichts verbrochen. Nichts zu verbergen. Doch sicher war sicher gewesen. Komplikationen brauchte er nicht.
Plötzlich waren alle Bullen abgezogen, die Straßen leer. Sein Lid hatte unentwegt gezuckt. Was, wenn sie sie geschnappt hatten? Wenn Sonja längst im Knast saß und er sie nie wieder in die Finger bekommen würde? In seine schlanken, präzisen Finger, die jeden Schnitt mit Bedacht setzten?
Er ging schneller, das beschissene Geläute wurde lauter.
In ein paar Minuten wäre er in der Wohnung. Würde am

Fenster stehen. Warten. Die Frauen konnten nicht spurlos verschwunden sein.

Als sie vor acht Monaten nicht von der Busreise zurückgekommen war, hatte er zuerst nichts unternommen. Doch dann hatte sie ihm gefehlt. Nein, nicht sie, seine Macht über sie. Dass er so war, erschreckte ihn schon lange nicht mehr. Im Gegenteil. Gelegentlich stimmte es ihn sogar euphorisch. Auch würde niemand je davon erfahren. Nach außen war er freundlich, kooperativ, der einfühlsame Chirurg, der die Seelen seiner Patienten kannte – in seinem Innern blieb er der Herr und Meister. Viele Menschen waren wie er. Aber er war perfekter.

Schließlich hatte er beim Reiseveranstalter angerufen. Sich nach der Route erkundigt, den Stationen. Als der Mann Freiburg angepriesen und gefragt hatte, ob er ihm ein Angebot schicken dürfe, hatte Paschek aufgelegt. Sonja war so naiv. Unternommen hatte er zunächst nichts.

Ein Mann mit Hund kam ihm entgegen. Eine blasse Silhouette im Dämmerlicht. Paschek nickte. Der Mann nickte, ging vorbei.

Dann war er zu der Konferenz gefahren. Daniel hatte von seinem Forschungssemester in Amerika gesprochen. Da wusste er genau, was zu tun war. Das Schicksal hatte ihm die Frau, die er in Freiburg kennengelernt hatte, wieder zugespielt. Das war das Geschenk seines Lebens gewesen. Samt Miriam. Miriams analytischer Verstand war das exakte Abbild seines Denkens. Er und sie hatten früher oder später aufeinandertreffen müssen. Das war ein Gesetz der Natur. Und seines präzisen Handwerks. Sie könnte so viel von ihm lernen. Er könnte es ihr zeigen. An ihrem eigenen Körper. Er, der Meister. Sie, die Assistentin.

Paschek bog in die Fehrenbachallee ein.

Da huschte wie aus dem Nichts Miriam aus einer Hofeinfahrt. Mit flatterndem Rock eilte sie vor ihm her. Sang ein Lied. Steuerte direkt auf die Kirche zu.
Fast hätte er gelacht. Miriam hatte sich versteckt. Genau wie er. Doch sie war allein. Da wusste er es: Sie würde ihn zu ihr führen.
Er ging hinter Miriam her, im Schutz der Hecken und Bäume, die die Straße säumten. Die Kirchenglocken läuteten ohrenbetäubend. Sie mussten sie magisch anziehen.
Vor der Kirche blieb sie abrupt stehen. Starrte den hässlichen Beton an und die schwere Tür und all die Leute, die hineinströmten. Kinder, Erwachsene.
Gottesdienst? Um diese Zeit? Paschek verharrte hinter einem schwarzen Wagen am Straßenrand.
Miriam faltete die Hände. Als ob beten helfen würde!
Als alle drinnen waren, ging auch sie hinein. Er hastete zur Tür, glitt hindurch, bevor sie sich scheppernd schloss.
Innen war es fast dunkel. Kopf an Kopf saßen sie in den Bankreihen. Die linke Front war aus bunten Fenstern zusammengesetzt, durch die aber kaum Licht drang. Vorn am Altar brannten Kerzen, in ihrem Schein stand ein Mann. Wahrscheinlich der Pfarrer, obwohl er keinen Talar trug, dafür eine Art Nachthemd. Lächerlich, dachte Paschek.
Vor ihm, im Gang, wie auf dem Weg zu ihrer Vermählung, ging Miriam nach vorn. Auf Höhe der vordersten Bankreihe blieb sie stehen, dröhnend setzte die Orgel über ihm ein. Miriam sank auf die Knie. Ihr Rücken krümmte sich in diesem faszinierenden Bogen. Ihre Wirbel schienen ihm zum Greifen nahe. Ein Tuscheln mischte sich unter die Musik, dann begannen alle zu singen.
Paschek sondierte die Lage. Im Halbdunkel konnte er niemanden erkennen. Doch er durfte nicht auffallen. Ein paar

Reihen weiter vorn war am Rand ein Platz frei. Er quetschte sich neben ein kleines Mädchen, lächelte ihm zu, doch es verbarg sein Gesicht sofort an der Schulter einer Frau. Paschek nahm ein Gesangbuch und hielt es dicht vor sein Gesicht.
Der Pfarrer sah auf Miriam hinab, Paschek konnte seine Augen im Licht der Kerzen hinter der Brille flackern sehen. In den Händen hielt er ein zugeschlagenes Buch mit einem Kreuz darauf. Seine Lippen und sein Adamsapfel bewegten sich, doch seine Schultern waren hochgezogen, nur minimal, und die Hände steif. Anspannungen erkannte Paschek mit einem Blick. Dann verstummten Orgelspiel und Gesang. Miriam blieb reglos knien.
»Liebe Kinder, liebe Eltern, von Herzen willkommen in unserer Kirche. Heute ist ein ganz besonderer Morgen...«
Während der Typ im Nachthemd die Begrüßungszeremonie durchführte, wurde es von Minute zu Minute heller. Pascheks Blick glitt über die Reihe vor ihm: drei Kinder, junge Frau, drei Kinder, grauhaarige Frau, Mann, Kind, Frau. Reihe davor: nichts Interessantes. Reihe drei: auch nichts. Weiter. Nichts. Keine Sonja. Keine Bullen. Sein Lid zuckte.
»... doch wer die Schlange eingesperrt hat, geht große Gefahr ein«, hörte er den Pfarrer sagen, »denn nur Gott ist Richter über Leben und Tod.«
Miriam erhob sich, und der Pfarrer zuckte fast unmerklich zurück. Es gefiel Paschek. Ein paar Kinder begannen zu lachen, und ein Junge rief nach vorn: »Was macht die Frau da, Papa? Kommt jetzt mein Gedicht?«
»Bald, Sebastian«, sagte der Pfarrer, und kurz erhob sich ein Raunen.
»Gott schickt uns das Licht und die Liebe«, fuhr der Pfarrer laut fort, »und er spricht zu uns: ›Ihr habt gehört, dass zu den Alten gesagt ist: Du sollst nicht töten. Wer aber tötet, der soll

des Gerichts schuldig sein.'« Der Pfarrer trat einen Schritt nach vorn zu Miriam, unsicher, die Schultern noch immer verkrampft. »Zeigen Sie uns den Weg, Miriam, überlassen Sie die Schlange Gottes Urteil, und Sie werden in sein Reich eingehen und Gnade finden.«
Miriam richtete sich kerzengerade auf, ihre Wirbel saßen exakt übereinander. »Fliehe vor der Sünde wie vor einer Schlange; denn so du ihr zu nahe kommst, sticht sie dich.« Sie reckte die Arme nach oben und rief: »Doch ich fürchte dich nicht, denn ich bin das Licht, und ihr seid die Finsternis!«
Paschek rührte sich nicht. Was sollte dieser Bibeldialog?
»Es ist nicht recht, Miriam«, sagte der Pfarrer. »Denn Jesus spricht: Stecke das Schwert an seinen Ort! Denn wer das Schwert nimmt, der soll durchs Schwert umkommen.« Er ging näher zu ihr, streckte eine Hand aus. »Ich möchte nicht, dass Sie umkommen. Ich will, dass Sie leben. Sagen Sie mir, wo die Schlange ist. Gott wird das Böse richten.«
»Mama, ich will nach Hause«, sagte ein Kind und begann zu weinen.
Miriam wich zurück, und im selben Moment brach wie Feuer die Sonne durch die Fensterfront.
Innerhalb von Sekunden stand Miriam in rotes und gelbes Licht getaucht.
Perfekt inszeniert, dachte Paschek, das musste man dem Pfaffen lassen. Lichtspiele. Beeindruckend.
Da krachte hinter ihm die Tür zu. Miriam und die anderen Gläubigen fuhren herum. Auch Paschek sah zum Eingang. Ein Kind. Zwei Erwachsene. Verspätete Kirchgänger. Er drehte sich wieder zu Miriam – und starrte in ein Paar aufgerissene Augen, die ihn mit ihrem Blau fixierten und auf ihn zurasten. Schon zerrte Miriam ihn an den Haaren. »Satan«, schrie sie, »du nimmst sie mir nicht!«

Er schnellte von der Bank hoch, packte ihre Unterarme. »Du irrst, Miriam. Ich bin nicht dein Feind.«
»Luzifer!« Sie riss sich los und hob die Arme vor ihr Gesicht, schrill hallte ihre Stimme durch das Kirchenschiff. »Satan!« Ihre Schulter rammte sich in seinen Bauch, doch Paschek stieß sie hart zu Boden. »Nicht *ich,* Miriam!«
Die nächsten Sekunden stürmten wie Blitzlichter auf ihn ein: Miriam vor ihm, der dunkle Steinboden, der in unzähligen bunten Lichtflächen glüht. Kindergeschrei, Leute, die aus den Bänken fliehen und sich an die Wände drücken. Miriams Worte, die sie ihm durch das Chaos entgegenschleudert: »Schwarze Brut! Gefallener!« Der herbeieilende Pfarrer, sein durchdringendes »Nein!«, die Hand, die er sich vor den Mund schlägt, seine Augen, die auf einen Punkt hinter Paschek gerichtet sind, und die Stimme in seinem Rücken: »Polizei, keine Bewegung«; er fährt herum, starrt in Sonjas Fratze, Geschrei, Sonjas angewinkelter Arm mit dem Messer, das auf ihn zukommt, und der Polizist, der Sonja packt, als die blitzende Klinge nur noch einen Millimeter von ihm entfernt sein kann. Wie der Mann die Pistole wieder einsteckt und ihr die Arme auf den Rücken dreht. Uniformierte, die Miriam auf die Beine zerren, und Hände, die hart nach ihm greifen. Das kühle Metall an seinen gefesselten Handgelenken.
In ihren grünen Augen stand blanker Hass. »Hallo, Sonja«, sagte er und hob einen Mundwinkel. »So kaltherzig kenne ich dich ja gar nicht.«

## 45

Ehrlinspiel ließ die Handschellen um die Gelenke der falschen Thea Roth zuschnappen. Freitag kümmerte sich um Paschek, Josianne und ein Kollege um Miriam. Ihr lautes Singen, fast schon Kreischen, mischte sich mit dem Weinen der Kinder, entsetztem Gemurmel und Schluchzen.
»Der Himmel lacht! Die Erde jubilieret; der Schöpfer lebt, der Höchste triumphieret! Mama, du hast deine Feinde erkannt, du hast gesehen, endlich verstanden!«
»Die Frau ist nicht Ihre Mutter«, sagte Ehrlinspiel barsch, doch Miriam Roth reagierte nicht und sang weiter, als sei sie mit der Fremden allein und nicht in der Gewalt der Polizei.
»Wo ist Hanna Brock?« Er betonte jede Silbe.
Wer die Fremde war, die offenbar Sonja hieß, würde er später klären.
»Aus meines Herzens Grunde, sag ich dir Lob und Dank«, stieg Miriams Stimme in das Kirchenschiff, »in dieser Morgenstunde, dazu mein Leben lang.«
Ehrlinspiel, der die Fremde von hinten an den Armen festhielt, brachte sein Gesicht dicht an ihr Ohr: »Fragen Sie Miriam, wo Hanna Brock ist! Los!«
Die Frau versteifte sich. »Miriam, Kind«, sagte sie nach kurzem Zögern, »weißt du, wo die Frau von der Polizei ist?«
»Kind!« Paschek spuckte der Frau vor die Füße. »Willst du dich den Herren nicht erst einmal vorstellen? Du bist doch sonst immer so höflich.« Seine Augen wurden schmal.
»Halten Sie den Mund«, fuhr Freitag Paschek an und nickte

zwei Kollegen zu. Sie übernahmen Paschek, der versuchte, sich aus ihrem Griff zu befreien, doch sie zerrten ihn zur Seite.

»Nehmen Sie Ihre dreckigen Hände weg! Ich habe niemandem etwas getan.«

»Niemandem etwas getan«, brach es voller Abscheu aus der Fremden heraus, während Miriams Stimme immer höhere Töne suchte. »Sieh mich doch an.« Sie hob den Kopf, und ihre Narben am Hals traten hervor. »Ich hätte dich töten sollen, Kurt Paschek! Töten!«

Paschek lachte metallisch auf. »Du willst deinen Ehemann töten?« Er schüttelte den Kopf. »Sonja, Sonja.«

»Sie sind seine Frau?« Die Puzzleteile begannen, sich in Ehrlinspiels Kopf zusammenzufügen.

»Erwünschter Tag«, jubilierte Miriam, »sei, Seele, wieder froh!«

Die Fremde fixierte Paschek, dessen Gesichtszüge reglos blieben. »Frau!«, sagte sie verächtlich. »Ich bin vertrauensselig gewesen und so blind, einen kranken Sadisten zu heiraten. Und viel zu lang viel zu feige! Ja, ich hätte dich töten sollen.«

Da hörte Miriam auf zu singen. »Mama«, sagte sie, »du hast das Licht gefunden.« Ein Strahlen ging über ihr ausgemergeltes Gesicht. »Wir werden sie alle töten. Niemand wird dich mehr täuschen, und niemand wird das Gift des Bösen in unser reines Blut mengen. Das Schwarz wird vergehen in ewiger Höllenqual.«

Ein Beben erfasste Sonja Paschek, und Ehrlinspiel lockerte seinen Griff.

Ihre Narben. Der Unfall, den nicht sie, sondern eine andere gehabt hatte. Kurt Paschek hatte ihr die Verletzungen zugefügt! Hatte sie sich unter einer fremden Identität vor ihm ver-

steckt? Unter seinem Griff ging Frau Paschek einen Schritt auf Miriam zu. »Wo ist die Polizistin, Kind?«
Miriam senkte leicht den Kopf und drehte die Augen nach oben. »Die Schlange sitzt fest. Sie tut uns nichts mehr.« Sie blickte von Ehrlinspiel zu Freitag, zu Paschek und zu Pfarrer Müller, der stumm dastand wie ein hilfloser Geist in seinem weißen Hemd. »Siehst du die Verschwörung, Mama? Die Schwingen des Bösen weben um uns, in ihren Federn strömt heißes Gift, nicht einmal vor dem Haus Gottes scheuen sie zurück.«
Um Ehrlinspiels Brust legte sich ein Stahlband. *Hanna!* Am liebsten hätte er jedes Wort aus Miriam herausgepresst. »Schluss jetzt mit dem Theater!«, fuhr er sie an und nickte zu ein paar uniformierten Kollegen. »Schafft die Kinder und Leute raus.«
»Bitte, Miriam«, sagte Sonja Paschek, »mach es nicht noch schlimmer. Du hast zwei Menschen getötet. Ich kann nicht länger wegsehen.«
Das Kirchenschiff erstrahlte in leuchtendem Rosarot, das Licht umspielte die blonden Haare der Frauen und verlieh ihren Gesichtern einen rotgoldenen Schimmer. »Bitte, liebe Miriam, sag uns, wo sie ist.«
»Kriechen wird sie im Sand und erleiden die ewigen Qualen des Infernos.«
»Es reicht!« Zorn und Verzweiflung erfassten Ehrlinspiel. Er musste mit der Irren allein reden. »Führt Sonja Paschek ab. Und ihren Mann auch.«
Polizisten brachten die beiden nach draußen. Als die Tür kurz aufging, sah Ehrlinspiel zwei blau-weiße Mannschafts- und einen Notarztwagen mit zuckendem Blaulicht vor der Kirche stehen. Gleichzeitig schrie Miriam auf, wand sich in den Griffen Josiannes, dann fiel die Tür der Kirche krachend

ins Schloss. »Nein, nehmt sie mir nicht, Mama, verlass mich nicht.«

Ehrlinspiel packte sie hart am Oberarm. »Sie werden Ihre Mutter nie wiedersehen, wenn Sie mir nicht sagen, wo Hanna ... wo die Schlange ist!«

»Mama weiß, dass Sie böse sind! Das Böse wird sterben!« Fast überschlug sich ihre Stimme, und im nächsten Moment war sie nur noch ein leises Zischen. »Sie alle sind böse!«

Tobias Müller streckte langsam seinen Arm aus, die Handfläche nach oben gewandt, als nähere er sich einem wilden Tier, das ihn erst beschnuppern musste. »Miriam, wir sind nicht böse.«

»Satan, Schlange.« Ihre Augen zuckten rasend schnell hin und her, blieben dann an Müller hängen. »Warum hast du mich verlassen, Heiliger, Jesus, Gott?«

»Ich bin ein Mensch, Miriam. Kein Satan, kein Heiliger und kein Gott. Aber ich bin für Sie da. Und auch Gott verlässt Sie nie. Doch Sie dürfen sein Gebot nicht brechen. ›Du sollst nicht töten.‹«

»Gott hat es befohlen. Ich bin das Licht und das Schwert. Und er sieht, dass es gut ist.«

»Nein, Miriam«, flüsterte Müller, »es ist nicht gut.« Dann fing er an zu weinen.

»Was haben Sie mit ihr gemacht?« Ehrlinspiel bohrte seine Finger tief in ihr Fleisch und dachte, jetzt zudrücken, immer fester, bis sie redet, und er sah seine Fingerknöchel weiß hervorstechen.

»Moritz.« Freitag berührte Ehrlinspiels Handgelenk. Er ließ Miriam los.

»Wir bringen Ihre Mutter in Sicherheit«, sagte Freitag zu der verrückten Frau. »Vor den Schlangen hier. Vor den Teufeln.«

»O nein«, flüsterte Miriam. »Ich lasse mich nicht täuschen!

Ich sehe eure Fratzen und höre euer hasserfülltes Krächzen, ich rieche den Gestank eurer verfaulenden Zungen und schmecke das Gift in der Luft.«
»Es ist ein böses Gift«, sagte Freitag. »Wir riechen es auch, es kriecht durch dieses Gotteshaus. Deswegen sind wir hier. Wir sind auf Ihrer Seite, Frau Roth.« Auffordernd nickte er zu Ehrlinspiel: Mach mit!
»Wir wollen die Schlange auch vernichten«, sagte der Hauptkommissar mit gesenkter Stimme. »Sagen Sie uns, wo das Nest ist. Wir beißen sie beiseite.« Hatte das nicht so in den Noten gestanden?
»Niemand außer mir beißt sie beiseite!« Sie spuckte die Wörter geradezu aus und wich einen Schritt zurück. »Nur ich bin das Licht. Gott weiß es. Nur Gott befiehlt mir mein Handeln.« Sie murmelte vor sich hin. »Ich höre ihn!« Dann lachte sie auf. »Ja, Herr.«
Ehrlinspiel sah sie an, ohne Hoffnung, einen Hinweis aus ihr herauszubekommen, sah ihr Haar, das über ihre Schultern floss wie Fäden hellroten Blutes. »Abführen!«, befahl er.
»Nein!«, sagte Müller. »Warten Sie.« Er stellte sich direkt vor Miriam. »Waren Sie gestern am späten Abend in der Kirche?«
»Brut«, zischte sie. »Gott hat Sie geschickt, um zu entscheiden.«
»Sie haben den Schlüssel!«, sagte Müller und schlug die Hände vors Gesicht.
»Was soll das heißen? Welchen Schlüssel?«, fuhr Ehrlinspiel den Pfarrer an.
»Gestern spät habe ich hier Sachen für den Gottesdienst gerichtet. Als ich vom Pfarrhaus herüberkam, war die Kirchentür nicht verschlossen. Ich habe gerufen, ob jemand da sei, aber es war alles dunkel und leise.«
»Wann war das?«

»Ich ... ich weiß es nicht, tut mir leid, aber auf jeden Fall nach zehn. Normalerweise schließe ich immer ab, doch im Trubel des Fests ... Ich dachte, ich hätte es einfach vergessen. Jetzt gerade fiel mir wieder etwas ein, vielleicht ...« In seinen Augen sammelten sich Tränen, doch seine Wangen blieben trocken.
»Was?«, herrschte Ehrlinspiel ihn an.
Müller nahm die Brille ab und wischte mit dem Ärmel über seine Augen. »Gestern früh konnte ich den Kirchenschlüssel nicht finden. Auf dem Fest verloren, dachte ich. Aber jetzt glaube ich, dass Miriam ... dass sie ...« Er blickte zu ihr, und Ehrlinspiel dachte, dass sich in seinen Augen Trauer spiegelte und auch Schuld. »Freitagnacht hat sie mich umarmt. Das hatte sie noch nie gemacht. Ich –«
Ehrlinspiel ließ seinen Blick durch die Kirche gleiten. Bänke, Seitentüren, Treppe zur Empore, Orgelpfeifen.
»Sie hat die Hände auf meine Hüften gelegt, sie hat mich betastet«, sagte Müller mit erstickter Stimme. »Sie muss den Schlüssel gesucht haben. Ich habe gestern Abend den Zweitschlüssel benutzt.«
»Und Sie haben«, fragte Ehrlinspiel viel zu aggressiv, »wieder abgeschlossen, nachdem Sie hier Ihre Sachen gerichtet hatten?«
»Natürlich.«
»Gibt es hier so etwas wie eine Katakombe? Einen Keller? Und würde der Schlüssel da passen?«
»Er passt überall. Es ist ein Generalschlüssel.« Er gab ihn ihm.
»Verdammt, was ist überall?«, schrie Ehrlinspiel, der den Gedanken an eine schwerverletzte Hanna nicht mehr ertrug.
Müller zeigte auf zwei Türen in einer getäfelten Holzwand. »Links geht es in den Heizungskeller. Rechts sind Klappstüh-

le und Regale mit Gesangbüchern, die wir oft brauchen.« Er deutete auf die Empore, wo Orgelpfeife an Orgelpfeife höhnisch auf die Gruppe herabzusehen schien. Ein Mann stand oben und blickte zu ihnen. »Unser Organist«, sagte Müller. »Oben ist noch ein kleiner Lagerraum, aber –«
Ehrlinspiel rannte los.

## 46

Als sie zu sich kam, war sie tot. Glocken klangen, der Engelschor trug sie hinweg, süßlich und sanft, und die Orgel schickte ihre Klänge bis zu der großen Wolke, auf der sie gebettet lag. Hanna hatte sich das Jenseits anders vorgestellt. Eigentlich hatte sie sich überhaupt noch nie ein Jenseits vorgestellt. Und wenn doch, dann mit einem gigantischen Saxofon-Orchester. Mit jubelnden Klängen, die das Firmament füllten. Und sie mittendrin. Und jetzt war es doch dieser Kitsch. Dieses klebrige Gesäusel leiser Stimmen, das sie schon zu Lebzeiten nicht hatte ausstehen können.
Wahrscheinlich hatte der Taxifahrer sie im falschen Himmel abgesetzt. Idiot! Ja, sie erinnerte sich. Fahrt. Handysuche. Das Taxi, das davongefahren war, und die Frau ohne Parfum, die wegrannte.
Der Choral verstummte, eine Stimme erhob sich dröhnend. Sicher Gott oder einer aus seinem Gefolge.

*Sie muss Moritz anrufen. Wegen der Frau. Sie weiß nicht, wo Paul und er gerade sind und was sie aufgescheucht hat beim Grillen. Sie sucht eine Telefonzelle. Rosa. Sie lacht. Dann kommt die Frau angerannt. Barfuß, das Haar strohig. »Mama ist weg«, ruft sie weinend, »sie muss sich verlaufen haben.« Sie sehen sich an. Es ist die Tochter der Kenzo-Frau. »Mama ist so verwirrt, bitte, Sie sind doch Polizistin! Helfen Sie mir.« Hanna überlegt. »Haben Sie ein Handy? Dann können wir meinen Kollegen anrufen und der –«*

*»Nein, bitte, sie hat Angst vor ihm. Sie kann nicht weit sein.«* Tränen kullern über ihre Wangen, ihr Gesicht glänzt im Mondlicht. *»Also gut«, sagt Hanna. Sie weiß ja, dass die Mutter verwirrt ist, und auch, wo sie hingelaufen ist. Richtung Park und Kirche. »Da entlang.« Sie gehen nebeneinanderher. »Mama ist in der Kirche«, sagt die Frau plötzlich und hält Hanna am Handgelenk fest. »Um diese Zeit?« Ihr Griff ist eisern, Hanna ist überrascht. »Mama ist so fromm, sie spielt gern Orgel und –« »Dann sehen Sie nach, ich warte hier«, sagt Hanna und denkt: Ich hole die Polizei. Da spürt sie das Messer. Die Frau zischt: »Du gehst in die Kirche«, und sticht sie in die Seite. Hanna schreit auf, Schmerz durchflutet sie. Sie stolpert durch die schwere Tür, innen ist es kühl. Die Frau schiebt sie die Treppe zur Empore hinauf, die Messerspitze bohrt sich in ihren Rücken. »Da rein«, befiehlt sie hinter der Orgel. Eine offene Tür. Dahinter Dunkelheit. »Das ist dein Grab und deine Ewigkeit in der Herrlichkeit Gottes.« Hanna zögert. Da hallen Rufe eines Mannes durch die Kirche: »Hallo? Ist da jemand?« – »Kein Wort«, zischt die Frau und stößt sie in die Kammer. Sie hat viel Kraft. Hanna fällt hart vornüber, dreht sich auf den Rücken. Sie sieht den Schatten, das Messer, sie weicht aus, ihre Seite brennt wie Feuer. Dann verschwindet der letzte Fetzen Licht, der von außen in die Kammer gesickert ist.*

Die Stimme endete. Ihr war warm, sie war satt und empfand weder Durst noch Schmerz. Vorbei. Es war gar nicht der Taxifahrer gewesen. Es war diese Frau. Hanna wollte lachen, sie hatte alles durcheinandergebracht. Die Frau hatte sie in den Himmel geschickt. Aber in die falsche Abteilung. Blöde Kuh.

Jetzt würde sie in alle Ewigkeit diesen Kitsch ertragen müssen. Doch es erklang kein neuer Kitsch. Sie hörte Geschrei. Schritte. Getrampel. Zur Hölle, dachte sie, nicht einmal hier oben hat man seine Ruhe. Sie würde sich bei dem alten Rauschebart beschweren.
Dann krachte etwas gegen die Wand, und sie hörte Moritz' Stimme. Da bekam sie Sehnsucht nach der Erde. Nach Kora, nach der Alster und den Cafés in Hamburg, nach der Sonne und verrückten Wolken und dem, was sie war und liebte.

# 47

Freitag, 20. August

Ehrlinspiel parkte vor dem Bauernhaus und schlug den Kofferraum zu. Kora griff resolut nach Hannas Reisetasche, die Ehrlinspiel nach ihrer Einlieferung ins Krankenhaus gepackt hatte. Es war kurz vor elf Uhr, die Sonne stand hoch am Himmel, und Ehrlinspiel atmete den Duft seiner Kindheit auf dem Land ein. Gras, Kuhstall, Äpfel. Noch immer war der Morgen vor fast einer Woche präsent – und er war durcheinander, wenn er daran dachte, wie er auf die Empore der Kirche gerannt war. Wie er die Tür neben der Orgel aufgeschlossen hatte, wo der Saxofonkoffer lag – daneben ein blutiges Küchenmesser. Wie die Hitze in der Kammer ihm wie eine Wand entgegenschlug und ihm den Atem nahm. Er tastete nach dem Lichtschalter, drückte darauf – sah Hanna leblos auf dem Boden liegen, und sein Herz stand für eine Sekunde still. Ihr Kopf war seltsam verdreht, ein weißes Tuch schlang sich um ihre Hüfte, an einer Seite blutdurchtränkt. Er kniete sich neben sie, wagte nur ihre Hand anzufassen, weil ihr Hals verletzt schien. Ihre Finger glühten, waren feucht, und er wollte daran glauben, dass sie mit so einem warmen Körper nicht tot sein konnte. Doch die beiden heißen Heizkörper sagten ihm, dass auch ein toter Mensch hier nicht auskühlen würde.
Sekunden später schickte der Notarzt ihn aus dem kleinen Raum hinaus. Kurz danach traf der Mantrailer ein, und als die Sanitäter die Trage rumpelnd in den Krankenwagen schoben

und die Tür hinter Hanna schlossen, war Ehrlinspiel auf eine unerfindliche Art zufrieden gewesen, dass er und nicht der Hund sie gefunden hatte – auch wenn es letzten Endes kein großes Kunststück mehr gewesen war.
Jetzt öffnete er die Beifahrertür seines Wagens. Er half Hanna heraus, und beim Anblick ihrer beigen Halskrause dachte er, dass die nicht das Einzige war, was sie in nächster Zeit an Freiburg erinnern würde. »Gab's die nicht in Rosa?«, fragte er in dem Versuch, seine Unsicherheit in einen Scherz zu packen.
Hanna lächelte, doch aus ihren dunklen Augen sprachen Kummer und Schmerz, und Ehrlinspiel wusste nicht, ob sie körperlicher oder seelischer Art waren. »Sie sieht immerhin aus wie das Fell von Bentley und Bugatti. Das sollte dir doch gefallen!«
Er musste lachen, und einen Moment sah er sie mit skeptisch geschürzten Lippen auf seinem Sofa sitzen und Bentley streicheln, der ihr vertrauensselig auf den Schoß gesprungen war und sich dort zusammengerollt hatte. Bugatti hatte den Eindringling in sein Reich nie näher an sich herangelassen als zum Beschnuppern der ausgestreckten Hand. Er brauchte wohl noch Zeit. Oder hätte sie gebraucht, dachte Ehrlinspiel.
Kora trat neben die beiden. Sie war fast so groß wie Ehrlinspiel und gebaut wie eine Athletin. Ihr Haar fiel in honigfarbenen Locken bis auf ihren Hintern. »Danke, Moritz«, sagte sie, »fürs Abholen, fürs Besuchen – und dass du mich gleich verständigt hast.«
»Du bist Hannas Nummer eins.«
»Aber nicht ihr Kommissar.« Kora grinste Hanna zu. Ehrlinspiel hatte Kora erzählt, dass er ihre SMS gelesen hatte. *Viel Spaß mit »deinem« Kommissar ;-) Schwebt auf Floccus-radiatus-Wolken, aber komm ja wieder nach Hause. Miss you, K.*

Weitere Nachrichten hatte er nicht gelesen, und was die Freundinnen in den langen Stunden an Hannas Krankenbett geredet hatten, wollte er lieber auch nicht wissen.
Als habe Hanna seine Gedanken erahnt, sagte sie: »Du kannst nichts für meine Katastrophen, Moritz. Ich bin einfach ... zu neugierig. Und mir fehlt so etwas wie ein Angst-Gen.«
Kora schulterte die Reisetasche und zeigte zu dem kleinen Fenster hinauf, in dem ein Blumenstrauß stand. »Ich mach schon mal Kaffee. Du auch einen, Moritz?«
Er verneinte. Er hatte noch etwas zu erledigen.
»Okay dann.« Kora küsste ihn auf die Wange und drückte kurz seine Hand, so als wolle sie ihm signalisieren: nur nicht den Mut verlieren. »Wir sehen uns!« Dann stieg sie die Außentreppe zu Hannas Ferienwohnung hinauf.
Auf Hannas dunkelbraunem Haar glitzerte die Sonne. Sie war ein wenig schmaler im Gesicht geworden, und ihre ohnehin helle Haut war noch blasser. »Ich habe erst Angst bekommen, als ich dachte, dass ich tatsächlich sterbe.«
»Sie hat genau gewusst, dass du viel Blut verlieren und die extreme Hitze einen Kreislaufschock verursachen würde.«
»Aber sie konnte nicht wissen, dass ich auch noch stürze und mir den Halswirbel verletze.« Sie verstummte. Fragte nicht nach Miriam und ihrer falschen Mutter. Sie hatte sich auch nicht nach ihnen erkundigt, als er sie jeden Tag besucht hatte.
»Hast du etwas von Pauls Familie gehört?«, fragte sie schließlich.
»Sie kommen Ende nächster Woche zurück. Lilian fragt jeden Tag nach dir. Ich werde ihr wohl deine Handynummer geben.«
»Nein, bitte.« Sie nahm seine Hand.
»Warum nicht? Sie mag dich. Und Freitag mag dich auch.«
Freitag war nach den Ereignissen in der Kirche mit einer

Abendmaschine zu seiner Familie nach Dänemark geflogen – nachdem Hanna außer Lebensgefahr gewesen war. Bis der Arzt Ehrlinspiel das mitteilte, wich Freitag nicht von seiner Seite. Als sie sich danach vor der Klinik verabschiedeten, sagte Freitag: »Pass gut auf sie auf. Sie ist eine, die Raum lässt und Raum in sich trägt. Bei ihr wirst du immer ein Plätzchen finden.« – »Wie bei Lilian«, erwiderte er – und sagte es dann endlich: »Es tut mir leid, Freitag! Du bist der beste Freund, den ich mir denken kann.« Freitag setzte seine Spitzbubenmiene auf: »Stets zu Diensten, Meister.« Dann hatte er Ehrlinspiel auf die Brust getippt. »Hab ich dich eigentlich schon gefragt, ob du unsern Garten gießen könntest?«
Jetzt drückte Hanna seine Hand. »Lass mir Zeit. Ich möchte ... ich werde nicht gern bemitleidet.«
»Du möchtest nicht schwach scheinen.« Er strich ihr eine Haarsträhne hinter das Ohr, doch sie war so seidig und glatt, dass sie ihr sofort wieder ins Gesicht fiel. »Die starke Hanna Brock. Immer auf der Überholspur, immer selbstbewusst.«
»Vielleicht.«
»Man kann nicht alles allein durchstehen, Hanna. Man darf auch einmal schwach sein.«
»Aber nicht bei Fremden.«
»Freitag und Lilian sind nicht fremd, sie sind –«
»Deine Freunde. Ich weiß.«
Ehrlinspiel legte die Hände auf ihre Schultern, schob sie auf Armlänge von sich weg und sah ihr in die Augen. »Sie bemitleiden dich nicht. Sie fühlen mit dir. Das ist ein Unterschied.«
»Und du?«
»Ich habe dich jeden Tag besucht! Ich habe an deinem Bett gesessen. Ich habe ...« Gelitten, dachte er, jede Minute Angst um dich gehabt. Ich habe gemerkt, dass du mir ans Herz gewachsen bist, und habe mich nicht mehr nur nach deinen

Brüsten und dem Sex mit dir gesehnt, sondern auch nach deinen breiten Hüften und dem krummen Zeh und nach deinem pikierten Blick, wenn die Kater über den Frühstückstisch stolzieren. Ich liebe deine Nähe und deine Zielstrebigkeit. Und deine Verletzlichkeit. »Also«, vollendete er seine Antwort, »ich habe Kichererbsen gekauft.« Noch als er sprach, kam er sich vor wie ein kleiner Junge, der nicht sagen konnte, was er wirklich wollte: Dass sie hierblieb. Dass sie morgens mit ihm ihren Espresso teilte und abends mit ihm auf der Dachterrasse über die Dächer blickte und ein Glas Rotwein trank oder im Winter Zimttee. Ich bin verrückt, dachte er. Ich kenne sie doch kaum.
»Kichererbsen.« Sie lächelte. »Sehr mitfühlend. In der Tat.«
Er nahm seine Hände von ihren Schultern. »Sie sind von Idris.«
»Dieses Muszeug?« Hanna klang amüsiert, zumindest glaubte er das, und er freute sich darüber.
»Und Auberginenscheiben. Ich muss nur noch den Rosinenreis dazu machen.«
Sie sah die Straße zwischen den Bauernhöfen entlang, auf die steinerne Viehtränke, über die rote und gelbe Blumen wucherten, auf den Apfelbaum daneben. Sie blickte die weinberankte Fassade hinauf, zum Fenster ihrer Wohnung. »Kora wird heute aber nicht mehr abreisen.«
»Es sind drei Portionen.«
»Schuft.« Sie lachte kurz und wurde dann still. »Ich werde mit Kora nach Hamburg zurückfahren.«
Ehrlinspiel war zumute, als sei es plötzlich Winter. »Wann?«
»Am Sonntag. Übermorgen.«
Er nickte. Was hatte er erwartet? Dass sie in ihrem Zustand noch zwei Wochen durch die Pampa stapfen und recherchieren würde, lächeln und so tun, als wäre nichts passiert? Es ist

in Ordnung, sagte er sich. Sie lebt schließlich in Hamburg. Kora kann sich dort um sie kümmern, bis sie ganz gesund ist. Sie vertrauen einander. Hanna hat gerade erst eine neue Wohnung angemietet. Sie ist ein Großstadtkind. »Und dein neuer Wanderführer? Kaiserstuhl und Markgräflerland?«
»Muss warten.«
Ehrlinspiel räusperte sich. In der Dachrinne trappelte ein Vogel, und raschelnd fielen Blätter herab.
»Heute Abend? Hier?« Sie berührte seine Hand, und er glaubte, dass sie jeden Gedanken, seine Enttäuschung, spürte.
»Habt ihr Reis da?«
Sie nickte. »Du kannst mich jederzeit besuchen, Moritz.«
*Bei ihr kannst du immer ein Plätzchen finden.* »Ja«, sagte er. Seine Stimme klang heiser.

Mit einer Papiertragetasche in der Hand eilte er möglichst leise die Treppen hinunter und auf die Haustür zu. Vergeblich.
»Pssst, Herr Kommissar.«
Er drehte sich um und lächelte gezwungen. Der süßliche Geruch kroch aus dem Türspalt. »Frau Zenker! Hallo!«
Die Filzmaus schnüffelte demonstrativ und laut hörbar. »Gibt's etwas Neues? Also ich meine: War sie es? Stimmt es, was in der Zeitung steht?« Sie tippte mit dem Zeigefinger gegen ihre Stirn. »Wissen Sie, die ist mir ja schon immer komisch vorgekommen. Aber warum ist die Mutter nicht mehr da? Ist die auch …?« Sie tippte erneut gegen ihre Stirn und öffnete die Tür ein kleines bisschen weiter, bis die Sicherheitskette straff spannte. »Es geht mich ja nichts an, Herr Kommissar, aber die Mutter … Die war ja auch total komisch, und ich –«
»Die Damen sind ausgezogen.« Er wandte sich zum Gehen. Die Erklärung aus dem Umfeld von Tätern, dass der oder die

»schon immer komisch« war ... Er wusste nicht, wie oft er das schon gehört hatte. Und jedes Mal dachte er: Die Leute brauchen eine Rechtfertigung für ihre eigene Ignoranz. Oder sie wollen sich wichtigmachen.

Die Zeitungen hatten ausführlich berichtet. *Irre läuft Amok, Doppelmord und Doppelmutter* oder *Schizophrene tötet auf Gottes Geheiß,* titelten die Medien. Mr. Hair, dem knoblauchfahnenbewehrten Gelhaar-Journalisten, war es tatsächlich gelungen, ein Foto von Miriam aufzutreiben, das seither tagtäglich die Titelseiten zierte. Geschichten über Schizophrenie waren zu lesen, Stellungnahmen von Psychiatern, die sich lang und breit über multifaktorielle Ursachen und Symptome der Krankheit ausließen: genetische Disposition, zerebrale Schädigungen und psychosoziale Faktoren. Wahnhafte Personenverkennung und Beziehungswahn wurden Miriam attestiert, die Schreiberlinge spekulierten über Halluzinationen und um imperative und dialogisierende Stimmen, die Miriam hörte und Gott und Johann Sebastian Bach zuschrieb.

In der Kirche hatte es genügend Zeugen gegeben, die das Geschehen nur zu gern schilderten. Auch ehemalige Nachbarn und das Personal des Pflegeheims von Thea Roth hatten sich zu Stellungnahmen bereit erklärt und hatten von Miriams Wahn erzählt, überwacht und beobachtet zu werden, Opfer einer Verschwörung zu sein, in die sie nach und nach jeden Menschen verwickelt sah und deren Anhänger ihr die Mutter rauben wollten.

Dass die Vermutungen der Presse fast alle richtig waren, hatten weder Ehrlinspiel noch der Pressesprecher bestätigt. Auch die Sache mit Sonja Paschek wurde lang und breit durch die Nachrichten gejagt. Sie wurde als Verbrecherin beschrieben, die sich bei einer Kranken – die nun plötzlich als Opfer bedauert und nicht mehr als Täterin abgestempelt wurde – eingeschlichen hatte, um mit falschen Papieren auf deren Kosten zu leben und nebenher einen niederträchtigen Mord an ihrem Ehemann zu planen. Natürlich gab es auch kritische Stimmen, die Sonja Pascheks Handeln hinterfragten. Dieser Punkt blieb deshalb im geschützten Raum, weil der Pressesprecher Sonja Pascheks wirkliche Identität und die Tatsache, dass sie jahrelang Opfer schrecklichster Misshandlungen durch den Ehemann gewesen war, zurückgehalten hatte. Zu ihrem Schutz. Im Grunde aber spiegelte das Medienchaos den Zwiespalt, in dem auch Ehrlinspiel und seine Kollegen steckten: Wer war Opfer, wer Täter? Wo verlief die Grenze zwischen Schuld und Unschuld?

»Ausgezogen?«, flüsterte Britta Zenker jetzt und schielte das Treppenhaus hoch. »Dann sind sie also beide … im Gefängnis!«

Ehrlinspiel hob die Hand zum Abschied, doch sie nestelte bereits an der Sicherheitskette, und schon stand sie in ihrem geblümten Polyacrylkittel neben ihm und hielt ihn am Unterarm fest. »Sie dürfen nicht gehen!«

»Bitte!«, sagte er eindringlich und sah auf ihre Hand hinunter, die aussah wie gebrauchtes Butterbrotpapier und sich auch genauso anfühlte.

Doch ihr Griff wurde fester. »Sie können mich doch nicht allein lassen mit diesem« – sie senkte die Stimme –, »diesem Terroristen da oben!«

»Frau Zenker, Atiq Nazemi ist kein Terrorist.« Er dachte an Freitags Drohungen dem Klatschweib gegenüber: *bis zu zwei Jahre Gefängnis wegen Verleumdung und übler Nachrede,* und musste ein Grinsen unterdrücken. »Und wenn Sie das noch ein einziges Mal behaupten, dann fahren Sie ein!«

Augenblicklich zog sie ihre Hand zurück. Ihr Mund klappte auf und zu. »Einfahren?«

Er beugte sich zu ihr hinunter und flüsterte: »Knast. Da sind Sie sicher vor ihm.«
Sie schlug die Hand vor den Mund und murmelte: »Wenn das mein Mann noch erlebt hätte, Gott hab ihn selig«, und dann kullerte eine Träne über ihre Wange.
»Frau Zenker«, beeilte er sich zu erklären, »es besteht keine Gefahr für Sie. Machen Sie sich keine Sorgen.«
»Können Sie nicht wenigstens Herrn Franz … Er ist doch ein starker Mann und kann …« Sie sah ihn flehend an. »Ich habe auch zufällig gerade einen Kuchen gebacken.«
»Polizeihauptmeister Franz ist leider nicht mehr im Dienst bei uns.« Leider für dich, zum Glück für uns, dachte er. Stefan Franz musste sich einem Disziplinarverfahren wegen grober Verletzung der Dienstpflicht stellen. Eine Abmahnung war bereits auf seinem Tisch gelandet. Ihm drohte die Versetzung in die Registratur, eventuell im Polizeiposten Löffingen oder Titisee-Neustadt. Die Kollegen dort beneidete Ehrlinspiel nicht. Außerdem musste Franz mit einer Gehaltskürzung und Degradierung rechnen. Seinem Heldenstatus bei Zenker wäre das kaum zuträglich.
»Ich wusste es!« Sie strahlte und sagte dann versonnen: »Herr Polizeidirektor Stefan Franz. Das klingt prima, finden Sie nicht? So ein Mann muss ja Karriere machen!« Sie legte den Kopf schief, der Haarturm saß wie immer unbeweglich. »Wo arbeitet er denn jetzt?«
Noch bevor der verdutzte Hauptkommissar etwas erwidern konnte, griff sie erneut nach seinem Unterarm. »Darauf müssen wir einen Kaffee trinken! Polizeidirektor Stefan Franz!« Sie seufzte. »Es ist eine Schwarzwälder Kirschtorte mit extra viel« – sie hob die freie Hand zum Mund, tat, als trinke sie etwas, und zwinkerte –, »Sie wissen schon: Kirschwasser.«

Ehrlinspiel stöhnte leise auf. »Es tut mir wirklich unendlich leid, Frau Zenker, aber –«
»Jaja, Sie sind ein vielbeschäftigter Mann, ich weiß. Und der Herr Polizeidirektor Franz auch. Immer im Dienst für unser Volk. Ich verstehe das. Aber dann müssen Sie unbedingt Kuchen mitnehmen. Ich packe Ihnen etwas ein für den feschen Kollegen. Und für Sie natürlich auch.« Sie trippelte in ihre Wohnung, und Ehrlinspiel rief ihr nach: »Das ist wirklich nicht nötig, Frau Zenker, wir –«
»Keine Widerrede!« Ihre piepsende Stimme vermischte sich mit dem Aroma von Raumerfrischer und zuckriger Süße.

# 48

»Das wäre aber nicht nötig gewesen.« Sonja Paschek bot Ehrlinspiel einen Stuhl an.
»Sie nehmen mir die Worte aus dem Mund.« Er stellte den Kuchenteller auf den gelben Tisch. Von den Stücken floss weiße, klebrige Flüssigkeit, der Rest der Sahne, die Zenker noch daraufgetürmt hatte und die sich trotz Klimaanlage im Wagen ihren Weg bis auf den Beifahrersitz gesucht hatte. Zenkers Vermächtnis, hatte der Kriminalhauptkommissar gedacht und mit einem Taschentuch die Bescherung noch verschlimmert. »Selbstgemacht«, grinste er. »Von Britta Zenker.«
Sonja fuhr sich durch das Haar. »Sie wird sich nie ändern.« Es war jetzt hellbraun und kurzgeschnitten. Sie musste seinen Blick bemerkt haben, denn sie sagte: »Gefärbt im Originalton. Jetzt bin ich wieder ich.«
»Nicht ganz.« Er schob den Kuchen beiseite, hob die Tragetasche auf den Tisch und entnahm ihr einen Flakon *Kenzo Amour*.
Sie nahm ihn in die Hand wie einen Schatz. »Danke.«
»Ich habe alles mitgebracht, um was Sie mich gebeten haben.« Er stellte die beiden Tonengel aus Miriams Küche vor sich und legte das Buch mit den Schauspielerinnen-Porträts daneben. Dann sah er sich kurz um. Er kannte das Apartment mit der kleinen Terrasse und dem integrierten Küchenbereich, in dem sie jetzt saßen, gut. Es war sauber und hell, praktisch eingerichtet mit einem IKEA-Bett, einem blau-weiß gestreiften Sofa und zwei ebensolchen Sesseln. Der Besitzer war ein Bekannter, und es lag in Horben, nur ein paar Straßen von

Ehrlinspiels Schwester Leah entfernt. Schon mehrfach hatten sie es für die vorübergehende Unterbringung von Opfern genutzt. Jetzt hatte Sonja Paschek es gemietet, zunächst für ein halbes Jahr. Ehrlinspiel selbst hatte ihr geraten, nicht in Miriams Wohnung zu bleiben, um vor ihrem Ehemann sicher zu sein. Zwar war sie nicht nur Opfer, doch welcher Straftatbestände sie sich würde verantworten müssen, war noch nicht geklärt.
»Wie geht es Ihrer Kollegin?«
Ehrlinspiel brauchte einen Moment, um zu verstehen, dass sie Hanna meinte. »Sie wird wieder.« Nach einer Pause fügte er hinzu: »Sie war nur vorübergehend hier im Einsatz.«
»Und Gabriele Hofmann?«
Ehrlinspiel strich mit den Fingerspitzen über den Flügel eines Engels. Er ähnelte dem Blatt einer krummen, fleischigen Pflanze. »Heute früh habe ich sie besucht. Ich hatte ohnehin in der Klinik zu tun. Doktor Wittke war bei ihr.«
Aus Hofmanns massigem Körper waren Schläuche geragt, am Bett hingen Urin- und andere Beutel. Wittkes eckige Hand wirkte seltsam grotesk auf Hofmanns dicken Fingern. Die Arzthelferin schlief, und so gingen sie kurz vor die Tür. »Ich mache mir die größten Vorwürfe. Ich hätte viel früher mit ihr sprechen sollen«, sagte er leise und nickte ein paar Krankenschwestern zu, die im Flur vorbeieilten. »Ich bin Mediziner! Ich muss doch helfen!« – »Wird sie es schaffen?«, fragte Ehrlinspiel. Wittke blickte zu Boden. »Ich weiß es nicht. Niemand weiß es. Sie haben sie aus dem künstlichen Koma geholt, aber ...« Dann sah er Ehrlinspiel direkt an, und wieder dachte der Hauptkommissar, dass seine Augen fast rechteckig waren und sein Gesicht wie ein gemeißelter Kubus aussah. »Es ist paradox, Herr Ehrlinspiel. Ihr Fettgewebe hat verhindert, dass das Messer ein lebenswichtiges Organ tödlich ver-

letzt hat. Und jetzt gefährden die Probleme, die Übergewicht und Alkoholismus hervorgerufen haben, ihre Genesung. Hoher Blutdruck, Fettleber, beginnende Diabetes.«
»Sie schwebt noch immer in Lebensgefahr«, sagte Ehrlinspiel zu Sonja Paschek.
»Vielleicht besuche ich sie. Sie würde sich freuen.« Sie stellte das Parfum zur Seite. Wirkte nachdenklich. »Wie geht es weiter?«
»Sie kennen Ihre Auflagen: einmal pro Woche bei der Polizei melden. Die Stadt nicht verlassen, nicht ohne Mitteilung an uns. Bis die Ermittlungen abgeschlossen und eventuelle Strafverfahren beendet sind.«
Sie nickte. Nach ihrer vorläufigen Festnahme hatten Kripo und Staatsanwaltschaft abgewogen: Zwar würde gegen die Frau wegen Strafvereitelung, Nichtanzeigen geplanter Straftaten und Urkundenfälschung ermittelt, auch wenn sie keine Dokumente im eigentlichen Sinne gefälscht, mit diesen aber gelebt hatte. So sah es das Strafgesetzbuch vor. Allerdings waren das weder Kapitalverbrechen, noch hatte sie eine hohe Strafe zu erwarten, erst recht keinen längeren Freiheitsentzug. Die Fluchtgefahr schätzten Lorena Stein und Ehrlinspiel als nicht vorhanden ein. Und so hatte er sie an den Vermieter des Apartments vermittelt.
»Sie erhalten keine Vergünstigungen im Strafmaß«, sagte Ehrlinspiel. »Sie sind nicht verwandt mit Miriam. Sie haben sie wissentlich gedeckt. Eventuell werden die Misshandlungen durch Ihren Mann zu Ihren Gunsten angerechnet.«
Sie nahm einen der Engel in die Hand, drehte ihn in den Fingern. »Ich weiß nicht, ob ich sie gedeckt habe.«
Ehrlinspiel hob die Augenbrauen. Wollte sie ihm etwa schon wieder mit der Amnesie-Nummer kommen? »Sie haben gewusst, dass sie zwei Morde begangen hat.«

»Sie ist krank. Ich war nicht sicher, ob sie ... Menschen getötet hat. Erst nachdem Hilde Wimmer tot war, habe ich es ernsthaft in Erwägung gezogen. Sie war in der Nacht draußen. Ich bin aufgewacht, als sie zurückkam. Die Haustür schlug zu, und ihre Schritte kamen durch den Flur. Vor meiner Tür blieb sie stehen. Bald darauf ging draußen der Trubel los. Polizei und so.«

»Und Sie haben sie nicht gefragt, was sie mitten in der Nacht draußen zu suchen hatte?«

»Sie hat mir Schlafmittel in den Tee getan – aber ich habe ihn nicht getrunken. Sie sollte das nicht merken. Sie war besorgt. Sie ... sie hat mich wirklich für ihre Mutter gehalten und gedacht, ich sei von dem Unfall so schwach und könne mich als Folge davon an nichts erinnern und –«

»Und Sie haben das trotz Ihres schrecklichen Verdachts weiter ausgenutzt und die kranke Mama gespielt – denn Sie hatten ein prima Versteck bei ihr gefunden.«

Sie schloss die Hände fest um den Engel. »Ja.«

Es war so, wie Freitag und er es vermutet hatten. Eine retrograde, generalisierte Amnesie – die also den kompletten Zeitraum vor dem Unfall und sämtliche Lebensinhalte umfasste –, bei der der Patient aber gleichzeitig die kognitiven Fähigkeiten behielt, sprich, über sich und andere nachdenken, planen, Wünsche äußern konnte, gab es nicht. Das wusste Ehrlinspiel inzwischen. Auch dass jemand nach knapp zwei Jahren Wachkoma so schnell wieder so fit war ... In Einzelfällen hatten Patienten den Weg zurück in das frühere Leben geschafft. Aber erst nach sieben bis acht Jahren Reha. Miriam jedoch hatte all das in ihrem Wahn nicht gemerkt. Für sie war Sonja Paschek ihre Mutter. Das war ihre Realität gewesen. Und war es noch.

»Sie hat mich geliebt, Herr Ehrlinspiel. Verstehen Sie? So, wie mich nie jemand geliebt hat.«

Sie hat ihre Mutter geliebt, dachte er, sagte aber nichts.
»Ich wollte einfach nicht glauben, dass sie Böses tut. Also wollte ich glauben, dass jemand anders es war. Erst sagte ich mir: Kurt Paschek hat dich gefunden. Er tötet Menschen in deinem Umfeld, um dir Angst einzujagen. So, wie er dir immer Angst eingejagt hat – nur jetzt auf einer neuen Ebene. Dann habe ich mich an die Hoffnung geklammert, es sei Miriams Vater, von dem sie immer nur vage Andeutungen gemacht hat. Ich habe nicht geglaubt, dass er tot ist. Als Sie mir das sagten, war auch diese Hoffnung dahin. Also kam ich auf Kurt Paschek als Täter zurück.«
»Sie haben gedacht, er wollte die Konkurrenz aus dem Weg räumen, nicht wahr? Martin Gärtner.« Er musterte ihre leicht gewölbte Stirn, die Fältchen in den Augenwinkeln. Er hätte ihr eine glückliche zweite Lebenshälfte gegönnt.
»Martin Gärtner.« Ihre Augen schimmerten wie zwei Topase, und nicht zum ersten Mal dachte er, dass ihr Blick so intensiv war wie Miriams, beinahe beängstigend. »Mit ihm ist meine Zukunft gestorben. Alles wäre gutgegangen. Wir wollten weggehen. Irgendwohin ins Ausland.«
»Sie waren ein Paar?«
»Ich habe ihn kurz nach meinem ... Einzug kennengelernt.« Ihr Blick glitt zu der geöffneten Terrassentür, von wo sich ein abgezäuntes Wiesenstück bis zu einer Reihe Bäume zog, darüber der Himmel in einem hellen Blau. Entferntes Kinderlachen und Vogelgezwitscher drang zu ihnen. Es duftete nach Wald. »Ich habe sofort gesehen, dass er auf der Flucht ist. Dass er mehr in sich trägt als die üblichen Alltagsprobleme. Dass da ein Leid war, das sich nur denjenigen offenbaren konnte, die selbst tiefes Leid in sich tragen und bereit sind, hinzusehen und zuzuhören. Umgekehrt war es wohl genauso. Von einem Moment auf den andern hatten wir beide einen

Menschen gefunden, dem wir uns nach Jahren anvertrauen konnten. Er hat mir von der kleinen Charlotte erzählt. Wie er mit dem Lastwagen durch den Regen gefahren ist und die Scheibenwischer geknackt haben, wie er den Song der Rolling Stones gesungen hat.«
»I'm free to sing my song knowing it's out of trend«, stimmte Ehrlinspiel an.
»Ja, genau.« Sie lachte, und in ihrem Lachen lag eine Wehmut, die den Hauptkommissar anrührte. »Martin hat erzählt, wie sie aus der Einfahrt gerannt ist, von dem dumpfen Aufprall und dem Knacken. Wie ihr Schulranzen in den Himmel geflogen ist, rot und wie ein Vogel. Und wie seine Welt stehengeblieben ist.«
»Und Sie haben ihm von Kurt Paschek erzählt.«
»Wir haben uns ein paar Mal getroffen und geredet, einfach nur erzählt. Es war gut. Meistens sind wir im Park gegenüber vom *Frischeparadies* gewesen oder haben uns auf die Bank hinter der Kirche gesetzt. Manchmal auch ins Wartehäuschen *Technisches Rathaus.* Wir wollten nicht, dass im Haus … Sie kennen ja Frau Zenker. Bei der bleibt alles kleben und fließt dann in sämtliche Klatsch- und Tratschspalten.« Sie deutete auf den Kuchen, und fast hätte Ehrlinspiel laut gelacht.
»Herr Gärtner hat gewusst, dass Sie nicht Miriams Mutter sind.«
»Ich habe ihm vertraut.«
»Und er hat sich in Sie verliebt.« Lachs. Sekt.
»Ich glaube, ja.«
»Und Sie?«
Sie biss sich auf die Unterlippe. »Nein. Ich war … ich mochte ihn mehr als alle Menschen, die ich kannte. Er tat mir gut. Aber Liebe? So mir nichts, dir nichts nach fast dreißig Jahren Hölle? Dazu das ganze Chaos und mein falsches Leben … Es

ist so grotesk. Ich war im Grunde das, was ich immer hatte sein wollen: eine kostümierte Frau in der Rolle einer anderen. Nur, dass ich nicht auf der Bühne stand.« Nach einer kleinen Pause sagte sie: »Vielleicht hätte ich ihn irgendwann geliebt, ja. Wahrscheinlich.«
»Sie waren an seinem Todestag verabredet. Was wollten Sie feiern?«
»Feiern? Nichts. Er wollte mir seinen Plan darlegen. Ich war erst ein Mal in der Wohnung.« Ihre Augen suchten seine. »In dem Punkt habe ich Sie nicht belogen.«
»Herr Gärtner hatte Sekt und Lachs gekauft an dem Tag.«
»Sekt und Lachs? Martin?« Sie lächelte. »Dann hat er es auf jeden Fall geschafft. Er hat sich befreit.« Sie wurde ernst. »Wenigstens das.«
Ja, dachte Ehrlinspiel. Doch das, was ihn ins Leben zurückgeholt hat, hat gleichzeitig seinen Tod bedeutet: nämlich du! Weil Miriam alle getötet hat, um die du dich bemüht hast. Und du hast das zumindest später geahnt und nichts gesagt.
»Sie hatten einen Wohnungsschlüssel von Martin Gärtner.« Lukas Felber hatte ihn in Sonja Pascheks Schlafzimmer hinter Büchern entdeckt.
Sie nickte. »›Für alle Fälle‹, hat Martin gesagt. Ich habe ihn nie benutzt.«
»Aber Miriam. Als sie das Nussöl in seine Milch gegeben hat.«
»An dem Morgen war sie völlig außer sich. Es war ein ganz normaler Tag. Wir haben gefrühstückt. Sie wollte wissen, was ich vorhabe, und dabei hat sie um sich geblickt, als jage der Teufel sie. Ich habe es nicht verstanden. Ich habe Milch in meinen Kaffee gegeben und erzählt, dass ich lesen und am Abend mit unserem Nachbarn ein wenig reden wolle. Da ist sie aufgesprungen. ›Das ist das Böse‹, hat sie gerufen. ›Ich weiß es. Es ist ein Zeichen!‹«

»Woher hat sie von seiner Nussallergie gewusst?«
»Ich selbst hatte es ihr erzählt«, sagte Sonja Paschek mit belegter Stimme.
»Sie hätten Hilfe holen müssen. Wir hätten Sie auch vor Kurt Paschek beschützt.«
»Hätten Sie das?« Sie klang skeptisch. »Wissen Sie, ich habe immer noch gehofft, dass wenigstens der Mordversuch an Gabriele Hofmann auf ein anderes Konto ging. Ich war hin- und hergerissen. Wollte nicht glauben, dass Miriam ... obwohl doch so vieles gegen sie gesprochen hat. Als Frau Hofmann bei uns geklingelt hat, da ist sie fast ausgerastet. Ich selbst wollte mit Frau Hofmann ja auch nichts zu tun haben. Es war ... Sie hat mich an all das erinnert, vor dem ich geflüchtet bin. Sie hat gewirkt wie ...« Sie sah Ehrlinspiel an. »Sie kommt aus einer Gewaltbeziehung, oder?«
»Ich weiß es nicht«, sagte er wahrheitsgemäß.
»Miriam muss an diesem Tag den Brief von Kurt Paschek gefunden haben. Sie hat etwas von Drohung gezischt und dass er mich nicht kriegt, dass ich nur ihr gehöre, dann wurde sie laut und hat etwas von Spitzeln geschrien, die er an die Tür schickt.«
Sie machte eine lange Pause, und Ehrlinspiel lauschte auf die Vögel, die sangen, als sei die Welt ein glückliches, harmonisches Rund ohne dunkle Ecken und Abgründe. Schließlich fuhr sie fort: »Ich habe Frau Hofmann nicht ertragen. Ich wollte nicht hören, was sie mir wahrscheinlich erzählt hätte. Dieser Harald ... Der war in meiner Vorstellung so einer wie Kurt Paschek.«
»Verstehe.«
»Was wollte sie von mir? Warum kam sie?«
»Der Einsamkeit entkommen? Ich hoffe, dass wir sie das bald fragen können.«

»Ich habe Frau Hofmann noch die Treppen hinabgehen hören. Sie hat gekeucht. Später ist Miriam hinausgegangen. Sie hätte die Gelegenheit gehabt, sicher, aber dennoch ... Ich habe sie mit der Zeit auch liebgewonnen. So verrückt sich das anhören mag.«
Egoismus, Angst und die Sehnsucht nach Geborgenheit.
»Als ich dann den Brief von Kurt Paschek fand, habe ich überhaupt nichts mehr verstanden. ›*Ich beobachte Dich. Ich bin direkt bei dir. Gegenüber. Bald machen wir uns einen schönen Abend. Nur Du und ich, Thea, wie früher. Du gehörst doch mir! Und du wirst mein bleiben!*‹, stand da. Und das ›Thea‹ war dick unterstrichen. Er hatte mich gefunden und alles durchschaut. Ich wusste nur eines: Er durfte mich niemals in die Finger bekommen. Also bin ich abgehauen.«
»Und das Messer? Sie werden erklären müssen, dass es kein geplanter Mordversuch war.«
»Angst. Nackte Angst.«
»Trotzdem haben Sie Ihre Flucht abgebrochen und sind in die Kirche gekommen.«
»Ja.« Sie ging zu einem Regal, in dem Konservendosen und Geschirr standen, nahm zwei Gläser heraus und aus einer Getränkekiste eine Flasche Mineralwasser. »Wissen Sie, wie das ist, immer nur in Angst zu leben? Schmerzen zu ertragen und die Drohung, getötet zu werden, wenn man sich auflehnt oder sich andern anvertraut? Ich habe ganz genau gewusst, dass er mich nie gehen lassen würde.« Sie kam an den Tisch zurück und schenkte ein. »Am Anfang war er die Güte selbst, unser Leben war im Gleichgewicht. Und plötzlich ging das los, als habe sich etwas verschoben in ihm. Als dränge kalte Wut aus ihm hervor, eine lang angestaute Lust, zu quälen.« Sie setzte sich. »Wir haben uns hier in Freiburg kennengelernt. Er war ein frisch approbierter Mediziner, ich

habe mich mit Jobs im Theater durchgeschlagen und davon geträumt, eines Tages selbst auf der Bühne zu stehen. Ich hatte schon Privatstunden genommen. Kurt Paschek hat einen der Regisseure gekannt, bei dem war eine Party ...« Sie schlug das Porträtbuch auf und schob es ihm hin. »Marie Trintignant.«

Ehrlinspiel sah das Foto an. Große dunkle Augen, Ponyfrisur, ein warmes Lachen. »Das passiert immer nur anderen«, sagte er.

»Sie kennen den Film? Der Titel könnte auch auf mein Leben passen.« Sie legte eine Hand auf das Bild. »Marie ist mit einundvierzig Jahren von ihrem Freund erschlagen worden. Ich wollte nicht, dass mir Ähnliches widerfährt.«

»Deswegen haben Sie sich endlich gewehrt?«

»Bis zu unserer Hochzeit hat er mich mit Geschenken überschüttet. Ein Sohn steinreicher Bremer Eltern. Charmant, zärtlich, großzügig. Er hatte dieses Lachen und diese feinen, sanften Hände. Und ich war jung und voller Vertrauen in die Liebe.« Sie lächelte kurz, als könne die Erinnerung an das Glück ihre Wunden heilen. »Morgens hat er mir Orangensaft ausgepresst, ist dann zur Arbeit in die Uniklinik, kam mit Blumen nach Hause und hat mich in elegante Restaurants geführt. Viele haben mich beneidet. Aber in ihm hat schon das Dunkle gehaust. Eines Abends hat er mich mit einem Küchenmesser in die Hand geschnitten, als er Kräuter zerkleinert hat. Nur leicht, nur ein paar Tropfen Blut. ›Ich stelle mir gerade vor, wie du auf meinem OP-Tisch liegst‹, hat er gesagt und weiter mit dem Thymian und den Kartoffeln hantiert, als sei das völlig normal. Ich war total schockiert. Ein paar Wochen später ist es wieder passiert. Dieses Mal an der Wange. Ich habe ihn angeschrien. Da hat er tiefer geschnitten. Eine schnelle, gezielte Bewegung. ›Ab heute nimmst du keinen

Schauspielunterricht mehr. Mit dem Gesicht hast du sowieso keine Chance.‹«

Sie klappte das Buch zu, fasste es nur mit den Fingerspitzen an, als befürchte sie, ihm weh zu tun. »Seit dem Tag habe ich das Unheil gerochen in unserem Haus. Er hat mir gedroht. Bilder gezeigt von Unfallopfern. Gelächelt hat er dabei, als betrachte er Urlaubsfotos. Und wissen Sie, was mir am meisten Angst gemacht hat? Nicht die Drohungen. Nicht die Bilder. Es war sein Augenlid. Es hat gezuckt. Immer kurz bevor es aus ihm herausgebrochen ist.«

Ehrlinspiel trank einen Schluck Wasser. Sie nennt ihn immer mit Vor- und Nachnamen, dachte er. Wie um Distanz zu schaffen.

»Sobald Kurt Paschek morgens aus dem Haus war, habe ich Pläne geschmiedet. Fluchtpläne.« Sie sah ihn an. »Mordpläne. Aber die waren so weit weg … Es war eine innere Flucht, mehr nicht. Dann hat er die Klinik in Bremen übernommen und dort diesen kleinen OP-Raum eingerichtet.« Sie schloss die Augen, schüttelte den Kopf. »Darin durfte nur er operieren. Chefsache, sozusagen. ›Du musst keine Angst haben, mein Schatz, du wirst nichts spüren.‹ Aber das stimmte nicht. Er hat nur meine Muskeln gelähmt, nicht die Nerven, bevor er … bevor …« Sie öffnete die Augen. »Es waren die kleinen Dinge, mit denen ich dieses Leben überstanden habe: ein Rotkehlchen, das ans Fenster kam, ein gutes Buch, ein Sonnenstrahl, der auf den Tisch fiel, wenn ich weinend dasaß und tot sein wollte.«

Ehrlinspiel schluckte. Er wusste nicht, ob er die Details erfahren wollte. Typen wie Kurt Paschek waren ihm zutiefst zuwider, und auch wenn er an das Gute in jedem Menschen glaubte: Paschek gehörte zu denen, die seine Überzeugung mehr und mehr ins Wanken brachten.

Er fragte sie, ob sie etwas über die Geschichte ihres Mannes wisse. Ob er eventuell selbst misshandelt worden war.
Sie wusste es nicht. Seine Mutter war gestorben, als er zehn war, sein Vater sei ein guter Mensch, so wie sie ihn kenne. Sie hatte Jahre damit verbracht, nach dem zu fragen, was ihn trieb. Eine Antwort hatte sie nicht gefunden. »Aber um auf die Nacht zurückzukommen: Ich bin draußen umhergelaufen. Wollte weg, doch ich wusste nicht, wohin. Weg, weg, weg, das war das Einzige, was in meinem Kopf gehämmert hat. Dann habe ich Ihre Kollegin getroffen und dachte: Jetzt haben sie mich durchschaut.«
Hanna. Sie hatte nur ihr Handy gesucht.
»Also bin ich gerannt, bis mir übel war und mir die Sinnlosigkeit meines ganzen Tuns bewusst wurde. Ich konnte doch nicht bis an mein Lebensende nur in Furcht leben! Ich habe an Miriam gedacht. Wusste nicht, wo sie war, aber mir war klar, dass Kurt Paschek sie suchen würde, um herauszufinden, wo ich bin. Und dass er sie ... Ich dachte, er würde sie genauso quälen. Da bin ich so wütend geworden wie noch nie in meinem Leben. In dem Moment, ja, da wollte ich ihn töten. Verstehen Sie?«
Der Hauptkommissar verstand. Er war fest davon überzeugt, dass auch er in einer Extremsituation töten könnte. »Sie sollten das besser für sich behalten, Frau Paschek. Wenn die Oberstaatsanwältin oder ein Richter das hört ...«
»Aber es war so. Und ich war sicher, dass Miriam zu diesem Gottesdienst auftauchen würde. Folglich würde Kurt Paschek auch dort auftauchen. Also bin ich umgekehrt. Ich wollte dem allem ein Ende setzen. Endlich frei sein. Endlich Friede haben. Ich habe mich durch die Gärten geschlagen, es war ja alles voller Polizei, und mich im Pfarrhaus versteckt. Müller und seine Frau waren ja in diesem Zelt. Und ich hatte

einen Schlüssel zum Pfarrhaus, weil ich in die Küche musste wegen dem Waffelteig.«

Was in Miriam in der Zeit vorgegangen war, wussten sie nicht. Fest stand, dass sie währenddessen Hanna eingesperrt und dann zu Hause ihre Tat aufgeschrieben hatte. Ein Glück im Unglück. Dann war sie wieder hinausgegangen, vermutlich, um die Mutter zu suchen. Das Polizeiaufgebot hatte sie wohl erschreckt, und sie hatte sich vor den vermeintlichen Verschwörern versteckt. Ehrlinspiels Plan aber war aufgegangen: Er hatte Müller instruiert und die Suchtrupps angewiesen, sich zurückzuziehen, damit sie – so sollte sie glauben – unbeobachtet in die Kirche kommen konnte. »Dass Sie Kurt Paschek angegriffen haben, muss Miriam in allem bestätigt haben, was für sie Realität war.«

»Sie dachte, ich hätte endlich alles begriffen. Das Komplott. Gottes Befehle. Die Notwendigkeit, zu töten.«

»Sie hat sich in einem hoch akuten psychotischen Zustand befunden.«

»Wo ... wo ist Kurt Paschek jetzt?« Leise, langsam, als habe sie bisher nicht gewagt, diese Frage zu stellen.

»Er ist in Bremen. Er arbeitet. Operiert.« Er zuckte die Schultern. »Wir haben mit den dortigen Kollegen Kontakt aufgenommen. Sie erhalten Kopien unserer Ermittlungsakten und kümmern sich bereits um ihn.« Weil Paschek schwerer Misshandlungen beschuldigt war, hatte die Freiburger Kripo – um eventuelle Beweismittel zu sichern – die Wohnung von Professor Daniel von Eckenfels durchsucht. Auf Pascheks Laptop hatten sie Hunderte von Bildern gefunden: Miriam in Martin Gärtners Wohnung, Haushaltshandschuhe an. Miriam, die nach Hilde Wimmer tritt. Auch Ehrlinspiel selbst war auf den Fotos, Freitag, ihr gesamtes Team, Sonja und Hanna. Alles fein säuberlich sortiert nach Tag, Stunde, Minu-

te. Eine vollständige Dokumentation der Morde in der Draisstraße – fotografiert mit einem Hightech-Teleskop. Hitchcock lebte. Er musste Hanna heute Abend davon berichten. Falls sich die Gelegenheit bot. Die Bremer Kollegen hatten dagegen nichts gefunden. Weder lagen offene Tatbestände noch Anzeigen vor, nicht einmal einen Strafzettel hatte er sich in den letzten Jahren eingehandelt. »Er hat Sie über Wochen beobachtet. Warum hat er so lange gewartet, bis er eingreifen wollte?« Auch Kurt Paschek würde sich dafür verantworten müssen, sein Wissen über die Verbrechen verschwiegen zu haben.
Sie schüttelte den Kopf. »Perverse Lust an der Macht? Stille Freude daran, dass andere töten?«
»Möglich.«
»Er wird sich rächen! Eines Tages. Wenn er mich findet. Er kann es nicht ertragen, keine Macht auszuüben über sein ... Eigentum.«
Mit einem Seitenblick streifte er ihren Hals und ihr Dekolleté. »Ich habe ein Annäherungsverbot erwirkt. Es gilt seit heute Morgen. Kurt Paschek darf Ihnen nicht näher als hundert Meter kommen. Er weiß nicht, wo Sie derzeit wohnen. Bei der Meldebehörde haben wir eine Auskunftssperre verhängt, darüber kann er Sie also nicht finden.«
Sie nickte, aber als sie sprach, verrieten ihre angespannten Wangenmuskeln, dass sie alles andere als beruhigt war. »Ich habe immer gedacht, so etwas gibt es nur in Amerika oder in schlechten Filmen. Aber hier? Und in meinem Leben?«
»Warum sind Sie nicht früher geflohen?«
»Ich habe es zweimal versucht. Er hat mich jedes Mal gefunden. Einmal bei einer Freundin. Einmal in einem Hotel. Er war freundlich. ›Da bist du ja, mein Schatz, komm doch nach Hause, wir haben es doch so schön zusammen, ich hab dir

Blumen mitgebracht, und heute Abend sind wir zum Dinner bei Lutz und Heike.‹ Er hat meine Hand genommen, und danach war alles für Wochen wie am Anfang. Ich habe gehofft, es bleibe so. Bis zu dem Morgen, an dem er mich über die Kaffeetasse hinweg angesehen und sein Lid gezuckt hat. ›Wir sollten etwas für deinen Hals tun, Schatz. Die hässlichen Narben gefallen mir gar nicht. Komm doch mit in die Klinik, ich kümmere mich darum.‹ Er hat sich eine Zigarette angezündet und mir den Rauch ins Gesicht geblasen, und ich habe mich keinen Millimeter bewegt.« Sie verstummte, blickte auf ihre Hände.

»Was hat Ihnen den Mut gegeben, ein drittes Mal zu fliehen?«
»Es war keine Flucht. Es war Fügung, oder wie immer Sie es nennen wollen. In irgendeiner Zeitung habe ich von einer Busreise gelesen. Weihnachtsmärkte im Elsass und in Freiburg, elfter bis dreizehnter Dezember. Da hat mich die Sehnsucht gepackt. Kennen Sie das? Dieses Bedürfnis nach Friede, Harmonie, nach heiler Welt, das Elend ein paar Tage zurücklassen. Ich hab ihm den Artikel gezeigt und gespielt lieb gesagt: ›Lass uns da hinfahren, Kurt, Freiburg, das ist doch unsere Stadt.‹ Mein Plan hat funktioniert. Er hat mein Kinn angehoben: ›Ich habe Wochenenddienst, das weißt du doch. Aber weil du am Vierzehnten Geburtstag hast, darfst du allein fahren. Und wenn du zurück bist, dann machen wir zwei uns einen besonders schönen Tag. Nur wir beide.‹ Also bin ich gefahren. Ich wollte nicht abhauen. Ich hatte viel zu viel Angst. Während der gesamten Fahrt habe ich aus dem Fenster gestarrt, in den Schneeregen, den der Sturm über die Bäume und Straßen peitschte. In Freiburg hat es geregnet, als wir angekommen sind. Ich bin ausgestiegen, wollte mich nicht der Gruppe anschließen, ich kannte mich ja aus. Also bin ich durch die Stadt gelaufen, auf der Suche nach dem Haus, in

dem damals die Party war und wo ich mich in ... in dieses Schwein verliebt habe. Ich wollte nachdenken, habe kurz an Flucht gedacht, den Gedanken sofort verworfen, bin gerannt, stehen geblieben, habe gezittert in der Kälte und war wahrscheinlich im Fieber der Erinnerungen.«

Sie erhob sich und stellte sich in die geöffnete Terrassentür.

»Und da stand sie plötzlich vor mir. Klitschnass, dünn und in Sommerkleidern. ›Du bist wieder hier‹, hat sie gesagt. Ich war verwirrt. Ich kannte die Frau ja nicht. ›Ich bring dich nach Hause.‹ Sie hat gelächelt. ›Keiner verfolgt dich mehr, ich habe eine neue Wohnung. Es geht dir bald wieder gut.‹« Sonja Paschek drehte sich zu Ehrlinspiel. »*Geh mit*, hat die Verzweiflung in mir gesagt, *das ist deine Chance*. Und die Vernunft hat dagegengehalten: *Fahr zurück, da stimmt etwas nicht.* Es muss eine Ewigkeit vergangen sein, in der ich da im Regen gestanden habe und Miriam mich angelächelt hat. Ich bin zu keiner Entscheidung gelangt. Dann hat sie sich bei mir untergehakt, und ich bin mitgegangen.«

»Es war an der Stelle, wo ihre Mutter den Unfall hatte.«

Sie atmete tief ein und aus. »Ja. In der Nähe des botanischen Gartens in der Habsburgerstraße.«

»Verstehe.« Ehrlinspiel ging zu ihr. Links zogen sich bewaldete Hügel in das immer schmaler werdende Tal hinunter. Sie endeten dort, wo sich die Landschaft öffnete und der östliche Teil von Freiburg sich auszubreiten begann.

»In den Tagen darauf hat sie auf mich eingeredet. Immer ›Mama‹ zu mir gesagt. Hat mir von dem Fahrradunfall erzählt, von dem Wachkoma und dass ich zuerst im Krankenhaus war und dann im Pflegeheim. Ich habe geschwiegen, was hätte ich auch sagen sollen? Sie war liebevoll. Und alles war da: Papiere, Kleidung, ein Bett. Meine Narben, die sie dem Unfall zuschrieb. Genauso wie sie mein Schweigen auf eine

Amnesie zurückführte.« Sie lachte auf. »Sie hat pausenlos von früher berichtet und mir Bilder gezeigt. Sie lag mir zu Füßen, die neue Identität.«

»Aber Sie wussten, dass sie schizophren ist? Und dass sie nicht in Behandlung war?« Sonja Paschek war fast dreißig Jahre mit einem Arzt verheiratet, da hatten sie sicherlich auch über psychische Krankheiten gesprochen.

»Nicht sofort. Erst war sie einfach komisch. Die Bilder, die Engel, die Beterei. Aber dass sie Stimmen hört ... das habe ich erst später bemerkt. Am Tag, an dem ... Martin gestorben ist. Dann kam das mit diesen Abhöranlagen in der Klinik und den schwarzen Engeln, die sich um das Haus sammeln. Da war es mir klar. Ich hatte Bücher gelesen, psychiatrische Fachbücher, als das mit Kurt Paschek so schlimm wurde und ich vergeblich nach Antworten darauf gesucht habe, was mit ihm los ist. Ich dachte, ich könne etwas tun, ihm helfen.« Hastig drehte sie sich zu Ehrlinspiel. »Sagen Sie nichts, bitte. Ich weiß. Misshandelte Frauen, die dem Mann helfen wollen, anstatt sich zu trennen und ihn anzuzeigen ... Sie müssen es nicht verstehen.«

»Ich sage nichts«, sagte er lächelnd und dachte: Ich verstehe es wirklich nicht. Eine Weile standen sie stumm da, bis er sagte: »Miriam hatte keine schöne Kindheit. Tobias Müller hat von ihrem Vater berichtet.«

»Völlige Gleichgültigkeit, als existierten seine Frau und Tochter nicht. Ich habe die Tagebücher von Ulrich Roth gefunden. Er war auch psychotisch, aber in Behandlung. Ich habe allerdings nur ein paar Zeilen überflogen.«

»Mhm.« Auch er hatte sie gelesen. Nicht geliebt werden, dachte er, ist auch eine Form der Misshandlung. Und dazu eine, gegen die man sich nicht einmal wehren kann. Nur strampeln, betteln, lieb mich doch, ich bin doch dein Kind,

schau mich wenigstens an, schenk mir einen Seitenblick, ich bin doch so klein ...
»Schizophrenie kann man erben. Und das soziale Umfeld ist wichtig.«
Der Kriminalhauptkommissar nickte.
»Miriam hat denkbar schlechte Vorbedingungen gehabt. Die Mutter trauerte während der Schwangerschaft um ihre Eltern. Es gab Komplikationen bei Miriams Geburt. Steißlage, schließlich Kaiserschnitt. Der Vater, sein späteres Verschwinden, der totale Bezug zur Mutter. Glaubt man den Fachbüchern, so denke ich, dass die Sache mit Thea, also das Koma, und dass Miriam Job, soziale Kontakte und Geld verloren hat, zum endgültigen Ausbruch geführt hat. Die Ursache war es nicht.«
Er gab ihr recht.
»Sie hat nicht einmal verstanden, dass die Mutter tot war. Es war ausgeschlossen für sie.«
»Sie leidet unter einem Beziehungswahn«, sagte Ehrlinspiel. Aber das wollte Sonja Paschek sicher nicht hören. Vielleicht brauchte sie nach allem, was geschehen war, die Illusion, dass wenigstens Miriams Liebe ihr geblieben war.
Ein Radfahrer rauschte vorbei, den Weg Richtung Stadt hinab. Morgen, dachte Ehrlinspiel, morgen packe ich meine Kamera ein und gehe auf Tour. Nur der Sommer und ich.
»Miriam ist kein schlechter Mensch.«
»Aber eine Mörderin.«
»Sie ist im Zentrum für Psychiatrie in Emmendingen. Das sagte die Oberstaatsanwältin mir.«
Er nickte. Psychisch kranke Straftäter wurden in Baden-Württemberg entweder dort oder im Justizvollzugskrankenhaus Hohenasperg untergebracht. Lorena hatte die Unterbringung in Emmendingen veranlasst. Schuldfähig war Miriam

nicht. Ehrlinspiel wurde jedes Mal von einem Schauder erfasst, wenn er geschlossene psychiatrische Anstalten betrat. Doch die parkähnliche Anlage nördlich von Freiburg mit den alten Gebäuden war ihm sympathischer als die dicken Festungsmauern und -gräben von Hohenasperg, das auf einer Anhöhe bei Ludwigsburg thronte. Was mit Miriam geschehen würde und was Sonja Paschek erwarten konnte, würde die Oberstaatsanwältin entscheiden. Er war froh, dass er diese Urteile nicht fällen musste.
»So viele Menschen mussten wegen mir sterben.«
»Es ist … komplex.« Er konnte ihr die Schuld nicht nehmen. Vor allem nicht die moralische. Also sagte er: »Für den Tod anderer verantwortlich zu sein, das ist schwer. Auch wenn man nichts hätte verhindern können. Gärtner hat mit dem Tod Charlottes gekämpft. Sie kämpfen mit seinem Tod. Und mit Frau Wimmers. Sie werden Ihre Art des Umgangs damit finden.«
»Die unbehausten Seelen. Irrgärten. Wir haben einander gebraucht, Miriam und ich. Beide haben wir Schuld auf uns geladen.« Sie blickte ihn offen an. »Ich werde die Verantwortung übernehmen.«
Er ging zur Tür. Sie gaben sich die Hand.
Als er den schweren Wagen die Serpentinen ins Tal hinunterlenkte, fühlte er sich frei. Er würde den Nachmittag nutzen. Milchlamm und Erbsen kaufen für das neue Bentley-und-Bugatti-Rezept. Seinen Vater anrufen. Und Freitags Garten gießen.

### Eineinhalb Jahre später. Dezember

*Ich weiß, was ich getan habe.*
*Die Unruhe hat sich gelegt. Ich bin nicht mehr verwirrt, und die Dunklen sind aus meinem Leben gewichen. Sie geben mir Neuroleptika. Und manchmal, wenn ich nicht schlafen kann, diese kleinen glatten Tabletten. Sie reden viel mit mir, erklären mir alles in stundenlanger Psychotherapie. Über meinen Wahnsinn und warum ich kooperieren muss. Sie machen mir Mut. Wenn ich meine Medikamente nehme und weiter solche Fortschritte mache, kann ich in eine offene Abteilung kommen. Sie sagen auch, dass ein Prozent aller Menschen ein Mal im Leben an Schizophrenie erkrankt. Und dass mehr als dreißig Prozent davon gesund werden. Meine Chancen stehen schlechter. Weil ich so lange nicht in Behandlung war. Ich soll Vertrauen haben. Mich öffnen.*
*Ich muss lachen.*
*Gestern war wieder soziales Training. Der dritte Therapiepfeiler. Wir haben Strohsterne gebastelt und Bilder aus Transparentpapier, das wir vor die vergitterten Fenster geklebt haben. Es gibt auch einen Chor. Aber ich singe nicht mit. Es ist Frevel, sogar »Ihr Kinderlein kommet« klingt wie ein teuflisches Geplärr und Geleier aus den Mündern von uns Verrückten. Aber es ist wichtig, unsere Sinne zu reizen, sagen die Ärzte, und soziale Fähigkeiten zu trainieren. Alles ist perfekt geplant. Und alles wirkt: Arznei, Psychotherapie, Soziotherapie.*
*Und das ist die Hölle!*
*Das ist Schuld und Wissen, dass es nie Gnade für mich geben wird, keine Erlösung. Ich bin nicht ich selbst, wenn ich klar bin.*

*Von draußen leuchtet schwach das Licht auf meinen Tisch. Es mischt sich mit dem Flackern der Kerze. Die darf ich haben. Ich darf auch in meine Notenbücher schreiben. Das Licht kommt von der riesigen Tanne vor dem Haupthaus, die jemand mit unzähligen Lichtern geschmückt hat. Die Tanne ragt bis in den Himmel, leuchtet bis zu Gott. Für ihn trage ich einen Sommerrock und eine helle Seidenbluse. Alles soll leicht sein. Luftig wie der Äther.*

*Vielleicht kommt morgen der Wahnsinn zurück. So, wie er das manchmal tut. Seine Macht ist nicht gebrochen. Wie Gottes tröstende Hand fängt er mich auf, verhindert meinen Fall in das Inferno der Klarheit, schützt mich vor dem Absturz in die Monotonie von Dumpfheit, Müdigkeit und diesem toten Gehäuse aus Morgen, Mittag, Abend und Nacht. Wenn der Wahnsinn mich besucht, sind auch Jesus und Bach da, und ich weiß: Es war gut, was ich getan habe. Es hat keine andere Lösung gegeben. Dann lauern die in den weißen Kitteln, stehen in Reih und Glied, verschworen, die Gesichter wie weiße Scheiben, und sie sagen, alles würde gut – gut, so wie sie es definieren.*

*Sie sagen, Thea ist nicht meine Mutter. Sie sagen, sie heißt Sonja und dass sie bei mir nur ein Versteck gesucht hat. Vor zwei Jahren ist sie gekommen. Nebel und Regen haben sich gelichtet. Sie hat im Dunst gestanden, dort, wo Mama gefallen ist. Die Farben des Regenbogens haben sich über sie ergossen wie ein Sturzbach nie gekannten Glücks. Wahrhaftig. Fleisch und Blut und Licht und göttliches Strahlen. Sie ist als Engel gekommen. Zurück zu mir. So, wie du es versprochen hast, Mama. Ich habe alles richtig gemacht. Sonst hättest du mir die beiden En-*

*gel nicht gebracht und würdest mich nicht jede Woche
besuchen, hier, in unserer Bastion.
Denn ich bin dein Licht, und du bist bei mir.
Das ist der Himmel.*

# DANKSAGUNG & GESTÄNDNISSE

Personen und Handlung sind allein meiner Phantasie entsprungen. Auch gibt es das beschriebene Mietshaus in der Freiburger Draisstraße nicht. Was Sie dagegen in den genannten Straßen finden, sind die Freiburger Polizeidirektion und das Institut für Rechtsmedizin. Deren Mitarbeiter haben Moritz Ehrlinspiel und sein Team, Reinhard Larsson und mich auch in diesem Buch wieder begleitet:

Kriminalhauptkommissar Karl-Heinz Schmid. Wie oft ich in den letzten Monaten zu dir sagte: »Wenn ich dich nicht hätte!«, kann ich nur vermuten. Bewiesen ist dagegen: Dein Fachwissen, dein präzises Prüfen des Manuskripts und die Offenheit, mit der ich von dir und deinen Kollegen in der Freiburger Polizeidirektion empfangen wurde, waren nicht nur für das Buch eine Bereicherung, sondern auch für mich. Danke, dass du mir zur Seite stehst, fachlich und als Freund.

Professor Dr. Michael Bohnert. Während der Entstehung dieses Romans bist du von Freiburg nach Würzburg berufen worden und dort nun Vorstand des Instituts für Rechtsmedizin der Universität. Ich bin (fast) sicher: Du hast die badische Stadt freiwillig verlassen und bist nicht vor meinen penetranten Fragen und neugierigen Blicken in Obduktionssaal, Kühlfach & Co. geflohen. Denn mit Kompetenz, Humor und so manch gnadenlos kritischem Einwand bist du mir ein ausgezeichneter Berater geblieben. Danke von Herzen.

Mein Dank gilt außerdem …

… Sylvia Koopmann und Heike Jurzik. Ihr seid meine Frauen der ersten Stunde, wenn's ums Testlesen geht. Danke für kritische Blicke, ehrliche Worte und euer stets offenes Ohr, wenn ich einmal um ein zweites oder auch drittes Feedback zu tückischen Szenen bat. Mit euch zu diskutieren, ist immer wieder eine Freude.

… Jörg Menten. Als Arzt und Freund hast du mich mit wortwörtlichem Praxiswissen versorgt. Und, viel wichtiger, mit Motivation und klugen Gedanken. Deine Gelassenheit auch in schwierigen Momenten ist Vorbild für mich.

… der Frau, die anonym bleiben möchte und die mich auf so vielfältige Weise in die Abgründe einer verletzten Seele hat blicken lassen.

… dem Team der Droemer Knaur Verlagsgruppe. Ihr habt mich rundum unterstützt, ermutigt und meine Bücher in die Hände der Leserinnen und Leser gebracht: Dr. Peter Hammans, Eliane Wurzer, Ilse Wagner, Patricia Keßler, Matthias Kuhlemann – und all die andern, die im Haus und auf dem Weg zu den Buchhandlungen tagtäglich viel Arbeit leisten.

… Dr. Jörg Friedrich. Du hast testgelesen. Du hast eingekauft und gekocht, wenn ich im Manuskript versumpft bin. Hast es schmunzelnd ertragen, wenn ich nicht nur über, sondern auch *mit* Ehrlinspiel und seinem Team am Frühstückstisch debattiert habe. Und du hast mir immer den Raum zum Schreiben gegeben, den ich gebraucht habe. Danke – für alles!

Und sollten Sie, liebe Leserinnen und Leser, trotz aller Beratung und Recherche Fehler im Buch entdecken: Geben Sie ganz allein mir die Schuld – und verzeihen Sie's. Vielleicht habe ich einmal nicht nachgefragt, etwas falsch verstanden oder einen Sachverhalt wider besseres Wissen abgewandelt.

*Petra Busch,*
*im Juli 2011*

*www.petra-busch.de*

# Petra Busch
# Schweig still, mein Kind

## Kriminalroman

Ein 500-Seelen-Dorf im Schwarzwald. Das pure Idyll, so scheint es. Dann liegt in der nahen Rabenschlucht eine tote Schwangere. Sie war gerade erst nach zehn Jahren in ihre Heimat zurückgekehrt. Hauptkommissar Ehrlinspiel nimmt die Ermittlungen auf – und stößt auf mehr als ein düsteres Dorfgeheimnis. Und eine zweite Leiche …

Knaur Taschenbuch Verlag